HEYNE BÜCHER

SCIENCE FICTION

Herausgegeben
von Wolfgang Jeschke

Ein Verzeichnis dieser Serie finden Sie am Schluß des Bandes und in dem Band
HEYNE SCIENCE FICTION & FANTASY:

DAS PROGRAMM · 06/4999
(Verzeichnis der Serien und Zyklen)

SIMON HAWKE

DIE BEUTE DER ROMULANER

Star Trek®
The Next Generation™
Band 31

Deutsche Erstausgabe

WILHELM HEYNE VERLAG
MÜNCHEN

HEYNE SCIENCE FICTION & FANTASY
Band 06/5413

Titel der amerikanischen Originalausgabe
THE ROMULAN PRIZE
Deutsche Übersetzung von Bernhard Kempen

Umwelthinweis:
Dieses Buch wurde auf
chlor- und säurefreiem Papier gedruckt.

Redaktion: Rainer Michael Rahn

Erstausgabe by Pocket Books/Simon & Schuster, Inc., New York

Printed in Germany 1996
Umschlagbild: Pocket Books/Simon & Schuster, New York
Umschlaggestaltung: Atelier Ingrid Schütz, München
Technische Betreuung: M. Spinola
Satz: Schaber Satz- und Datentechnik, Wels
Druck und Bindung: Ebner Ulm

ISBN 3-453-09845-5

Für Bruce und Peggy Wiley;
mit herzlichem Dank an
Pat Connors, Scott Glener, Seth Morris,
Henry Tyler und Rikki Winters

PROLOG

Es kostete Deanna Troi ungewöhnliche Willensanstrengung, sich von ihrem Alptraum loszureißen. Sie richtete sich kerzengerade in ihrem Bett auf und rang nach Atem. Sie war orientierungslos und verwirrt. Auf ihrer Haut und auf den zerwühlten Laken spürte sie Feuchtigkeit, aber es war nicht ihr Schweiß, und der beschleunigte Pulsschlag, den sie zu fühlen schien, war nicht der ihres Herzens. Es handelte sich nicht einmal um ihren eigenen Traum, und die Willenskraft, die sie mit eisernem Griff herausgerissen hatte, war auch nicht ihr eigener Wille.

Wäre Deanna Troi zur Gänze ein Mensch gewesen, hätte sie bestimmt große Angst und Verwirrung über eine so außergewöhnliche und überwältigende Erfahrung empfunden. Sie war jedoch zur Hälfte Betazoidin, und als solche war sie mit dem Phänomen der Empathie viel vertrauter als ein Mensch. Menschen besaßen zwar durchaus die Fähigkeit zur Empathie, aber längst nicht in dem Ausmaß und mit der Sensibilität, wie sie bei Betazoiden entwickelt war. Da Deanna jedoch zur anderen Hälfte Mensch war, spürte sie trotzdem einen kurzen Augenblick der Angst und Verwirrung. Doch dann wurde ihr bewußt, was geschehen war, und sie sprang sofort auf, um zur Tür zu laufen, wobei sie sich schnell ihren Morgenmantel überstreifte.

Als sie barfuß durch den langen, gekrümmten Korridor lief, registrierte sie nebenbei, daß die Nachtschicht noch nicht vorbei war, denn der Korridor war in ein schwaches rotes Leuchten getaucht. Abgesehen von diesem Hinweis hatte Deanna keine konkrete Vorstellung, wie spät es war. Damit hatte sie sich nicht aufgehalten, sie hatte einfach nur auf die tiefe empathische Verbindung reagiert, die soeben zustande gekommen war. Und sie wußte, an wessen Traum sie teilgenommen hatte.

Sie war in der Lage, mit jedem Besatzungsmitglied der *Enterprise* eine empathische Verbindung aufzunehmen, aber nur ein Mensch besaß eine so starke Willenskraft, daß sich eine solche Verbindung spontan und unbewußt bilden konnte – und mit solcher Stärke und Intensität. Sie blieb vor der Tür zum Quartier des Captains stehen und drückte auf die kleine Schaltfläche, die den Türmelder aktivierte.

Die Tür glitt zur Seite, und von drinnen hörte sie eine müde, aber dennoch volltönende Stimme rufen: »Kommen Sie herein!«

Sie trat ein, worauf sich die Tür automatisch wieder hinter ihr schloß. Im Quartier des Captains war es dunkel, aber aus dem Schlafzimmer drang etwas Licht. Deanna zögerte. »Captain?« fragte sie unsicher. »Captain, ist alles mit Ihnen in Ordnung?«

»Einen Augenblick noch, Counselor! Ich bin sofort bei Ihnen!« kam die Antwort aus dem Schlafzimmer.

Sie wartete und befeuchtete nervös ihre Lippen. Die Folgen der empathischen Verbindung hatten inzwischen nachgelassen, und ihr Herzschlag hatte sich wieder beruhigt. Sie sammelte ihre Energien und konzentrierte sich, bis sie sich entspannte und ruhiger wurde. Sie strich sich ihr schwarzes Haar aus dem Gesicht und überprüfte, ob ihr Morgenmantel richtig verschnürt war. Dann ging das Licht an, und Captain Jean-Luc Picard trat in den Raum.

Er hatte einen kurzen Morgenmantel angezogen, und er ging barfuß. Doch abgesehen von seinem etwas erschöpften Gesichtsausdruck strahlte er mit jeder Faser die befehlsgewohnte Autorität aus, die man auf der Brücke des Raumschiffs *Enterprise* von ihm kannte.

»Darf ich Ihnen etwas zu trinken anbieten, Counselor?« fragte er. »Meine Kehle ist wie ausgetrocknet.«

»Vielleicht ein Glas Wasser.« Deanna spürte, daß der Captain immer noch leicht beunruhigt war, aber er versuchte es nicht offen zu zeigen.

Er holte ihnen zwei Gläser Wasser.

»Sie wissen natürlich, warum ich hier bin?« sagte sie.

Er nickte. »Bitte setzen Sie sich, Deanna.«

Die ungewohnte Tatsache, daß er sie mit dem Vornamen anredete, beruhigte sie ein wenig. Obwohl er es normalerweise mit dem militärischen Protokoll nicht allzu genau nahm, redete Picard seine Besatzungsmitglieder meistens auf förmliche Weise an. Daß er Deanna mit ihrem Vornamen angesprochen hatte, deutete darauf hin, daß er diese Unterredung als inoffiziell und privat betrachtete.

»Es scheint, daß ich Sie unwissentlich alarmiert habe«, sagte er. »Dafür möchte ich mich aufrichtig entschuldigen. Es war lediglich ein Alptraum, nicht mehr.«

»Bei allem Respekt, Captain«, erwiderte sie, »es war weitaus mehr als nur irgendein Alptraum. Was ich gespürt habe, war wesentlich tiefgreifender.«

Er schürzte nachdenklich die Lippen und nickte dann. »Nun gut. Was genau haben Sie gespürt?«

Sie zögerte kurz, um sich ihre Antwort zu überlegen. »Ich spürte ... Furcht. Eine tiefe Besorgnis. Das Gefühl, völlig hilflos zu sein und die Kontrolle zu verlieren. Beinahe ... Panik. Gefühle, die ich im allgemeinen nicht mit Ihnen assoziiere.«

Er nickte und nahm einen Schluck Wasser. »Eine erzwungene empathische Verbindung«, sagte er. »Von meiner Seite aus natürlich unbewußt. Ich würde so etwas niemals bewußt tun. Ich hoffe, Sie wissen das.«

»Das weiß ich«, antwortete Deanna. Sie zögerte. »Aber ich weiß auch, daß das Geschehene sehr ungewöhnlich war und daß es sich dabei in gewisser Weise um einen unbewußten Hilferuf handelte.«

»Haben Sie nur meine Gefühle gespürt oder auch etwas vom eigentlichen Traum miterlebt?« fragte Picard.

Deanna mußte einen Augenblick darüber nachdenken. Es war alles sehr schnell geschehen, und sie hatte sofort reagiert, so daß sie bislang keinerlei Zeit gehabt hatte, genau zu analysieren, was sie eigentlich empfunden hatte. »Nur die Gefühle«, sagte sie schließlich. »Falls ich etwas von Ihrem Traum miterlebt haben sollte, kann ich mich jetzt nicht mehr daran erinnern.«

Er nickte erneut. »Gut«, sagte er. »Auf jeden Fall ist jetzt alles wieder in Ordnung. Ich weiß Ihre Besorgnis und Ihre sofortige Reaktion zu schätzen und möchte mich noch einmal dafür entschuldigen, daß ich unwissentlich Ihren Schlaf gestört habe.«

»Vielleicht wäre es hilfreich, wenn wir über den Traum reden würden.« Deanna wollte ihn nicht drängen, denn obwohl der Captain ihren Rat sehr schätzte, legte er großen Wert auf seine Privatsphäre. Sie hatte noch nie zuvor eine so heftige empathische Verbindung mit ihm erlebt, und die Tatsache, daß es geschehen war, sprach dafür, daß sie mit ihm über die Ursachen sprechen sollte, auch wenn er nur widerstrebend dazu bereit war.

»Ich glaube wirklich nicht, daß das nötig ist«, antwortete er mit einem Lächeln, das ihr gezwungen vorkam. »Ich habe Sie in dieser Nacht schon genügend belästigt. Ich versichere Ihnen, daß mit mir alles in Ordnung ist.«

Für Deanna klangen seine Worte nicht völlig überzeugend, und sie spürte, daß der Traum ihn immer noch beunruhigte. »Sir«, sagte sie zögernd, »ich spüre, daß Ihr Traum Sie sehr beunruhigt hat, und normalerweise leiden Sie nicht unter Alpträumen. Ich rate dringend dazu, daß wir darüber reden.«

Er schien ihr widersprechen zu wollen, doch dann überlegte er es sich offenbar anders. »Na gut, Counselor«, sagte er und kehrte damit zur formellen Anrede zurück, nachdem sie ihn an ihre Rolle an Bord des Schiffes erinnert hatte. Er trank den Rest seines Wassers aus und stellte das Glas ab. »Ich habe geträumt, ich hätte die Kontrolle über dieses Schiff verloren«, sagte er. »Der Traum selbst war etwas unzusammenhängend, wie es oft bei Träumen der Fall ist, also kann ich nichts über die genauen Hintergründe sagen. Auf jeden Fall habe ich die Besatzung durch eine Fehlentscheidung oder Unzulänglichkeit meinerseits in ernsthafte Gefahr gebracht, und ich war völlig unfähig, etwas dagegen zu unternehmen.«

»Was für eine Gefahr?« wollte Deanna wissen.

Picard preßte seine Lippen in einer Grimasse der Hilflosigkeit zusammen. »Ich habe keine Ahnung«, antwortete er. »Ich weiß nur, daß ich durch irgendeine Handlung – oder vielleicht eine Unterlassung – die Kontrolle über das Schiff verlor, und meine Besatzung...« Er runzelte die Stirn und schüttelte den Kopf. »Etwas Schreckliches geschah mit der Besatzung, und es gab überhaupt nichts, was ich dagegen tun konnte. Ich hatte das intensive Gefühl einer drohenden Gefahr, und auf meinen Schultern schien ein schweres Gewicht zu liegen.« Er lächelte plötzlich. »Zweifellos die symbolische Last meiner Verantwortung.« Dann zuckte er die Schultern und versuchte damit, die Bedeutung seines Traums herunterzuspielen. »Es war lediglich eine Streßreaktion, mehr nicht. Ich glaube, daß Leute mit Verantwortung des öfteren solche Träume haben.«

»Vielleicht, Sir«, erwiderte sie, »aber Sie haben solche Träume nicht des öfteren. Ich habe erlebt, wie Sie unter Streß reagieren. Wir beide haben uns schon oft in Streßsituationen befunden, aber Sie haben darauf niemals mit Angst oder Panik reagiert.«

»Nun, Counselor, ich bin auch nur ein Mensch«, sagte Picard mit einem bescheidenen Lächeln.

»Sie sind ein Mensch, der in keiner Situation in Panik gerät«, entgegnete sie. »Panikreaktionen liegen einfach nicht in Ihrer Natur. So etwas wäre eine Anomalie. Und Sie hatten bislang noch nie so intensive Träume oder Empfindungen, seien sie nun bewußt oder unbewußt, daß sie zu einer erzwungenen empathischen Verbindung führten. So etwas kommt nur sehr selten und unter außergewöhnlichen Umständen vor, sogar bei Betazoiden. Mit allem gebührenden Respekt, Captain, Sie dürfen diesen Traum nicht als bedeutungslos abtun.« Dann schien sie etwas zu spüren, einen flüchtigen, zurückhaltenden Eindruck, der plötzlich wieder verschwunden war. Doch sie wollte ihm auf den Grund gehen. »Bitte sagen Sie mir, Sir, hatten Sie jemals einen präkognitiven Traum!«

Picard verzog das Gesicht. »Es hat wohl wenig Sinn, Ihnen etwas verheimlichen zu wollen, wie?« entgegnete er.

»Sir, ich möchte auf keinen Fall aufdringlich sein, aber meine Rolle an Bord dieses Schiffes verlangt...«

»Ja, ja, ich weiß«, sagte Picard ungeduldig. »Entschuldigen Sie bitte, Counselor. Meine Verärgerung bezieht sich auf mich selbst, nicht auf Sie. Es gibt Dinge, über die ich nur ungern mit anderen rede, sehr private Dinge. Wenn es allerdings um die Sicherheit des Schiffes und seiner Besatzung geht, sollte ich meine Bedenken zurückstellen.«

»Also lautet die Antwort ja?« fragte sie.

Picard nickte. »Ja«, bestätigte er. »Ich hatte bereits präkognitive Träume, aber nur zweimal.«

»Und ist bei diesen Gelegenheiten das, was Sie in Ihren Träumen vorhersahen, tatsächlich eingetreten?« drang sie weiter vor, entgegen ihrer zurückhaltenden Natur.

Er zögerte, bevor er nickte. »Ja. Im ersten Fall ging es

um den Tod meiner Mutter. Ich träumte, daß sie zu mir kam und sich von mir verabschiedete. Am nächsten Tag erfuhr ich, daß sie in der Nacht gestorben war. Sie war schon eine Weile krank gewesen. Der zweite Traum... nun, eigentlich möchte ich lieber nicht darüber reden.«

Deanna nickte. »Tatsache ist jedenfalls, daß Sie bereits präkognitive Träume hatten.«

»Es war Zufall«, sagte Picard.

»Der erste Traum betraf Ihre Mutter, zu der Sie naturgemäß eine starke empathische Beziehung hatten. Sie brauchen mir keine Einzelheiten über den zweiten Traum zu verraten, aber gehe ich recht in der Annahme, daß es jemanden betraf, zu dem Sie ebenfalls eine starke empathische Beziehung hatten?«

»Ja«, sagte Picard. »Diese Annahme ist korrekt.«

»Sie haben außerdem eine starke empathische Beziehung zu den Mitgliedern Ihrer Besatzung«, führte sie aus. »Zu einigen mehr, zu anderen weniger, aber das Wohlergehen aller Personen auf dem Schiff ist für Sie von eminenter Wichtigkeit.«

»Worauf wollen Sie hinaus, Counselor?«

»Daß es sehr wichtig für Sie sein könnte, sich an die Einzelheiten Ihres heutigen Traumes zu erinnern«, sagte sie.

Picard holte tief Luft und stieß den Atem langsam wieder aus. Schließlich schüttelte er den Kopf. »Ich kann es nicht. Nachdem ich aufwachte, hatte ich für einen Augenblick den Eindruck...«

»Was war es?« fragte sie. »Versuchen Sie sich zu erinnern!«

»Lichter«, sagte Picard plötzlich mit einem seltsamen Gesichtsausdruck.

Deanna runzelte die Stirn. »Lichter?«

Picard schüttelte den Kopf. »Es war nur ein flüchtiger Eindruck... ich fürchte, ich habe keine Ahnung, was das zu bedeuten hat.«

»Aber es beunruhigt Sie«, sagte sie.

»Ja«, gestand er ein. »Wir haben große Fortschritte auf den Gebieten der Wissenschaft und Technik gemacht, aber beim Verständnis des menschlichen Geistes stehen wir immer noch am Anfang. Ich neige dazu, diesen Alptraum als bedeutungslos abzutun, aber die Tatsache, daß etwas Ähnliches bereits vorher geschehen ist …«

»Und wenn Sie versuchen würden, sich zu erinnern …?« stieß sie noch einmal nach.

»Es hat keinen Zweck«, sagte Picard. »Was immer es war, ich kann mich nur an das erinnern, was ich Ihnen erzählt habe.«

»Falls es wieder geschehen sollte …«

»Werde ich es Sie wissen lassen«, vervollständigte Picard ihre Bitte. »Und jetzt sollten Sie wieder ins Bett gehen und schlafen. Wir beide müssen in wenigen Stunden wieder zum Dienst erscheinen, und ich habe Ihre Freizeit schon über Gebühr strapaziert.«

Sie nickte und stand auf. »Dann möchte ich Ihnen mit Ihrer Erlaubnis eine gute Nacht wünschen.«

»Gute Nacht, Deanna«, sagte er. »Schlafen Sie gut!«

Sie warf ihm einen Blick zu. »Sie auch«, sagte sie.

Deanna Troi kehrte in ihr Quartier zurück und legte sich wieder ins Bett, doch sie fand in dieser Nacht keinen Schlaf mehr.

1

Die Zenturios an der Tür bewegten nicht einen einzigen Muskel, als Valak sich ihnen näherte. Nichts an ihnen verriet, daß sie seine Anwesenheit registriert hatten. Er selbst sprach sie weder an noch würdigte er sie eines Blickes. Sie waren reglos wie Statuen. Die romulanischen Sicherheitsvorschriften waren äußerst streng, das Protokoll kompliziert und ausgefeilt. Er hatte einen höheren Rang als die beiden, aber sie hätten ihn trotzdem aufgehalten, wenn sie nicht über sein Kommen informiert worden wären. Und Valak hätte es niemals gewagt, den Prätor des Romulanischen Reichs ohne eine offizielle Vorladung aufzusuchen.

Er klopfte nicht an die Tür, sondern trat einfach ein. Er hatte den Befehl erhalten, exakt zu diesem Zeitpunkt vor dem Prätor zu erscheinen, und er kam weder eine Sekunde zu früh noch eine Sekunde zu spät. Und genauso wurde es erwartet. In der menschlichen Gesellschaft wurde es als höflich empfunden, vor dem Eintreten anzuklopfen. Menschen hatten recht merkwürdige Verhaltensnormen, dachte Valak. Es amüsierte ihn oft, wenn er sie studierte, aber gleichzeitig nahm er seine Forschungen sehr ernst. Er hatte eine umfangreiche Studie über menschliche Kulturen durchgeführt, insbesondere über Starfleet – das Personal, das Protokoll, die Strategie und die Vorschriften. Er war ein Krieger, und seiner Meinung nach war es die Pflicht jedes Kriegers, seinen Feind genau zu kennen.

Viele Romulaner erachteten ihre Überlegenheit über

die Menschen als selbstverständlich, und sie hielten eine nähere Beschäftigung mit ihnen für überflüssig. Doch Valak war der Überzeugung, daß es wichtig war zu wissen, wie die Menschen lebten und dachten. Er hatte schon oft zu seiner Besatzung gesagt, daß kein Krieger, auch wenn er noch so überlegen war, jemals irgend etwas für selbstverständlich halten durfte. Selbst ein überlegener Intellekt konnte Fehler machen, und ein unterlegener konnte einfach Glück haben. Valak brachte die Sensibilität eines Jägers in seine militärischen Pflichten ein. Er war in einer abgelegenen Provinz des Romulanischen Reichs auf einem erst vor kurzem kolonisierten Planeten aufgewachsen, einer primitiven Welt, die sich immer noch im Entwicklungsstadium befand. Dort hatte es keine einheimische Zivilisation gegeben, die bekämpft und unterworfen werden mußte, sondern nur riesige, wilde und äußerst gefährliche Lebensformen, die sich überhaupt nicht von der angeborenen Überlegenheit der Romulaner beeindrucken ließen.

Valak hatte bereits zu jagen gelernt, als er kaum laufen konnte, und sein Vater hatte ihn gelehrt, daß ein Jäger Respekt vor seiner Beute haben mußte. Valaks Vater vertrat immer noch viele der alten Werte und Sitten der romulanischen Kultur, die man auf den zivilisierten Welten des Imperiums heutzutage als überholt empfand. Die alten Sitten waren mystisch und zutiefst philosophisch. In mancherlei Hinsicht waren die alten romulanischen Traditionen dem vulkanischen Glaubenssystem sehr ähnlich. Das war keineswegs erstaunlich, da beide eine gemeinsame biologische und kulturelle Wurzel hatten.

Valak betrachtete Menschen fast in buchstäblichem Sinn als Beute. In dieser Hinsicht ging er völlig mit dem romulanischen Denken konform. Sein Respekt vor den Menschen jedoch unterschied ihn von den anderen, und das machte ihn gewissermaßen zu einem Außenseiter in der romulanischen Kultur. Die meisten Romulaner hielten Menschen für schwach und dekadent, für eine unterlegene Spezies, die irgendwann unweigerlich unter romulanische Herrschaft geraten würde. Valak war davon nicht unbedingt überzeugt.

Er hatte die Menschen studiert und war zu dem Ergebnis gelangt, daß sie ganz einfach anders waren. Ihr System von Moral und sozialem Verhalten war den meisten Romulanern unbegreiflich, weil die meisten Romulaner sich gar nicht die Mühe machten, es zu verstehen. Valak jedoch hatte sich diese Mühe gemacht, indem er lange Zeit ausgiebig ihre Geschichte, ihre Schriften und ihre sozialen Normen studiert hatte, so daß er nun ihre Kultur und ihre Denkweise genauso respektierte, wie ein Jäger die natürlichen Verhaltensweisen seiner Beute respektierte.

Er hatte sogar mehrere Abhandlungen über dieses Thema geschrieben, die ihm den Beifall der romulanischen Gelehrten eingebracht hatten, doch seine Offizierskollegen betrachteten sein Interesse an Menschen als seltsame Marotte. Zu Beginn seiner Karriere hatte man ihn überhaupt nicht ernst genommen. Doch obwohl er noch recht jung war und man ihn erst vor kurzem in einen befehlshabenden Rang befördert hatte, sprachen seine Leistungen für ihn. Seine Vorladung zum Prätor war ein schlagender Beweis dafür.

Er konnte sich nur zwei Gründe vorstellen, warum der Prätor ihn persönlich sehen wollte: Entweder hatte er einen schweren Fehler begangen, so daß ihm jetzt eine ernsthafte Disziplinarstrafe bevorstand – und er wußte, daß das nicht der Fall war;- oder seine Dienstakten und Qualifikationen hatten den Prätor auf ihn aufmerksam gemacht. Er war begierig darauf, den genauen Grund zu erfahren.

Er blieb in angemessener Entfernung vom Kommandothron des Prätors stehen und wartete – in aufrechter, aber dennoch entspannter Haltung. Er stand in der formalen Pose des romulanischen Kriegers da, die Beine leicht gespreizt, den Rücken gerade, die Schultern gestrafft, den Blick geradeaus gerichtet, die Arme in Gürtelhöhe verschränkt, wobei die rechte Hand den linken Unterarm umfaßte.

Der Kommandothron stand mit dem Rücken zu ihm, so daß Valak den Prätor hinter der hohen Lehne nicht sehen konnte. Der Thron war einem großen Bildschirm zugewandt, auf dem das Gesicht eines hochrangigen Mitglieds des Hohen Rats von Romulus zu sehen war. Offenbar fand gerade eine Konferenz statt, doch Valak konnte keinen Ton hören, was bedeutete, daß der Prätor seinen Sicherheitskanal auf einer chiffrierten Frequenz benutzte. Kurz darauf verschwand das Gesicht vom Bildschirm und dann auch der Bildschirm selbst. Er wurde zunächst schwarz, dann matt und schließlich durchsichtig, bis nur noch ein Panoramafenster mit Blick auf die Hauptstadt zu erkennen war.

Ohne ein Geräusch drehte sich der Thron langsam herum, bis Valak dem Prätor gegenüberstand, der seine Unterarme auf die Lehnen seines Sitzes gestützt hatte, in die kleine Schaltkonsolen eingebaut waren. Das Gesicht des Prätors wurde teilweise durch die Kommunikationsvorrichtung verdeckt. Sie bestand aus einem kleinen Metallarm mit dem abgeschirmten Mikrophon und dem Sender, an dem der Kopfhörer mit dem Empfangsteil befestigt war. Als der Thron seine Drehung vollendet hatte, zogen sich die Geräte zurück und verschwanden in einem Fach auf der Rückseite des Kommandothrons.

»Commander Valak«, sagte der Prätor. Er verlor kein Wort über Valaks Pünktlichkeit, weil sie als selbstverständlich angesehen wurde. Valak löste seine Hände voneinander, ließ den linken Arm gerade herabhängen und hob den rechten zum romulanischen Gruß, indem er mit der Faust gegen die linke Brusthälfte schlug. Der Prätor erwiderte den Gruß nicht, da von seiner Seite keine Bestätigung erwartet wurde. Allerdings neigte er leicht den Kopf, was Valak sehr überraschte und ihn zutiefst befriedigte. Es mochte nur eine kleine Geste sein, aber sie drückte unverkennbar Respekt aus.

»Ich bin zutiefst geehrt, mein Lord«, sagte Valak. Der Prätor wurde nicht mit seinem politischen Rang angeredet, sondern mit dem Ehrentitel, der seiner Kaste und seiner Herkunft angemessen war.

Als junger Krieger war Lord Darok für militärische Siege ausgezeichnet worden, die ihresgleichen suchten. Er hatte niemals seine Kaste ins Spiel gebracht, um sich Ansehen zu verschaffen, sondern hatte seine gegenwärtige Stellung nach Art der Krieger ganz allein durch Verdienste erreicht. Er war nicht mehr der Jüngste und hatte seit Jahren kein eigenes Unternehmen mehr kommandiert, doch seine Macht hatte nicht im geringsten unter dem Alter gelitten. Sein Gesicht war faltig und sein Haar weiß, aber seine Gesichtszüge waren immer noch ausdrucksstark und verrieten Charakter. Seine Augen waren klar und sein Blick energisch. Er sprach ohne jedes Stocken, und seine Haltung entsprach ganz der des Kriegers, der er gewesen war. Alles an Darok verriet seine Klugheit und Wachsamkeit, und Valak spürte seine Macht, als er ihm gegenüberstand. Es war das erste Mal, daß sie sich persönlich begegneten, und Valak war beeindruckt. Das war in der Tat ein Romulaner!

Es gab keinen Stuhl für Valak, und auch dies war selbstverständlich. Man saß nicht in der Gegenwart des Prätors. Valak wartete einfach ab, während Lord Darok ihn aufmerksam musterte. Lange sprach Darok kein Wort, sondern sah Valak nur an, als wollte er ihn genau einschätzen. Valak erwiderte den Blick gelassen. Schließlich nickte Lord Darok, als er offenbar mit dem zufrieden war, was er gesehen hatte.

»Sie sind sicherlich neugierig, aus welchem Grund ich Sie habe kommen lassen, Commander«, sagte Darok.

Valak gab keine Antwort. Es war eher eine Feststellung als eine Frage, so daß kein Grund zu einer Erwiderung bestand.

»Sie wurden für eine besondere Mission ausgewählt«, sagte Darok. »Eine Mission, für die Sie hervorragend qualifiziert sind. Ihre Dienstakte spricht trotz der Kürze für Sie, doch das ist nicht der alleinige Grund, der sie für die Mission qualifiziert, die vom Rat beschlossen wurde.«

Valaks Pulsschlag beschleunigte sich. Eine Mission, die vom Hohen Rat in Auftrag gegeben wurde, mußte von großer Wichtigkeit sein. Es war nicht nur eine große Ehre, sondern auch eine einzigartige Gelegenheit, sich zu profilieren, wenn er für eine solche Mission ausgewählt worden war.

»Sie sind meines Wissens außerdem ein Gelehrter«, sagte Darok, »ein Experte in menschlicher Kultur. Vor allem haben Sie eine Studie über die Geschichte, die Vorschriften, die Strategien, die Technik und das Personal von Starfleet angefertigt. Mir ist zu Ohren gekommen, daß die Abhandlungen, die Sie der Romulanischen Akademie vorlegten, sehr positiv aufgenommen und als Musterbeispiel einer wissenschaftlichen Arbeit eingestuft wurden. Ich verstehe, daß es Stimmen gibt, die solche akademischen Projekte als Zeitverschwendung für einen Krieger des Reichs betrachten. Ich jedoch kann mich diesen Stimmen nicht anschließen. Ein Krieger, der viele Interessen hat, ist ein Krieger, dessen Verstand immer wachsam und scharf bleibt.« Er verstummte kurz. »Sie sind auf Abraxas Neun geboren und aufgewachsen, nicht wahr?«

»Ja, mein Lord.«

»Haben Sie jemals die Syrinx gejagt?«

»Ja, mein Lord. Ich habe drei erlegt.«

Darok hob die Augenbrauen. »Drei? Das ist in der Tat eine Leistung. Ich selbst habe es lediglich geschafft, eine zu erlegen, und das hätte mich beinahe mein

Leben gekostet. Die Syrinx ist ein sehr gerissenes und gefährliches Jagdtier. Worauf führen Sie Ihren Erfolg zurück?«

»Zum Teil auf die Ausbildung durch meinen Vater, der mich lehrte, ein Jäger zu sein, mein Lord«, sagte Valak. »Und darauf, daß ich auf Abraxas Neun geboren und aufgewachsen bin. Dadurch hatte ich den Vorteil, mehr über den Lebensraum und das Verhalten der Syrinx zu wissen als jene, die von außerhalb kommen, um das Geschöpf zum Spaß zu jagen.«

Darok lächelte schwach. »Eine sehr diplomatische Antwort«, sagte er. »Doch vermutlich kommt es der Wahrheit näher, wenn ich sage, daß Sie das Verhalten der Syrinx ausführlich studiert haben, um sich auf die Jagd vorzubereiten, nicht wahr?«

»Das ist richtig, mein Lord. Ich habe gelernt, daß eine gute Vorbereitung ein wichtiger Bestandteil einer erfolgreichen Jagd ist. Mein Vater war der Überzeugung, daß ein Jäger Respekt vor seiner Beute haben muß und daß er sie dazu kennen und verstehen muß.«

Darok nickte. »Mein Vater war ebenfalls ein Anhänger der alten Traditionen. Es ist bedauerlich, daß wir auf unserem Weg des Fortschritts und der Eroberung viele davon verloren haben. Ich war noch sehr jung, als ich Abraxas Neun besuchte. Mir kam es nur auf eine Trophäe und die Erregung der Jagd an. In meinem Eifer und meinem überheblichen jugendlichen Selbstvertrauen habe ich es versäumt, mich angemessen auf die Jagd vorzubereiten. Es war ein Fehler, den ich seitdem nie wieder begangen habe. Eine frühe Ausbildung zum Jäger ist ein großer Vorteil für einen Krieger. Die Jagd lehrt einen Sorgfalt, Geduld und Respekt vor der Beute. Ich habe die Schriften gelesen, die Sie der Romulanischen Akademie vorgelegt haben. Sie versuchen die Menschen zu verstehen, und sie haben offenbar Respekt vor ihnen. Halten Sie sie nicht für eine unterlegene Rasse?«

»Bei allem gebührenden Respekt, mein Lord, aber ich hielt die Frage der Unterlegenheit in meinen Studien für irrelevant«, antwortete Valak. »Ein Gelehrter muß nach Objektivität streben, um sich der Wahrheit über seinen Forschungsgegenstand so weit wie möglich annähern zu können.«

»Sie spielen schon wieder den Diplomaten«, sagte Darok. »Sie antworten, ohne auf meine Frage einzugehen.«

»Es ist eine Frage, die sich einer einfachen Antwort widersetzt, mein Lord«, entgegnete Valak.

»Ich bestehe keineswegs auf einer einfachen Antwort«, sagte Darok mit leichter Verärgerung. »Ich erwarte eine erhellende Antwort.«

»Dann werde ich mir Mühe geben, mein Lord«, sagte Valak. »Körperlich sind die Menschen uns unterlegen. Wir Romulaner sind kräftiger, unsere Reflexe sind schneller, unsere Sinne schärfer, und wir sind gegen Krankheiten widerstandsfähiger. Die Menschen jedoch sind schlau, und sie haben es geschafft, ihre Schwächen durch Ausbildung und Technologie auszugleichen. Zum Beispiel habe ich ihre Kampftechniken studiert, die sehr vielfältig sind, und festgestellt, daß sie denen unserer besten Krieger zumindest ebenbürtig, wenn nicht sogar überlegen sind.«

Darok hob die Augenbrauen. »Tatsächlich?«

»Mein Lord, Sie haben mich nach meiner Ansicht gefragt, und ich habe Ihnen eine ehrliche Antwort gegeben.«

Darok nickte. »Gut. Fahren Sie fort!«

»Ein weiterer Punkt ist ihre Moral und ihre Philosophie«, sagte Valak. »Die meisten Romulaner glauben, daß die menschlichen Moralvorstellungen die Schwäche zur Tugend erheben, und daß die philosophischen Grundsätze der Menschen dekadent und sinnlos sind. Tatsache ist jedoch, daß ihre Moral oft sehr komplex ist. Sie variiert erheblich in ihren unterschiedlichen Kulturen, genauso wie ihre Philosophie. Wir Romulaner besitzen eine stärkere kulturelle Einheit, doch dadurch sind wir den Menschen nicht notwendigerweise überlegen. Die Menschen sind einfach nur andersartig. Und es gibt manche Menschen, die unsere Normen für durchaus attraktiv und akzeptabel halten würden.«

»Menschen, die wie Romulaner denken?« Darok runzelte die Stirn. »Ich hätte nicht gedacht, daß so etwas möglich wäre.«

»Trotzdem ist es der Fall, mein Lord«, sagte Valak. »Das ist eigentlich gar nicht erstaunlich, denn solche Menschen stehen oft im Widerspruch zu ihren Artgenossen. Soll ich fortfahren?«

»Auf jeden Fall! Das ist höchst interessant.«

»Ihre Wissenschaft ist der unsrigen auf manchen Gebieten unterlegen. Sie besitzen zum Beispiel nicht die Technologie für eine Tarnvorrichtung. Davon abgesehen jedoch sind ihre Schiffe und Waffen den unsrigen in fast jeder Hinsicht ebenbürtig und teilweise sogar unzweifelhaft überlegen. Ihre Computer beispielsweise sind wahre Wunderwerke hochentwickelter Technik und besitzen unseren gegenüber viele Vorzüge. Ich könnte noch viele weitere Beispiele nennen, aber ich möchte Sie nicht mit Aufzählungen langweilen. Tatsache ist, daß die Frage, ob die Menschen eine unterlegene Rasse sind oder nicht, davon abhängt, auf welche Weise man ›Unterlegenheit‹ definiert. Die Syrinx ist dazu eine hervorragende Analogie. Ich bin intelligenter als die Syrinx, und ich kann Waffen benutzen, wozu die Syrinx nicht in der Lage ist. Doch wenn ich nun davon ausgehe, daß diese Vorteile mir zu einem leichten Sieg über die Syrinx verhelfen müßten, würde ich im besten Fall eine enttäuschende Jagd erleben. Und im schlimmsten Fall würde ich sie gar nicht überleben.«

Darok nickte. »Es freut mich, daß ich mit Ihnen eine gute Wahl für diese Mission getroffen habe, Commander Valak. Sie wird eine einzigartige Gelegenheit sein, sowohl für Sie als auch für das Romulanische Reich. Doch die Geheimhaltung dieser Mission verlangt, daß Sie Ihre Befehle und weitere Informationen erst erhalten, wenn Sie an Bord Ihres Schiffes gegangen und abgeflogen sind. Sie werden unverzüglich aufbrechen. Die Eskorte steht schon bereit.«

»Verzeihen Sie, mein Lord«, sagte Valak besorgt, »aber ich fürchte, ich muß Sie darauf hinweisen, daß mein Schiff noch nicht für den aktiven Einsatz bereit ist. Die Wartung ist noch im Gange und wird noch mindestens vier oder fünf Tage dauern, selbst wenn die Techniker ohne Pause arbeiten.«

»Sie bekommen ein neues Schiff«, sagte Lord Darok. »Sie erhalten das Kommando über das Kriegsschiff *Syrinx*.« Er lächelte über Valaks Reaktion. »Ich habe mir gedacht, daß Ihnen der Name gefallen würde. Ich selbst habe es so getauft – eben jetzt. Die *Syrinx* ist das erste Schiff der neuen D'Kazanak-Klasse. Ihre Besatzung geht in diesem Augenblick an Bord.«

Ein Kriegsschiff der D'Kazanak-Klasse! Valak konnte seine Erregung kaum verbergen. Sein Rücken erstarrte vor Stolz. Das war eine sehr große Ehre, vor allem für einen so jungen Commander. Er hatte Gerüchte über die neuen Kriegsschiffe gehört, doch über die D'Kazanak-Klasse war praktisch nichts in Erfahrung zu bringen, außer daß sie existierte. Er kannte niemanden, der jemals ein solches Schiff gesehen hatte. Die Sicherheitsvorkehrungen bei dieser neuen Entwicklung waren so strikt, daß niemand, der daran mitgearbeitet hatte, es wagte, auch nur ein Wort darüber zu flüstern – worauf die Todesstrafe stand. Es war nicht einmal bekannt, wo die neuen Schiffe gebaut wurden.

Wie alle romulanischen Kriegsschiffe – und auch die meisten Föderationstypen – war bestimmt auch dieses Schiff im Orbit konstruiert worden. Die Gerüchte besagten, daß der Prototyp der neuen Klasse unter strengster Geheimhaltung in der Umlaufbahn um einen abgelegenen Kolonialplaneten gebaut wurde und daß er einen entscheidenden Durchbruch in der Konstruktion der romulanischen Kriegsschiffe darstellte. Es sollte angeblich größer, schneller und schwerer bewaffnet sein als die gegenwärtigen Kriegsschiffe der D'Deridex-Klasse. Die D'Kazanaks waren speziell darauf ausgelegt, es mit den neuen Föderationsschiffen der Galaxy-Klasse aufzunehmen. In Ermangelung konkreter Informationen gingen die Spekulationen über das Ausmaß der Überlegenheit jedoch ins Bodenlose.

Die Föderationsschiffe der Galaxy-Klasse hatten gegenüber den Kriegsschiffen der D'Deridex-Klasse einen erheblichen Geschwindigkeitsvorteil. Sie waren in der Lage, über längere Zeit Warp 9,6 zu halten, was dem 1909fachen der Lichtgeschwindigkeit entsprach. Im extremen Notfall konnten die Triebwerke auf Warp 9,9 hochgefahren werden, obwohl dann die Dilithium-Kristalle, mit denen das Gleichgewicht der Materie-Antimaterie-Reaktion gesteuert wurde, nach wenigen Minuten zerstört waren. Selbst der leistungsfähigste Materie-Antimaterie-Reaktor war nicht in der Lage, ein Triebwerk auf Warp 10 oder mehr zu beschleunigen, da dieser Wert die höchstmögliche Geschwindigkeit des Universums darstellte. Nach der modifizierten Relativitätstheorie des großen irdischen Wissenschaftlers Einstein würde die Masse eines Schiffs, das sich mit dieser Geschwindigkeit durch den Subraum bewegte, unendlich groß werden, was eine Unmöglichkeit darstellte. Innerhalb der physikalischen Grenzwerte des Universums waren die Föderationsschiffe der Galaxy-Klasse das Maximum an Effizienz und Leistungsfähigkeit, das für ein Sternenschiff erreichbar war. Die romulanischen Kriegsschiffe waren fast genauso effizient und leistungsfähig, aber die Föderationsschiffe hatten immer noch einen kleinen Vorteil gehabt ... bis jetzt.

Es hieß, daß die Technik der D'Kazanak-Klasse

den Warptriebwerken der Föderation ebenbürtig war. Außerdem gab es Gerüchte über eine neue Generation von Tarnschirmen, die den ›Geistereffekt‹ ausschaltete, durch den ein getarntes Schiff manchmal von Föderationsscannern angepeilt werden konnte. Man sprach auch von wesentlich stärkeren Photonen-Disruptoren. Einige Gerüchte deuteten sogar an, daß diese Waffen bei aktivierter Tarnvorrichtung einsatzfähig waren, was bei den D'Deridex-Kriegsschiffen nicht möglich war. Dieses Defizit stellte bislang den einzigen großen Nachteil der Tarnvorrichtung dar, und romulanische Ingenieure arbeiteten seit Jahrzehnten daran, dieses Problem zu lösen. Hatten sie es endlich geschafft? Valak würde es schon bald erfahren.

Als er den Audienzsaal des Prätors verließ und mit je einem Mann vor und hinter ihm durch den breiten und überfüllten Korridor ging, raste sein Herz vor Aufregung. Sie bewegten sich in schnellem Marschierschritt, und alle Passanten beeilten sich, ihnen aus dem Weg zu gehen. Lord Darok hatte keineswegs eine simple Eskorte gerufen, sondern eine Ehrengarde der Prätorianer bereitgestellt, die Elitetruppe der romulanischen Kriegerkaste. Ihre Helme mit Federbusch und die schwarz eloxierten Kampfrüstungen waren ein beeindruckender Anblick, während sie in perfektem Gleichschritt den Korridor entlangmarschierten, so daß ihre Stiefelabsätze im Gleichklang dröhnten. Alle Passanten starrten ihnen nach, und den aufmerksameren Zuschauern fiel das neue, bislang noch unbekannte Abzeichen auf, das Valak auf der Brust trug – ein Schild mit zwei schwarzen Blitzen vor weißem Hintergrund und stilisierten roten Buchstaben, die den Schriftzug ›D'Kazanak‹ ergaben. Lord Darok persönlich hatte ihm das Abzeichen angesteckt, und Valak trug es voller Stolz.

Die Wachen führten ihn zu einem Transporter und ließen sich zur Shuttle-Startrampe befördern, wo sich weitere Wachen neben der Luke postiert hatten und vor

Valak salutierten, als er an Bord des Shuttles ging. Kurz darauf hatte das Fahrzeug abgehoben und beschleunigte, bis es Fluchtgeschwindigkeit erreicht hatte.

Valak saß im Sitz des Kopiloten und starrte zum Sichtfenster hinaus, als der Pilot das Shuttle auf den Kurs brachte, der ihn zu seinem nächsten Kommando führte. Sie passierten die Kontrollzentrale der orbitalen Raumstation über der Hauptstadt und flogen weiter. Nachdem sie den Orbit verlassen hatten, war nur noch die Schwärze des Weltalls vor ihnen. Nichts war zu sehen. Valak warf dem Piloten einen kurzen Blick zu und sah, daß er sich ganz auf seine Instrumente konzentrierte. Wie weit draußen befand sich die *Syrinx?* Sie würden bald den Punkt erreichen, von dem aus das Shuttle den Rückflug nicht mehr schaffen konnte, weil nicht genügend Treibstoff an Bord war.

Der Pilot bemerkte Valaks fragenden Blick und sagte: »Das Shuttle fliegt nicht zurück, Commander. Mir wurde die Ehre und das Privileg zuteil, als ständiges Besatzungsmitglied unter Ihnen dienen zu dürfen. Verzeihen Sie bitte mein Versäumnis, mich ordnungsgemäß zum Befehlsempfang zu melden, aber es blieb nicht genügend Zeit, dem Protokoll zu folgen.«

Valak nickte. »Wie ist Ihr Name, Zenturio?«

»Atalan, Commander.«

»Und wo waren Sie vorher stationiert?«

»Ich hatte die Ehre, als Pilot und Navigator an Bord des Kriegsschiffs *Kazar* zu dienen.«

Valak nickte erneut. »Commander Goraks Schiff. Ich kenne es sehr gut. Leider habe ich bereits einen Piloten und Navigator, so daß ich Ihnen nicht den gleichen Posten anbieten kann.«

»Dessen bin ich mir bewußt, Commander«, entgegnete Atalan. »Es ist mir auf jeden Fall eine große Ehre, Ihrer Besatzung angehören zu dürfen, ganz gleich in welcher Funktion. Ich wurde Ihrer technischen Abteilung zugewiesen, als zweiter technischer Offizier.«

Valak hob seine Augenbrauen. »Das bedeutet eine Degradierung gegenüber Ihrem vorherigen Posten«, sagte er mit einiger Verwunderung.

»Ja, Commander. Doch es ist trotzdem ein großes Privileg für mich, unter Ihrem Kommando an Bord des ersten romulanischen Kriegsschiffs der D'Kazanak-Klasse dienen zu dürfen.«

Valak nickte anerkennend und blickte dann auf die Instrumente. »Unser Treibstoffvorrat geht zur Neige. Sind Sie sicher, daß Sie den richtigen Kurs berechnet haben?«

»Ich bin mir sicher, Commander«, antwortete Atalan. »Mit Ihrer Erlaubnis werde ich jetzt die *Syrinx* anfunken.«

»Erlaubnis erteilt.«

»Basis-Shuttle an *Syrinx*«, sprach Atalan in das Mikrophon, das an seinem Helm befestigt war. »Basis-Shuttle an *Syrinx*. Ich habe Commander Valak an Bord. Erbitte Erlaubnis zum Andocken!«

Die Antwort kam kurz darauf: »Erlaubnis erteilt.« Und plötzlich schien der schwarze Weltraum vor ihrem Sichtfenster zu flimmern, als das D'Kazanak-Kriegsschiff *Syrinx* sich enttarnte und schließlich sichtbar wurde.

Valak riß die Augen auf und fluchte leise. Er rief die Götter seiner Vorväter an. Das Schiff war riesig, fast doppelt so groß wie die Schiffe der D'Deridex-Klasse, und das raubtierhafte Design war ehrfurchteinflößend. Doch was ihm den Atem raubte, war die Art und Weise, wie es sich enttarnt hatte.

Denn kurz zuvor hatte es keinerlei Hinweis auf seine Existenz gegeben. Die Tarnvorrichtung, wie sie auf den D'Deridex-Kriegsschiffen benutzt wurde, machte die Raumschiffe zwar vollkommen unsichtbar, aber einem geschulten Auge, vor allem dem eines romulanischen Captains, entgingen nicht gewisse verräterische Anzeichen seiner Anwesenheit – minimale räumliche Fluktuationen, die von den Nahbereichsscannern erfaßt wurden, jedoch nur von den erfahrensten Technikern richtig interpretiert werden konnten, und eine leichte Raumverzerrung, eine Art schwaches visuelles Echo, das ein kaum wahrnehmbares Geisterbild des Schiffes erzeugte. Im Fall der *Syrinx* jedoch hatte es nicht das leiseste Anzeichen des Geistereffekts gegeben. Das Schiff war urplötzlich wie aus dem Nichts aufgetaucht. Die Gerüchte stimmten also. Es gab tatsächlich einen entscheidenden Durchbruch in der Tarntechnologie, und Valak hatte gerade eine dramatische Demonstration ihrer Effizienz erlebt. Nicht einmal die erfahrensten Captains der Föderation würden dieses Schiff aufspüren können.

Das Shuttle flog in den Hangar ein, und die Außenschotten schlossen sich hinter ihnen. Wenige Augenblicke später verließ Valak das Fahrzeug, während der schrille Dreiklang der Wachpfeifen seine Ankunft ankündigte. Die Besatzung kam in den Hangar marschiert und stellte sich vor dem Shuttle in Paradeformation auf. Seine Brückencrew marschierte ihm in Keilformation entgegen. Angeführt wurde sie von seinem Ersten Offizier, und die weiteren Offiziere folgten, nach Rang gestaffelt: der Pilot und der Navigator links hinter dem Ersten Offizier, und der Hauptwaffenoffizier rechts hinter ihm, dann die Offiziere, die für Kommunikation, Technik, Sicherheit, Wissenschaft, Medizin und Taktik verantwortlich waren. Sie blieben abrupt vor der Shuttleschleuse stehen und entbrachten Valak den romulanischen Gruß.

»Willkommen an Bord«, sagte sein Erster Offizier Korak mit offensichtlichem Stolz. »Das Kriegsschiff der D'Kazanak-Klasse *Syrinx* steht Ihnen zur Verfügung. Die Besatzung ist bereit, Ihre Befehle zu empfangen.«

Valak stand in der Shuttleschleuse und betrachtete seine Besatzung. Es waren gute Krieger, wie sie sich jeder Commander wünschte. Die meisten von ihnen hatten schon auf seinem alten Schiff unter ihm gedient, doch er sah auch einige Neuzugänge. Er mußte schnellstens ihre Dienstakten überprüfen und ein Gespräch mit ihnen führen, aber er war überzeugt, daß nur die Elite der romulanischen Raumflotte auf die *Syrinx* versetzt worden war. Von Lord Darok war nichts anderes zu erwarten.

Es gab viel zu tun. Er mußte sich mit der Funktion seines neuen Schiffs vertraut machen und einen Testlauf sämtlicher Systeme durchführen. Er war überzeugt, daß die Chefingenieure diese Überprüfungen längst durchgeführt hatten, aber ein guter Commander nahm diese Dinge selbst in die Hand. Er hatte eine Mission vor sich, und er mußte den eigentlichen Testflug unternehmen, während er zu seinem Ziel unterwegs war, wo immer es sein mochte, so daß er keine Zeit verschwenden durfte. Alle Mitglieder seiner Besatzung wußten, daß sie rund um die Uhr arbeiten mußten, bis Valak und alle anderen so vertraut mit ihrem neuen Schiff waren, als wäre es ein Teil ihres Körpers.

Dann bemerkte Valak eine Gestalt, die sich vom Eingangsbereich des Hangars näherte. Der Mann war jung und marschierte nicht wie ein Krieger, sondern ging mit einer Lässigkeit, die Valak bei keinem seiner Besatzungsmitglieder toleriert hätte. Er trug auch keine Uniform, sondern eine schwarze Tunika und Kniehosen, an denen sich keinerlei Abzeichen befanden, die auf Rang oder Kaste hinwiesen. Ein Zivilist. Valak runzelte die Stirn. Was hatte ein Zivilist auf seinem Schiff zu suchen? Hatte Lord Darok ihm irgendeinen Bürokraten untergeschoben, der den Hohen Rat von Romulus repräsentierte?

»Gestatten Sie mir die Ehre, Sie an Bord meines Schiffes willkommen zu heißen, Commander«, sagte der Zivilist, während er sich ihm näherte.

Valak bedachte ihn mit einem eiskalten Blick. »*Ihr* Schiff?«

Der Zivilist verbeugte sich respektvoll. »Ich bitte um Entschuldigung. Dieses Schiff untersteht natürlich Ihrem Kommando. Ich habe mir nur angewöhnt, es als mein Schiff zu bezeichnen, da ich derjenige bin, der es konstruiert hat. Ich bin Lord Kazanak.«

Valak war verblüfft. »Verzeihen Sie. Vielleicht habe ich Sie nicht richtig verstanden. Sagten Sie ... *Lord* Kazanak?«

»Das ist völlig richtig, Commander.«

Valak nahm die angemessene Haltung an, und da Lord Kazanak kein Krieger, sondern Zivilist war, erwiderte dieser sie mit einer respektvollen Verbeugung statt mit dem romulanischen Gruß.

»Dürfte ich mir wohl eine Frage erlauben, mein Lord?« sagte Valak in der unterwürfigen Anredeform, die der hohen Kaste Lord Kazanaks angemessen war.

»Fragen Sie!« forderte Lord Kazanak ihn auf.

Valak neigte leicht den Kopf. »Mein Lord, ich hatte den Eindruck, daß die D'Kazanak-Klasse nach Lord Kazanak benannt wurde, dem Vorsitzenden des Hohen Rats. Habe ich die Ehre, mit seinem Sohn sprechen zu dürfen?«

»Der Vorsitzende des Hohen Rats ist mein verehrter Vater«, entgegnete Kazanak. »Ich habe die Ehre, den Namen und den Titel der Familie zu tragen, nach dem diese Schiffskonstruktion benannt wurde. Da es die Krönung meines Lebenswerks darstellt, habe ich den Hohen Rat um Erlaubnis gebeten, an dieser Mission teilzunehmen, damit ich Sie mit diesem Schiff und seinen Neuerungen vertraut machen kann. So kann ich mir außerdem ein Bild von seinem Verhalten im Einsatz machen.«

Valak versuchte seine Enttäuschung zu verbergen und einen nichtssagenden Gesichtsausdruck zu wahren, als er erwiderte: »Ich verstehe. Darf ich dem entnehmen, daß der Zweck dieser Geheimmission lediglich darin besteht, die Fähigkeiten dieses Schiffes zu testen und dem Hohen Rat ein offizielles Gutachten zu liefern?«

Kazanak lächelte. »Zum Teil, Commander, nur zum Teil. Da diese Mission vom Rat unter der Leitung meines verehrten Vaters und Lord Daroks geplant wurde, bin ich damit beauftragt, Sie über die Einzelheiten dieser Mission zu informieren. Seien Sie jedoch beruhigt, daß ich ausschließlich als Berater in Aktion treten werde, und zwar bezüglich der Konstruktion und Eigenschaften dieses Schiffes. Was die Mission selbst betrifft, bin ich bereit, Sie umfassend zu informieren, sobald Sie es für angebracht halten.«

Valak nickte. »Gut. Wir werden uns sofort darum kümmern, und zwar in meinem Quartier, wenn Sie so freundlich wären, mir den Weg dorthin zu zeigen.« Er wandte sich an seinen Ersten Offizier. »Die Besatzung kann abtreten, Korak«, sagte er. »Und bereiten Sie alles für den Start vor.«

2

Fähnrich Ro Laren blickte verblüfft auf ihre Scannerkonsole. Sie war gerade erst auf die Brücke gekommen, um ihre Schicht zu beginnen. Wenn sie im Dienst war, machte sie alles streng nach Vorschrift, obwohl das eigentlich gar nicht in ihrer Natur lag. Ganz im Gegenteil sogar. Wenn sie jederzeit peinlich auf die Einhaltung von Vorschriften geachtet hätte, wäre sie niemals im Gefängnis gelandet, von wo aus man sie für eine Sondermission ausgewählt hatte, die schließlich dazu führte, daß sie zu einem ständigen Besatzungsmitglied des Raumschiffs *Enterprise* wurde.

Seitdem sie sich auf persönliche Einladung Captain Picards seiner Crew angeschlossen hatte – eine Einladung, die sie vermutlich abgelehnt hätte, wenn er sie damit nicht herausgefordert hätte –, wurde Ro vom übrigen Personal des Schiffes akzeptiert, obwohl sie nie engeren Kontakt zu den Menschen gesucht hatte. Die meisten Besatzungsmitglieder waren Menschen, obwohl auch andere Völker vertreten waren, vor allem Lieutenant Commander Worf, ein Klingone, und Counselor Deanna Troi, die zur Hälfte Betazoidin war. Ro jedoch war die einzige Bajoranerin, und im Zusammenhang mit der jahrelangen Unterdrückung ihres Volkes machte sie das fast automatisch zu einer Außenseiterin.

Obwohl niemand an Bord der *Enterprise* es sie spüren ließ oder sie anders als die übrigen Besatzungsmitglieder behandelte, besaß Ro immer noch die Verteidigungsreflexe, die sie schon in frühester Kindheit hatte entwickeln müssen. Ihre aggressive Arroganz war ein

Komplex, der sie von den anderen absonderte. Sie war Bajoranerin und stolz darauf, und sie besaß die Neigung, ihre streitlustige Individualität wie ein Ehrenabzeichen zu tragen – oder manchmal sogar wie eine Waffe.

Sie hatte sich immer noch nicht an die Tatsache gewöhnt, daß es für die Besatzung überhaupt keinen Unterschied machte, ob sie Bajoranerin war oder nicht. Sie erwartete ständig, daß jemand ihre Rassenzugehörigkeit zum Thema machte, so daß sie dazu neigte, dieses Thema selbst als erste anzusprechen, auch wenn es gar nicht darum ging.

Ihre Kollegen bemühten sich nach Kräften, Verständnis für ihr Verhalten in solchen Situationen zu haben, was sie nur um so wütender machte – jedoch eher auf sich selbst als auf die anderen. Sie wußte, daß alle versuchten, ihr das Gefühl zu geben, daß sie dazugehörte, aber sie fügte sich trotzdem nicht in die Gemeinschaft ein. Außerdem war sie sich gar nicht sicher, ob sie überhaupt dazugehören wollte. Deanna Troi hätte ihr vermutlich erzählt, daß sie Angst vor seelischer Verletzung hatte – etwas, das die meisten Menschen verstanden und akzeptierten, weil es unvermeidlich war, wenn man andere an sich heranließ – und daß diese Angst sie davon abhielt, die psychischen Verteidigungsmechanismen aufzugeben, die sie im Laufe vieler Jahre aufgebaut hatte. Doch Ro hatte Deanna noch nie um ein Gespräch gebeten, und Deanna würde ihr niemals unaufgefordert einen Rat geben.

Mit der Zeit würde sich Ros Haltung vielleicht ändern, doch bis dahin wurde ihre Zusammenarbeit mit den übrigen Besatzungsmitgliedern von nervöser Anspannung beherrscht. Da sie ständig damit rechnete, jemand könnte sie als Außenseiterin bezeichnen, als Bajoranerin, die aufgrund ihrer Herkunft nicht dazugehörte, gab sich Ro allergrößte Mühe, ihre sämtlichen Pflichten auf vorbildliche Weise und streng nach Vorschrift zu erledigen, damit niemand aufgrund ihrer Arbeit Anlaß zur Kritik hatte. Als sie jetzt also ihren Platz an der Scannerkonsole einnahm, folgte sie ganz genau den Vorschriften und ging sogar noch darüber hinaus, indem sie einen schnellen Autodiagnose-Check aller Sensoren durchführte und dann noch einmal sämtliche Frequenzen überprüfte.

Sie rechnete eigentlich nicht damit, irgend etwas Außergewöhnliches festzustellen, denn die Mitarbeiter des technischen Stabes gingen bei ihren Wartungsarbeiten äußerst gewissenhaft vor. Geordi LaForge duldete keinerlei Nachlässigkeiten. Daher war sie überrascht, daß ihre Anzeigen einen Ausschlag registrierten, der auf den Empfang einer schwachen Übertragung auf einer Frequenz hindeutete, die normalerweise nicht von Föderationsschiffen benutzt wurde.

»Sir, ich empfange Spuren einer Übertragung auf Subraumfrequenz«, sagte Ro zu Commander William Riker.

»Identifizieren«, sagte Riker in der abgekürzten Sprechweise, die er immer dann benutzte, wenn er das Kommando auf der Brücke hatte. In den meisten anderen Situationen jedoch, dachte Ro, war Rikers Verhalten zu seinen Untergebenen so zwanglos, daß manche es für allzu lässig hielten. Doch eine solche Einschätzung wäre viel zu oberflächlich. Die Besatzung der *Enterprise* funktionierte als fest zusammengeschweißte Einheit, und ihre Beziehungen untereinander waren so eng, daß Außenseiter auf die Idee kommen könnten, eine solche Vertraulichkeit würde sich nicht mit Disziplin vertragen. Doch sowohl Riker als auch Picard hatten ihren eigenen Führungsstil, und wenn Riker die übrige Zeit etwas zu zwanglos erschien, so diente es nur als Ausgleich für die steife, sachliche Art, die er im Dienst an den Tag legte. Wenn es nötig war, ließ er die Peitsche knallen, und weil seine Untergebenen wußten, daß er sie mochte, belohnten sie ihn jederzeit mit Bestleistungen. Auf jeden Fall konnte niemand etwas an den Resultaten aussetzen. Die *Enterprise* war das disziplinierteste Schiff von Starfleet, und keine Besatzung konnte sich einer besseren Erfolgsquote rühmen.

Ro starrte auf die Leuchtanzeige und regelte dann die Empfindlichkeit der Sensoren herunter, um sich auf das Signal zu konzentrieren. Als es stärker hereinkam, erschienen die ersten Datenkolonnen auf dem Bildschirm, die die Frequenz identifizierten, während die Rezeptoren automatisch die Subrauminterferenzen herausfilterten. Sie schüttelte irritiert den Kopf. »Es ist weit entfernt, Sir, ... und der Empfang ist unregelmäßig, aber es handelt sich um keinen der Frequenzbereiche, die bei der Föderation üblich sind.«

»Mr. Worf, vergleichen Sie die Daten mit den Aufzeichnungen des Schiffscomputers«, sagte Riker.

»Das habe ich bereits getan«, erwiderte der Klingone, der offenbar mit diesem Befehl gerechnet hatte. »Das Ergebnis müßte jeden Augenblick da sein ...« Er erstarrte, als er auf seinen Schirm sah, und blickte dann zu Riker auf. »Sir, es handelt sich um eine romulanische Frequenz.«

Riker beugte sich in seinem Sessel vor. »Fähnrich, können Sie dieses Signal noch etwas verstärken?«

»Sofort ... Es scheint ein Notruf zu sein, Sir!« Ro wirkte überrascht.

»Können Sie mir die Koordinaten der Quelle geben?« fragte Riker nervös.

»Einen Augenblick ...« Sie schüttelte den Kopf. »Das kann nicht stimmen.«

»Was gibt es denn?«

»Nach meinen Anzeigen befindet sich die Quelle in der Nähe der Grenze zur Neutralen Zone«, sagte sie. »Aber ... die Koordinaten liegen im Bereich der Föderation, Sir.«

Riker tippte auf die Duraniumhülle seines Insignienkommunikators, der in Form des Starfleet-Symbols gestaltet war und den er auf der Brust seiner Uniform trug. »Riker an Captain Picard«, sagte er. »Bitte kommen Sie unverzüglich zur Brücke.«

Die Antwort kam fast sofort. »Ich bin schon unterwegs, Nummer Eins.«

Riker tippte erneut auf das Abzeichen und schaltete es damit aus. »Mr. Data, ich möchte die präzisen Koordinaten für die Quelle dieser Sendung«, sagte er.

»Verstanden, Sir«, erwiderte der Androide und gab mit übermenschlicher Geschwindigkeit Befehle in seine Konsole ein.

Kurz darauf trat Captain Jean-Luc Picard aus dem Turbolift und kam auf die Brücke. Der große, schlanke und durchtrainierte Mann ging zum Sitz des Captains und nahm Platz. »Bericht, Nummer Eins«, sagte er.

»Sir, wir empfangen ein romulanisches Notrufsignal, und zwar aus einem Raumsektor der Föderation in der Nähe der Neutralen Zone«, sagte Riker.

»Haben Sie die Koordinaten für einen Abfangkurs berechnet?« fragte Picard.

»Berechnet und eingegeben, Sir«, sagte Data.

»Gut. Dann gehen Sie auf Abfangkurs, mit Warpfaktor drei.«

Datas Finger flogen über die Schaltflächen. »Kurs liegt an, Sir, Warpfaktor drei«, erwiderte er.

»Energie!« sagte Picard und unterstrich den Befehl mit einer Handbewegung.

Als die Schiffstriebwerke auf Warp drei gingen, warf Picard seinem Ersten Offizier einen Blick zu. »Was halten Sie von der Sache, Nummer Eins?« fragte er.

Riker schüttelte den Kopf. »Ich weiß es nicht, Sir«, antwortete er. »Einerseits könnte es sich um ein echtes Notsignal handeln, wobei das Eindringen in einen Raumsektor der Föderation unbeabsichtigt geschehen sein könnte. Ein beschädigtes Schiff könnte durchaus über die Grenze zur Neutralen Zone getrieben sein, vor allem wenn es sich auf einem Patrouillenflug entlang der romulanischen Grenze befand. Andererseits könnte es sich auch um eine Falle handeln.«

Picard nickte. »In der Tat«, sagte er. »Ganz gleich, was es ist, wir sollten auf jeden Fall vorsichtig sein. Wenn es wirklich ein Schiff in Not ist, sind wir verpflichtet, ihm unsere Hilfe anzubieten.«

»Vorausgesetzt, die Romulaner nehmen dieses Angebot an«, sagte Riker trocken.

»Ich denke, wir können mit ziemlicher Sicherheit davon ausgehen, daß sie es nicht tun werden«, sagte Picard, »aber wenn der Notruf berechtigt ist, werden wir unsere Hilfe trotzdem anbieten.«

»Wenn sie es tatsächlich ehrlich meinen«, sagte Riker, »könnte es sein, daß wir bei unserer Ankunft feststellen, daß bereits ein anderes romulanisches Schiff auf die Sendung reagiert hat.«

»Das wäre durchaus möglich, Nummer Eins«, sagte Picard. »In diesem Fall kommt es darauf an, eine ruhige, aber starke Hand zu behalten.«

»Meinen Sie, wir sollten die Starfleet-Zentrale benachrichtigen?«

»Noch nicht«, erwiderte Picard. »Das wäre zum jetzigen Zeitpunkt verfrüht. Man erwartet einen umfassenden Bericht, und dazu besitzen wir noch nicht genügend Informationen. Gehen wir die Sache ganz ruhig an, Nummer Eins. Wir haben keine Ahnung, in was wir hineingeraten.« Kontakte mit den Romulanern waren meistens ein riskantes Spiel.

Während das Schiff auf sein Ziel zuflog, überprüften die Brückenoffiziere sorgsam alle Systeme. In der gesamten *Enterprise* ging es betriebsam zu, als die Besatzungsmitglieder ihre Posten aufsuchten und sich auf alle Eventualitäten vorbereiteten. Schon bald näherten sie sich der Quelle der Übertragung, die sie aufgefangen hatten.

»Sir«, sagte Data, »wir dürften in wenigen Augenblicken innerhalb der Reichweite der visuellen Scanner sein.«

»Danke, Mr. Data«, sagte Picard. »Verzögern Sie auf Impulsgeschwindigkeit. Aktivieren Sie den Hauptbildschirm. Alarmstufe Gelb.«

Als die *Enterprise* auf Impulsgeschwindigkeit ging, kamen Deanna Troi und einige weitere Besatzungsmitglieder auf die Brücke, um die Brückenbesatzung zu vervollständigen. Es konnte immerhin der Befehl für Alarmstufe Rot gegeben werden, so daß alle Gefechtsstationen besetzt werden mußten. Deanna Troi nahm ihren Platz links vom Captain ein, während Worf die taktische Station besetzte. Data und Ro saßen an den vorderen Stationen, und Riker befand sich auf seinem Platz rechts vom Captain. Die übrigen Crewmitglieder bemannten die wissenschaftliche Station, die Einsatzkontrolle und die technische Station, an der Lieutenant Commander Geordi LaForge saß, der aus dem Maschinenraum heraufgekommen war, als Alarmstufe Gelb gegeben wurde. Schnell und leise waren die Brückenstationen in volle Funktionsbereitschaft versetzt worden und nun zum Einsatz für jede erdenkliche Situation bereit. Niemand sprach ein Wort. Alle beschäftigten sich mit ihren Aufgaben und nahmen ihren Posten mit geübter Sicherheit ein, die fast lässig gewirkt hätte, wenn auf der Brücke nicht eine Atmosphäre kontrollierter Anspannung geherrscht hätte.

»Wir sind in Sichtweite, Sir«, sagte Data. »Die Scanner zeigen ein nicht identifiziertes Raumschiff auf Kurs null drei sechs Komma zwei fünf.«

»Auf den Schirm, Mr. Data!« sagte Picard.

Der Hauptbildschirm belebte sich und öffnete sich wie ein Fenster zur sternenübersäten Schwärze des Weltalls. In der Ferne war undeutlich ein Objekt zu erkennen – die Quelle des Notsignals.

»Der Notruf kommt laut und deutlich herein, Captain«, sagte Fähnrich Ro.

»Bestätigt«, kam Worfs Meldung von der taktischen Station. »Es scheint sich um ein nonverbales, automatisches Notsignal zu handeln, das auf einer kodierten Frequenz abgestrahlt wird, Sir.«

»Gehen Sie auf maximale Vergrößerung, Mr. Data!« sagte Picard.

»Maximale Vergrößerung, Sir«, wiederholte Data den Befehl.

Das Objekt auf dem Hauptbildschirm wurde immer größer, als die Sensoren auf höchste Auflösung gingen. Picard beugte sich leicht in seinem Sessel vor und ließ das Bild nicht aus den Augen. Alle Anwesenden hatten den Blick auf den Hauptschirm geheftet. Riker stand langsam auf, während sein Gesicht einen erstaunten Ausdruck annahm.

»Was in Gottes Namen...« Geordi sprach den Satz nicht zu Ende, als er durch sein Visor auf den Schirm starrte.

Dort war die Darstellung eines Raumschiffstyps zu erkennen, den noch niemand von ihnen zuvor gesehen hatte, obwohl die Umrisse vage vertraut waren. Es war unverkennbar eine romulanische Konstruktion, aber es war riesig, fast doppelt so groß wie die größten romulanischen Schiffe, denen sie bisher begegnet waren. Vom Design her handelte es sich eindeutig um ein Schiff des Typs Kriegsschwalbe. Genauso wie alle anderen romulanischen Schiffskonstruktionen erinnerte es an einen Raubvogel, aber es war zweifellos eine völlig neue Klasse, eine Weiterentwicklung mit größeren und leistungsfähigeren Warpgondeln und zahllosen weiteren Neuerungen. Sogar auf diese Entfernung konnten alle erkennen, daß die *Enterprise* daneben winzig wirken würde.

»Verdammt, es ist riesig!« flüsterte LaForge.

»Das können Sie laut sagen, Mr. LaForge«, entgegnete Riker, der immer noch auf den Schirm starrte.

»Alarmstufe Rot, Mr. Riker!« sagte Picard knapp.

»Alarmstufe Rot. Gefechtsstationen besetzen!« wiederholte Riker, und als die Alarmsirenen durch das Schiff hallten, wurde dadurch auf jedem Deck hektische Aktivität ausgelöst, während die Besatzungsmitglieder zu ihren Posten eilten.

Picard erhob sich aus seinem Sessel und ging an der Navigation vorbei nach vorn zum Bildschirm. Er konnte seinen Blick nicht vom Hauptschirm lösen.

»Mr. Worf, was halten Sie davon?« fragte er.

Lieutenant Commander Worf schüttelte den Kopf. »Es ist keine normale Kriegsschwalbe der D'Deridex-Klasse, Captain«, antwortete er. »Es scheint sich um eine völlig neuartige Konstruktion zu handeln.« Er beschäftigte sich mit seiner Scannerkonsole. »Ich empfange nichts, was nach einer Reaktion auf unsere Annäherung aussieht, Sir. Ihre Schilde sind immer noch deaktiviert.«

»Mr. Data, Zustandsbericht, bitte!« sagte Picard.

Der Androide überprüfte schnell seine Anzeigen und nahm die Informationen schneller auf, als ein Mensch dazu in der Lage gewesen wäre. »Die Energieversorgung des Schiffes scheint völlig heruntergefahren zu sein, Captain«, antwortete er. Dann runzelte er leicht die Stirn – für einen Androiden eine ungewöhnliche Reaktion, die er sich jedoch zugelegt hatte, weil er mehr über Menschen lernen wollte und daher so viele Verhaltensmuster wie möglich von ihnen übernommen hatte. »Ich empfange keinerlei Lebenszeichen vom Schiff, Sir. Der Notruf wird automatisch gesendet. Die Scannerdaten zeigen an, daß sämtliche Lebenserhaltungssysteme an Bord des romulanischen Schiffs ausgefallen sind.« Er sah zu Picard auf. »Sie sind alle tot, Sir.«

»Tot?« wiederholte Picard erstaunt.

»Es könnte ein Trick sein«, sagte Riker.

»Mr. Worf?« sagte Picard, ohne den Blick vom Bildschirm zu nehmen.

Worf schüttelte den Kopf. »Ich messe keinerlei Energien, Sir. Bei dieser Entfernung hätten sie unsere Anwesenheit längst bemerken müssen, trotzdem haben sie immer noch keine Schilde aufgebaut. Ihre Waffensysteme sind ohne Energie, genauso wie die Lebenserhaltung. Obwohl wir in Sichtweite sind, wurden wir immer noch nicht gescannt. Das Schiff treibt antriebslos durch den Raum, Sir. Alle Anzeigen deuten auf ein aufgegebenes Wrack hin, in dem sich kein Leben mehr befindet.«

»Mr. Data, geben die Fernbereichsscanner Hinweise auf die Anwesenheit anderer romulanischer Schiffe?«

»Negativ, Sir«, antwortete Data mit einem Blick auf seine Monitore.

»Alarmstufe Rot beibehalten«, sagte Picard. »Auf halbe Impulskraft verlangsamen.«

»Halbe Impulskraft«, bestätigte Data.

»Mr. LaForge, wie lautet Ihre Einschätzung?« fragte Picard.

»Ich habe etwas Derartiges noch nie gesehen«, erwiderte Geordi LaForge. »So weit wir wissen, besitzen die Romulaner keine solchen Schiffe. Es muß eine völlig neue Konstruktion sein, ein brandneuer Typ. Dagegen wirken ihre Schiffe der D'Deridex-Klasse genauso überholt wie unsere alten Raumschiffe der Constitution-Klasse. Ich vermute, wir haben hier den Prototyp einer neuen Generation von romulanischen Kriegsschwalben vor uns, von der wir bislang noch gar nichts wußten. Sir, das könnte eine einmalige Gelegenheit sein. Wenn das Schiff wirklich verlassen ist, könnten wir ein Team hinüberbeamen und ...«

»Auf diesen Vorschlag kommen wir vielleicht später noch einmal zurück, Mr. LaForge«, sagte Picard, der immer noch den Hauptbildschirm mißtrauisch im Auge behielt. Jeder Muskel seines Körpers war angespannt. Irgend etwas stimmte nicht. Er konnte es spüren. Alle auf der Brücke Anwesenden blickten ihn an. Niemand sprach. Alle beobachteten ihn und warteten auf seine Befehle.

»Zustandsbericht, Mr. Worf!« sagte er.

»Keine Veränderung, Sir.«

»Mr. Data?«

»Keine Veränderung, Sir. Die Scanner registrieren keinerlei Lebensformen«, antwortete Data. »Die Lebenserhaltungssysteme an Bord des romulanischen Schiffes sind außer Funktion.«

»Vielleicht ist es zu einem Ausfall der Systeme gekommen«, sagte Riker. »Wenn dieses Schiff ein Prototyp ist, hat es vielleicht einen bislang unbemerkten Konstruktionsfehler, der nun zu einem schwerwiegenden Ausfall führte. In diesem Fall hatten sie keine Chance. Die Besatzung ist vermutlich erstickt, bevor sie die Evakuierung einleiten konnte.«

»Aber sie verfügten doch bestimmt über Notsysteme«, sagte Deanna. »Oder über Schutzanzüge, die sie im Notfall hätten anlegen können?«

»Nicht unbedingt«, sagte Riker. »Die Romulaner haben niemals sehr großen Wert auf die Sicherheit ihrer Besatzungen gelegt. Vielleicht gab es tatsächlich ein Notsystem, doch wenn es im selben Augenblick wie das Hauptsystem zusammenbrach, mußten sie alle ins Gras beißen.«

»Entschuldigen Sie bitte, Sir«, sagte Data. »In welches Gras?«

»Das ist lediglich eine Redensart, Mr. Data«, sagte Picard. »Eine saloppe Umschreibung für sterben.«

»Ins Gras beißen«, wiederholte Data und nickte dann. »Ja, ich verstehe. Diese Redensart bezieht sich zweifellos auf den Tod während eines Kampfes, wenn der Unterlegene zu Boden ging und dabei mit dem Gesicht ins Gras fiel, so daß man in übertragener Bedeutung davon sprechen könnte ...«

»Bitte, Mr. Data!« sagte Picard ungeduldig.

»Ja, Sir. Verzeihung, Sir.«

»Counselor, Ihre Meinung?« sagte Picard.

Deanna schüttelte den Kopf. »Es tut mir leid, Captain, aber ich empfange nichts. Ich kann ihnen nur zur Vorsicht raten.«

»Selbstverständlich«, sagte Picard, während er die Lippen zusammenkniff.

»Sir«, sagte LaForge, »dies könnte ein einmaliger Glückstreffer für uns sein. Die erste Gelegenheit, Erfahrungen mit einer neuen Generation romulanischer Kriegsschiffe zu sammeln, ganz zu schweigen von der Möglichkeit, an wertvolle Geheiminformationen zu gelangen... sämtliche Kodes und Computerdaten. Es ist alles da, wir müssen es uns nur holen!«

»Ja, Mr. LaForge, dessen bin ich mir bewußt«, sagte Picard. »Aber nur unter der Voraussetzung, daß die Situation sich tatsächlich so darstellt, wie sie auf den ersten Blick erscheint.«

»Sir, an Bord dieses Schiffes sind keinerlei Lebensformen registrierbar!« sagte Worf. »Alle Systeme sind ohne Energie. Selbst wenn es sich um eine List handelt, könnte man auf diese Entfernung niemals die Systeme reaktivieren, um einen Angriff gegen uns zu starten. Das Schiff ist uns hilflos ausgeliefert.«

»Ich weiß, Mr. Worf, ich weiß«, erwiderte Picard. »Aber das alles erscheint mir viel zu einfach.«

»Warum sollten sie einen Prototyp ohne jede Begleitung auf einen Probeflug schicken?« fragte Ro. »Das wäre unlogisch.«

»Ja, für uns«, sagte Riker, »aber nicht unbedingt für die Romulaner. Sie legen größten Wert auf Geheimhaltung. Wenn diese neue Konstruktion irgendwelche Mängel hat, würden sie alles tun, um zu vermeiden, daß etwas davon bekannt wird. Der Stolz und die Arroganz der Romulaner verhindert, daß sie jemals einen Fehler zugeben würden.«

»Nun, es sieht so aus, als hätten sie diesmal einen ziemlich dicken Fehler begangen«, sagte Geordi. »Captain, es kann nur eine Frage der Zeit sein, bis ein anderes romulanisches Schiff auf den Notruf reagiert, und dann dürfte es hier bald vor Kriegsschwalben wimmeln. Die Situation ist äußerst günstig für uns, aber nicht mehr lange. Bei allem Respekt, Sir, wir können es uns nicht erlauben, Zeit zu verschwenden und noch länger abzuwarten.«

»Geordi hat recht, Captain«, sagte Riker. »Außerdem haben wir das Gesetz auf unserer Seite. Dieses Kriegsschiff hat das Hoheitsgebiet der Föderation verletzt, auch wenn sich kein lebendes Wesen mehr an Bord befindet. Rechtlich betrachtet könnten wir es konfiszieren.«

Picard schüttelte den Kopf. »Nein, Nummer Eins, das können wir uns nicht leisten. Wir müssen das Schiff irgendwann an die Romulaner zurückgeben. Andernfalls würden wir riskieren, den Waffenstillstand zu gefährden, der ohnehin nicht sehr sicher ist. Das bedeutet jedoch nicht, daß wir eine Gelegenheit verstreichen lassen sollten, so viel wie möglich über dieses Schiff in Erfahrung zu bringen, bevor die Romulaner auf den Notruf reagieren.«

»Soll ich ein Außenteam zusammenstellen, Sir?« fragte Riker unsicher.

»Ja«, antwortete Picard. »Alarmstufe Rot ist aufgehoben, aber der Gelbalarm bleibt bestehen. Ich möchte, daß das Außenteam Schutzanzüge trägt, Nummer Eins. Das Schiff könnte kontaminiert sein. Außerdem soll ein voll ausgerüstetes Sicherheitsteam mitgehen, Mr. Worf.«

»Ich werde alles Nötige veranlassen, Captain«, antwortete Worf.

»Fähnrich Ro, behalten Sie die Fernscanner im Auge und achten Sie auf romulanische Schiffe, die auf den Notruf reagieren.«

»Verstanden, Sir.«

»Nummer Eins, ich möchte, daß Sie das Außenteam leiten«, sagte Picard.

»Ja, Sir. Zusätzlich zum Sicherheitsteam werde ich LaForge und Data mitnehmen«, sagte Riker.

»Dr. Crusher wird sich bereithalten und hinüberbeamen, sobald Sie festgestellt haben, daß keine Gefahren drohen«, sagte Picard. »Ich möchte einen kompletten medizinischen Bericht über die Situation an Bord des Schiffes, bevor wir weitere Leute hinüberschicken.«

»Verstanden, Sir. Ich bin schon unterwegs.«

»Noch etwas, Nummer Eins ... Seien Sie vorsichtig!«

Als das Team auf der Brücke des romulanischen Kriegsschiffs materialisierte, hielten die Sicherheitsleute ihre Waffen bereit. Außerdem trugen alle Mitglieder des Außenteams Phaser vom Typ II, die auf schwere Betäubung eingestellt waren. Riker bemerkte, daß Worf trotz der Scannerdaten kein Risiko einging. Vor dem Transport zum fremden Schiff hatten sich die Sicherheitsleute mit gezogenen Waffen im Kreis um den Rest des Außenteams formiert, so daß sie, falls nötig, sofort das Feuer eröffnen konnten, wenn sie an Bord des romulanischen Schiffs materialisierten. Doch es bestand kein Grund, das Feuer zu eröffnen. Fast dreißig Sekunden lang nach ihrem Eintreffen bewegte sich niemand, und niemand sagte ein Wort.

Die Szene, die sich ihnen auf der Brücke des romulanischen Schiffs bot, war kein schöner Anblick. Sie rief ihnen allen anschaulich ins Gedächtnis, was geschehen würde, wenn jemals ein ähnlich katastrophales Versagen an Bord der *Enterprise* auftrat. Die Leichen der romulanischen Brückenbesatzung lagen zusammengesunken in den Sitzen, über den Konsolen oder auf dem Boden.

»Riker an *Enterprise*«, sprach der Erste Offizier in das Mikrophon im Helm seines Schutzanzuges.

Picards Stimme kam aus dem Helmlautsprecher. »Ich höre, Nummer Eins.«

»Wir sind auf der Brücke der Kriegsschwalbe«, sagte Riker, während er sich umblickte. »Die gesamte Besatzung ist tot, offenbar durch Erstickung.«

Er betrachtete die Leichen, die überall verstreut herumlagen und konsultierte dann seinen Tricorder, während sich die anderen vorsichtig verteilten.

»An Bord des Schiffes gibt es keine Lebensanzeichen«, sprach er weiter. »Ich wiederhole: keine Lebensanzeichen. Was auch immer passiert ist, es muß sehr schnell geschehen sein. Nach der Anordnung der Toten zu urteilen vermute ich, daß die Frischluftzufuhr sehr plötzlich versagt hat, während die Entsorgung der verbrauchten Luft noch eine Weile gearbeitet hat. Hier herrscht zwar kein Vakuum, aber irgendwann hatte die Besatzung nicht mehr genügend Luft zum Atmen.«

»Irgendwelche Anzeichen auf Strahlung?« fragte Picard.

»Negativ«, antwortete Riker. »LaForge überprüft gerade die technischen Konsolen auf der Brücke, aber es sieht nicht danach aus, als hätte es ein Leck gegeben. Wir können jetzt Dr. Crusher herüberbeamen lassen, damit sie das Schiff auf eine mögliche Virenverseuchung überprüft, aber das ist es nicht, was die Leute hier getötet hat. Die Toten weisen sämtliche Anzeichen eines Sauerstoffmangels auf. Meine Vermutung geht dahin, daß die Katastrophe erst vor kurzem passiert ist. Dr. Crusher müßte das bestätigen können.«

»Haben Sie sich bereits auf den anderen Decks umgesehen?« fragte Picard.

»Worf macht sich gerade mit ein paar Sicherheitsleuten auf den Weg«, antwortete Riker, »aber wenn es noch irgendwelches Leben in diesem Schiff geben sollte, hätten wir es inzwischen registriert.«

»Soll ich jetzt Dr. Crusher mit ihrem medizinischen Team hinüberbeamen lassen?« fragte Picard.

»Bestätigt«, sagte Riker. »Sorgen Sie nur dafür, daß sie alle Schutzanzüge tragen.«

»Commander, es besteht vielleicht eine Möglichkeit, daß ich uns wieder Atemluft verschaffen kann«, sagte LaForge. Er stand an einer der Brückenkonsolen, die er aufmerksam studierte. »Ich habe die technische Station gefunden. Die Konfiguration ist ganz anders als unsere, aber ich denke, mit Datas Hilfe werde ich damit zurechtkommen.«

»Können Sie die Lebenserhaltungssysteme wieder aktivieren?« fragte Riker.

»Die Chancen stehen recht gut«, sagte Geordi. »Die Instrumente verfügen noch über eine gewisse Restenergie. Das bedeutet, sobald mir Data dabei hilft, die romulanische Beschriftung zu entziffern, kann ich einige Tests durchführen, vielleicht sogar einige unserer Instrumente anpassen und dann herausfinden, was genau hier schiefgegangen ist. Vielleicht ist der Zusammenbruch der Energieversorgung nur ein Nebeneffekt des Systemversagens. Oder die Besatzung hat die Energieversorgung unabsichtlich im Todeskampf lahmgelegt. Es ist auch möglich, daß die Katastrophe das Resultat irgendeines internen Sicherheitsprogramms ist. Ich bin mir noch nicht ganz sicher, aber wenn ich ein Team in die Maschinensektion schicken kann, müßte ich sehr schnell einige dieser Fragen beantworten können.«

Riker aktivierte seinen Kommunikator. »Mr. Worf, bitte berichten Sie!«

»Es scheint überall auf dem Schiff gleich auszusehen, Commander«, antwortete Worf. »Die Romulaner sind an Ort und Stelle tot zusammengebrochen, als die Luftversorgung ausgefallen ist. Das Systemversagen muß überall gleichzeitig aufgetreten sein.«

»Woraus sich ergibt, daß das zentrale Kontrollsystem des Maschinenraums versagt hat«, sagte LaForge. »Vielleicht schaffen wir es, mit unseren eigenen Ersatzteilen eine Notreparatur durchzuführen.«

»Okay, Geordi, machen Sie sich an die Arbeit!« sagte Riker.

Während LaForge zusammen mit Data die Brücke verließ, um sich auf den Weg zum Maschinenraum zu machen, materialisierten Dr. Crusher und das medizinische Team hinter Riker. Alle trugen Schutzanzüge mit unabhängigen Lebenserhaltungssystemen. Sie begannen sofort damit, die toten Romulaner zu untersuchen.

»Riker an *Enterprise!*«

»Sprechen Sie, Nummer Eins«, meldete sich Picard.

»Dr. Crusher und das medizinische Team sind eingetroffen«, sagte Riker. »LaForge ist zusammen mit Data unterwegs zum Maschinenraum. Er will versuchen, die Lebenserhaltung zu reparieren und wieder in Betrieb zu nehmen. Hier scheint nirgendwo unmittelbare Gefahr zu drohen. Gibt es bereits Anzeichen, daß romulanische Schiffe dem Notruf gefolgt sind?«

»Negativ, Nummer Eins«, entgegnete Picard. »Unsere Fernscanner konnten bisher nichts registrieren.«

»Sir, ich bitte um Erlaubnis, den Notrufsender zu deaktivieren«, sagte Riker. »Wenn die Romulaner das Signal noch nicht aufgefangen haben, blieben uns dadurch mögliche Probleme erspart. Außerdem würden wir eine Menge Zeit gewinnen.«

Picard antwortete nicht sofort.

»Sir?« fragte Riker nach.

»Ich habe Sie verstanden, Nummer Eins«, sagte Picard. »Na gut, machen Sie es. Sichern Sie das Schiff und melden Sie sich baldmöglichst auf der Brücke zurück.«

»Verstanden, Sir«, erwiderte Riker.

Er wandte sich an Dr. Crusher. »Ich beame jetzt zur *Enterprise* zurück«, sagte er. »Geordi versucht, die Lebenserhaltungssysteme wieder in Ordnung zu bringen. Er braucht dazu weiteres technisches Personal und vermutlich auch einige Ausrüstung. Der Captain erwartet einen ausführlichen medizinischen Bericht.«

»Darauf wird er nicht lange warten müssen«, sagte sie. »Es ist ziemlich klar, was hier geschehen ist. Alle Romulaner sind erstickt. Die Zyanose, die Haltung der Körper, die oberflächlichen Verletzungen während des Todeskampfes – all das bestätigt Ihre anfängliche Einschätzung. Was sollen wir mit den Leichen machen?«

»Im Augenblick gar nichts«, antwortete Riker. »Wahrscheinlich ist es sogar das beste, alles so zu lassen, wie wir es vorgefunden haben. Die Romulaner könnten sonst behaupten, wir hätten etwas mit dieser Sache zu tun. Ich möchte, daß die Beweise für sich sprechen. Wir sollten Bildaufzeichnungen von der Lage auf dem Schiff anfertigen.« Dann rief er Geordi über Kommunikator an. »Riker an LaForge!«

»LaForge hier. Ich höre, Commander.«

»Wir gehen der Reihe nach vor, Geordi. Zuerst schalten Sie den Notrufsender ab. Dann versuchen Sie, die Lebenserhaltung zu reaktivieren. Ich kehre zur *Enterprise* zurück. Dort werde ich ein technisches Team zusammenstellen, das Ihnen hier hilft.«

»Ich habe mich bereits darum gekümmert, Commander«, erwiderte LaForge. »Dank Datas Hilfe kommen wir gut mit der Übersetzung der romulanischen Anzeigen voran, und ich glaube, daß wir die Lebenserhaltungsfunktionen in weniger als einer Stunde reaktiviert haben.«

»So schnell?«

»Es sieht aus, als hätte es einen Fehler in der zentralen Bioprozessoreinheit gegeben«, erklärte LaForge. »Die Romulaner scheinen im Gegensatz zu uns auf mehrfache Redundanzsysteme zu verzichten. Es gibt hier nur die zentrale Einheit und daneben als Reserve ein Netzwerk aus untergeordneten Verteilersystemen. Es ist kaum zu glauben, aber so weit ich feststellen kann, wurde der Hauptprozessor der Reservesysteme niemals richtig angeschlossen. Ich habe das Ding gerade vor mir. Die Anschlüsse wurden völlig wahllos zusammengesteckt, ohne daß es jemals getestet wurde, denn so kann es unmöglich funktionieren.«

»Sie meinen, daß man den Probeflug angetreten hat,

ohne die Reservesysteme der Lebenserhaltung richtig zu installieren?« fragte Riker ungläubig nach.

»Mit dem Reservesystem selbst ist alles in Ordnung«, sagte Geordi, »nur der Hauptprozessor wurde falsch angeschlossen. Es war einfach nur Schlamperei, aber von der Sorte, die nur dann bemerkt wird, wenn jemand konzentriert danach sucht. Die Anschlüsse liegen so, daß die Techniker bei einem Test des Reservesystems eine falsche Positivmeldung erhalten hätten. Solange sie nicht unter der Verkleidung der Konsole nachsehen, wie wir es gerade tun, hätten sie niemals einen Hinweis darauf erhalten, daß das Reservesystem nicht funktioniert, sondern erst, wenn das Hauptsystem versagt. Und dann wäre es bereits zu spät gewesen.«

»Wie groß ist die Wahrscheinlichkeit eines Zusammenbruchs des Hauptsystems?« fragte Riker.

»Vielleicht tausend zu eins«, sagte LaForge. »Ich weiß es nicht genau. Dieses Schiff hätte jahrelang im Einsatz sein können, ohne daß das Problem jemals bemerkt worden wäre, solange niemand die Verkleidung abmontiert hätte. So eine Sache hätte sich bei einer Routinewartung schon nach wenigen Sekunden gezeigt, aber wenn die Techniker sich nur auf die Selbsttestfunktionen des Systems verlassen, erhalten sie jedesmal grünes Licht, ohne zu wissen, daß nur ein Kurzschluß dahintersteckt.«

»Mehrere tausend Tote, nur wegen eines falsch angeschlossenen Prozessors«, sagte Riker kopfschüttelnd. »Geordi, erinnern Sie mich daran, wenn ich Ihnen das nächste Mal einen Verweis erteilen will, daß Sie bei Ihren Routinewartungen zu pingelig vorgehen.«

Er konnte LaForges Grinsen beinahe hören. »Wird gemacht, Sir.«

»Commander«, sagte Dr. Crusher, »ich störe Sie nur ungern, aber wir haben hier alles getan, was es zu tun gibt. Mit Ihrer Erlaubnis würde ich jetzt gerne die Krankenstation überprüfen. Wir wissen fast nichts über die medizinische Ausrüstung der Romulaner.«

»Machen Sie nur«, sagte Riker. »Aber seien Sie vorsichtig. Ich kehre jetzt zum Schiff zurück ... Riker an *Enterprise*, eine Person hinüberbeamen!«

Als Riker wieder an Bord des Schiffes war, machte er sich sofort auf den Weg zur Brücke, um seinen Bericht abzuliefern. Captain Picard nickte, als sein Erster Offizier ihm alles gemeldet hatte, was sie bislang in Erfahrung bringen konnten.

»Ausgezeichnet, Nummer Eins«, sagte er. »Die Fernscanner registrieren immer noch keine romulanischen Schiffe. Ich glaube, wir haben einen großen Vorsprung gewonnen. Allerdings habe ich noch meine Zweifel, ob es richtig war, den Notrufsender abzuschalten.«

»Wir haben den Notruf aufgefangen und darauf reagiert«, sagte Riker. »Wir konnten der Besatzung nicht mehr helfen, aber Geordi müßte die Lebenserhaltungssysteme demnächst wieder in Betrieb gesetzt haben. Und wenn bis dahin immer noch keine Romulaner aufgetaucht sind, können wir unsere eigene Nachricht absetzen und sie darüber informieren, was vorgefallen ist. Ansonsten können sie sich kaum darüber beschweren, daß wir ihr Schiff untersucht haben. Es treibt in einem Raumsektor der Föderation, und es handelt sich um ein Wrack. Vom rechtlichen Standpunkt betrachtet könnten wir es sogar behalten.«

»Ja, dessen bin ich mir bewußt, aber wir befinden uns hier in einer Grauzone«, sagte Picard stirnrunzelnd. »Sie wissen genausogut wie ich, wie die Romulaner auf eine solche Vorgehensweise reagieren würden.«

»Wir könnten der Starfleet-Zentrale eine Nachricht schicken«, schlug Riker vor. »Damit wäre uns die Entscheidung abgenommen.«

»Ich bin mir ziemlich sicher, wie die Entscheidung von Starfleet ausfallen würde«, entgegnete Picard.

»Man würde uns zweifellos befehlen, das Schiff zu konfiszieren, ein Prisenkommando an Bord zu schaffen und damit zur nächsten Starbase zu fliegen.«

»Was gefällt Ihnen daran nicht?« fragte Riker.

»Die Romulaner würden niemals untätig zusehen«, sagte Picard. »Sie werden uns beschuldigen, das Schiff angegriffen zu haben und für den Tod der Besatzung verantwortlich zu sein. Und sie würden unser Vorgehen als Kriegserklärung auffassen. Ich bin nicht bereit, in einer so brisanten Situation die Verantwortung aus der Hand zu geben, Nummer Eins.«

»Ja, ich verstehe Ihren Standpunkt«, sagte Riker. »Hier steht zuviel auf dem Spiel, als daß man irgendeinem Schreibtischtäter bei Starfleet die Entscheidung überlassen sollte. Trotzdem müssen wir die Zentrale benachrichtigen.«

»Richtig«, erwiderte Picard, »aber nicht bevor ich sorgfältig alle möglichen Konsequenzen gegeneinander abgewogen habe.«

»Sir, wenn Sie erlauben, möchte ich den Advocatus Diaboli spielen. Haben Sie die möglichen Konsequenzen bedacht, was geschieht, wenn wir den Romulanern das Schiff zurückgeben, *ohne* daß wir Starfleet benachrichtigen?« fragte Riker.

»Genau das habe ich getan, Nummer Eins«, sagte Picard. »Wenn wir jedoch einen ausführlichen Bericht über die Konstruktion und die Eigenschaften dieser neuen Schiffsklasse an Starfleet übermitteln können, würde das sicherlich die Kritik an unserer Entscheidung lindern, das Schiff zurückzugeben. Ich bin der Überzeugung, wenn wir einen ernsthaften Konflikt vermeiden wollen, der durchaus zum Bruch des Waffenstillstands führen könnte, müssen wir das Schiff zurückgeben, je früher, desto besser. Wenn die Romulaner das Notsignal empfangen haben, werden sie auf jeden Fall eine Rettungsaktion starten. Selbst wenn wir jetzt noch eine Nachricht an Starfleet absetzen, werden die Romulaner wahrscheinlich früher eintreffen als die Antwort der Zentrale.«

»Also machen wir Starfleet eine Mitteilung, halten den Alarmzustand aufrecht und beeilen uns, in der Zwischenzeit soviel wie möglich über das Schiff herauszufinden«, sagte Riker.

»In denke, daß wir in Anbetracht der Umstände eine Einsatzbesprechung einberufen sollten, auf der wir unsere Möglichkeiten diskutieren«, sagte Picard.

»Sir, ich empfange eine Nachricht von Commander LaForge an Bord der Kriegsschwalbe«, sagte Fähnrich Ro.

Picard tippte auf seinen Kommunikator. »Picard hier. Berichten Sie, Mr. LaForge!«

»Captain, wir können jetzt versuchen, die Lebenserhaltungsfunktionen zu reaktivieren«, sagte Geordi. »Wir haben den zentralen Bioprozessor repariert, die sekundären Reservesysteme reinstalliert und einen Prozessor aus unseren Beständen als zusätzliche Reserve angeschlossen, nur um ganz sicher zu gehen. Die vorläufige Diagnose hat ergeben, daß das System jetzt funktionieren müßte. Wenn wir nicht auf weitere Probleme stoßen, müßten wir diesen Vogel demnächst wieder voll funktionstüchtig gemacht haben.«

»Ihre Leute sollen wie geplant weitermachen, Mr. LaForge«, sagte Picard. »Im Augenblick möchte ich, daß Sie, Dr. Crusher, Mr. Worf und Mr. Data zurückkommen, damit wir unverzüglich das weitere Vorgehen besprechen können.«

»Verstanden, Sir. Ich benachrichtige die anderen, und wir werden dann sofort hinüberbeamen.«

»Sehr gut, Mr. LaForge«, sagte Picard. »Wir sehen uns im Besprechungsraum. Picard Ende.« Er schaltete mit einer kurzen Berührung seinen Kommunikator aus. »Ich möchte mich auf diesem Schiff umsehen, Nummer Eins.«

Riker lächelte. »Das habe ich mir bereits gedacht, Sir.«

»Ich denke, daß ich im Anschluß an die Einsatzbesprechung Gelegenheit dazu haben werde.« Picard wandte sich an Deanna Troi. »Counselor, ich möchte, daß Sie ebenfalls bei der Besprechung anwesend sind. In der Zwischenzeit bleiben wir auf Alarmstufe Gelb und behalten die Fernscanner im Auge. Fähnrich Ro, Sie übernehmen hier. Setzen Sie mich sofort in Kenntnis, falls sich die Situation irgendwie verändern sollte.«

»Verstanden, Sir.«

»Und dann müssen wir Starfleet eine Mitteilung machen«, sagte Picard, als er sich mit Riker auf den Weg zum Turbolift machte. »Dazu möchte ich einen umfassenden Bericht, einschließlich der Datenbanken des romulanischen Schiffs und des Logbuchs des Captains. Kopieren Sie diese Daten in unseren Schiffscomputer, sobald es geht.«

»Geordi kann sich darum kümmern, sobald das Schiff wieder volle Energie hat«, sagte Riker. »Und falls die Romulaner irgendwelche Sicherheitssperren in ihre Computersysteme eingebaut haben, müßte Data in der Lage sein, sie zu knacken.«

Sie betraten den Turbolift und ließen sich zum Besprechungszimmer bringen. Nach wenigen Augenblicken waren alle anwesend und hatten ihre Plätze am Konferenztisch eingenommen.

»Berichten Sie, Mr. LaForge!« sagte Picard.

»Die Lebenserhaltungssysteme an Bord der Kriegsschwalbe sind jetzt wieder voll funktionsfähig«, sagte Geordi. »Unsere Leute können in etwa fünf Minuten ihre Schutzanzüge ablegen. Inzwischen habe ich das technische Team angewiesen, einen vollständigen Systemtest durchzuführen, bevor wir versuchen, die Energieversorgung wieder in Betrieb zu nehmen.«

Picard nickte. »Ausgezeichnet. – Mr. Data, wenn wir hier fertig sind, möchte ich, daß Sie mich auf die Brücke der Kriegsschwalbe begleiten und mir dabei helfen, die in den Computern gespeicherten Informationen zu kopieren.«

»Verstanden, Sir.«

»Nummer Eins, weisen Sie Fähnrich Ro an, alles für die Übertragung bereit zu machen, sobald wir eine Verbindung hergestellt haben. Sorgen Sie dafür, daß die Daten durch unsere Sicherheitsprogramme gefiltert werden, um kein Risiko einzugehen. Ich möchte, daß Sie alles von hier aus koordinieren. Wir dürfen keine Zeit verlieren, aber ich möchte, daß wir uns jeden Winkel dieses Schiffes genau ansehen.«

»Verstanden, Sir«, bestätigte Riker. »Wir haben bereits ein technisches und ein medizinisches Team hinübergebeamt. Ich werde das Sicherheitsteam durch mehrere Einheiten verstärken, die das Schiff Deck für Deck durchkämmen, damit uns keine geheimen Informationen entgehen.«

»Sehr gut«, sagte Picard. »Jetzt möchte ich gern die Diskussion über unsere weitere Vorgehensweise eröffnen. Dieses Schiff ist das modernste romulanische Kriegsschiff, das wir jemals gesehen haben, woraus sich ergibt, daß es für die Romulaner einen unschätzbaren Wert darstellt. Es wird ihnen also überhaupt nicht gefallen, daß Angehörige der Föderation darin herumschnüffeln und sämtliche Daten aus dem Computer holen. Die Romulaner werden mit aller Kraft verhindern wollen, daß wir diese Informationen weitergeben können. Wenn sie eintreffen, bevor wir die Arbeiten auf dem Schiff abgeschlossen haben, sehe ich keine Möglichkeit, wie sich eine Konfrontation vermeiden läßt. Die ganze Situation gleicht vielmehr einer Zeitbombe, die jeden Augenblick hochgehen kann. Aus diesem Grund würde ich gerne Ihre Meinungen hören.«

»Nun, es besteht keine unmittelbare Gefahr«, sagte Dr. Crusher. »Sämtliche Besatzungsmitglieder sind tot, erstickt aufgrund des Versagens der Luftversorgung. Es gibt keine Verseuchung im Schiff – keine Strahlung, keine Viren. Alle Hinweise deuten darauf hin, daß die Tatsachen dem ersten Anschein entsprechen – ein tödlicher Unfall an Bord des Prototyps eines neuen romulanischen Kriegsschiffs, das sich auf dem Probeflug befand.«

»Ein Unfall, der sich als Glücksfall für die Föderation erwiesen hat, um an Geheiminformationen zu gelangen«, fügte LaForge hinzu.

Picard nickte. »Ich bin skeptisch, wenn es um Glücksfälle geht, Mr. LaForge. Ein Glücksfall kann sich sehr schnell als Falle erweisen.«

»Trotzdem sollten wir einem geschenkten Gaul nicht ins Maul schauen«, sagte Riker. »Der schwierige Teil beginnt dann, wenn wir unsere Arbeit erledigt haben und entscheiden müssen, was wir mit dem Schiff machen.«

»Starfleet hätte zweifellos das Recht, es zu konfiszieren«, sagte Data. »Es handelt sich um ein herrenloses Wrack, das den Hoheitsbereich der Föderation verletzt hat.«

»Den Leuten werden die Augen übergehen, wenn sie eine romulanische Kriegsschwalbe in die Hände bekommen können, und dazu noch eine brandneue, hochentwickelte Konstruktion«, sagte Dr. Crusher. »Sie werden keinen Gedanken an die Konsequenzen verschwenden, wenn sich eine solche Gelegenheit bietet.«

»Wir jedoch müssen uns Gedanken über die Konsequenzen machen«, sagte Picard. Er hatte ein Kommando draußen in der »Großen Leere«, wie es die Schreibtischtäter in der Starfleet-Zentrale bezeichneten, obwohl der Weltraum keineswegs leer war, sondern jede Menge Komplikationen bereithielt, die sich die meisten Bürokraten nicht einmal im Traum vorstellen konnten. »Wir dürfen die Folgen unserer Entscheidungen nicht außer acht lassen. Wenn wir einen Fehler machen, könnte dies sehr schnell zum Krieg führen.«

»Viel zu schnell«, sagte Riker. »Meiner Ansicht nach werden die Romulaner toben, wenn wir ihr Schiff beschlagnahmen, völlig unabhängig von der rechtlichen Situation. Starfleet mag wahrheitsgemäß behaupten, daß die Kriegsschwalbe ein herrenloses Wrack darstellt, das über die Grenze der Neutralen Zone getrieben ist und daher dem Bergungsrecht untersteht. Vom rechtlichen Standpunkt aus betrachtet, hätten wir als Finder Besitzanspruch auf das Wrack. Das Problem ist nur, daß die Romulaner die Sache anders sehen werden.«

Worf nickte. »Das denke ich auch. Sie werden niemals daran glauben, daß sich die Dinge so zugetragen haben. Vielleicht werden sie zugestehen, daß ein Unfall an Bord ihres Schiffs der Grund dafür war, daß es aus der Neutralen Zone gedriftet ist, weil man ihnen dann nicht mehr vorwerfen könnte, sie hätten absichtlich die Hoheitsrechte der Föderation verletzt. Trotzdem werden sie der Überzeugung sein, wir hätten das Schiff unrechtmäßig in unseren Besitz gebracht, und sie werden den Verdacht haben, daß wir für den Tod der Besatzung verantwortlich sind. Im umgekehrten Fall hätten sie nämlich zweifellos genauso gehandelt.«

»Zwischen der Föderation und dem Romulanischen Reich besteht kein Vertrauensverhältnis«, sagte Troi, »und es hat auch niemals eines bestanden. Beide Seiten sind viel zu schnell bereit, der Gegenseite das Schlimmste zu unterstellen. Logischerweise müssen wir davon ausgehen, daß die Romulaner mit dem gleichen Mißtrauen reagieren, wie wir es tun würden, wenn die Situation umgekehrt wäre.«

Picard nickte. »Das denke ich auch. Die Lage ist ohnehin schon brisant. Die Kriegsschwalbe muß an die Romulaner zurückgegeben werden, um keinen Zwischenfall zu provozieren, der zum Bruch des Waffenstillstands führen würde.«

»Starfleet könnte anderer Meinung sein, Sir«, warf Riker ein. »Doch wenn wir ihnen ausführliche Geheiminformationen über die Konstruktion und die Eigenschaften dieser neuen romulanischen Klasse liefern, wird man nicht allzu laut schreien.«

»Genau das ist auch mein Gefühl, Nummer Eins«, sagte Picard. »Trotzdem müssen wir sehr vorsichtig vorgehen, und uns bleibt vielleicht nicht mehr genügend Zeit. Wenn die Romulaner eintreffen, bevor wir unsere Arbeit abgeschlossen haben, sehe ich keine Möglichkeit, wie sich eine gewaltsame Konfrontation vermeiden läßt. Sie werden nicht zulassen, daß die *Enterprise* sich mit Geheiminformationen über ihren neuen Prototyp und das, was sich in ihren Computern befinden mag, vom Ort des Geschehens entfernt.«

»Wir haben die Lebenserhaltungssysteme des Schiffes repariert und stehen kurz davor, es wieder mit Energie zu versorgen. Wenn es dann zum Kampf kommt, stehen die Vorteile auf unserer Seite«, sagte LaForge. »Wenn die Romulaner auftauchen, haben wir zwei Schiffe zur Verfügung. Und wenn wir mit der Tarnvorrichtung zurechtkommen, könnten wir die Kriegsschwalbe vielleicht sogar direkt vor ihren Nasen verstecken.«

»Und wir könnten die Untersuchung in Ruhe abschließen«, sagte Riker, »bis wir alle Informationen aus ihren Datenbanken und den technischen Stationen kopiert haben. Damit brauchen wir das eigentliche Schiff gar nicht mehr, und Starfleet wäre zufrieden. Dann müßten wir die Kriegsschwalbe nur noch per Traktorstrahl in die Neutrale Zone befördern oder sie auf einen automatischen Kurs setzen, der sie in das romulanische Gebiet zurückbringt.«

»Wenn sie das Schiff finden, werden sie natürlich feststellen, daß die gesamte Besatzung tot ist«, sagte LaForge. »Und sie würden auch bemerken, daß wir die Systeme repariert haben. Daraus könnten sie schlußfolgern, was passiert ist, aber wenn kein Föderationsschiff in der Nähe ist, an dem sie ihre Wut auslassen können, setzen sich zum Schluß vielleicht die kühleren Köpfe durch.«

»Sie würden selbstverständlich entdecken, daß sich Föderationsangehörige an Bord ihres Schiffes aufgehalten haben«, setzte Troi hinzu, »die außerdem Zugang zu all ihren Geheiminformationen hatten, aber sie könnten dann nichts mehr dagegen tun. Sie könnten natürlich dagegen protestieren, aber was würden sie damit erreichen?«

»Genau«, sagte Riker. »Sie hätten ihr Schiff wieder, aber wir hätten alle Daten. Der Trick besteht daran, sich im rechten Moment zurückzuziehen, falls uns genügend Zeit dazu bleibt.«

»Dann sind wir alle einer Meinung«, sagte Picard. »Ganz gleich, wie sich die Situation entwickelt, das Schiff wird an die Romulaner zurückgegeben. Wenn wir die Untersuchung abschließen und die Computerdaten kopieren können, um so besser, aber wenn sie vorher eintreffen, sollten wir uns äußerst zuvorkommend verhalten und uns zurückziehen, bevor wir irgendwelche gewaltsamen Reaktionen provozieren.«

Alle anderen nickten.

»In diesem Fall sollten wir die Aktion ohne weitere Verzögerung zum Abschluß bringen«, sagte Picard. »Die Besprechung ist beendet.«

Als die anderen den Raum verließen, sagte Picard: »Einen Augenblick noch, Nummer Eins.«

Riker blieb stehen und drehte sich um. »Sir?«

»Ich werde Ihnen das Kommando übergeben, wenn ich an Bord des anderen Schiffes gehe. Bis auf weiteres behalten sie Alarmstufe Gelb bei. Für den Fall, daß die Fernbereichsscanner der Romulaner uns früher bemerken als wir sie, werden sie sich zweifellos getarnt nähern. Sie müssen sich jedoch enttarnen, bevor sie das Feuer eröffnen können. Seien Sie also jederzeit bereit, die Schilde hochzufahren und die Gefechtsstationen zu besetzen. Wenn die Zeit drängt, verzichten Sie darauf, uns zurückzubeamen. Die Sicherheit der *Enterprise* besitzt unter allen Umständen höchste Priorität.«

»Verstanden, Sir.«

Sie gingen gemeinsam zum Turbolift. Picard verließ die Kabine auf Deck 6, während Riker den Weg zur Brücke fortsetzte. Der Captain marschierte zügig den Korridor entlang, der zum Transporterraum führte. Als er eintrat, nickte er Chief O'Brien zu, der sofort Haltung annahm. »Verlieren wir keine Zeit, Chief«, sagte Picard. »Programmieren Sie die Koordinaten, um mich auf die Brücke des romulanischen Schiffs zu beamen.«

»Ja, Sir.«

Er schaltete seinen Kommunikator ein. »Picard an LaForge!«

»LaForge hier, Captain. Ich bin soeben eingetroffen. Kommen Sie jetzt an Bord?«

»Ja, ich bin bereit, mich auf die Brücke der Kriegsschwalbe beamen zu lassen«, sagte Picard. »Wie ist der Status der Lebenserhaltungssysteme?«

»Sie arbeiten wieder einwandfrei, Captain«, antwortete Geordi. »Wir haben unsere Anzüge abgelegt und sind bereit, dieses Baby wieder mit Energie zu versorgen.«

»Ausgezeichnet. Picard Ende.« Er schaltete den Kommunikator aus und trat auf die Transporterplattform. »Bereit zum Beamen, Chief O'Brien.«

»Koordinaten sind programmiert, Sir.«

»Energie!«

3

Data wartete bereits auf Picard, als dieser auf der Brücke des romulanischen Kriegsschiffs materialisierte. Wie gewöhnlich war der Gesichtsausdruck des Androiden neutral, während er dennoch gleichzeitig wachsame Erwartung und eine fast kindliche Neugier vermittelte.

Lieutenant Commander Data war die Schöpfung des verstorbenen Professors Noonian Soong, eines geheimnisumwitterten und einsiedlerischen Genies, dessen Arbeit sogar von den klügsten Köpfen bei Starfleet immer noch nicht verstanden wurde. Abgesehen von seiner künstlichen Alabasterhaut und seiner gelben Augen, bei denen es sich um hochentwickelte optische Sensoren handelte, war Datas Aussehen völlig menschlich. Als anorganisches Wesen alterte er jedoch nicht. Sein positronisches Gehirn – ein intelligenter, selbstbewußter Computer – war lernfähig und konnte Informationen mit unfaßbarer Geschwindigkeit und Genauigkeit verarbeiten.

Nachdem man ihn in Soongs verlassenem Labor auf einem abgelegenen Kolonialplaneten entdeckt hatte, stritten sich die führenden Starfleet-Wissenschaftler um ihn, damit sie ihn eingehend untersuchen konnten. Data jedoch konnte verhindern, daß er zum Versuchskaninchen wurde. Er wollte an Bord der *Enterprise* bleiben, und Picard unterstützte seine Entscheidung. Als Picards Antrag abgelehnt wurde, drohte Data damit, Starfleet zu verlassen. Eine Gerichtsverhandlung wurde einberufen, um zu klären, ob er als Androide bürgerliche Rechte in Anspruch nehmen durfte.

Die Schlüsselfrage dieses Falls lautete, wie es um Datas Empfindungsvermögen stand. Er besaß die Fähigkeit, menschliche Verhaltens- und Reaktionsmuster zu imitieren, doch darüber hinaus versuchte er auch, sie zu verstehen und zu übernehmen. Der Androide besaß ein unstillbares Bedürfnis, Neues zu lernen, und sein größter Wunsch war, wie ein Mensch zu werden. Vom logischen Standpunkt aus betrachtet, war es ihm klar, daß es sich dabei um einen Traum handelte, den er niemals verwirklichen konnte, aber in metaphysischer Hinsicht war dieses Ziel vielleicht gar nicht so unerreichbar.

Ein menschliches Wesen war letztlich viel mehr als nur die Summe seiner Bestandteile. Datas komplexes Positronengehirn funktionierte im Prinzip genauso wie ein organisches menschliches Gehirn. Es führte die meisten dieser Funktionen sogar wesentlich besser aus, so daß Data die Kurse an der Starfleet-Akademie in Sekundenschnelle absolvieren konnte. Die Wissenschaft hatte viele Fragen über das faszinierende Geheimnis der menschlichen Existenz beantwortet, doch sie hatte immer noch nicht genau bestimmen können, worin die menschliche Seele bestand. Wenn Intelligenz und Selbstbewußtsein als Kriterien genügten, erfüllte Data diese Voraussetzungen mehr als nur genügend. Wenn es um die Frage einer treibenden Kraft ging, konnte man dahingehend argumentieren, daß Data dieses Kriterium ebenfalls erfüllte, da die elektrischen Impulse des menschlichen Gehirns im Prinzip denen glichen, die Datas positronische Schaltkreise belebten. Wenn man die Frage am Vorhandensein von DNS festmachte, unterschied sich Data grundlegend von einem menschlichen Wesen. Ob der Begriff der Menschlichkeit von einem genetischen Muster abhing, war jedoch eine Streitfrage, die weder von der Theologie noch der Philosophie eindeutig geklärt war, da sie implizierte, daß sich eine Seele beispielsweise durch Klonen reproduzieren ließ.

Picard hatte den metaphysischen Aspekt außer acht gelassen und seine Argumentation zur Gänze auf die Fragen der Empfindungsfähigkeit und des Selbstbewußtseins gestützt. Wenn Data diese Eigenschaften besaß – was sich sehr leicht demonstrieren ließ –, und wenn die Richter seinem Willen nicht stattgaben, riskierten sie damit einen Präzedenzfall, der zur Schaffung einer Sklavenrasse führen konnte, was sämtlichen Grundsätzen der Föderation widersprach, hatte er vor Gericht seinen Standpunkt begründet. Mit diesem überzeugenden moralischen Argument hatte Picard das Gericht dazu bewegen können, zu Datas Gunsten zu entscheiden.

Damit war Datas Recht auf Selbstbestimmung bestätigt worden, so daß der Androide zu einem ständigen und hochgeschätzen Mitglied der Besatzung der *Enterprise* wurde. Er war von Rechts wegen natürlich immer noch kein Mensch, aber das Gericht hatte Datas bürgerliche Rechte anerkannt – eine Entscheidung von äußerst kontroverser Tragweite. Picard war überzeugt, daß sich eines Tages sehr faszinierende rechtliche und philosophische Konsequenzen aus dieser Gerichtsentscheidung ergeben würden, doch im Augenblick war Data das erste und einzige anorganische Wesen mit bürgerlichen Rechten, was der Androide als großen persönlichen Sieg betrachtete. Und falls sich jemand fragte, ob ein anorganisches Wesen mit Computergehirn zur Loyalität fähig war, mußte man nur Lieutenant Commander Data betrachten, um diese Frage bestätigen zu können.

»Sir«, sagte der Androide, »ich habe die Funktionsprinzipien des romulanischen Schiffscomputers abgeleitet und konnte inzwischen die entsprechenden Befehle eingeben, um die Übertragung seiner zentralen Datenbanken vorzubereiten. Ich kann jederzeit damit beginnen, sobald Sie es wünschen.«

»Ausgezeichnet, Mr. Data«, sagte Picard, während er

sich beklommen auf der Brücke umblickte. Sie war viel größer als die der *Enterprise*, und das Design wirkte fremdartig und unheimlich, vor allem mit den Leichen der Brückenbesatzung, die immer noch genauso dalagen, wie sie gestorben waren.

Picard wurde durch diesen Anblick des Todes beunruhigt. Der junge Captain der Kriegsschwalbe lag zusammengesunken vor dem erhöhten Kommandothron mit den eingebauten Konsolen. Er hatte die Hände um den Hals geklammert und war in dieser Haltung erstarrt. Seine Augen und sein Mund waren in einer schrecklichen Grimasse aufgerissen. Die Leichen der übrigen Besatzungsmitglieder lagen entweder über ihren Stationen oder auf dem Boden des Kommandodecks, wo sie, vergeblich nach Luft schnappend, erstickt waren. Picard dachte, daß dies eine furchtbare Todesart sein mußte.

Die Brücke des romulanischen Schiffs war von einer geradezu byzantinischen Formverliebtheit. Sie wirkte weniger wie eine militärische Kommandozentrale, sondern eher wie ein Ort religiöser Verehrung. Der Sitz des Kommandanten war erhöht angebracht, so daß sich von dort aus die ganze Brücke überblicken ließ, und erinnerte entfernt an den Thron eines ägyptischen Pharaos. Die Konsolen, an denen der Pilot, der Navigator und der Waffenoffizier saßen, standen auf einer Plattform, die höher als die untergeordneten Stationen, aber niedriger als der Kommandothron angebracht war, und erinnerte an einen Altar, auf dem den romulanischen Kriegsgöttern Opfer dargebracht wurden. Und in diesem Fall, dachte Picard, war es ein schreckliches Opfer gewesen.

Jedes Schiff hatte seinen eigenen Charakter, fast eine individuelle Persönlichkeit, und dieses Schiff stellte keine Ausnahme dar. Irgendwie wirkte es geradezu böse, woran jedoch nicht unbedingt die Aura des Todes schuld war, die die furchtbare Katastrophe hinterlassen hatte, der die Besatzung zum Opfer gefallen war. Picard fragte sich, ob die Außenteams etwas Ähnliches spürten, doch dann verdrängte er diesen Gedanken. Er sagte sich, daß seine Eindrücke zweifellos nur auf die gespannte Situation zurückzuführen waren. Sein Ausflug in dieses beeindruckende neue Kriegsschiff bereitete ihm Unbehagen, aber je schneller die Aufgabe erledigt war, desto eher würde dieses Gefühl wieder verschwinden. Er hielt sich nur ungern an Bord eines Totenschiffs auf. Er sah auf die Leiche des romulanischen Commanders herab und wandte schnell den Blick ab. Dann runzelte er die Stirn und sah noch einmal hin. Hatte sich etwas an der Körperhaltung verändert?

Er ging einen Schritt näher an die Leiche des Romulaners heran und betrachtete sie aufmerksam. Vielleicht war es nur eine optische Täuschung am Rand seines Gesichtsfelds gewesen, aber einen Moment lang hätte er beinahe schwören können, daß er sah, wie der Romulaner geatmet hatte. Aber das war natürlich völlig unmöglich. Er sagte sich erneut, daß daran zweifellos nur die gespannte Situation und sein Unbehagen an Bord dieses fremden Schiffs schuld waren.

»Captain?« sprach Data ihn an. »Soll ich jetzt anfangen?«

Picard runzelte die Stirn und schüttelte den Kopf, als er dachte, daß seine Phantasie ihm einen Streich gespielt hatte. Die Scanner hatten keine Lebensformen in diesem Schiff registriert. Er löste seine Aufmerksamkeit wieder von der Leiche des Romulaners und wandte sich den anliegenden Aufgaben zu.

»Haben Sie den Schiffscomputer auf irgendwelche Sicherheitsprogramme überprüft?« fragte er Data, weil er sich Sorgen über den möglichen Verlust von Daten machte, die ein unerlaubter Zugriff verursachen könnte. Der Computer der *Enterprise* war mit solchen

Sicherungen ausgerüstet, um den Zugang zu verhindern, solange nicht der korrekte Kodebefehl eingegeben wurde.

»So weit ich feststellen konnte, Sir, scheint es keine Programme zu geben, die den unerlaubten Zugriff verhindern«, entgegnete Data, während er hinter der Station des wissenschaftlichen Offiziers Platz nahm. »Nachdem ich ihre Programmiersprache entschlüsselt hatte, beschäftigte ich mich mit den Dateien. Diese bestehen zwar aus kodierten Eintragungen, die jedoch auf einfachen mathematischen Sequenzen beruhen. Es dürfte eine verhältnismäßig einfache Aufgabe sein, sie in unsere Datenbanken zu kopieren und sie dann in Ruhe zu entschlüsseln. Ich bin erstaunt, daß ausgerechnet die romulanische Computertechnologie nicht sehr fortgeschritten zu sein scheint.«

»Das ist ganz und gar nicht erstaunlich, Mr. Data«, sagte Picard. »Romulanische Commander sind als Krieger ausgebildet, nicht als Techniker. Daraus ergibt sich, daß die Computersysteme möglichst einfach ausgelegt sind, damit jeder Brückenoffizier einen leichten Zugang dazu hat. Die Möglichkeit, daß ein romulanisches Kriegsschiff in feindliche Hände fallen könnte, ist für sie vermutlich undenkbar. Sie würden ihre Schiffe eher selbst zerstören, als sich zu ergeben.«

»Das erscheint mir sehr verschwenderisch und unlogisch«, sagte Data.

»Nicht für einen Romulaner, Mr. Data«, erwiderte Picard. »Für einen romulanischen Krieger wäre eine Kapitulation eine große Entehrung und Entwürdigung. Auf der Erde gibt es eine alte militärische Redensart: ›Lieber tot als ehrlos.‹ Die romulanische Version lautet: ›Lieber tot als besiegt.‹«

Er drehte sich um und überblickte noch einmal die Brücke der Kriegsschwalbe. In diesem Fall, dachte er, waren die Romulaner von ihrem eigenen Schiff besiegt worden. Dann hörte er ein sehr schwaches Geräusch, fast wie ein Stöhnen, und wandte sich mit einem Stirnrunzeln an Data.

»Was war das, Mr. Data?«

Der Androide blickte zu ihm auf. »Ich habe nichts gesagt, Captain.«

»Ich dachte, ich hätte etwas gehört ...«

Und dann hörte er es erneut. Diesmal folgte auf das Geräusch eine raschelnde Bewegung. Jetzt hörte es auch Data, der vom Monitor aufblickte und sich umsah. Picards erster Gedanke war, daß jemand vom Außenteam das Geräusch verursacht hatte, doch als er zur Kommunikationsstation hinüberblickte, sah er deutlich, wie sich der Arm des Kommunikationsoffiziers bewegte.

Er griff sofort nach seinem Phaser, aber noch während sich seine Finger darum schlossen, sagte eine Stimme hinter ihm: »Wenn Sie den Phaser ziehen, Captain, wird es das letzte sein, was Sie jemals getan haben!«

Picard wirbelte herum und riß die Augen auf, als er den romulanischen Captain hinter sich stehen sah. Er hielt einen Disruptor in der Hand und zielte damit auf Picards Brust. Data griff schnell nach seinem Phaser, aber die »Leiche« des romulanischen Wissenschaftsoffiziers erhob sich plötzlich neben ihm vom Boden und drückte die Mündung eines Disruptors gegen den Kopf des Androiden.

»Lieutenant Commander Data, nicht wahr?« sagte Valak. »Ich würde Ihnen raten, keinen Widerstand zu leisten. Es täte mir sehr leid, wenn ich den einzigen Androiden im Dienst von Starfleet zerstören müßte.«

Picard blickte sich fassungslos um, als die Körper der romulanischen Brückenbesatzung rings um ihn plötzlich wieder zum Leben erwachten. »Aber ... das ist einfach unmöglich!« sagte er, während ihm angesichts dieser unfaßbaren Wirklichkeit der Kopf schwirrte. *»Sie waren doch tot!«*

»Um mit den Worten Ihres menschlichen Philosophen Mark Twain zu sprechen«, sagte Valak mit einem Lächeln, »›Die Gerüchte über mein Ableben sind stark übertrieben.‹ Korak! Erleichtern Sie Captain Picard um seinen Phaser, bevor er in Versuchung gerät, eine große Dummheit zu begehen.«

Als der romulanische Erste Offizier zu Picard trat und ihm die Waffe abnahm, riß sich der Captain von ihm los und schlug auf seinen Kommunikator. »Picard an *Enterprise!* Alarmstufe Rot! Gefechtsstationen ...«

Korak versetzte ihm mit dem Kolben seines Disruptors einen Schlag, worauf Picard benommen zu Boden fiel.

»Das war bewundernswert, Captain«, sagte Valak, »wenn auch sinnlos und nicht gänzlich unerwartet. Denn in diesem Augenblick werden meine Krieger auf Ihr Schiff gebeamt. Korak, öffnen Sie einen Kanal zur *Enterprise!*«

Der romulanische Erste Offizier trat schnell an die Kommunikationskonsole. »Grußfrequenz ist geöffnet, Commander«, sagte er.

»Hier spricht Commander Valak vom romulanischen Kriegsschiff *Syrinx*. Wir haben Ihr Schiff besetzt, und Ihr Captain ist mein Gefangener. Ich möchte mit dem Ersten Offizier William Riker sprechen.«

Als Picard langsam auf die Beine kam, schmerzte ihm der Kopf immer noch vom Schlag; er hörte, wie Riker dem romulanischen Commander antwortete: »Hier spricht Commander William Riker vom Raumschiff *Enterprise*.«

Valak warf Picard einen Blick zu und lächelte. »Legen Sie ihn auf den Bildschirm, Korak!«

Picard starrte auf den Hauptbildschirm und sah eine Szene, die ihn deprimierte. Riker stand auf der Brücke der *Enterprise* und wurde von zwei romulanischen Kriegern flankiert, die ihre Disruptoren bereithielten. Weitere Krieger hielten die übrige Brückenbesatzung der *Enterprise* in Schach, während Rikers Gesicht einen verbitterten Ausdruck angenommen hatte.

»Captain«, sagte er angespannt, »ist alles mit Ihnen in Ordnung?«

»Im Augenblick ja, Nummer Eins«, erwiderte Picard und rieb sich den Kopf. Er sah Valak an. »Darf ich meinen Ersten Offizier um einen Lagebericht bitten?«

»Wie Sie wünschen«, entgegnete Valak.

»Lagebericht, Nummer Eins.«

Riker holte tief Luft. »Das Schiff wurde geentert Sir. Die Brücke und der Maschinenraum sind besetzt.« Er befeuchtete seine Lippen. »Unsere Scanner registrierten Energieausschläge an Bord des romulanischen Schiffs, aber ich nahm an, daß LaForge dabei war, die Energieversorgung wieder in Betrieb zu setzen. In Wirklichkeit wurden offenbar die Transporter aktiviert, damit die romulanischen Truppen auf unser Schiff gebeamt werden konnten. Es tut mir leid, Sir.«

Riker wirkte niedergeschlagen und gab sich anscheinend die Schuld an dieser Situation, dachte Picard. »Sie konnten diese Entwicklung nicht vorhersehen, Nummer Eins«, sagte er. »Unter diesen Umständen hätte ich zweifellos denselben Fehler gemacht. Wie steht es um die Besatzung? Gab es Schäden oder Todesfälle?«

Er sah, wie sich Rikers Kiefermuskeln anspannten, als er antwortete. »Ich hatte bislang keine Möglichkeit, Kontakt mit den Außenteams an Bord des romulanischen Schiffs oder mit den anderen Sektionen unseres Schiffs aufzunehmen, Sir, aber anscheinend hat es Opfer gegeben. Man hat mir außerdem mitgeteilt, daß Geiseln genommen wurden, und zwar auf den Decks fünf, sieben, zwölf, vierzehn und sechsunddreißig.« Er schluckte, bevor er weitersprach. »Sie sind sehr schnell vorgegangen, Sir, und sie wußten genau, was sie taten.«

Es sieht ganz danach aus, dachte Picard verbittert. Die Romulaner hatten offenbar gleichzeitig Enterkommandos auf die Brücke, in den Maschinenraum und die

Familienquartiere gebeamt. Die ganze Aktion war ein äußerst geschickter Hinterhalt, der hervorragend geplant und ausgeführt worden war. Er warf Valak einen ernsten Blick zu. »Sie scheinen sehr gut über den Aufbau meines Schiffes informiert zu sein, Commander.«

»Ich habe die Konstruktion der Raumschiffe der Föderation eingehend studiert, Captain«, erwiderte Valak freundlich. »Um eine Ihrer menschlichen Redensarten zu zitieren: Ich kenne Ihr Schiff ›wie meine Hosentasche‹. Ich habe mich außerdem gründlich über die Personalstruktur von Starfleet informiert und möchte hinzufügen, daß es mir sowohl ein Vergnügen als auch eine große Ehre ist, dem berühmten Captain Jean-Luc Picard von der *Enterprise* persönlich zu begegnen.«

»Zu meinem Bedauern muß ich gestehen, daß ich dieses Vergnügen nicht teilen kann«, entgegnete Picard verdrossen. »Ich muß Ihnen jedoch gratulieren, Commander Valak. Sie haben Ihren Plan hervorragend ausgeführt. Falls Sie jedoch beabsichtigen, Ihre Geiseln zu benutzen, um mich zur bedingungslosen Kapitulation zu zwingen ...«

Valak hob seine Hand. »Von *Ihnen* würde ich niemals eine Kapitulation erwarten, Captain. Ganz im Gegenteil, ich erwarte sogar, daß Sie alle Ihre Fähigkeiten dazu einsetzen, um mir Widerstand zu leisten. Sie werden jedoch sehen, daß Ihre Möglichkeiten zum Widerstand äußerst wirksam eingeschränkt wurden.« Er bedeutete seinem Ersten Offizier, die Verbindung zur *Enterprise* abzubrechen, bevor er seinen Kommunikator aktivierte. »Commander Valak hier. Berichte von allen Einheiten!«

Picard hörte den Meldungen der Enterkommandos mit zunehmender Niedergeschlagenheit zu. Die Romulaner hatten nicht nur die Kontrolle über die Brücke und die Maschinensektionen, sondern auch über die Gefechtsstationen, die Shuttle-Hangars und die wichtigsten Ambientensysteme. Er hätte niemals gedacht, daß es möglich wäre, eine so komplexe Aktion mit einer so unglaublichen Schnelligkeit und Effizienz durchzuführen.

Er erkannte, daß das romulanische Schiff sozusagen eine geladene Waffe gewesen war, eine Falle, die in dem Augenblick losging oder zuschnappte, wenn die Systeme wieder mit Energie versorgt wurden. Der romulanische Commander hatte seine Enterkommandos offenbar über das gesamte Schiff verteilt, während die Koordinaten der einzelnen Leute fest in den Transportern programmiert waren. Genauso hatte man bereits die Zielkoordinaten der Angriffspunkte in der *Enterprise* programmiert. Doch Picard hatte keine Ahnung, wie Valak das geschafft haben konnte. Es schien einfach unmöglich.

Seine Gedanken wurden unterbrochen, als Data zu Valak sprach. »Commander«, sagte Data und blickte den Romulaner neugierig an. »Dürfte ich Ihnen wohl eine Frage stellen?«

Valak drehte sich zu ihm um. »Fragen Sie nur!«

»Damit Sie Ihre Enterkommandos so schnell auf die Schlüsselpositionen der *Enterprise* beamen konnten, haben Sie Ihre Transporter offenbar bereits vorher mit den entsprechenden Koordinaten programmiert. Es verblüfft mich allerdings, wie Sie die relative Position der *Enterprise* zu Ihrem eigenen Schiff zum Zeitpunkt des Angriffs vorhersehen konnten.«

Valak lächelte. »Eine ausgezeichnete Frage, Mr. Data und eine sehr scharfsinnige Beobachtung. Wir wollen doch mal sehen, ob Ihre Kombinationsgabe genauso hervorragend ist. Sie verfügen bereits über alle Informationen, die Sie benötigen, um die Antwort ableiten zu können, wenn Sie berücksichtigen, daß es nur eine Möglichkeit gibt, wie wir unser Ziel erreichen konnten.«

Data runzelte leicht die Stirn. »Sie haben bereits demonstriert, wie gut Sie mit dem Aufbau von Föderationsschiffen vertraut sind«, sagte er. »Und da Ihr ganzer Plan auf vorprogrammierten Koordinaten und Einstellungen Ihrer Transporter fußt, die in dem Augenblick aktiviert wurden, als das Schiff wieder über Energie verfügte, wäre die einzige unbekannte Variable die Position der *Enterprise* in Relation zu Ihrem Schiff.« Er neigte mit einer ruckhaften, vogelgleichen Bewegung den Kopf zur Seite.

Valak beobachtete ihn aufmerksam, während er sich darauf verließ, daß Picard von seinen übrigen Offizieren bewacht wurde. Es schien ihm tatsächlich Spaß zu machen, stellte Picard fest. Dieser Romulaner unterschied sich grundlegend von denen, die ihm bislang begegnet waren.

»Sie konnten auf keinen Fall die Position der *Enterprise* bestimmen, nachdem wir eingetroffen waren«, überlegte Data weiter, »denn zu diesem Zeitpunkt waren Sie allem äußeren Anschein nach tot. Die logische Schlußfolgerung lautet, daß Sie eine Droge verwendet haben, die die Lebensfunktionen so stark verlangsamt oder unterdrückt, daß Tricorder nicht mehr darauf ansprechen. In diesem Zustand konnten Sie unmöglich die Kursdaten der *Enterprise* ermitteln und eingeben. Daher müssen Sie irgendeine Methode entwickelt haben, nach der Ihre Scanner die Position unseres Schiffs registrierten, worauf Ihr Schiffscomputer die vorprogrammierten Transporterdaten modifizierte, um dann die Transporter zu initialisieren.« Data runzelte erneut die Stirn. »Doch das erklärt immer noch nicht, wie daraus so viele verschiedene Koordinaten abgeleitet werden konnten. Für eine so komplexe Operation hätte die Zeit einfach nicht gereicht...« Data verstummte plötzlich, neigte seinen Kopf auf die andere Seite und hob leicht das Kinn.

Valak beobachtete ihn mit einem Ausdruck, als wäre er ein Lehrer, der dem Vortrag eines talentierten Studenten zuhörte – oder ein Wissenschaftler, der sich mit seinem Studienobjekt beschäftigte.

»Natürlich«, sagte Data. »Sie haben Ihre Scanner vorher darauf programmiert, sich auf die Emissionen unserer Dilithium-Kristalle auszurichten. Nachdem die Scanner die exakte Position unseres Materie-Antimaterie-Reaktors bestimmt hatten, startete der Computer eine vorprogrammierte Sequenz, mit deren Hilfe er in kürzester Zeit die erforderlichen Transporterkoordinaten berechnen konnte, und zwar unter Verwendung der Daten über den Aufbau der Föderationsschiffe. Alles wurde vorher sorgfältig geplant und programmiert, so daß der ganze Vorgang automatisch ablaufen konnte, sobald Ihr Schiff wieder über Energie verfügte.« Data nickte. »Sehr beeindruckend, Commander. Ein brillanter und wagemutiger Plan.«

»Vielen Dank, Mr. Data«, sagte Valak und wandte sich dann wieder an Picard. »Ihr Androide funktioniert tatsächlich genauso hervorragend, wie mir zu Ohren gekommen war. Die Maschine muß eine hervorragende Hilfe für Ihre Besatzung sein.«

»Wir betrachten Lieutenant Commander Data weniger als hilfreiche Maschine, sondern eher als Person und als Mitglied unserer Besatzung«, entgegnete Picard trocken.

Valak deutete eine Verbeugung an. »Ich nehme meine Worte zurück. Ich wollte Sie nicht beleidigen, Mr. Data.«

»Das haben Sie nicht, Commander«, erwiderte Data.

Picards Gedanken rasten. Der Romulaner spielte mit ihnen, da er überzeugt war, sie in der Hand zu haben. Und so weit Picard erkennen konnte, hatte er sie tatsächlich in der Hand. Es mußte eine Möglichkeit geben, aus dieser verzweifelten Situation herauszukommen, doch im Augenblick konnte Picard nur auf Zeit spielen und auf eine Gelegenheit waren – falls Valak ihnen eine bieten würde.

Die Türen des Turbolifts glitten auf, und Picard hörte einen Wutschrei, als fünf Romulaner einen sich heftig wehrenden Worf auf die Brücke zerrten. Seine Arme waren hinter dem Rücken gefesselt, aber trotzdem mußten sich alle fünf anstrengen, ihn zu bändigen. Sie warfen ihn auf den Boden und bauten sich rings um ihn auf, während sie schwer atmeten.

»Commander, dieses Klingonenschwein hat fünf unserer Krieger getötet, bevor wir ihn überwältigen konnten«, preßte einer der Romulaner zwischen den Zähnen hervor.

»Er hat nur seine Pflicht getan«, erwiderte Valak gelassen. »Sie wurden gewarnt, daß Sie mit heftiger physischer Gegenwehr durch den Klingonen zu rechnen hatten, nicht wahr?«

»Ja, Commander, aber ...«

»Dann stellt der Tod dieser Männer die Strafe dar, daß sie sich nicht angemessen vorbereitet haben. Lieutenant Commander Worf ist jetzt unser Gefangener, und er wird mit dem Respekt behandelt, der einem Föderationsoffizier seines Rangs zusteht.«

»Aber, Commander, Sie haben doch nicht etwa die Absicht, diesen klingonischen Abschaum am Leben zu lassen!«

Valak warf seinem Untergebenen einen eiskalten Blick zu. »Wollen Sie meine Befehlsgewalt in Frage stellen?«

Der romulanische Krieger wandte schnell den Blick ab. »Nein, Commander, natürlich nicht.«

Picard verfolgte diesen Wortwechsel sehr interessiert. Im Kampf waren Romulaner für gewöhnlich rücksichtslos und ohne Gnade. Dieser Romulaner jedoch war anders. Dieser Romulaner hatte die Menschen studiert, nicht nur ihr Verhalten, sondern auch die sozialen und militärischen Gepflogenheiten. Dieser Romulaner kannte seinen Feind, und er respektierte ihn. Valak war ein Romulaner, der von der Wichtigkeit ausgiebiger Vorbereitung überzeugt war und der nichts dem Zufall überließ. Und das, dachte Picard, machte ihn äußerst gefährlich.

»Verzeihen Sie, Captain«, sagte Worf bedrückt, als er wieder auf die Beine kam. »Ich habe versagt.«

»Sie haben nicht versagt, Mr. Worf«, entgegnete Picard. »Ich trage die ganze Verantwortung. Ich fürchte, ich habe mich überlisten lassen.«

»Das ist allerdings ein hohes Lob, wenn man bedenkt, aus wessen Mund diese Worte kommen«, sagte Valak und verbeugte sich leicht in Picards Richtung.

»Es war nicht als Lob gedacht, sondern lediglich als sachliche Feststellung«, sagte Picard. »Sie haben mein Schiff besetzt, Commander, und das kommt einer offenen Kriegserklärung gleich.«

»Ganz im Gegenteil, Captain«, erwiderte Valak. »Sie sind an Bord meines Schiffes gegangen und haben versucht, Geheiminformationen aus unseren Datenbanken zu stehlen. Meine Handlung diente lediglich der Selbstverteidigung.«

»Unsinn«, sagte Picard. »Ihr Schiff befindet sich im Hoheitsgebiet der Föderation, und Sie haben sich allergrößte Mühe gegeben, es als Wrack zu tarnen. Wir haben lediglich auf Ihren Notruf reagiert.«

»Der auf einer romulanischen Frequenz ausgestrahlt wurde«, sagte Valak.

»Wir sollten diese sinnlosen Spielchen aufgeben, Commander Valak«, sagte Picard. »Wir beide wissen, was geschehen ist. Sie haben eine Falle gestellt, um ein Föderationsschiff zu erbeuten, und im Augenblick sieht es ganz danach aus, als hätten Sie mit Ihrer Taktik Erfolg gehabt. Wie wollen Sie jetzt weiter vorgehen?«

»Erfrischend direkt, genauso wie ich erwartet habe«, entgegnete Valak. »Nun gut, Captain, dann werde ich Ihnen sagen, was ich beabsichtige. Ich beabsichtige, Ihr Schiff und ihre Besatzung festzuhalten. Jeder Widerstand wird gewaltsam unterdrückt, aber da ich von Ihrer Seite mit Widerstand rechne, habe ich entsprechende Vorbereitungen getroffen. Ich kontrolliere Ihre Maschinensektion, Ihre Brücke und alle lebenswichtigen Funktionen Ihres Schiffes. Jeder Widerstandsversuch wird mit Exekutionen von Geiseln beantwortet werden. Und ich werde mit den Kindern anfangen.«

»Sie überraschen mich. Ich hatte gerade begonnen, Respekt vor Ihnen zu haben«, sagte Picard voller Abscheu.

»Ich benötige Ihren Respekt nicht, Captain Picard«, sagte Valak ehrlich, »sondern lediglich Ihren Gehorsam. Persönlich halte ich die Aussicht, Kinder zu exekutieren, für verabscheuungswürdig, auch wenn es sich nur um menschliche Kinder handelt. Ich wüßte jedoch keine bessere Drohung, mit der ich Sie zur Kooperation veranlassen kann. Und wenn Sie darauf hoffen, die Selbstvernichtung Ihres Schiffes zu initialisieren, darf ich Ihnen versichern, daß meine Techniker sie inzwischen deaktiviert haben dürften, da sie den Befehl hatten, sich sofort nach der Besetzung Ihres Maschinenraums an diese Aufgabe zu machen.«

Picard kniff die Lippen zusammen. Es schien, daß dieser Kerl an alles gedacht hatte. Doch kein Plan, ganz gleich wie sorgfältig er vorbereitet oder wie reibungslos er ausgeführt wurde, war ohne Fehler. Irgend etwas mußte der Romulaner übersehen haben. Der Trick bestand nur darin herauszufinden, was es war.

Die Türen des Turbolifts öffneten sich erneut, und drei Romulaner kamen auf die Brücke, von denen einer ein Offizier war. »Commander, ich bedaure Ihnen mitteilen zu müssen, daß neun unserer Krieger nicht aus ihrem kryptobiotischen Schlaf erwacht sind. Sie sind jetzt tot.«

»Nur neun?« fragte Valak und nickte dann. »Ein akzeptabler Verlust in Anbetracht dessen, daß die Droge noch im Experimentierstadium ist. Merken Sie in Ihrem Bericht an, daß sie innerhalb akzeptabler Parameter funktioniert hat, obwohl ich keinerlei Wert darauf lege, diese Erfahrung zu wiederholen.« Er wandte sich an Picard. »Sie sehen, Captain, daß es für den Plan eminent wichtig war, Sie davon zu überzeugen, daß wir alle tot sind. Dazu konnten wir keine kosmetischen Täuschungen benutzen, da ich damit rechnen mußte, daß Ihre Ärzte unsere ›Leichen‹ eingehend untersuchen würden. Daher war es notwendig, die kryptobiotische Droge anzuwenden und dann das Lebenserhaltungssystem des Schiffes außer Funktion zu setzen, damit wir alle buchstäblich erstickten, während die Droge ihre Wirkung tat. Es war alles in allem eine recht unangenehme Todesart.«

»Sie haben sich darauf verlassen, daß die Wirkung der Droge wenige Augenblicke vor dem Zeitpunkt einsetzt, zu dem Sie tatsächlich gestorben wären«, sagte Data.

»Richtig, Mr. Data.«

»Dabei sind Sie das Risiko eingegangen, eventuell Ihre gesamte Besatzung zu verlieren«, stellte Data fest.

»Ebenfalls richtig«, sagte Valak. »Wie die Menschen sagen: ›Wer nichts wagt, der nichts gewinnt.‹ Wir gingen außerdem das Risiko ein, zu früh wiederbelebt zu werden, wenn Ihre Leute die Lebenserhaltungssysteme unseres Schiffes nicht rechtzeitig in Betrieb gesetzt hätten. Ich war jedoch zuversichtlich, daß Sie das Problem schnell finden würden, da ich Wert darauf legte, daß es nicht zu kompliziert war. Glücklicherweise hat sich das Risiko gelohnt.«

»Sie haben mir immer noch nicht gesagt, was Sie vorhaben«, warf Picard ein.

»Ach ja, verzeihen Sie«, sagte Valak. »Fürs erste möchte ich gewisse Informationen aus den geheimen Datenbanken Ihres Schiffscomputers.«

»Dann werden Sie Ihre erste Enttäuschung erleben«, sagte Picard streng. »Es gibt keine Möglichkeit, mich dazu zu veranlassen, geheime Informationen preiszugeben.«

»Nicht einmal die Exekution von Geiseln?« fragte Valak. Doch dann hob er die Hand, bevor Picard etwas erwidern konnte. »Nein, natürlich nicht. Um das Leben der Geiseln zu retten, würden Sie meinen Forderungen nur bis zu einem gewissen Punkt nachgeben, solange sie in keinem direkten Widerspruch zu Ihrem Eid stehen, den Sie als Föderationsoffizier abgelegt haben. Darüber hinaus würden Sie sogar die Zerstörung Ihres eigenen Schiffes und der gesamten Besatzung in Kauf nehmen. Das ist die Verantwortung eines Raumschiffkommandanten der Föderation, und Sie würden sich in jeder Situation daran halten, völlig ungeachtet Ihrer persönlichen Empfindungen. Vielleicht würde nicht jeder Föderationscaptain so handeln, wenn er vor einer solchen Wahl stünde, aber Jean-Luc Picard würde keinen Augenblick zögern.« Valak lächelte. »Sie sehen, Picard, ich kenne Sie. Obwohl wir uns nie zuvor begegnet sind, kenne ich Sie. Ich könnte jede Einzelheit Ihrer außergewöhnlichen Karriere zitieren.«

»Tatsächlich? Womit habe ich es verdient, auf ein solches Interesse zu stoßen?« fragte Picard mit ironischem Unterton.

»Kurz gesagt, Captain Picard, wegen Ihrer hervorragenden Leistungen«, antwortete Valak. »Wissen Sie, für einen romulanischen Commander stelle ich eine Besonderheit dar, da ich außerdem Gelehrter bin. Und mein Spezialgebiet ist das Studium der menschlichen Kultur und insbesondere all dessen, das im Zusammenhang mit Starfleet steht. Ich habe meine Forschungen auf die Offiziere konzentriert, deren Karrieren darauf hindeuten, daß sie zu den besten Leuten bei Starfleet gehören. Die Elite sozusagen. Und Ihr Name, Captain Picard, steht ganz oben auf dieser Liste.«

»Ich schätze, ich sollte mich jetzt geschmeichelt fühlen«, entgegnete Picard sarkastisch.

»Nein, Captain, Sie sollten stolz sein«, sagte Valak. »Stolz auf Ihre Leistungen und die Ihrer Besatzung. Ihr Schiff gilt als das beste von ganz Starfleet, und ich halte es für einen äußerst glücklichen Umstand, daß ausgerechnet die *Enterprise* den Köder geschluckt hat, den ich ausgelegt habe. Diese Situation gibt mir die einmalige Gelegenheit, meine Fähigkeiten mit den Ihren zu messen. Das Beste, was Starfleet zu bieten hat, gegen die Elite des Romulanischen Reiches. Eine äußerst reizvolle Herausforderung.«

»Sie scheinen diesen Wettkampf ja bereits gewonnen zu haben«, entgegnete Picard ironisch.

»Wenn Sie nach einer Schwäche suchen, indem Sie meinem Ego schmeicheln, befinden Sie sich, wie man bei Ihnen sagt, auf dem Holzweg. Mein Selbstbewußtsein ist stark und gesund, aber es wird durch eine gehörige Prise Pragmatismus gemäßigt. Unser Wettkampf hat gerade erst begonnen. Um eine Metapher aus dem menschlichen Schachspiel zu benutzen: Ich habe mit einer gewagten Eröffnung das Spielfeld unter meine Kontrolle gebracht, aber die Partie ist noch lange nicht zu Ende. Noch während wir uns hier unterhalten, planen Sie bereits die Strategie Ihrer Gegenzüge, um mich aus meiner beherrschenden Stellung zu drängen und sich den entscheidenden Vorteil zu verschaffen. Ich bin sehr gespannt darauf, wie sich das Spiel weiterentwickelt.«

»Allem Anschein nach haben Sie wirklich Ihre Hausaufgaben gemacht, Commander«, sagte Picard. »Der romulanische Geheimdienst arbeitet offenbar wesentlich besser, als wir angenommen haben. Wenn Ihnen jedoch bekannt ist, daß Sie mich durch nichts dazu bringen können, vertrauliche Informationen aus den Datenbanken meines Schiffes freizugeben, müssen Sie auch wissen, daß jeder Versuch, die Sicherheitssperren zu umgehen, in der Löschung der Daten resultieren würde.«

»In der Tat, die Informationen, die ich benötige, würden gelöscht werden«, stimmte Valak zu, »wenn wir versuchen sollten, uns als ›Hacker‹ zu betätigen, wie Sie es wohl nennen. Dank unseres Geheimdienstes und im besonderen eines Agenten, den Sie uns freundlicherweise zurückgegeben haben, wird das jedoch nicht nötig sein.«

Picard runzelte verblüfft die Stirn. »Ein Agent, den *ich* zurückgegeben habe?«

»Sir«, sagte Data, »ich glaube, Commander Valak spielt auf Subcommander Selok an, die romulanische Spionin, die sich als Botschafterin vom Planeten Vulkan ausgab. Wie Sie sich vielleicht erinnern, haben wir das Täuschungsmanöver erst durchschaut, nachdem ein Transporterunfall inszeniert wurde, der uns glauben machen sollte, daß die angebliche Botschafterin ums Leben gekommen war. Das Ganze stellte sich als geschickte List heraus, um zu verschleiern, daß die Agentin in Wahrheit zu einem romulanischen Kriegsschiff in der Nähe gebeamt wurde.«

»Ja«, sagte Picard. »Jetzt erinnere ich mich. Es war ein ziemlicher Erfolg für den romulanischen Geheimdienst.«

»Vielleicht sogar ein größerer Erfolg, als Sie glauben, Captain«, sagte Valak. »Unsere Agentin konnte Starfleet einige verborgene Hinweise auf Hermeticus Zwei entlocken.«

Picard war sich bewußt, daß Valak aufmerksam seine Reaktionen beobachtete. »Hermeticus Zwei?« Er runzelte die Stirn. »Das sagt mir nichts.«

»Wirklich?« fragte Valak. »Nun, wir werden es bald wissen. Korak, begleiten Sie Captain Picard zum Transporterraum. Wir werden der *Enterprise* einen Besuch abstatten.«

4

Chief O'Brien stand mit ernstem Gesichtsausdruck an den Kontrollen des Transporters. Zwei romulanische Krieger flankierten ihn und hielten ihre Waffen auf ihn gerichtet. Picard und O'Brien tauschten einen schnellen Blick aus, als die Gruppe, die an Bord gebeamt worden war, von der Plattform zwischen den primären Energiespulen trat.

»Captain«, sagte O'Brien.

»Chief«, erwiderte Picard.

In diesem knappen Wortwechsel lagen viele unausgesprochene Tatsachen. Ihre Blicke sagten alles: Die Romulaner hatten die Kontrolle über die Enterprise. Dies war mehr als nur ein Zusammenstoß an der Grenze zur Neutralen Zone. Es war ein offener Bruch des Waffenstillstands mit der Föderation. Die Romulaner hatten sich diesmal sehr weit vorgewagt. Picard fragte sich, aus welchem Grund sie ein solches Risiko eingegangen waren. Handelte es sich nur um einen ersten Schritt, ein Vorspiel zum Angriff und zum totalen Krieg? Wollten sie sich schon frühzeitig einen Vorteil sichern, indem sie ein Föderationsschiff kaperten und versuchten, sich Zugang zu den Datenbanken zu verschaffen? Doch Valak hatte gesagt, daß es gar nicht nötig war, den Geheimcode zu knacken. Was hatte er damit gemeint? Gab es etwas anderes an Bord der Enterprise, worauf sie eigentlich aus waren? Oder glaubten sie, daß sie irgendwie die Sicherheitsprogramme des Computers umgehen konnten? Picard dachte angestrengt nach, während sie auf dem Weg zur Brücke waren.

»Suchen Sie immer noch nach einer Strategie für Ihre nächsten Züge, Captain?« fragte Valak, als sie den Turbolift betraten.

»Sie haben vielleicht vorerst meinen Widerstand gebrochen, Commander Valak«, entgegnete Picard schroff, »aber Sie können mich nicht vom Nachdenken abhalten.«

»Das würde mir nicht im Traum einfallen, selbst wenn ich dazu in der Lage wäre«, sagte Valak lächelnd. »Damit würde ich mir ja selbst das Spiel verderben.«

»Ist das alles für Sie nur ein Spiel?«

»Manche Spiele sind ernster als andere«, sagte Valak. »Und genau diese finde ich am reizvollsten.«

Picard brummte. Der Turbolift hielt an, und die Türen glitten auf. Sie traten auf die Brücke. Picard sah sich mit einem schnellen Blick um. Alle seine Brückenoffiziere waren auf ihren Posten, doch jeder wurde von mindestens zwei romulanischen Kriegern in Schach gehalten. Die Spannung auf der Brücke ließ die Luft geradezu knistern. Riker stand vor ihm, von zwei bewaffneten Romulanern flankiert.

»Ich bedaure sehr, daß es zu dieser Situation kommen konnte, Captain«, sagte er.

»Ich ebenfalls, Nummer Eins«, entgegnete Picard. »Gibt es irgend etwas Neues zu berichten?«

»Nein, Sir. Man hat mir keine Möglichkeit gegeben, mit den anderen Sektionen des Schiffes Kontakt aufzunehmen. Die Romulaner haben alles unter Kontrolle.« Er bedachte Commander Valak mit einem finsteren Blick.

»Passen Sie auf die beiden auf!« sagte Valak zu seinen Kriegern und ging dann zur Hauptcomputerkonsole hinüber.

Picard wurde bedeutet, sich neben Riker zu stellen, wo die Krieger sie beide im Auge behalten konnten. »Die Burschen müssen völlig den Verstand verloren haben, daß sie so etwas versuchen«, flüsterte Riker wütend. »Haben Sie eine Ahnung, was sie vorhaben?«

»Sie wollen offenbar etwas, das sich in den Datenbanken unseres Computers befindet«, antwortete Picard leise.

»Sie werden niemals die Sicherheitssperren überwinden«, sagte Riker.

»O doch, Mr. Riker, das werden wir«, sagte Valak. Er zeigte auf sein Ohr. »Mein Gehör ist ausgezeichnet, nebenbei bemerkt. Sie müssen nicht flüstern. Wenn ich nicht gewollt hätte, daß Sie miteinander sprechen, hätte ich es auf jeden Fall verhindert.« Er streckte seinem Ersten Offizier die Hand hin und schnippte mit den Fingern. Der Mann holte etwas aus einer Jackentasche und reichte es ihm. Es war ein isolinearer Chip. Picard runzelte die Stirn.

»Schauen Sie, Captain«, sagte Valak und schob den Chip in den Computer.

»Was zum ...«, begann Riker, doch Picard schüttelte den Kopf und brachte ihn mit einer Geste zum Schweigen. Beide sahen aufmerksam zu, wie der romulanische Commander jetzt Befehle in die Konsole eingab.

»Er verzichtet auf sprachliche Befehle«, sagte Riker kopfschüttelnd. »Wenn er glaubt, daß er damit die Sicherheitssperren umgehen kann ...«

Plötzlich antwortete die Computerstimme: »Zugangscode bestätigt. Priorität Eins-A. Alle Daten zu Hermeticus Zwei.«

»Großer Gott!« sagte Riker. »Er ist hineingekommen!«

»Planet der H-Klasse, Delta-Quadrant, Sektor dreizehn, Koordinaten vier neun vier fünf ...«

»Computer!« rief Picard plötzlich. »Neue Prioritätsorder! Picard Alpha Alpha eins null!«

Einer der Krieger schlug ihn mit dem Kolben seines Disruptors nieder, aber es war bereits zu spät. Als Picard zu Boden ging, starrte Valak angestrengt auf den

Bildschirm, sah, wie er schwarz wurde, und drückte vergeblich auf die Schaltflächen.

»Neue Prioritätsorder eingegeben«, sagte die Computerstimme, »Alpha Alpha eins null. Autorisierung bestätigt. Befehl ausgeführt.«

Valak drehte sich zu Riker um, der instinktiv eingreifen wollte, als Picard niedergeschlagen wurde. Doch sofort darauf wurde er von beiden Seiten gepackt, und jetzt drückte die Mündung eines Disruptors gegen seinen Hals. Valak versuchte erneut, Befehle in die Konsole einzutippen, hatte aber wieder keinen Erfolg damit. Er blickte Riker ernst an. »Ich habe die Sprachkontrolle gesperrt. Was hat er getan?«

Riker starrte ihn mit kalter Wut an. »Die Prioritätsorder Alpha Alpha eins null setzt alle anderen Befehle außer Kraft, und der Computer ist darauf programmiert, das Stimmuster des Captains zu erkennen und den Befehl sogar dann auszuführen, wenn die Sprachkontrolle gesperrt ist.«

Valak starrte ihn reglos an. »Sehr geschickt«, sagte er. »Davon habe ich nichts gewußt. Nun, dann muß ich eben nach einer anderen Methode suchen, um an die Daten zu gelangen.«

»Das geht nicht mehr«, sagte Riker. »Der Befehl wurde ausgeführt und damit gleichzeitig diese Datei gelöscht.«

»So ist das«, sagte Valak nickend. »Gut gemacht. Sehr gut gemacht. Zum Glück habe ich noch die letzten vier Ziffern der Koordinaten des Planeten auf dem Monitor gesehen, bevor er schwarz wurde. Ich hatte zwar keinen Zugang zur gesamten Datei über Hermeticus Zwei, Mr. Riker, aber zumindest weiß ich jetzt etwas, was ich vorher noch nicht wußte. Jetzt weiß ich nämlich genau, wo sich dieser Planet befindet.«

Riker blickte auf den Captain hinab, der immer noch am Boden lag. »Captain Picard benötigt medizinische Hilfe«, sagte er. »Ich fordere, daß man mich losläßt, damit ich ihn in die Krankenstation bringen kann.«

Valak machte eine wegwerfende Handbewegung. »Es steht Ihnen nicht zu, irgendwelche Forderungen zu stellen, Mr. Riker«, sagte er, während er nachdenklich auf den leeren Bildschirm starrte.

»Dann *bitte ich respektvoll um die Erlaubnis*, den Captain in die Krankenstation bringen zu dürfen«, preßte Riker zwischen den Zähnen hervor.

Valak blickte auf und lächelte ihn an. »Natürlich, Mr. Riker. Eine so respektvolle Bitte kann ich unmöglich abschlagen.« Er winkte einigen seiner Krieger zu. »Begleiten Sie ihn! Und behalten Sie ihn gut im Auge, falls er sich zu irgendwelchen Heldentaten hinreißen läßt.« Dann wandte er sich wieder an Riker. »Wenn Sie versuchen, eine Dummheit zu begehen, Mr. Riker ...« Er sprach nicht weiter, sondern ließ seinen Blick über die Brücke wandern, bis er Deanna Troi erfaßte, und er sah, wie Riker erstarrte. »Benötigen Sie genauere Erläuterungen?«

»Ich habe schon verstanden«, sagte Riker angespannt.

»Gehen Sie jetzt«, sagte Valak. »Ich hoffe, er ist nicht ernsthaft verletzt. Ich brauche ihn nämlich noch.«

Riker bückte sich, hob Picard auf und trug ihn zum Turbolift, während die romulanischen Wachen ihn begleiteten. »Krankenstation«, sagte er. Der Turbolift setzte sich in Bewegung. Die Wachen behielten ihn aufmerksam im Auge, sagten aber kein Wort. Picard stöhnte leise auf.

Die Türflügel öffneten sich, und Riker trat mit dem Captain auf den Armen und den Wachen im Gefolge in die Krankenstation. Dr. Beverly Crusher riß erschrocken die Augen auf, als sie die Gruppe sah. »Legen Sie ihn auf den Tisch«, sagte sie. »Was ist passiert?«

Riker erzählte ihr schnell alles, was sie wissen mußte.

Die Romulaner blieben neben der Tür stehen und beobachteten sie wachsam und mit gezückten Waffen.

»Wie ist es Ihnen ergangen?« fragte Riker, als Dr. Crusher sich über den Captain beugte.

»Gut«, antwortete sie, »wenn man davon absieht, daß ich hier gefangengehalten werde. Man läßt mich nicht heraus.«

»Ich weiß«, sagte Riker. »Ich habe die zwei Zenturios draußen im Gang gesehen.«

»Mit dem Captain ist alles in Ordnung«, sagte sie nach einer Weile. »Er wurde nur bewußtlos geschlagen. Es ist nichts gebrochen, aber es könnte eine leichte Gehirnerschütterung gegeben haben.«

Picard stöhnte wieder. Dann öffneten sich flatternd seine Augenlider. Seine ersten Worte waren: »Hat es funktioniert?«

»Es hat funktioniert«, sagte Riker. »Die Datei wurde gelöscht, aber Valak konnte noch die letzten Ziffern der Koordinaten ablesen.« Er runzelte die Stirn. »Hermeticus Zwei. Ich habe noch nie davon gehört. Und was zum Teufel ist ein Planet der H-Klasse?«

Picard setzte sich vorsichtig auf, rieb sich den Kopf und zuckte zusammen. Er blickte zu den Romulanern an der Tür hinüber und sprach leise. »H steht für Hermeticus, eine alte Klassifikation, die heute nicht mehr in Gebrauch ist. Früher wurde sie benutzt, um Planeten zu spezifizieren, die unter Quarantäne stehen.«

»Davon höre ich zum ersten Mal«, sagte Riker verblüfft.

»Wie ich schon sagte, Nummer Eins, die Klassifikation wird heute nicht mehr benutzt. Die meisten Gründe, aus denen damals Planeten unter Quarantäne gestellt wurden, sind inzwischen hinfällig. Die Hermeticus-Klassifikation wurde vor etwa zwanzig Jahren abgeschafft.«

»Aber in der Datei war sie noch registriert«, sagte Riker mit zunehmender Verwirrung.

»Ja, so ist es«, antwortete Picard, während Dr. Crusher seine Wunde mit einem Spray versiegelte. »Und das kann nur bedeuten, daß die Quarantäne immer noch gilt.«

»Priorität Eins-A ist streng geheim und nur einem Captain zugänglich«, sagte Riker. »Wie zum Teufel hat Valak Zugang dazu bekommen?«

»Auf dem Chip, den er benutzt hat, müssen sich geheime Befehlscodes befunden haben«, sagte Picard. »Und es gibt nur einen Ort, an dem er sich einen solchen Chip beschafft haben kann.«

»Die Starfleet-Zentrale?« fragte Riker erstaunt.

Picard nickte. »Dort lagert man solche Chips, damit Wartungstechniker, die strengen Vertraulichkeitskontrollen unterliegen, für Reparaturarbeiten Zugang zu den Computern haben, natürlich nur unter strengster Geheimhaltung und Überwachung. Die Chips werden dazu benutzt, um die in der Software programmierten Ausführungen der Prioritätsbefehle zu testen oder neu zu installieren. Angeblich werden sie in einbruchssicheren Räumen unter strengsten Sicherheitsvorkehrungen aufbewahrt.«

»Wie hat Valak dann diesen Chip in die Hände bekommen?« fragte Riker.

»Eine gute Frage, Nummer Eins. Sie erinnern sich an die Spionin, die die Romulaner als vulkanische Botschafterin in die Starfleet-Zentrale einschleusten?«

Riker überlegte. »Ja, ich erinnere mich. Aber selbst ein vulkanischer Botschafter könnte sich doch niemals Zugang zu streng geheimen Befehlschips verschaffen.«

»Eigentlich nicht«, sagte Picard, »es sei denn, irgendein minderbemittelter Starfleet-Bürokrat wollte mit einer Demonstration der Sicherheitsvorkehrungen Eindruck schinden, um sich bei einer hohen Würdenträgerin eines fremden Planeten beliebt zu machen. Auf jeden Fall ist dieser Chip für Valak jetzt nutzlos geworden.«

»Aber er hat die Koordinaten des Planeten trotzdem bekommen«, sagte Riker verbittert. »Was ist Hermeticus Zwei überhaupt für ein Planet?«

»Ich habe nicht die leiseste Ahnung, Nummer Eins«, antwortete Picard. »Die Tatsache, daß er als Hermeticus Zwei bezeichnet wurde, deutet darauf hin, daß es der zweite Planet war, der unter Quarantäne gestellt wurde. Und es bedeutet, daß er seit mindestens dreißig Jahren von keinem Föderationsschiff mehr aufgesucht wurde.«

»Sie meinen, Sie wissen überhaupt nichts darüber?« sagte Dr. Crusher.

Picard schüttelte den Kopf. »Nein, und ich hätte auch niemals davon erfahren, solange wir nicht in seine Nähe gekommen wären und ich ausdrücklich entsprechende Informationen angefordert hätte. Allerdings ist ein solcher Fall äußerst unwahrscheinlich, da der Planet den Koordinaten zufolge mitten in der Neutralen Zone liegt.«

»Großartig!« sagte Riker. »Und jetzt wurde die Datei gelöscht, so daß wir keinerlei Zugang zu den Informationen mehr haben. Die Romulaner kommen nicht heran, wir aber auch nicht. Die Frage ist nur: Wozu brauchte Valak diese Informationen?«

»Ich bin genauso auf Vermutungen angewiesen wie Sie, Nummer Eins«, sagte Picard.

»Brücke an Krankenstation!« Es war die Stimme von Fähnrich Ro.

Riker tippte auf seinen Kommunikator. »Riker hier.«

»Ach, Mr. Riker«, meldete sich jetzt Valaks Stimme. »Gehe ich recht in der Annahme, daß Captain Picard keine ernsthaften Verletzungen davongetragen hat?«

Riker warf einen Blick zu den romulanischen Wachen. Es hatte keinen Sinn zu lügen, während sie alles verfolgen und jedes Wort mithören konnten. »Ja, es geht ihm gut – trotz allem.«

»Wären Sie beide in diesem Fall so freundlich, mir wieder auf der Brücke Gesellschaft zu leisten? Wir werden uns in Kürze auf den Weg machen.«

Picard berührte seinen Kommunikator. »Hier spricht Picard. Was wollen Sie damit andeuten?«

»Wir könnten es eine konzertierte Aktion nennen, Captain«, sagte Valak. »Ihr Schiff und meins werden sich auf eine gemeinsame Mission begeben. Ich gebe zu, daß die Zusammenarbeit von Ihrer Seite aus nicht ganz freiwillig erfolgt, aber es dürfte nichtsdestotrotz eine interessante Erfahrung werden.«

»Wohin wollen Sie mein Schiff bringen?« fragte Picard.

»Sie enttäuschen mich, Captain! Ich dachte, das wäre völlig offensichtlich«, erwiderte Valak. »Unser Ziel heißt Hermeticus Zwei.«

»Hermeticus Zwei liegt mitten in der Neutralen Zone«, sagte Picard.

»Eher am äußersten Rand der Neutralen Zone, um etwas genauer zu sein«, sagte Valak. »Und zwar in einem abgelegenen Sektor, in dem es nach unseren Karten keinerlei bewohnbare Planeten gibt. Ich bin sehr neugierig, warum sich die Föderation für einen unbewohnten Planeten interessiert, der in unmittelbarer Nähe des romulanischen Einflußbereichs liegt.«

»Die Föderation hat diesen Planeten seit mehr als dreißig Jahren nicht mehr angeflogen«, entgegnete Picard. »Er steht unter Quarantäne.«

»Das sagen Sie«, meinte Valak dazu. »Wir werden sehen. Valak Ende.«

Picard schaltete seinen Kommunikator aus. »Das steckt also dahinter«, sagte er verärgert. »Romulanische Paranoia! Ihre Agentin ist irgendwie auf Daten der Föderation über einen geheimen Planeten in der Neutralen Zone gestoßen, und jetzt sind sie davon überzeugt, daß wir dort irgend etwas verstecken.«

»Und? Tun wir das?« fragte Riker.

Picard warf ihm einen strengen Blick zu. »Sie müßten es eigentlich besser wissen, Will!«

»Ich weiß, daß es bei Starfleet einige Geheimdienstoffiziere gibt, die sich an ihrem sicheren Schreibtisch am liebsten mit der Planung geheimer Missionen beschäftigen«, warf Riker ein.

Picard runzelte die Stirn. »Damit könnten Sie recht haben«, sagte er, »aber ich halte es für nicht sehr wahrscheinlich. Warum sollte man dazu eine Codebezeichnung benutzen, die seit zwanzig Jahren nicht mehr in Gebrauch ist?«

»Genau das könnte der Grund sein«, sagte Riker. »Es wäre zumindest eine gute Methode, um einiges geheimzuhalten.«

Picard schüttelte den Kopf. »Vielleicht, aber ich glaube einfach nicht daran.«

»Ich auch nicht«, sagte Dr. Crusher. »Abgesehen von der Gefährlichkeit und Tollkühnheit, die mit der Einrichtung eines geheimen Stützpunkts in der Neutralen Zone verbunden wäre, besteht ein viel zu großes Risiko, daß die Versorgung der Basis zu einer Entdeckung führen könnte.«

Riker nickte. »Schon möglich. Aber irgendwie habe ich das Gefühl, daß Valak sich diesen Argumenten verschließen wird.«

»Damit rechne ich auch«, stimmte Picard ihm zu. »Wenn die Romulaner glauben, es bestünde eine Chance, daß sie selbst es schaffen könnten, ergibt sich daraus fast zwangsläufig die Schlußfolgerung, daß wir die gleichen Absichten hegen. Ich fürchte, daß Argumente in dieser Situation nichts mehr bewirken. Aber einen Versuch wäre es schon wert.«

»Die Frage ist, was wird geschehen, wenn sie feststellen, daß sich auf Hermeticus Zwei *kein* geheimer Föderationsstützpunkt befindet?« fragte Dr. Crusher.

»Nein, das ist nicht die Frage, Beverly«, sagte Picard. »Die Frage ist, was erwartet uns dort? Die Föderation betrachtet die Verhängung einer Quarantäne als allerletzten Ausweg. Irgendwie müssen wir wieder die Kontrolle über das Schiff erlangen, bevor wir dort eintreffen.«

Sie hatten sehr leise gesprochen, worauf die romulanischen Wachen mißtrauisch geworden waren. »Genug!« rief einer von ihnen und unterstrich den Befehl mit einer Bewegung seiner Waffe. »Der Commander will, daß Sie auf die Brücke zurückkehren. Sofort!«

Picard rieb sich seinen verletzten Kopf und verzog schmerzhaft das Gesicht. »Das ist das zweite Mal, daß ich heute einen Schlag auf den Kopf bekommen habe«, sagte er verdrossen. »Ich beabsichtige, mich persönlich bei Commander Valak dafür zu bedanken.«

Picard und Riker wurden nach draußen auf den Korridor gedrängt. Als sie sich den Turboliften näherten, sahen sie einige romulanische Krieger, die eine Gruppe von Besatzungsmitgliedern in die entgegengesetzte Richtung trieben.

»Wohin bringen Sie diese Leute?« wollte Picard wissen.

»Weitergehen!« sagte eine der romulanischen Wachen und versetzte ihm einen Stoß.

»Wenn Sie ihn noch einmal hart anfassen, werde ich Sie mit Ihrem Disruptor füttern«, warnte Riker den Mann.

Der Romulaner verzog verächtlich das Gesicht. »Weiter!«

»Sie gehen in Richtung der Shuttle-Hangars«, sagte Riker.

Picards Gesicht war ernst. »Valak bringt die Geiseln zu seinem Schiff und nimmt uns damit gleichzeitig unsere Shuttles.«

»Was sollen wir tun?« fragte Riker.

Picard schüttelte den Kopf. »Im Augenblick, Nummer Eins, fürchte ich, daß wir überhaupt nichts tun können. Valak beraubt uns sehr effektiv unserer Handlungsmöglichkeiten.«

Sie traten in den Turbolift, der sie zur Brücke beförderte.

»Ah, Captain Picard!« sagte Valak. »Und Mr. Riker! Ich vermute, daß es Ihnen bereits besser geht, Captain?«

»Ersparen Sie mir Ihre scheinheilige Besorgnis, Valak«, sagte Picard schroff. »Wohin bringen Sie meine Leute?«

»Ein Teil der Besatzung der *Enterprise* wird auf die *Syrinx* verlegt«, sagte Valak, »wo man sie gut behandeln wird, solange sie sich benehmen. Darauf gebe ich Ihnen mein Wort.«

»Ihr Wort?« sagte Riker verächtlich. »Man kann nicht einmal einem toten Romulaner über den Weg trauen.«

Valak lächelte. »Sehr gut, Mr. Riker. Das gefällt mir. ›Man kann nicht einmal einem toten Romulaner über den Weg trauen.‹ Das muß ich mir merken!«

»Welche Sicherheiten habe ich, daß Sie Ihr Wort halten werden?« fragte Picard.

»Sie befinden sich nicht gerade in einer Position, in der Sie Sicherheiten verlangen können«, erwiderte Valak. »Aber ich verstehe Ihre Besorgnis um Ihre Besatzung. Sie werden die Leute begleiten. Wir werden die *Enterprise* Mr. Rikers sachkundiger Führung überlassen – unter romulanischer Bewachung, versteht sich.«

»Dies ist immer noch mein Schiff, Valak«, sagte Picard, »und ich verlange …«

»Verlangen Sie, was Sie wollen«, unterbrach Valak ihn ungeduldig, »aber Sie werden tun, was man Ihnen sagt. Es liegt bei Ihnen, ob Sie freiwillig oder unfreiwillig auf die *Syrinx* befördert werden. Ich habe Ihren Navigator bereits angewiesen, den Kurs nach Hermeticus Zwei zu programmieren. Und ich habe Ihre Brückenbesatzung darauf hingewiesen, daß meine Männer besonders darauf geschult sind, auf irgendwelche Tricks zu reagieren. Für jeden Befehl, dem nicht Folge geleistet wird, stirbt eine Geisel, also rate ich Ihnen, Captain, Ihrer Besatzung nahezulegen, in jeder Hinsicht zu kooperieren.«

Picard verzog das Gesicht. »Tun Sie, was er sagt, Nummer Eins.«

»Verstanden, Sir.«

»Wir werden uns in wenigen Augenblicken auf den Weg machen«, sagte Valak. »Der Ordnung halber möchte ich Ihnen mitteilen, Captain, daß sich etwas mehr als die Hälfte der technischen Besatzung bereits an Bord der *Syrinx* befindet, ebenso die Hälfte Ihrer Sicherheitsleute und sonstiges wichtiges Personal, zusätzlich zu den Geiseln aus den Familienquartieren. Dr. Crusher darf einige medizinische Ausrüstung zusammenstellen, natürlich unter sorgfältiger Aufsicht, und wird sich ihnen anschließen. Ihr Kommunikationssystem wurde so modifiziert, daß nur noch Verbindung zu meinem Schiff aufgenommen werden kann. Verschwenden Sie also keinen Gedanken daran, eventuell einen Notruf an Starfleet abzuschicken. Wie Sie sehen, habe ich an alles gedacht.«

»Es scheint so«, sagte Picard mißmutig.

»Gut. Dann haben wir uns verstanden.«

»Ich verstehe Sie nur allzu gut, Commander Valak«, sagte Picard. »Ich muß mich auf Ihr Wort verlassen, daß Sie meine Besatzung nicht mißhandeln werden. Vielleicht genügt Ihnen dann auch mein Wort, wenn ich Ihnen versichere, daß es weder auf Hermeticus Zwei noch sonstwo in der Neutralen Zone einen Stützpunkt der Föderation gibt. Ich schwöre es bei meiner Ehre als Offizier und Gentleman.«

»Ich glaube Ihnen, Captain«, sagte Valak.

Picard runzelte die Stirn. »Und warum wollen Sie dann ...«

Valak hob seine Hand. »Ich sollte besser sagen, daß ich glaube, daß Sie glauben, es gäbe keinen geheimen

Föderationsstützpunkt in der Neutralen Zone. Aber ich habe meine Befehle. Und selbst wenn es auf Hermeticus Zwei keinen Föderationsstützpunkt gibt, habe ich den Befehl, die genauen Gründe herauszufinden, warum die Föderation sich solche Mühe gibt, sämtliche Informationen über diesen Planeten geheimzuhalten. Es geht um die Sicherheit des Romulanischen Reiches, Captain. Und ich denke, daß Sie als Offizier Verständnis dafür haben werden. Wir können es uns einfach nicht leisten, mit diesem unbekannten Faktor zu leben.«

»Valak, hören Sie mir zu!« sagte Picard. »Die H- oder Hermeticus-Klassifikation bezeichnet Planeten, die unter Quarantäne stehen. Ich weiß nicht, warum Hermeticus Zwei so eingestuft wurde, aber die Tatsache, daß er so eingestuft wurde, kann eigentlich nur eins bedeuten: Der Planet ist äußerst gefährlich, sei es aufgrund einheimischer Lebensformen oder aufgrund seiner Umwelt. Auch wenn Ihnen nichts an der *Enterprise* liegt, sollten Sie um die Sicherheit Ihrer eigenen Besatzung besorgt sein. Daher möchte ich mit aller Dringlichkeit an Sie appellieren ...«

»Sparen Sie sich Ihre Worte, Captain«, sagte Valak. »Meine Befehle sind eindeutig. Wenn Sie in meiner Haut stecken würden, wie die Menschen sagen, würden auch Sie diese Mission auf jeden Fall zu Ende bringen. Meine Krieger werden Sie jetzt zum Transporterraum führen. Ich werde in Kürze folgen.«

Nachdem Picard zur *Syrinx* hinübergebeamt worden war, gestattete man ihm, die Geiseln zu besuchen. Sie hielten sich in einem der Shuttle-Hangars des romulanischen Schiffs auf, wo sie leicht zu bewachen waren. Man hatte ihnen Betten und andere Bequemlichkeiten zur Verfügung gestellt. Als Picard den Shuttle-Hangar betrat, erlaubten die Romulaner ihm, zu seinen Leuten zu gehen und mit ihnen zu sprechen, während sie sich im Hintergrund hielten und mit gezogenen Waffen die Ausgänge bewachten. Nachdem sich seine Besatzungsmitglieder um ihn versammelt hatten, teilte Picard ihnen alles mit, was er wußte.

»Was geschieht, wenn wir Hermeticus Zwei erreicht haben, Captain?« fragte Deanna Troi.

»Ich habe keine Ahnung, Counselor«, erwiderte Picard. »Bedauerlicherweise haben wir nun selbst keinen Zugang zu den Daten mehr, nachdem ich den Befehl zur Löschung gegeben habe, damit sie nicht den Romulanern in die Hände fallen. Wir können nicht mehr in Erfahrung bringen, was uns dort erwarten wird.«

»Captain«, sagte Worf. »Ich habe einige der Männer organisiert. Ich denke, wenn wir für eine Ablenkung sorgen könnten, würden die Wachen aufgeschreckt, so daß wir ...«

»Nein, Mr. Worf«, sagte Picard. »Das dürfen wir nicht riskieren. Selbst wenn es Ihnen gelingen würde, die Wache zu überrumpeln, könnte Valak jederzeit die Außenschotten des Hangars öffnen und das Kraftfeld abschalten. Sie alle würden den Tod finden. Ich bin überzeugt, daß er mir den Zugang zu Ihnen erlaubt hat, damit ich mir persönlich ein Bild von den Sicherheitsmaßnahmen machen kann, die er getroffen hat. Es sieht danach aus, daß er alle Eventualitäten in Betracht gezogen hat.«

»Aber wir müssen doch etwas tun, Sir!« protestierte Worf.

»Das müssen wir in der Tat, Worf«, stimmte Picard zu, »aber jetzt ist es dazu noch zu früh. Wir müssen auf den richtigen Augenblick warten.«

»Captain«, sagte Deanna. »Ich spüre in Commander Valak den starken Wunsch, sich mit Ihnen zu messen und Sie zu beeindrucken. Er möchte, daß Sie ihn respektieren. Er scheint diese Situation als Herausforderung zu betrachten – in gewisser Weise fast als sportlichen Wettkampf.«

Picard nickte. »Ja, Counselor, das deckt sich auch mit meinen eigenen Beobachtungen. Valak ist hochintelligent und sehr fähig, aber seine große Schwäche ist sein Ego. Er hat einen Fehler begangen, als er zuließ, daß ich auf der Brücke anwesend war, während er versuchte, Zugang zu den geheimen Daten in unserem Schiffscomputer zu erhalten. Aber er wollte mich damit beeindrucken. Seine ständigen Zitate menschlicher Redensarten dienen ebenfalls nur dazu, mit seinem Wissen über uns und unsere Kultur zu prahlen, als wollte er beweisen, daß er seine Hausaufgaben gemacht hat und auf alles vorbereitet ist, das wir gegen ihn unternehmen könnten.«

»Das ist vielleicht eine Sache, die wir gegen ihn verwenden könnten«, sagte Deanna.

»Vielleicht«, sagte Picard. »Er ist jung und besitzt ein großes Geltungsbedürfnis. Seine Überheblichkeit wird durch Unsicherheit und den Ehrgeiz gemindert, der ihn zu motivieren scheint. Es könnte einen Weg geben, wie wir diesen Umstand zu unseren Gunsten nützen können.«

»Was sollen wir also tun, Captain?« fragte Worf.

»Im Augenblick gar nichts, Mr. Worf. Halten Sie Ihre Augen und Ohren offen und versuchen Sie soviel wie möglich in Erfahrung zu bringen. Wir wissen kaum etwas über diesen neuen Schiffstyp. Vielleicht gibt es eine Schwäche in der Konstruktion, die wir ausnutzen könnten, oder in der Arbeitsweise der Besatzung …« Er schüttelte den Kopf. »Vorerst hat Valak uns jede brauchbare Möglichkeit genommen. Die Sache ist allerdings noch nicht vorbei.«

»Dieses Gefühl der Machtlosigkeit treibt mich in den Wahnsinn!« sagte Worf wütend.

»Wir sind nicht machtlos, Mr. Worf«, sagte Picard. »Wir befinden uns zur Zeit lediglich in der schwächeren Position. Haben Sie Geduld!«

»Es gibt da eine Sache, die wir uns bislang noch gar nicht klargemacht haben«, sagte Dr. Crusher. »Was Valak getan hat, ist ein eklatanter Verstoß gegen das

Waffenstillstandsabkommen und stellt eine Kriegserklärung dar. Er kann nicht zulassen, daß die Föderation etwas davon erfährt.«

»Was bedeutet, daß er nicht zulassen kann, daß irgend jemand von uns überlebt«, sagte Deanna verbittert.

»Wir sind noch nicht tot, Counselor«, entgegnete Picard.

»Das Schiff nimmt Fahrt auf«, sagte Worf, als die Triebwerksgeräusche gedämpft durch die Wände des Shuttle-Hangars zu hören waren.

»Verlieren Sie nicht den Mut!« sagte Picard zu allen Anwesenden. »Valak ist schlau, aber er ist nicht unfehlbar. Wir werden irgendwie aus dieser Zwangslage herauskommen, das verspreche ich Ihnen.«

Als er sich auf der Brücke des Kriegsschiffs wieder zu Valak gesellte, sagte der romulanische Commander: »Ich vermute, Sie haben sich davon überzeugt, daß Ihre Besatzungsmitglieder gut behandelt werden, Captain.«

»Sofern Sie unter guter Behandlung verstehen, die Leute wie Tiere in einen Käfig zu sperren«, entgegnete Picard.

»Eine bedauerliche Notwendigkeit«, sagte Valak. »An Bord unserer Schiffe gibt es keine Arrestzellen, weil wir gewöhnlich keine Gefangenen machen, und die Disziplinarstrafen für unsere Besatzung sind zu drakonisch, als daß wir uns mit simpler Einkerkerung zufriedengeben könnten. Doch zumindest Ihnen, Captain, kann ich eine komfortable Unterkunft zur Verfügung stellen. Sie werden im Quartier meines Ersten Offiziers wohnen, während er an Bord der *Enterprise* bleibt. Sie wird Ihnen ein wenig spartanisch vorkommen, wie die Menschen zu sagen pflegen, aber im großen und ganzen doch ganz annehmbar.«

»Ich würde es vorziehen, bei meinen Leuten zu bleiben«, sagte Picard.

»Davon bin ich überzeugt, Captain«, entgegnete

Valak, »aber das kann ich nicht zulassen. Es wäre nicht sehr umsichtig, wenn ich es einmal so ausdrücken darf. Ihre Leute werden weniger Widerstand leisten, wenn ihnen nicht Ihre Fähigkeiten als Anführer zur Verfügung stehen.«

»Sie scheinen wirklich an alles gedacht zu haben«, sagte Picard, um dem Ego des Romulaners zu schmeicheln.

»Ich habe versucht, sämtliche Möglichkeiten vorherzusehen«, antwortete Valak freundlich.

»Aber Sie können nicht vorhersehen, was geschehen wird, wenn wir Hermeticus Zwei erreichen«, sagte Picard.

»Stimmt«, gab Valak zu. »Meine Vorbereitung wird sich jedoch als sehr umsichtig erweisen, wenn wir dort auf einen Föderationsstützpunkt stoßen, womit ich sehr stark rechne.«

»Und wenn nicht?«

»Dann werde ich improvisieren, um mit einer Metapher aus der menschlichen Musik zu reden«, sagte Valak.

»Sie scheinen eine Vorliebe für menschliche Redensarten zu haben«, sagte Picard. »Das ist ein höchst unromulanischer Charakterzug.«

»Stimmt«, sagte Valak erneut. »Nur wenige Romulaner haben sich die Mühe gemacht, so viel wie möglich über die menschliche Kultur zu lernen, wie ich es getan habe. Und nur wenige halten dieses Thema überhaupt einer ernsthaften Beschäftigung würdig.«

»Im Gegensatz zu Ihnen«, entgegnete Picard. »Es würde mich interessieren, warum.«

»Zum Teil weil ich daran glaube, daß man seinen Feind kennen muß«, sagte Valak. »Es gibt aber noch einen weiteren Grund, Captain. Ihre Föderation wird eines Tages zum Romulanischen Reich gehören, und dann werden sich die Menschen viel besser von jenen beherrschen lassen, die sie verstehen.«

Picard hob seine Augenbrauen. »Also haben Sie politische Ambitionen. Sie wollen sogar hoch hinaus, wie es scheint.«

»In der Tat, Captain. Und Sie werden mir dabei helfen, meinem Ziel näher zu kommen.«

»Ja, ich schätze, der erfolgreiche Abschluß Ihrer Mission wird Sie ein gutes Stück die Karriereleiter hinaufbefördern … wie wir Menschen zu sagen pflegen.«

Valak wirkte amüsiert. »In der Tat«, sagte er, »aber viel wichtiger ist, daß Sie und Ihre Besatzung mein höchster Trumpf sein werden, wenn wir nach Romulus zurückkehren.«

Picard runzelte die Stirn. »Wie meinen Sie das?«

»Sie sind überrascht?« fragte Valak. Er schien zufrieden zu sein. »Sie dachten, ich würde Sie alle töten, wenn diese Aktion vorüber ist?«

»Haben Sie damit gerechnet, ich würde an eine andere Möglichkeit glauben?«

»Ich bin nicht für das verantwortlich, was Sie glauben, Picard«, entgegnete Valak. »Es wäre sicher eine Methode, um zu verhindern, daß die Föderation erfährt, was hier geschehen ist, wenn ich Sie alle töten würde. Aber es wäre gleichzeitig eine bedauerliche Verschwendung eines unschätzbaren Potentials. Ich habe nicht die Absicht, auch nur irgend jemanden aus ihrer Besatzung zu exekutieren, solange ich nicht dazu gezwungen bin. Ich habe vielmehr die Absicht, Sie alle als Gefangene nach Romulus zu bringen. Das wird meinem Aufstieg auf der Karriereleiter wesentlich förderlicher sein, wie Sie es vermutlich ausdrücken würden – nicht nur wegen der wertvollen Information, die Ihre Leute uns liefern könnten, sondern auch wegen der einmaligen Gelegenheit für unsere Gelehrten, menschliches Verhalten und das der nichtmenschlichen Mitglieder Ihrer Besatzung aus erster Hand studieren zu können. Ich werde das Recht auf Besitz eroberter Kriegsbeute in Anspruch nehmen. Ihre Besatzung, Captain, und Ihr Schiff werden meine Kriegstrophäen sein. Allein damit müßte es mir gelingen, als Präfekt in den Hohen Rat aufgenommen zu werden.«

»Ich verstehe«, sagte Picard und betrachtete ihn mit einem Respekt, der jedoch nur vorgetäuscht war. »Sie wollen uns als Mittel zur Erlangung Ihrer Ziele einsetzen. Und wir werden dann den Rest unserer Tage als Sklaven des Romulanischen Reiches verbringen.«

»Zu einem nicht unerheblichen Teil wird das ganz von Ihnen abhängen, Captain«, sagte Valak. »Diejenigen unter Ihren Leuten, die nicht zur Kooperation bereit sind, wird man gewaltsam dazu zwingen. Wer diese Behandlung überlebt, wird auf die Sklavenmärkte geschickt. Wenn Sie sich jedoch zur Kooperation entschließen, werde ich meinen Einfluß zu Ihren Gunsten einsetzen. Wie sagen die Menschen dazu? Eine Hand wäscht die andere.«

»Wenn Sie damit rechnen, daß ich oder irgendein anderes Mitglied meiner Besatzung Verrat an der Föderation begeht, wissen Sie viel weniger über uns, als Sie glauben«, sagte Picard abweisend.

»Wir werden sehen«, sagte Valak. »Sie waren noch nie romulanischen Befragungstechniken ausgesetzt. Ich darf Ihnen versichern, Captain, daß sich auch Ihr Wille brechen läßt. Jeder hat einen Punkt, an dem er aufgibt. Warum wollen Sie sich selbst und Ihre Besatzung, einschließlich der Kinder, unnötigem Schmerz und Leid aussetzen, wenn das Ergebnis am Ende ohnehin dasselbe ist?«

»Ich sehe, daß ich Sie unterschätzt habe«, sagte Picard kalt.

»Vielleicht tröstet es Sie, Captain, wenn ich Ihnen sage, daß Sie nicht der erste sind, der meine Fähigkeiten unterschätzt hat«, sagte Valak.

»Es ist Ihre Brutalität und nicht Ihre Klugheit, die ich unterschätzt habe«, sagte Picard. »Falls Sie keinen ausdrücklichen Wert auf meine Anwesenheit auf der

Brücke legen, würde ich mich jetzt gerne in das Quartier zurückziehen, das Sie für mich bereitgestellt haben.«

»Wie Sie wünschen, Captain. Im Augenblick brauche ich Sie nicht. Sie dürfen gehen.« Valak wandte sich an die Krieger, die zur Bewachung Picards abgestellt waren. »Bringen Sie Captain Picard in das Quartier des Ersten Offiziers Korak«, sagte er, »und lassen Sie ihn nicht aus den Augen.«

Riker stand auf der Brücke der *Enterprise* und versuchte sich zu beruhigen und seine zunehmende Besorgnis zu unterdrücken. Innerlich kochte er. Der Captain, Deanna, Worf, Dr. Crusher und ein großer Teil der Besatzung der *Enterprise* wurden auf dem romulanischen Schiff als Geiseln gehalten, während auf der *Enterprise* selbst an allen Schlüsselpositionen Romulaner postiert waren. Und er selbst war zur Untätigkeit verdammt.

Nachdem die Schiffe auf Warpgeschwindigkeit gegangen waren, hatte sich die *Syrinx* getarnt, damit irgendwelche Föderationsschiffe, die sich zufällig in der Nähe aufhielten und sie mit ihren Scannern erfaßten, nur ein unverdächtiges Föderationsschiff registrieren würden. Wenn sie bemerkten, daß sie sich geirrt hatten, wäre es bereits zu spät, und es gab keine Möglichkeit für Riker, sie zu warnen. Zum Glück waren sie keinen anderen Schiffen begegnet, so daß Riker zumindest etwas hatte, wofür er dankbar sein konnte.

Valaks Krieger beobachteten jede seiner Bewegungen. Sie verlangten über sämtliche Handlungen Auskunft, um jedem Täuschungsversuch zuvorzukommen. Das galt für das gesamte Schiff. Die Anspannung wurde immer intensiver.

Obwohl Commander Valak sich ausgezeichnet mit der Konstruktion von Föderationsschiffen und dem Bordalltag auskannte, hatten seine Krieger keine Ahnung von der *Enterprise* und ihrer Befehlsstruktur. Jede

Kleinigkeit konnte ihren Verdacht erregen. Riker stand vor der wenig beneidenswerten Aufgabe, ein Schiff zu führen, während fast alles, was er tat, vom romulanischen Ersten Offizier genehmigt werden mußte, dem Valak das Kommando über die *Enterprise* überlassen hatte. Als auf der Brücke die Nachricht eintraf, daß es Probleme im Maschinenraum gab, erhielt Riker von Subcommander Korak die Erlaubnis, mit LaForge zu sprechen.

»Commander, ich kann unter diesen Bedingungen nicht arbeiten!« sagte LaForge verzweifelt. »Man hat mir die Hälfte meines Teams genommen, und ich kann hier unten keinen Handgriff tun, ohne daß mir jemand über die Schulter sieht und wissen will, was ich gerade mache!«

»Ich weiß, Geordi, ich weiß«, sagte Riker im Versuch, ihn zu beruhigen. »Wir müssen hier oben mit den gleichen Problemen zurechtkommen. Tun Sie trotzdem Ihr Bestes. Riker Ende.«

»Beschweren sich Ihre Leute immer so?« fragte Korak ihn.

»Nein, eigentlich nicht«, erwiderte Riker angespannt. »Nur wenn uns überall Romulaner im Weg herumstehen.«

»Auf meinem Schiff beschweren sich meine Untergebenen niemals«, sagte Korak. »Sie tun einfach ihre Pflicht. Menschen sind schwach.«

»Wir sind immerhin so stark, daß die Romulaner uns nicht einfach überrannt haben, wie Sie es mit den anderen Völkern getan haben, die Sie unterworfen haben.«

»Es ist nur eine Frage der Zeit«, sagte Korak, »bis Ihre Föderation von uns hinweggefegt wird. Und dann werden Sie uns genausowenig Widerstand leisten wie Ihre Besatzung, als wir Ihr Schiff besetzten.«

»Wir haben aus freien Stücken keinen Widerstand geleistet«, sagte Riker, »damit wir unser Leben nicht unnötig in Gefahr bringen. Im Gegensatz zu den Romulanern bedeutet den Föderationsoffizieren das Leben der Menschen, die unter ihrem Kommando stehen, sehr viel.«

»Das sind doch nur Wortspielereien!« erwiderte der Romulaner verächtlich. »Sie hatten keine Chance gegen uns. Kein Mensch könnte jemals gegen einen romulanischen Krieger im Kampf bestehen.«

Riker starrte Korak einen Moment lang in die Augen. »Würden Sie darauf Ihren Hintern verwetten?« fragte er den Romulaner.

Korak runzelte die Stirn. »Ich verstehe nicht. Was soll ich mit meinem Hintern tun?«

»Es ist eine alte menschliche Redensart, Korak«, erklärte Riker belustigt. »Frei übersetzt bedeutet es, ob Sie Ihre Behauptung auch durch Taten beweisen würden.«

Korak starrte zurück. Data und Ro beobachteten ihr Gespräch interessiert, genauso wie die übrigen Romulaner, die sich auf der Brücke aufhielten. »Wollen Sie mich ernsthaft zu einem körperlichen Wettkampf herausfordern?« Korak war offenkundig erstaunt.

»Warum nicht?« entgegnete Riker. »Sie sagten, kein Mensch könnte jemals gegen einen romulanischen Krieger im Kampf bestehen. Ich bin dazu bereit, Ihnen das Gegenteil zu beweisen. Es sei denn, Sie haben Angst davor, ein minderwertiger Mensch könnte Ihnen die Nase in den Dreck stoßen.«

»Diese Redensart verstehe ich!« sagte Korak wütend. Er sah aus, als wollte er sich an Ort und Stelle auf Riker stürzen, doch dann zögerte er, während er sich mit sichtlicher Mühe wieder unter Kontrolle brachte. »Ich könnte Ihnen zeigen, wer wessen Nase in den Dreck stößt, Mensch!« sagte er. »Aber so einfach werden Sie mich nicht von meinen Pflichten abbringen.«

Korak hätte um ein Haar die Beherrschung verloren, erkannte Riker. Das war ein Schwachpunkt, an dem man ansetzen und weiterarbeiten konnte, sagte er sich.

»Von welchen Pflichten sprechen Sie?« fragte er spöttisch. »Der Kurs ist längst programmiert. Solange wir auf Warpgeschwindigkeit sind, sind keine neuen Befehle erforderlich. Wir haben jede Menge Zeit, um zum Holodeck hinunterzugehen und Ihre leeren Prahlereien auf die Probe zu stellen.«

Korak starrte ihn durchdringend an. »Wenn Sie irgendeine List beabsichtigen, Mensch, sollten Sie es lieber vergessen. Meine Krieger werden jede einzelne Bewegung verfolgen, die die Brückenbesatzung während unserer Abwesenheit macht.«

Data drehte sich zu Riker um. »Sir«, sagte der Androide, »bei allem Respekt von Ihren Fähigkeiten denke ich, daß ich trotzdem auf folgenden Punkt hinweisen sollte: Nach allen bekannten Untersuchungen ist der durchschnittliche Romulaner körperlich viel kräftiger als der durchschnittliche Mensch bei gleicher Größe und gleichem Körpergewicht. Die verantwortlichen Faktoren sind höhere Muskeldichte und Knochenmasse, neben der genetischen ...«

»Danke, das reicht, Mr. Data«, sagte Riker.

»Ihr Androide hat recht, Riker«, sagte Korak mit einem selbstgefälligen Grinsen. »Ich könnte Sie mit einer Hand wie einen Schleimkäfer zerquetschen!«

»Worte!« sagte Riker nur.

»Na gut, Mensch. Ich nehme Ihre Herausforderung an. Sie werden sich schon bald wünschen, Sie hätten sie niemals ausgesprochen.«

»Nach Ihnen, Korak«, sagte Riker und deutete auf die Tür zum Turbolift.

Korak wandte sich an die übrigen Krieger auf der Brücke. »Behaltet Sie im Auge! Wenn einer von ihnen irgendwelche Tricks versuchen sollte, wißt ihr, was zu tun ist!« Er warf Riker einen verächtlichen Blick zu. »Es wird nicht lange dauern.«

»Ich hoffe nur, Commander Riker weiß, was er tut«, sagte Data unsicher zu Ro, während er zusah, wie sich die Türflügel des Turbolifts hinter den beiden schlossen. »Die Wahrscheinlichkeit, daß er Korak in einem Kampf, bei dem es um körperliche Kraft geht, besiegen könnte, liegen bei …«

»Erzählen Sie mir nichts über Wahrscheinlichkeiten, Data«, unterbrach Ro ihn, ohne ihre Scanneranzeigen aus den Augen zu lassen. »Wenn wir jemals heil aus dieser Sache herauskommen wollen, hilft uns die Wahrscheinlichkeitsrechnung überhaupt nicht weiter. Ich weiß, daß unsere Chancen schlecht stehen.«

»Schon möglich«, sagte Data, »aber wenn Commander Riker ernsthaft verletzt oder gar getötet wird, werden unsere Chancen dadurch keineswegs verbessert.«

»Riker weiß, was er tut«, sagte Ro und fügte leiser hinzu: »Zumindest hoffe ich es.«

Der Korridor, durch den Riker und Korak zum Holodeck gingen, war leer. Alles Personal, das für den Betrieb des Schiffes nicht unbedingt nötig war, hatte man entweder als Geiseln zur *Syrinx* gebracht oder wurde im Gesellschaftsraum festgehalten, wo nur wenige Romulaner mühelos eine große Menschengruppe unter Bewachung halten konnten. Für Riker war es ungewohnt, durch völlig menschenleere Gänge der *Enterprise* zu gehen.

Offenbar wollten die Romulaner sie aus irgendeinem Grund am Leben lassen, dachte Riker. Warum? Valak hatte sämtlich Schritte seines Plans mit peinlicher Genauigkeit vorbereitet. Picard hätte das Schiff eher gesprengt, als es den Romulanern zu überlassen, aber Valak hatte damit gerechnet und den Captain durch schnelles Handeln an dieser Möglichkeit gehindert. Und Valak hatte auch vorhergesehen, daß Picard niemals kapituliert hätte. Deshalb hatte er die *Enterprise* besetzt, ohne jemals eine formelle Kapitulation zu verlangen. Im Gegenteil, es hatte ihm offenbar eine große Befriedigung verschafft, Picard zu verraten, daß er mit seinem Widerstand rechnete, als wollte er ihn damit herausfordern, sein Bestes zu geben. Es schien fast, als wollte er Picard dazu veranlassen, einen möglichen Fehler oder eine Schwachstelle in seinem Plan zu finden.

Ja, dachte Riker, das war ihre Schwäche: ihr überheblicher Glaube, daß sie allen anderen Rassen überlegen waren – besonders den Menschen. Es mußte äußerst ärgerlich sein, wenn man von jemandem herausgefordert wurde, den man für minderwertig hielt. Riker hatte Korak zum Kampf herausgefordert, und jetzt wollte ihm der Romulaner unbedingt zeigen, wer der Stärkere war. Bedauerlicherweise standen die Chancen ausgezeichnet, daß ihm das auch gelingen würde. Data hatte ihn nicht daran erinnern müssen, daß Romulaner kräftiger als Menschen waren. Riker wußte es selbst sehr gut. Doch darum ging es überhaupt nicht. Es ging darum, wie weit sich Korak reizen ließ.

Riker war sich ziemlich sicher, daß er einen großen Vorteil hatte, denn die Romulaner wollten die Besatzung am Leben lassen. Wenn es ihnen nur um die *Enterprise* ginge, hätten sie die Besatzung sofort getötet und das Schiff als Kriegsbeute nach Hause gebracht. Sie hätten nur ein Prisenkommando an Bord schaffen müssen, das die Triebwerke in Gang setzte und der *Syrinx* in romulanisches Territorium folgte, oder ihr Kriegsschiff hätte die *Enterprise* mit Traktorstrahlen abschleppen können. Aber nein, sie wollten die Menschen lebend. Soviel stand fest, und genau aus diesem Grund hatte Picard nicht bis zum letzten Mann gegen sie gekämpft. Picard griff niemals zu extremen Lösungen, bevor alle anderen Möglichkeiten ausgeschöpft waren. Das Leben seiner Besatzung bedeutete ihm viel, und er setzte nur dann Gewalt ein, wenn ihm keine andere Wahl mehr blieb.

Valak hatte ihnen sehr viele Möglichkeiten genommen, aber sie waren immerhin noch am Leben. Der romulanische Captain hatte den Geiseln kein Haar gekrümmt – bislang zumindest –, und solange sie noch am Leben waren, bestand auch die Chance, daß sie heil aus dieser Sache herauskamen. Wenn sie in der Vergangenheit mit einer Krise konfrontiert waren, hatte Captain Picard immer nach Lösungsmöglichkeiten verlangt. Und irgendwie hatten seine Leute ihm jedesmal eine verschafft.

Rikers Aufgabe bestand darin, nach solchen Möglichkeiten zu suchen. Indem er Korak auf seine Schwächen abklopfte, konnte er vielleicht ein Stück weiterkommen. Auf diese Weise hoffte er abschätzen zu können, an welchem Punkt Korak die Beherrschung verlor. Und wer die Beherrschung verlor, machte unweigerlich Fehler. Auf irgendeine Weise wollte er Korak dazu zwingen, Fehler zu machen – natürlich nur unter der Voraussetzung, daß er diese Herausforderung überlebte. Doch in diesem Punkt war er nicht allzu pessimistisch. Da Valak offenbar lebende Gefangene wollte, würde Korak niemals so weit gehen, ihn zu töten. Zumindest hoffte Riker es. Es war ein Spiel mit hohem Einsatz. Aber wie hieß es doch? Wer nichts wagt, der nichts gewinnt!

Sie erreichten die Tür zum Holodeck, und Riker blieb neben der Kontrolltafel stehen, die in die Wand eingelassen war. Es gab vier größere Holokammern auf Deck 11 und ein paar kleinere auf den Decks 12 und 33. Riker entschied sich für die Holokammer 1, die er normalerweise für sein Training benutzte.

»Haben Sie schon mal eine Holokammer benutzt?« fragte er Korak.

»Das ist ein holographischer Ambientensimulator, nicht wahr?« erwiderte Korak. »An Bord unserer Kriegsschiffe gibt es keinen solchen Luxus. Wir halten diese Technik für dekadent und unnütz.«

»Weil Ihre ›überlegene romulanische Kultur‹ nicht über die Computertechnologie verfügt, um eine überzeugende Simulation aufzubauen«, stichelte Riker.

»Vielleicht denken Sie anders darüber, nachdem Sie es erlebt haben. Unserer Ansicht nach sind Holodecks nicht nur zur Freizeitgestaltung, sondern auch zum Training sehr nützlich. Das Subsystem für die holographische Darstellung schafft die Illusion einer realistischen Umgebung, während der Materiekonverter mit Hilfe von transporterunterstützten Replikatoren physische Gegenstände erzeugt. Das System kann natürlich keine echten Lebewesen erzeugen, aber es kann Simulationen erschaffen, die durch fein abgestimmte und computergesteuerte Traktorstrahlen bewegt werden, wie eine Marionette sozusagen. Was Sie dort sehen, ist nicht real, aber es fühlt sich an, als wäre es real.«

Riker wollte die Kontrollen bedienen, doch Korak hielt ihn am Handgelenk fest, bevor er auch nur eine Schaltfläche berühren konnte. »Warten Sie!« sagte er.

Riker starrte ihn überrascht an. Korak aktivierte seinen Kommunikator. »Korak an Maschinenraum!« sagte er.

»LaForge hier«, antwortete Geordi. »Was gibt es denn jetzt schon wieder?«

»Ich möchte mit Atalan sprechen«, sagte Korak.

»Ihr Wunsch ist mir Befehl«, erwiderte LaForge trocken. Kurz darauf meldete sich der Romulaner, und Korak gab ihm Anweisungen, den Betrieb der Holokammer 1 freizugeben. Aber er sollte sich bereithalten, jederzeit die Energie zu sperren, falls Riker irgendwelche Tricks anwenden wollte.

»Also«, sagte Korak, nachdem er die Verbindung wieder unterbrochen hatte. »Sie haben die Herausforderung ausgesprochen. Nach unserer Sitte darf ich jetzt die Waffen für den Wettkampf wählen.«

Riker erstarrte. »Bei uns gibt es eine ähnliche Sitte.«

Korak lächelte. »Sehr gut. Sie werden die Kammer genau nach meinen Anweisungen programmieren. Ich werde aufmerksam zusehen. Wenn Sie mich zu täuschen versuchen, werden Sie dafür bezahlen.«

»Wie Sie wünschen«, sagte Riker.

»Ich verzichte darauf, Sie mit romulanischen Waffen kämpfen zu lassen, mit denen Sie nicht vertraut sind, damit Sie anschließend nicht behaupten können, der Kampf wäre unfair«, sagte Korak. »Genauso werde ich nicht mit Waffen der Föderation kämpfen. Damit keiner von uns beiden einen Vorteil hat, wähle ich den Kampf mit bloßen Händen.«

»In Ordnung«, sagte Riker. »Zufällig habe ich ein bereits eingerichtetes Programm, das Ihren Wünschen entsprechen dürfte.« Er griff erneut nach der Schalttafel, doch wieder packte Korak sein Handgelenk und starrte ihn mißtrauisch an.

»Was ist das für ein Programm?«

»Ein sehr vertrauensseliger Typ scheinen Sie nicht zu sein«, sagte Riker mit einem spöttischen Lächeln. »Es handelt sich um ein Programm, daß ich für meine eigenen Übungen benutze. Es heißt Riker Eins. Darin kommen keine bewegten Projektionen vor, solange man sie nicht gesondert aufruft, sondern es erzeugt lediglich die Umgebung eines Dojo – eines Trainingsraums für Kampfsportarten. Es ist gut für den Kampf ohne Waffen geeignet.«

»Na gut, machen Sie weiter«, sagte Korak.

Riker gab die Befehle ein, mit denen das Programm Riker Eins aufgerufen wurde. Dann öffneten sich die Türen der Holokammer, und sie traten in den Dojo, den das Programm erzeugt hatte.

Korak sah sich mißtrauisch um. Die große Kammer mit den Projektionsgittern war in ein Kampfsport-Dojo mit Holzboden verwandelt worden. An den Wänden hingen verschiedene Flaggen, neben der Föderationsflagge auch die traditionelle amerikanische, koreanische, chinesische und japanische. Trainingsgeräte waren rings um den Kampfplatz aufgebaut. Sandsäcke hingen an Ketten von der Decke, Makiwara-Bretter standen für Karateübungen bereit, und an den Wänden waren verschiedene Waffen angebracht – alles physische Projektionen, die vom Materiekonverter erzeugt wurden. Es gab Bo-Stöcke, Nunchuks, Sai-Dreizacke, Kamas oder Sicheln, japanische Schwerter aus Stahl und aus Holz, Speere und Shuriken oder Wurfsterne.

Riker kam der Gedanke, daß die Waffen möglicherweise eine gefährliche Versuchung für den Romulaner darstellten und er sie als Verletzung des Abkommens, ohne Waffen zu kämpfen, interpretieren könnte. Also sagte er schnell: »Computer, Waffen löschen!«

Korak griff sofort nach seinem Disruptor, entspannte sich jedoch wieder, als die Waffen von den Wänden verschwanden. »Sie werden Ihrem Computer keine Sprachkommandos mehr geben, bevor Sie von mir die Erlaubnis dazu erhalten haben«, sagte er.

Riker deutete eine Verbeugung an. »Verzeihen Sie«, sagte er. »Ich trainiere oft mit diesen Waffen, aber ich wollte nicht, daß Sie glauben, ich würde unsere Vereinbarungen verletzen.«

Korak nickte.

»Möchten Sie vielleicht einen … äh … Trainingsanzug anlegen?« fragte Riker.

»Wir kämpfen so, wie wir sind«, sagte Korak.

»Wie Sie wünschen.« Er hob seine Augenbrauen. »Wollen Sie während des Kampfes Ihren Disruptor tragen?«

Korak verzog das Gesicht. »Ich halte ihn nur für den Fall bereit, daß Sie irgendwelche Menschentricks versuchen sollten.«

»Keine Menschentricks«, sagte Riker sarkastisch. »Aber ich finde es interessant, daß ein ›überlegener‹ Romulaner zur Sicherheit einen Disruptor benötigt, obwohl er doch nur gegen einen einfachen Menschen kämpft, der dazu völlig unbewaffnet ist.«

Korak legte seinen Disruptor ab. »Ich brauche ihn nicht für meine Sicherheit.« Dann trat er auf den Holzboden des Kampfplatzes. Innerlich mußte Riker grinsen. Also war der Stolz des Romulaners ein Punkt, an dem er gepackt werden konnte. Er merkte sich diese Tatsache, trat dann auf die Plattform und stellte sich Korak gegenüber auf.

»Wir können jederzeit anfangen, wenn Sie bereit sind«, sagte er und blickte Korak gelassen an. Dann nahm er eine unverbindliche Kampfhaltung an – mit geradem Rücken, den Körper seitlich dem Romulaner zugewandt, das Körpergewicht auf den Fußballen und die Arme locker herabhängend.

Der Romulaner knurrte und griff ihn an. Riker wich schnell zur Seite aus und faßte Koraks Handgelenk mit einem Aikido-Griff. Er drehte es in einem engen Kreis herum und benutzte den Schwung seines Gegners, um ihn herumzuwerfen, so daß er auf dem Rücken landen würde. Doch der Romulaner konnte sich rechtzeitig losreißen und fing sich mit dem Handgelenk auf – eine Bewegung, die ein menschliches Handgelenk nicht unverletzt überstanden hätte. Er rollte sich herum und kam schnell wieder auf die Beine – mit gefletschten Zähnen und wutfunkelnden Augen.

Riker balancierte leicht hüpfend auf seinen Fußballen, während er Korak nicht aus den Augen ließ. »Kommen Sie schon, Korak!« reizte er ihn. »Zeigen Sie mir, was Sie können!«

Mit einem Aufschrei stürzte sich Korak erneut auf ihn. Er wollte ihn offenbar packen und zu Boden reißen, wobei sein größeres Körpergewicht ihm einen erheblichen Vorteil verschaffen würde. Doch Riker wandte diesmal eine Judo-Technik an und ließ sich rückwärts zu Boden fallen, griff an Koraks Jacke und stellte ihm seinen Fuß auf die Brust, um ihn über sich hinwegzuhebeln.

Korak landete auf dem Boden, rollte sich ab und stand wieder auf, diesmal jedoch etwas vorsichtiger. Seine Augen waren nur noch schmale Schlitze. Da

Riker wußte, daß die Romulaner im Maschinenraum sie beobachteten, verspottete er ihn weiter.

»Jetzt habe ich Sie schon zum zweiten Mal niedergeworfen, Korak«, sagte er. »Wo ist die romulanische Überlegenheit geblieben, mit der Sie geprahlt haben?«

In Koraks Kehle entstand ein tiefes Knurren. Er ließ sich offenbar sehr leicht zur Wut reizen, stellte Riker fest und merkte sich auch diesen Schwachpunkt. Jetzt wollte er sehen, wie lange es dauerte, bis er vollständig die Beherrschung verlor.

»Vielleicht sind Sie gar nicht so überlegen, wie Sie dachten«, sagte er. »Sie lagen zweimal am Boden, und ich stehe immer noch auf den Beinen. Nicht schlecht für einen ›minderwertigen‹ Menschen, meinen Sie nicht auch?«

Korak griff erneut an, diesmal jedoch stürmte er nicht einfach los. Er kam in gebückter Haltung, mit katzenhaften Bewegungen, die wesentlich zielstrebiger und genauer waren. Na gut, dachte Riker, jetzt wird es Ernst. Er fragte sich, ob er den Romulaner zu weit getrieben hatte.

Korak holte zum Schlag aus, und Riker fing den Hieb mit seinem Unterarm ab, doch die Wucht war bis in seine Schulter zu spüren. Ein weiterer Schlag folgte, den er etwas zu langsam parierte. Es fühlte sich an, als hätte ihn eine Ramme mitten in die Brust getroffen. Riker schwankte, und Korak blockierte seinen Ellbogen mit dem Unterarm. Dann versetzte er ihm zwei weitere Schläge gegen den Rumpf.

Riker spürte, wie ihm die Luft aus den Lungen getrieben wurde, bis er erschlaffte und Korak ihn quer durch den Raum schleuderte. Riker flog etwa drei Meter weit, landete schmerzhaft auf dem Boden und schnappte nach Luft. Er hatte in seinem Leben schon des öfteren Prügel bezogen, aber noch nie mit solcher Gewalt. Er hoffte nur, daß er sich nicht übernommen hatte.

»Wo ist Ihr Spott geblieben, Mensch?« sagte Korak abfällig. »Kommen Sie! Stehen Sie auf! Das heißt, wenn Sie noch stehen können!«

Riker hustete, während er sich aufrappelte. Er war in ausgezeichneter körperlicher Verfassung und hatte durchtrainierte Muskeln, aber er wußte, daß er nicht mehr viele von Koraks Schlägen einstecken konnte, ohne ernsthaften Schaden davonzutragen. Sein Brustkorb tat höllisch weh, und sein Bauch fühlte sich an, als wäre er mit einem Vorschlaghammer zusammengestoßen. Er fragte sich, ob seine Rippen gebrochen waren.

Er durfte nicht zulassen, daß der Romulaner ihn noch einmal auf diese Weise erwischte. Alle Romulaner waren kräftig, aber Korak war nicht irgendein Romulaner, sondern ein ausgebildeter Krieger. Nachdem sein erster Angriff ihm gezeigt hatte, daß Riker sich nicht so mühelos besiegen ließ, wie er gedacht hatte, hatte Korak das getan, was jeder trainierte Kämpfer getan hätte, und sein ganzes Können eingesetzt. Und das – in Verbindung mit seiner überlegenen Kraft – machte ihn zu einem sehr gefährlichen Gegner.

Riker richtete sich auf und wartete, daß Korak ihn angriff. »Ich kann immer noch stehen, Korak«, sagte er – zum Teil auch an die Adresse der Romulaner, die den Kampf über Monitor beobachteten. »Und vor allem kann ich immer noch kämpfen.«

Koraks nächster Angriff ließ nicht lange auf sich warten. Diesmal versuchte Riker gar nicht, sich zu verteidigen, indem er seine Fäuste mit Karate-Schlägen stoppte. Statt dessen ging er zu Aikido- und Jiu-Jitsu-Griffen über, mit denen er Koraks Kraft gegen ihn einsetzte. Er wich dem ersten Schlag aus, indem er sich duckte, rammte Korak seinen Ellbogen in die Brust und warf ihn um. Korak stand auf und griff wieder an, diesmal jedoch etwas vorsichtiger. Riker brachte eine Schlagkombination an – er täuschte einen Tritt in die

Leistengegend vor und ließ kurz darauf einen Tritt gegen Koraks Schläfe folgen, als dieser den ersten Tritt zu blockieren versuchte. Der zweite Tritt traf ins Ziel, worauf sein Gegner grunzend in die Knie ging. Riker stürzte sofort vor, um seinen Vorteil auszunutzen, aber Korak erholte sich äußerst schnell und ließ sich nach hinten fallen, wobei er sich umdrehte, um Riker die Beine wegzuschlagen. Dann versuchte er sich mit einem Sprung auf Riker zu werfen, doch Riker rollte zur Seite und kam schnell wieder auf die Beine.

Als sie beide wieder standen, umkreisten sie sich eine Weile abschätzend. Korak hatte offenbar erkannt, daß Riker kein so schwacher Gegner war, wie er gedacht hatte. Riker wußte, er durfte nicht zulassen, daß Korak vorsichtig wurde, weil er dann im Vorteil wäre. Er mußte ihn reizen, ihn wütend machen, dafür sorgen, daß er die Beherrschung verlor.

»Was ist los, Korak?« sagte er. »Die romulanische Überlegenheit ist offenbar gar nicht so einfach zu beweisen, wie? Vielleicht sind die Romulaner gar nicht so überlegen. Vielleicht sind sie Schwächlinge, die nicht mehr können, als arrogante Reden schwingen!«

Korak brüllte auf und griff wieder an. Riker stellte sich ihm und trat im letzten Augenblick zur Seite, um ihn wieder umzuwerfen. Weiter so, dachte er. Er mußte ihn so wütend machen, daß er nicht mehr vernünftig denken konnte. Und was dann? Seine einzige Chance bestand darin, Korak entweder zu ermüden oder ihn bewußtlos zu schlagen. Beides würde nicht einfach werden. Aber wenn er gewinnen konnte, würde das die Romulaner sicherlich aufrütteln.

»Es sieht aus, als hätte der ›minderwertige Mensch‹ Sie schon wieder aufs Kreuz gelegt«, sagte er. »Dabei bin ich nicht einmal der beste Kämpfer dieses Schiffes. Der Captain kann mich mühelos besiegen, dabei ist er älter als ich. Mit Ihnen dagegen würde er mühelos fertig werden.«

Korak schrie vor Wut auf und startete seinen nächsten Angriff. Je wütender er wurde, desto besser, dachte Riker. Er fing Koraks Handgelenk ab und drehte es herum. Dabei nutzte er den Schwung seines Gegners, um ihn erneut herumzuwerfen, so daß er auf dem Rücken landete. Diesmal jedoch behielt er Koraks Handgelenk im Griff und drehte es während des Falls herum, indem er seinen Arm als Hebel benutzte und dann zudrückte. Er setzte bereits soviel Kraft ein, daß ein menschlicher Arm gebrochen wäre, doch Korak wehrte sich immer noch.

»Kommen Sie, Korak!« sagte er. »Stehen Sie auf, wenn Sie können.«

Unter Wutgebrüll versuchte Korak seinen Arm freizubekommen. Dann hielt Riker ihn zusätzlich mit seinem Bein fest und bog den Arm des Romulaners weiter herum. Korak schrie vor Schmerz, gab sich aber immer noch nicht geschlagen.

»Geben Sie auf!« sagte Riker. »Oder ich breche Ihnen den Arm!«

Plötzlich glitten die Türen zur Holokammer auf, und die Projektion verblaßte. Drei romulanische Krieger stürmten mit gezogenen Waffen herein.

»Lassen Sie ihn los!« verlangte einer der Männer.

Riker gehorchte sofort, und Korak sprang auf. Er brüllte vor Wut, doch sein Zorn richtete sich nicht gegen Riker. »Wer hat Ihnen erlaubt, sich einzumischen?« schrie er die Krieger an. »Raus hier!«

»Aber … Subcommander Korak, wir dachten …«

Korak stürmte wutschnaubend ein paar Schritte auf sie los. Er ärgerte sich nicht nur über ihre Einmischung, sondern auch weil sie ihn in einer so peinlichen Situation gesehen hatten. »Raus hier, habe ich gesagt! Ich bin mit diesem Menschen noch nicht fertig! Wie können Sie es wagen, sich in den Kampf einzumischen?«

Doch in diesem Augenblick meldete sich sein Kommunikator. »Brücke an Subcommander Korak!«

»Ja, was gibt es?«

»Wir nähern uns unserem Ziel und bereiten uns darauf vor, den Warptransfer zu verlassen. Commander Valak wünscht, daß Sie auf die Brücke kommen und mit ihm Verbindung aufnehmen.«

Korak holte tief Luft, um sich zu beruhigen. »Ich mache mich sofort auf den Weg«, antwortete er. Dann wandte er sich an Riker. »Wir sind noch nicht fertig«, sagte er mit zusammengebissenen Zähnen. Er drehte sich wieder zu seinen Kriegern um und funkelte sie so wütend an, daß sie ein paar Schritte zurückwichen. »Bringen Sie ihn mit!«

Damit stürmte er an ihnen vorbei aus der Holodeckkammer und auf den Korridor in Richtung Turbolift. Die anderen Krieger forderten Riker mit ihren Disruptoren auf, sich zu erheben. »Bewegen Sie sich!« sagte einer von ihnen.

Riker lächelte. »Das war Rettung in letzter Sekunde«, sagte er.

»Ich sagte, Sie sollen sich bewegen!« wiederholte der Krieger.

Riker verbeugte sich und verließ dann die Holokammer, während er sich Mühe gab, nicht allzu deutlich zu zeigen, wie sehr ihn seine Rippen und sein Bauch schmerzten. Er hatte bewirkt, daß Korak vor seinen Kriegern das Gesicht verloren hatte. Ein geringfügiger Sieg, aber nichtsdestotrotz ein Sieg. Und er wußte jetzt, daß Korak sich äußerst leicht reizen ließ, was dazu führte, daß er Fehler machte. Das war eine sehr nützliche Information. Bedauerlich war nur, daß diese Erfahrung mit so großen Schmerzen verbunden war. Aber der Einsatz hatte sich gelohnt. Die Frage war nur, wie er seine Erfahrungen nun am besten ausnutzen konnte.

5

Als die zwei Schiffe den Warptransfer verließen und sich Hermeticus Zwei mit Impulskraft näherten, tarnte sich das romulanische Kriegsschiff, so daß eventuelle Fernbereichscanner auf dem Planeten nur die *Enterprise* registrieren würden. Valak ging kein Risiko ein, dachte Picard. Obwohl er sich Mühe gegeben hatte, den romulanischen Commander vom Gegenteil zu überzeugen, glaubte Valak immer noch daran, daß die Föderation irgend etwas auf der Quarantänewelt versteckte. Picard war ziemlich sicher, daß er sich irrte – trotzdem hielt sich in seinem Hinterkopf ein Rest an Zweifel.

Was war, wenn irgend jemand bei Starfleet tatsächlich einen geheimen Stützpunkt tief in der Neutralen Zone autorisiert hatte? Picard konnte nicht glauben, daß es bei Starfleet Leute gab, die trotz der damit verbundenen Risiken eine so verbrecherische Dummheit begehen würden, aber er konnte eine solche Möglichkeit auch nicht völlig ausschließen. Genauso wie es Romulaner gab, die eine intensive Paranoia gegenüber der Föderation hegten und sie ständiger Übergriffe auf das Territorium des Reiches beschuldigten – zum Teil nur, um damit ihr eigenes Hegemoniestreben zu rechtfertigen –, gab es auch Funktionäre der Föderation, die in Hinsicht auf die Romulaner ebenso paranoid waren. Diese Empfindungen waren nicht ganz unberechtigt, denn obwohl die Romulaner den Waffenstillstand mehr oder weniger eingehalten hatten, waren sie doch oft bis zum Äußersten gegangen. An ihren Absichten bestand jedoch überhaupt kein Zweifel. Sie hatten schon seit langem das Bedürfnis, das Territorium der Föderation ihrem Reich einzuverleiben, aber seitdem es einen Friedensvertrag zwischen den Klingonen und der Föderation gab, waren sie wesentlich vorsichtiger geworden.

Die Einhaltung des Waffenstillstands bedeutete für die Romulaner lediglich einen zeitlichen Aufschub. Doch trotz der ständigen Bedrohung, die das Romulanische Reich darstellte, wäre die Einrichtung eines geheimen Stützpunktes der Föderation in der Neutralen Zone ein eklatanter Verstoß gegen das Waffenstillstandsabkommen gewesen. Praktisch hätte die Föderation damit genau das getan, dessen sie die Romulaner schon seit langem bezichtigte. Es gab sicherlich niemanden bei Starfleet, dachte Picard, der die Gefahr eines totalen Krieges in Kauf nahm, um im besten Fall ein paar geheime Informationen ausspionieren zu können. Das Ergebnis war den Aufwand und das Risiko einfach nicht wert. Trotzdem ließ ihn der Gedanke nicht los …

Nein. Er verdrängte diesen Gedanken wieder. Hermeticus Zwei war aus einem bestimmten Grund unter Quarantäne gestellt worden, aber er konnte unmöglich darin bestehen, daß sich dort ein Föderationsstützpunkt verbarg. Wenn dem so wäre, warum hatte man dann die Daten im zentralen Starfleet-Computer nicht ganz gelöscht? Jemand, der so paranoid und so sehr von geheimen Operationen besessen war, würde dafür sorgen, daß sämtliche Hinweise aus den Datenbanken verschwanden. Valak würde hier keine Beweise für geheime Aktionen der Föderation finden. Die Frage war nur, was würde er tatsächlich finden? Er hatte den Befehl, Nachforschungen über Hermeticus Zwei anzustellen, und dazu brauchte er Zeit. Und die Zeit war im Augenblick der einzige Faktor, der zu Picards Gunsten arbeitete.

Picard gab sich selbst die Schuld, daß dieses Dilemma eingetreten war, aber er mußte zugeben, daß Valaks Plan genial war. Wer hätte schon damit rechnen können, daß die Romulaner eine neuartige Droge entwickelt hatten, die den Tod so gut vortäuschte, daß sogar Scanner und Tricorder zum Narren gehalten wurden? So etwas hatte niemand vorhersehen können. Die Droge hatte den Romulanern den entscheidenden Vorteil verschafft, und Valak hatte diesen Vorteil zu seinen Gunsten ausgeschöpft.

Er hatte nicht einen einzigen Fehler begangen. Er hatte Picard die meiste Zeit von der *Enterprise*-Besatzung ferngehalten, so daß die Leute ohne Führung waren, und er hatte die Besatzung aufgeteilt – einige an Bord der *Syrinx* gebracht und andere auf der *Enterprise* gelassen. Seit sie das Raumgebiet der Föderation verlassen hatten, war Picard jede Kommunikation mit Riker verwehrt worden. Jede unabhängige Aktion von den Leuten, die auf der *Enterprise* geblieben waren, würde schon im Ansatz von den überall anwesenden Romulanern unterdrückt – und durch die Tatsache, daß sie keinen Kontakt mit ihren Offizieren aufnehmen konnten. Es schien, als hätte Valak ihnen keinen Handlungsspielraum gelassen. Aber es mußte einfach noch Möglichkeiten geben. Es gab immer welche.

Während des Fluges vom Föderationsgebiet zu diesem Sektor der Neutralen Zone hatte Picard sich das Hirn zermartert, um nach einer Lösung zu suchen, die sie aus ihrer Zwangslage befreite. Doch er kam einfach nicht weiter. Was ihn am meisten ärgerte, war die Tatsache, daß Valak durch den jüngsten Erfolg des romulanischen Geheimdienstes die Möglichkeit gehabt hatte, seine Person genauestens zu studieren. Er hatte seine Dienstakte gelesen und offenbar sämtliche Aufzeichnungen über vergangene Begegnungen zwischen Föderationsschiffen und den Romulanern studiert, so daß er seinen Plan auf der Grundlage detaillierter Daten über seinen Feind entwerfen konnte. Wie ein Kämpfer, der mit holographischen Darstellungen seiner Gegner trainierte, dachte Picard. Genauso hatte Valak ihn studiert, so daß der Schurke ihn jetzt in- und auswendig kannte. Er hatte Picards Reaktionen zu jedem Augenblick vorhergesehen. Er hatte die ganze Aktion immer wieder gedanklich durchgespielt und paßte sie ständig den neuen Situationen an, während er sich in Picards Lage versetzte und jeden Schritt bedachte, den der Captain möglicherweise gegen ihn unternehmen konnte, so daß er ihm systematisch jede Möglichkeit verbaute.

Er war ein Krieger mit dem Verstand eines meisterhaften Schachspielers, dachte Picard. Doch viel schlimmer war, daß der Kerl genau wußte, wie Picard dachte. Das bedeutete, daß er anfangen mußte, in anderen Bahnen zu denken. Dieses Spiel wurde von zwei Gegnern gespielt. Valak hatte die Chance gehabt, Picard genauestens zu studieren, aber jetzt hatte auch Picard die Gelegenheit, seinen Gegner zu beobachten. Und er war keinesfalls unfehlbar. Seine Schwäche war seine Eitelkeit, sein Ego. Es genügte ihm nicht, seinen Feind einfach nur zu besiegen – er wollte, daß sein Feind zugestand, daß kein Zweifel an seinem Sieg bestand.

Er brauchte Picard, damit dieser seine Überlegenheit anerkannte. Und das war der große Widerspruch in Valaks Persönlichkeit. Er glaubte genauso wie alle Romulaner an die Überlegenheit seines Volkes. Warum sollten dann für ihn die Ansichten eines ›minderwertigen‹ Menschen eine Rolle spielen? Wenn er sich tatsächlich überlegen fühlte, dachte Picard, war er doch gar nicht darauf angewiesen, daß ein Mensch ihn respektierte. Trotzdem buhlte er um Anerkennung. Und warum? Weil Valak trotz seiner unzweifelhaften Fähigkeiten noch jung und unsicher war.

Picard überlegte weiter. Jemand, der unsicher war und sich in einer Führungsposition befand, legte allergrößten Wert darauf, daß keiner von seinen Untergebenen seine Unsicherheit bemerkte. Das galt für jeden, ob

Mensch oder Romulaner. Also mußte Picard versuchen, diese Verletzlichkeit auszunutzen. Valak mochte die Menschen studiert haben, aber bis jetzt war sein gesamtes Wissen nur theoretisch begründet. Jetzt stand er den Menschen erstmals von Angesicht zu Angesicht gegenüber, und er wußte, daß sein Wissen jetzt auf die Probe gestellt wurde. Vielleicht konnte er versuchen, sein Selbstvertrauen zu untergraben, dachte Picard. Er mußte ihn zu überzeugen versuchen, daß er längst nicht so viel über die Menschen – und über Picard – wußte, wie er glaubte.

Seine Überlegungen wurden unterbrochen, als die Tür zum Offiziersquartier sich öffnete und drei romulanische Krieger hereinmarschierten, ohne ihr Kommen angekündigt zu haben. »Der Commander will Sie auf der Brücke sehen«, sagte einer von ihnen.

Picard warf ihnen einen eisigen Blick zu. »Wie nett von ihm, mir eine Ehrengarde zu schicken«, sagte er. »Bringen Sie mich zu ihm!«

Sie gingen den Korridor entlang und betraten den Turbolift, der sie zur Brücke des Kriegsschiffs hinaufbrachte. Die Romulaner sagten kein Wort, und Picard versuchte erst gar nicht, ein Gespräch mit ihnen zu beginnen. Von ihnen würde er nichts erfahren. Valak war es, mit dem er arbeiten mußte.

Als Picard mit seiner Eskorte auf die Brücke kam, saß Valak nicht in seinem Kommandothron, sondern ging nervös auf und ab. Er blieb abrupt stehen, als er Picard sah. Der Captain ließ jedoch deutlich werden, daß er seine Nervosität bemerkt hatte, indem er leicht lächelte. Das wiederum schien den Romulaner zu irritieren.

»So«, sagte Valak, »behaupten Sie immer noch, daß die Föderation nicht in diesem Sektor präsent ist?«

»Ich behaupte es nicht«, antwortete Picard selbstsicher. »Ich stelle es lediglich als Tatsache fest. Eine Tatsache, die Sie nicht als solche akzeptieren wollen. Aber ich bin schließlich nicht für das verantwortlich, was Sie sich in Ihrer blühenden Phantasie ausmalen.«

»So?« entgegnete Valak und erwiderte Picards Blick mit kalten Augen. »Dann scheinen meine Fernscanner ebenfalls mit einer blühenden Phantasie ausgestattet zu sein, denn sie haben gerade ein Raumschiff der Föderation im Orbit um Hermeticus Zwei entdeckt.«

»Das ist unmöglich!« sagte Picard.

»Auf den Schirm, maximale Vergrößerung«, sagte Valak.

Auf dem Hauptschirm erschien das Bild von Hermeticus Zwei und daneben, sehr winzig auf diese Entfernung, aber trotzdem deutlich an seiner Form zu erkennen, ein Raumschiff der Föderation.

Picard trat vor und starrte fassungslos auf den Bildschirm. »Was soll das, Valak?« schnappte er. »Ist das irgendein romulanischer Trick?«

»Ich kann wohl darauf verzichten, eine solche Frage zu beantworten.« Valak drehte sich wieder zum Bildschirm um und beobachtete ihn aufmerksam. »Kampfstationen besetzen!«

Als der dröhnende romulanische Gefechtsalarm durch die *Syrinx* hallte, starrte Picard immer noch ungläubig auf den Bildschirm. Auf diese Entfernung war es selbst in der höchsten Auflösung der Fernbereichscanner unmöglich, das Schiff zu identifizieren, aber sie näherten sich mit maximaler Impulskraft. Das romulanische Kriegsschiff war immer noch getarnt und somit für die Scanner des Föderationsschiffes unsichtbar, also hatte es von dort bislang noch keine Reaktion gegeben. Doch während sie schnell näher kamen, konnte Picard erkennen, daß etwas nicht stimmte.

Es war die Form des Schiffes. Er blickte stirnrunzelnd auf den Schirm. Die Scanner waren immer noch auf maximale Vergrößerung eingestellt, und sie waren nach wie vor ziemlich weit von dem Schiff entfernt, doch jetzt füllte der Planet beinahe das ganze Bild aus und vermittelte dadurch die Illusion, sie wären viel näher, als dies tatsächlich der Fall war. Die Bildauflösung wurde allmählich besser, und schließlich konnte Picard Details der Schiffskonstruktion erkennen.

Es unterschied sich von der *Enterprise*, einem Raumschiff der neuen Galaxy-Klasse. Dieses Schiff war erheblich kleiner, nur etwa halb so groß wie die *Enterprise*, und während Picard auf den Bildschirm starrte, wurde ihm klar, daß es sich um ein Schiff der alten Constitution-Klasse handelte, ähnlich der originalen USS *Enterprise* aus dem vorigen Jahrhundert.

»Jetzt verschlägt es Ihnen die Sprache, was, Picard?« fragte Valak mit kalter Stimme. »Jetzt können Sie mit eigenen Augen sehen, welch doppeltes Spiel die Föderation betreibt. Weigern Sie sich immer noch, diesen offenkundigen Beweis anzuerkennen?«

»Valak, hören Sie mir zu!« sagte Picard. »Hier ist etwas faul.«

»Ja«, entgegnete Valak. »Die Föderation treibt ein faules Spiel, und ich werde es ihr jetzt heimzahlen. Die Disruptoren bereitmachen!«

»Valak, warten Sie!« sagte Picard. »Sehen Sie sich das Schiff doch an! Es ist schon seit dreißig Jahre außer Betrieb! Sie kennen sich doch mit Starfleet-Schiffen aus. Was sagt Ihnen dieses Wissen? Ihre Befehle lauten, die Wahrheit über Hermeticus Zwei herauszufinden, wie Sie mir gesagt haben. Wenn Sie dieses Schiff zerstören, werden Sie vielleicht niemals erfahren, was hier geschehen ist. Sehen Sie sich das Schiff an! Es scheint völlig ohne Energie zu sein. Verlassen Sie sich nicht auf meine Worte! Benutzen Sie Ihre Scanner!«

Valak runzelte die Stirn, blickte seinen Waffenoffizier an und hob die Hand. »Disruptoren bleiben in Bereitschaft«, sagte er. Er warf Picard einen mißtrauischen Blick zu und wandte sich dann an seinen wissenschaftlichen Offizier. »Was zeigen die Scanner an, Talar?«

Der wissenschaftliche Offizier beugte sich über seine

Konsole. Nach einer Weile richtete er sich wieder auf und wandte sich Valak mit verblüfftem Gesichtsausdruck zu. »Commander, nach unseren Scannerdaten befinden sich keinerlei Lebensformen an Bord des Föderationsraumschiffs. Und ich messe auch keinerlei Energie an.«

»Das könnte ein Trick sein«, sagte Valak.

»Sie meinen, genauso wie Sie es getan haben?« fragte Picard. »Ich kann Ihnen versichern, Commander, daß wir keine Droge besitzen, die den Tod so überzeugend vortäuscht, daß Tricorder keine Biodaten mehr anzeigen. Andernfalls wären wir auf ihren Betrug vorbereitet gewesen. Außerdem ist das dort ein Schiff der Constitution-Klasse. Es könnte niemals rechtzeitig die Energieversorgung hochfahren, um ihren Disruptoren zu entkommen – selbst wenn es in der Lage wäre, die Anwesenheit eines getarnten romulanischen Kriegsschiffs zu registrieren, was mit an Sicherheit grenzender Wahrscheinlichkeit nicht der Fall ist.«

Valak legte die Stirn in Falten. »Das stimmt.«

»Anzeigen unverändert«, sagte der wissenschaftliche Offizier.

»Gehen Sie auf halbe Impulskraft«, sagte Valak. »Die Kampfstationen bleiben in Bereitschaft. Wie ist die gegenwärtige Position der *Enterprise?*«

»Sie fliegt mit normaler Impulskraft an uns vorbei, Kurs zwei acht Komma neun«, sagte der Navigator.

Valak verschränkte die Arme und dachte einen Augenblick lang nach. »Passen Sie unsere Geschwindigkeit der *Enterprise* an und öffnen Sie die Grußfrequenzen.«

»Commander«, sagte der wissenschaftliche Offizier, »wenn wir mit der *Enterprise* kommunizieren, könnte die Übertragung auf der Planetenoberfläche angemessen werden, so daß wir unsere Anwesenheit verraten.«

»Schon möglich, aber wenn wir den Planeten mit unseren Scannern abtasten, werden wir uns ohnehin verraten, wenn sich dort ein Föderationsstützpunkt befindet. Ich denke, zunächst sollte nur die *Enterprise* näher herangehen, während wir unter dem Tarnschirm bleiben.«

»Grußfrequenzen geöffnet, Commander.«

»Valak an *Enterprise*, melden Sie sich, Korak!«

Korak antwortete sofort, und Valak ließ ihn auf den Hauptbildschirm legen. Korak bestätigte, daß die Scanner der *Enterprise* dieselben Daten geliefert hatten wie die der *Syrinx*. »Commander Riker behauptet, das Föderationsschiff im Orbit um Hermeticus Zwei sei ein Schiff der Constitution-Klasse, die schon seit vielen Jahren außer Betrieb gestellt wurde«, setzte Korak hinzu. »Er sagt, er könne es nicht identifizieren.«

»Sie müßten jetzt nahe genug sein, um die Bezeichnung des Schiffes über Fernscanner erkennen zu können«, sagte Valak. »Commander Riker soll aus dem Computer der *Enterprise* Informationen über das Schiff abrufen.«

»Ich habe ihn bereits angewiesen, das zu tun, Commander«, entgegnete Korak, »aber Riker verweigert die Ausführung dieses Befehls. Wie lauten Ihre Anweisungen?«

Valak wandte sich an Picard. »Wenn Sie mir die Wahrheit erzählt haben, schätze ich, daß Sie auf dieses Schiff genauso neugierig sind wie ich. Und wenn sich wirklich niemand an Bord aufhält, dann kann die Information doch niemandem schaden. Oder würden Sie es vorziehen, daß ich Commander Riker zur Kooperation zwinge?«

»Legen Sie Commander Riker auf den Schirm«, sagte Picard.

Kurz darauf war Riker zu sehen, als er neben Korak trat. Picard bemerkte, daß sein Gesicht verletzt war.

»Alles in Ordnung mit Ihnen, Nummer Eins?«

»Mir geht es gut, Captain«, antwortete Riker ohne nähere Erklärung.

Picard ging nicht weiter auf diesen Punkt ein. »Bitte tun Sie, worum Commander Valak Sie *gebeten* hat«, sagte er mit sarkastischer Betonung auf dem vorletzten Wort.

»Verstanden, Sir.«

»Es dürfte einen Moment dauern«, sagte Picard zu Valak.

Der romulanische Commander nickte. »Sie behaupten immer noch, nichts über dieses Schiff zu wissen?«

»Seine Anwesenheit stellt für mich eine genauso große Überraschung dar wie für Sie«, antwortete Picard.

Valak sagte nichts.

Kurz darauf kam Riker zurück. »Captain, nach der Kennzeichnung auf der Schiffshülle handelt es sich um die USS *Independence.*«

»Die *Independence!*« rief Picard. »Sind Sie völlig sicher, Nummer Eins?«

»Ja, Sir«, antwortete Riker. »Wir scheinen hier auf ein Geisterschiff gestoßen zu sein.«

»Geisterschiff?« sagte Valak. »Was soll dieser Unsinn?«

»Das ist eine metaphorische Bezeichnung, Commander«, sagte Riker. »Ihre Studien weisen offenbar Lücken auf. Die *Independence* ist geradezu eine Legende.«

»Nach offiziellen Angaben wurde das Schiff vor etwa dreißig Jahren zerstört«, sagte Picard. »Ein paar Besatzungsmitglieder sollen angeblich mit einem der Shuttles entkommen sein, doch als man das Shuttle im All treibend fand, waren alle Leute an Bord tot. Von dem Schiff selbst fehlte bislang jede Spur.«

»Wenn es Überlebende gab, muß es auch einen Bericht geben«, sagte Valak.

»Das stimmt«, sagte Riker, »aber der Bericht scheint ebenfalls verschwunden zu sein. Daher gibt es nicht einmal Daten über die Identität der Besatzungsmitglieder in diesem Shuttle, und nach all den Jahren kann sich offenbar niemand mehr daran erinnern, wer sie waren. Niemand weiß genau, was mit der *Independence* geschehen ist. Ihr Schicksal ist ein Geheimnis geblieben ... bis jetzt.«

»Sie erwarten doch nicht etwa, daß ich Ihnen diese lächerliche Geschichte glaube!« sagte Valak entrüstet. »Halten Sie mich für einen kompletten Narren? Wenn das Schiff so lange Zeit ohne Energie war, hätte es niemals einen stabilen Orbit halten können.«

»Das ist richtig«, sagte Picard. »Und das bedeutet, daß sich noch vor kurzer Zeit Lebensformen an Bord aufgehalten haben müssen.«

»Dann sind sie jetzt auf der Planetenoberfläche«, sagte Valak.

»Das ist sehr unwahrscheinlich, Commander«, sagte Korak. »Nach unseren Scannerdaten ist die Atmosphäre des Planeten nicht für menschliches Leben geeignet. Außerdem haben wir auf der Planetenoberfläche keine Lebensformen oder künstliche Behausungen feststellen können.«

»Gar nichts?« fragte Valak irritiert. »Aber ... sie können sich doch nicht in Luft aufgelöst haben!«

»Vielleicht war ein anderes Schiff in der Nähe, Commander«, sagte Korak. »Das scheint mir die einzige logische Erklärung zu sein.«

»In diesem Raumsektor hat sich kein Föderationsschiff aufgehalten«, sagte Picard.

»Das haben Sie auch gesagt, bevor wir auf die *Independence* gestoßen sind«, entgegnete Valak. »Sie verlieren mit jeder Behauptung an Glaubwürdigkeit, Picard.«

Picard zuckte die Schultern. »Denken Sie, was Sie wollen, Valak, aber ich bin noch gespannter als Sie, dieses Rätsel zu lösen, weil es unsere Leute betrifft. Ich habe keine Ahnung, was dieses Schiff hier verloren hat, aber in diesem Punkt scheinen die Sorgen des Hohen Rats von Romulus anscheinend begründet zu sein.«

»In Anbetracht der Anwesenheit eines Föderationsschiffs so weit innerhalb der Neutralen Zone kommen Sie kaum um dieses Eingeständnis herum«, erwiderte Valak ironisch.

»Ich habe kein Eingeständnis gemacht«, sagte Picard. »Ich habe lediglich gesagt, daß die Sorgen des Hohen Rats von Romulus *anscheinend* begründet sind. Wäre die Situation umgekehrt, hätte ich vielleicht sogar die gleichen Gedanken wie Sie gehabt. Aber es muß einfach eine rationale Erklärung für dieses Phänomen geben. Falls wir nachweisen können, daß diese Situation niemals eine Bedrohung des Romulanischen Reiches von seiten der Föderation darstellte, gelingt es uns vielleicht, eine Lösung unserer Differenzen zu finden, die beide Seiten befriedigt.«

»In diesem Punkt bleibe ich skeptisch, aber die weitere Entwicklung wird zu einem großen Teil von Ihrer Kooperationsbereitschaft abhängen«, sagte Valak.

»Dann gestehen Sie ein, daß es die Möglichkeit einer Lösung gibt, die auf dem Verhandlungswege zustande kommt?« fragte Picard hoffnungsvoll.

»Ein kluger Commander ist gut beraten, wenn er sämtliche Möglichkeiten in Betracht zieht«, antwortete Valak ausweichend. »Aber meine Befehle haben für mich weiterhin Priorität.«

»Verstanden«, sagte Picard. »Ich würde mich sehr gerne an Bord dieses Schiffes umsehen.«

»Dieser Wunsch wird Ihnen erfüllt«, sagte Valak. »Ich habe die Absicht, persönlich an Bord der *Independence* zu gehen. Sie werden mich begleiten.«

»Wenn ich vielleicht einen Vorschlag machen dürfte ...«, begann Picard.

Valaks Kopf fuhr herum. »Reden Sie nur!« sagte er in der glatten und herablassenden Art, die Picard immer mehr irritierte.

»Erlauben Sie, daß Lieutenant Commander Data uns begleitet«, sagte Picard. »Er hat unmittelbaren Zugang zu allen geschichtlichen Aufzeichnungen der Föderation – und diese Informationen könnten sich als unschätzbar erweisen.«

Valak nickte.

»Dagegen ist nichts einzuwenden ... Korak, sorgen Sie dafür, daß der Androide gleich nach uns an Bord gebeamt wird. Nun denn, Captain«, sagte er zu Picard und verbeugte sich in Richtung des Turbolifts. »Nach Ihnen! Ich fühle mich wesentlich sicherer, wenn ich Sie im Blickfeld habe.«

»Und ich dachte schon, meine Gesellschaft wäre Ihnen angenehm«, entgegnete Picard trocken.

Der romulanische Raumanzug paßte zwar nicht wie angegossen, aber Picard fühlte sich darin wenigstens halbwegs bequem. Als er mit dem Außenteam die Transporterplattform betrat, drang Valaks Stimme aus seinem Helmlautsprecher.

»Vergessen Sie nicht, daß Korak unsere Kommunikation von der *Enterprise* aus überwacht und mein wissenschaftlicher Offizier Talar dasselbe von der Brücke der *Syrinx* aus tun wird!«

»Wenn Sie glauben, ich könnte unbewaffnet zu einer Bedrohung Ihres gesamten Außenteams werden«, sagte Picard, »dann muß ich Ihnen sagen, daß Sie meine Fähigkeiten maßlos überschätzen.«

»Das ist auf jeden Fall besser, als sie zu unterschätzen«, erwiderte Valak in fast scherzhaftem Tonfall. »Sie stellen jedoch nicht die einzige Gefahrenquelle dar, wegen der ich mir Sorgen mache. Sollten wir an Bord der *Independence* in irgendeine Falle geraten, wird meine Besatzung sowohl in meinem Schiff als auch in Ihrem unverzüglich Maßnahmen ergreifen.« Er gab den Befehl, den Transporter zu aktivieren, und kurz darauf materialisierten sie auf der Brücke der *Independence*.

Die Brücke war verlassen, das Schiff völlig ohne Energie. Es gab keine Spur von der Besatzung. Es war unmöglich, nur anhand des äußeren Anscheins abzuschätzen, wie lange es keine Aktivitäten mehr an Bord dieses Schiffes gegeben hatte. Im Weltraum gab es keine offensichtlichen Hinweise wie Staub, Spinnweben oder umherhuschende Mäuse. Die Besatzung konnte durchaus erst vor kurzer Zeit das Schiff verlassen haben, doch Picard hatte das vage Gefühl, daß die Totenstille, die an Bord der *Independence* herrschte, schon seit sehr langer Zeit anhielt.

Ihre Helmlampen waren die einzigen Lichtquellen, und in der Abwesenheit künstlicher Schwerkraft mußten sie sich auf ihre speziellen Haftstiefel verlassen. Ansonsten war das Schiff dunkel und ohne Lebenszeichen. Valaks zweiter wissenschaftlicher Offizier nahm einige Messungen vor, während das Sicherheitsteam für alle Fälle mit gezogenen Waffen bereitstand. Die Romulaner gingen kein Risiko ein.

»Ich kann nicht einmal Reste der Atmosphäre feststellen«, sagte der zweite wissenschaftliche Offizier. »Die Lebenserhaltungssysteme müssen schon sehr lange außer Betrieb sein. Ich messe nicht die geringsten Energieausschläge.«

»Was ist mit den Materie-Antimaterie-Reaktoren?« fragte Valak.

Der Offizier ging zur wissenschaftlichen Station und versuchte die Konsole zu aktivieren. Er drückte auf verschiedene Knöpfe, aber es tat sich nichts. »Die Kontrollen sprechen nicht mehr an, Commander«, sagte er. Dann konsultierte er wieder seinen romulanischen Tricorder. »Die Anzeigen deuten darauf hin, daß der Energiekern tot ist.« Er probierte einige weitere Schaltungen aus. »Keine Reaktion. Keine Energie in den Warptriebwerksleitungen oder im Elektroplasmasystem. Warp- und Hauptimpulstriebwerke sind außer Funktion. Keine Anzeigen für die Hilfsfusionsgeneratoren. Die Spulen des Warpfeldgenerators sind inaktiv. Dieses Schiff ist energetisch tot, Commander.«

»Commander Valak, wenn ich vielleicht ...«, sagte Picard und deutete auf eine Konsole.

Valak nickte.

Picard trat an die technische Station, während Valak ihn aufmerksam beobachtete. Als er sah, wie die Kontrollen eingestellt waren, runzelte er die Stirn. »Das habe ich mir gedacht«, sagte er. »Sämtliche Antimaterie-Vorratskapseln wurden geleert. Dieses Schiff läßt sich ohne eine grundlegende Überholung und Neubestückung an einer Raumbasis nicht wieder in Betrieb setzen. Alle Antimateriekapseln müßten ersetzt, neue Warpfeldspulen installiert und das EPS-System ausgetauscht werden – mit anderen Worten: eine komplette Generalüberholung. Das müßte sich sehr schnell bestätigen lassen, wenn wir uns im Maschinenraum umsehen. Dieses Schiff starb allerdings nicht durch Vernachlässigung, Commander. Es wurde getötet. Oder in Tiefschlaf versetzt, um etwas genauer zu sein.«

»Untersuchen Sie den Rest des Schiffes!« befahl Valak seinen Sicherheitsleuten.

»Commander, ohne Energie lassen sich die Turbolifte nicht benutzen«, sagte einer von ihnen.

»Dann nehmen Sie die Jefferies-Röhren«, sagte Valak. Picard drehte sich zum Romulaner um, als er ihn wieder einmal mit seinem Wissen über Föderationsschiffe beeindruckte. Die Jefferies-Röhren waren Tunnels, die das ganze Schiff durchzogen und den Zugang zu Versorgungsleitungen und Schaltkreisen ermöglichten, wenn sie getestet oder gewartet werden mußten. »Der nächste Eingang befindet sich entweder im Fußboden neben den Hauptcomputerkonsole für die Navigation oder in der Wand neben dem Turbolift.«

Das Sicherheitsteam fand eine Klappe in der Wand neben dem Turbolift und löste sie, um dann in den Gang zu kriechen. Fast im selben Augenblick materialisierte die flimmernde Gestalt Lieutenant Commander Datas auf der Brücke. »Captain«, sagte der Androide.

»Mr. Data, es freut mich, Sie zu sehen – sogar unter diesen Umständen.«

»Wie rührend«, sagte Valak sarkastisch. »Sagen Sie mir – Captain, Mr. Data –, wie es sein kann, daß dieses tote Schiff sich in einem stabilen Orbit gehalten hat?« Valak schüttelte den Kopf. »Das ist doch unmöglich.«

»Sie haben recht«, sagte Data. »Dennoch scheint irgend etwas den Orbit zu stabilisieren.«

»Die Gespenster dieses Geisterschiffs?« sagte Valak trocken. »Das wäre keine akzeptable Erklärung, Captain.«

»Ich stimme Ihnen zu«, sagte Picard. »Da sich hier keine logische Lösung finden läßt, würde ich als nächstes auf der Planetenoberfläche nachsehen.«

»Natürlich«, sagte Valak. »Vielleicht eine Art Traktorstrahl. Doch um auf diese Entfernung wirksam zu sein und die Masse des Schiffs in einem stabilen Orbit zu halten, müßte die Anlage sehr viel Energie verbrauchen. Unsere Scanner hätten die Fluktuationen längst entdecken müssen.«

Picard nickte. »In der Tat. Vorausgesetzt, es handelt sich tatsächlich um einen Traktorstrahl. Wir könnten es jedoch mit einer Energieform zu tun haben, von der wir beide keine Ahnung haben.«

»Ich habe Ihnen bereits gesagt, Picard, daß ich keine übernatürlichen Erklärungen akzeptieren werde.«

»Das gleiche gilt für mich«, entgegnete Picard. »Eine hochentwickelte Wissenschaft wird allerdings jedem übernatürlich erscheinen, der sie nicht versteht.«

»Ich glaube, das genaue Zitat lautet: ›Jede Technologie, die einigermaßen fortgeschritten ist, dürfte denen, die sie nicht verstehen, wie Magie vorkommen‹«, korrigierte Valak ihn. »Arthur C. Clarke, ein Philosoph und Wissenschaftler von der Erde.«

»Gibt es denn überhaupt keine romulanischen Sprichworte, die Sie zitieren könnten?« erwiderte Picard gereizt.

Valak lächelte. »Vorsicht, Picard! Sie lassen sich gehen, weil Sie zunehmend frustrierter werden.«

Der Bastard hatte recht, dachte Picard. Seine Hilflosigkeit in dieser Situation frustrierte ihn zunehmend. Es war schlimm genug, daß die Romulaner alles unter Kontrolle hatten, aber jetzt kam noch das Rätsel um dieses Geisterschiff der Föderation hinzu. Und er sah keinen Anlaß zur Hoffnung, auch nur eins dieser beiden Probleme in absehbarer Zeit zu lösen.

»Sicherheitsteam, Bericht!« sprach Valak in sein Helmmikrophon.

»Weiterhin keinerlei Anzeigen, die auf Lebensformen an Bord dieses Schiffes hindeuten, Commander«, hörte Picard die Antwort über seinen Helmanschluß. »Wir haben uns Zugang zu den Quartierdecks verschafft. Ein Teil der Gruppe hat sich auf den Weg zum Maschinenraum gemacht, aber wir werden die Unterkünfte der Besatzung untersuchen. Es gibt kein Anzeichen, daß sich irgend jemand an Bord aufhält.«

»Haben Sie irgendwelche Leichen gefunden?« fragte Valak.

»Nein, Commander.«

»Wurde persönlicher Besitz der Schiffsbesatzung in den Quartieren zurückgelassen?« fragte Picard.

»Sie sind nicht hier, um irgendwelche Fragen zu stellen, Mensch!« kam die mürrische Antwort.

»Antworten Sie ihm!« sagte Valak.

Es gab eine kurze, zögernde Pause. Dann kam die zornige Antwort des Romulaners: »Wie soll ich das erkennen? Wir Romulaner stopfen unsere Schiffe nicht mit irgendwelchem Krempel voll. Wie soll ich den persönlichen Besitz von Ausrüstungsgegenständen unterscheiden, die zum Bestand des Schiffs gehören?«

»Sehen Sie nach, ob sich in den Schränken Kleidungsstücke befinden, die keine Uniformen sind«, sagte Picard, ohne auf die herablassende Art des Kriegers einzugehen. »Bildnisse von Familienmitgliedern, persönliche Andenken, private Hygieneartikel in den Medizinfächern…«

»Ich habe keine Zeit für solche…«

»Tun Sie, was er sagt!« befahl Valak knapp.

Nachdem einige Zeit vergangen war, meldete sich der Romulaner zurück. »Persönliche Gegenstände scheinen aus den Quartieren entfernt worden zu sein«, sagte er.

»Alles?« fragte Picard. »Oder sieht es so aus, daß die Besatzung überhastet von Bord gegangen ist, nachdem sie nur einige Dinge einpacken konnte?«

»Fast alles. Einige Dinge scheint man zurückgelassen zu haben«, erwiderte der Romulaner widerwillig.

»Also hatten sie Zeit, sich auf das Verlassen des Schiffs vorzubereiten«, sagte Picard.

»Was bedeutet, daß sich ein zweites Föderationsschiff in der Nähe aufgehalten hat«, sagte Valak anklagend.

»Es kann genausogut ein fremdes Schiff gewesen sein«, entgegnete Picard. »Sie sagten selbst, daß ein guter Commander jede Möglichkeit in Betracht ziehen muß, Valak. Und es gibt sogar noch eine dritte. Die Besatzung könnte sich auf die Planetenoberfläche zurückgezogen haben.«

»Aber dort könnten keine Menschen überleben«, sagte Valak, »und unsere Sensoren haben keine Gebäude entdeckt.«

»Etwas hält dieses Schiff in einem stabilen Orbit«, warf Picard ein, »und auch das haben Ihre Sensoren nicht entdecken können.«

»Ebensowenig wie Ihre«, verteidigte sich Valak.

»Exakt«, sagte Data. »Wenn sich nichts dergleichen auf der Planetenoberfläche befindet, würde ich vorschlagen, daß man *unter* der Oberfläche danach sucht.«

»Natürlich!« sagte Valak. Er sprach in seinen Kommunikator. »Valak an *Syrinx!*«

»Talar hier, Commander.«

»Starten Sie eine Tiefensonde zur Planetenoberfläche«, befahl Valak, »und berichten Sie mir über die Messungen.«

»Verstanden«, antwortete Talar.

»Kylor an Commander Valak.« Es war die Stimme eines Mitglieds des Außenteams irgendwo auf dem verlassenen Schiff.

»Berichten Sie, Kylor!«

»Commander, wir haben den Maschinenraum erreicht«, sagte Kylor. »Hier ist alles außer Betrieb. In keinem System gibt es Energie, und es sieht danach aus, als wäre die Abschaltung zielgerichtet vorgenommen worden. Niemand hält sich an Bord dieses Schiffes auf. Es gibt weder Leichen noch Anzeichen von Gewaltanwendung. Das Schiff könnte aufgrund eines technischen Schadens evakuiert worden sein, aber das läßt sich im Augenblick noch nicht eindeutig feststellen. Einige Vorräte wurden aus den Lagern des Schiffes und aus der Krankenstation mitgenommen. Die Besatzung hat dieses Schiff offenbar geordnet verlassen.«

»Wie lange ist das her?« überlegte Picard laut. »Das alles ergibt keinen Sinn, Valak. Kein Mensch – und sicherlich auch kein Romulaner – würde einfach so ein Raumschiff stillegen und die Antimateriekapseln entleeren, damit es sich nie wieder in Betrieb setzen läßt. Es sei denn ...«

»Was?« fragte Valak.

»Es sei denn, es geschah aus dem Grund, um zu verhindern, daß die Besatzung jemals zurückfliegen kann.«

»Warum sollten sie so etwas getan haben?« fragte Valak.

»Vielleicht gibt es unten auf der Oberfläche von Hermeticus – oder darunter – irgend etwas, das zu gefährlich wäre, wenn es jemals von hier fortgebracht würde«, sagte Picard. »Ich gebe zu bedenken, daß diese Welt unter Quarantäne gestellt wurde.«

»Dennoch haben einige Besatzungsmitglieder versucht zurückzukehren, wie Sie andeuteten«, warf Valak ein. »Oder zumindest haben sie zu fliehen versucht.«

»Sie müssen gewußt haben, daß sie nicht überleben würden«, sagte Picard. »Ein Shuttle hat eine sehr begrenzte Reichweite, wie Sie vermutlich wissen, und hier draußen stehen die Chancen, einem anderen Schiff zu begegnen, astronomisch gering.«

»Warum haben sie sich trotzdem auf den Weg gemacht?« fragte Valak.

»Vielleicht hat ihre Verzweiflung sie zu einem selbstmörderischen Fluchtversuch getrieben«, meinte Picard. »Möglicherweise war die Aussicht, an Bord des Shuttles zu sterben, angenehmer als das, was ihnen widerfahren wäre, wenn sie es nicht versucht hätten.«

»Und warum sind die anderen dann nicht ebenfalls geflohen?«

»Ich kann nur Vermutungen anstellen«, sagte Picard. »Vielleicht hatten sie keine Möglichkeit dazu. Wenn sie zum Beispiel einer Krankheit zum Opfer gefallen sind, einem fremden Organismus, der sie infiziert oder übernommen hat, waren diejenigen, die mit dem Shuttle zu fliehen versuchten, eventuell die einzigen, die nicht infiziert wurden. Oder es war gar keine Flucht, sondern ein verzweifelter Versuch, andere davor zu warnen, sich diesem Planeten zu nähern.«

»Wie Sie schon sagten, das alles sind nur Vermutungen«, entgegnete Valak. »Da keinerlei Beweise vorliegen, handelt es sich um völlig bedeutungslose Spekulationen.«

»Hermeticus Zwei wurde vor etwa dreißig Jahren unter Quarantäne gestellt«, sagte Picard. »Das ist keineswegs bedeutungslos. Und diese Quarantäne wurde seitdem nicht aufgehoben, obwohl inzwischen Fortschritte gemacht wurden, die eine Quarantäne außer in extremen Fällen überflüssig machen. Auch das ist nicht bedeutungslos. Und die Position dieses Planeten wurde als streng geheime Information eingestuft, woran sich jahrzehntelang nichts geändert hat. Das ist die bedeutungsvollste Tatsache überhaupt.«

»Für mich ist die bedeutungsvollste Tatsache, daß Sie mit allen Mitteln zu verhindern versuchen, daß wir in Erfahrung bringen, was sich dort unten befindet«, sagte Valak.

»Wenn Sie unbedingt auf der Überzeugung beharren, ich wolle sie täuschen«, sagte Picard, »dann kann ich nichts tun, um Sie vom Gegenteil zu überzeugen.«

»Talar an Commander Valak!«

»Valak hier. Berichten Sie, Talar!«

»Commander, wir haben eine Tiefensonde zur Planetenoberfläche hinuntergeschickt und empfangen jetzt ihre Sensordaten, aber die Meßergebnisse sind sehr verwirrend.«

»Was meinen Sie damit? Erklären Sie sich genauer!«

»Sie ändern sich ständig. Wir haben keine Anzeichen von Lebensformen gefunden, aber wir messen Spuren von gewaltiger Energie, die unter der Oberfläche des Planeten erzeugt wird. Commander... Hermeticus Zwei ist hohl.«

»Hohl?« fragte Valak ungläubig nach. »Sie meinen, es gibt Höhlen? Oder Gänge?«

»Weder noch, Commander«, erwiderte der romulanische wissenschaftliche Offizier. »Nach unseren Daten gibt es nur eine mögliche Schlußfolgerung. Hermeticus Zwei ist kein Planet... Es ist ein Raumschiff.«

6

»Ein Raumschiff?« wiederholte Valak ungläubig. – »Zweifellos, Commander«, erwiderte der romulanische wissenschaftliche Offizier. »Die Oberfläche des Planeten ist nur eine dünne Kruste, die die Außenhülle des Schiffes darstellt. Das, was uns als Atmosphäre erscheint, ist nicht mehr als ein Gasgemisch, festgehalten von einem Gravitationsfeld, das unter der Oberfläche erzeugt wird. Nach unseren Analysen haben diese Gase offenbar zwei Funktionen: Einerseits sind sie ein Teil der Tarnung des Schiffes als Planet, und andererseits absorbieren sie Abfallprodukte, die aus dem Innern des Schiffs abgegeben werden, während gleichzeitig ionisierte Partikel dafür sorgen, daß die Anzeigen unserer Scanner verfälscht werden.«

»Eine interstellare Arche«, sagte Data.

»Was?« fragte Valak.

»Diese Idee wurde bereits im ausgehenden zwanzigsten Jahrhundert von einem irdischen Wissenschaftler entwickelt«, erklärte Data. »Ursprünglich nannte man es eine Insel oder eine O'Neill-Kolonie, nach dem Physiker Gerard O'Neill, der sie als erster entwickelte. Es handelte sich um eine künstliche, im All erbaute Welt, deren Lebensraum sich im Innern befindet – auf der gekrümmten Innenoberfläche, um genau zu sein.«

»Eine Idee, die Sie für Ihre Raumbasen verwendet haben«, sagte Valak.

»Exakt«, sagte Data. »Aber O'Neills Modell war zylindrisch. Später schlug Dandridge Cole vor, einen

Asteroiden zum Zweck interstellarer Reisen auszuhöhlen. Dazu wollte er riesige Sonnenspiegel einsetzen, die im Weltall aus leichtem, silberbeschichtetem Plastik zusammengesetzt werden. Diese Spiegel sollten dann Löcher in einen Asteroiden mit hohem Eisengehalt brennen, in die man anschließend Wassertanks einführt. Dann versetzt man den Asteroiden mit Wasserstofftriebwerken in Rotation und heizt ihn wieder mit dem gebündelten Licht der Spiegel auf, bis die Materie des Asteroiden schmilzt. Die Bindungs- und Gravitationskräfte sorgen dafür, daß er sich zu einem kugelförmigen Körper ausdehnt, und wenn die Phasen der Aktion genau aufeinander abgestimmt werden, explodieren die Wassertanks im Kern genau in dem Augenblick, wenn die Rotationsachse des Asteroiden den Schmelzpunkt erreicht hat. Als Resultat bläht sich der Asteroid wie ein Ballon auf, wobei eine dünne Gesteinsschicht die Außenhülle bildet, unter der sich ein großer Hohlraum befindet. Nachdem der Ballon durch entsprechende Maßnahmen versiegelt worden ist, kann der Innenraum ausgebaut werden. Zu einer Weiterentwicklung der Idee kam es, als ...«

»Ja, danke, Mr. Data«, unterbrach Picard den Androiden, damit er nicht die komplette Geschichte der Idee von O'Neills erster Formulierung bis in die Gegenwart darlegte. »Ich bin mit diesem Konzept vertraut. Coles Entwurf sah jedoch nur einen relativ kleinen Asteroiden vor, der nicht mehr als fünfzehn Kilometer Durchmesser haben sollte. Außerdem wurde das Konzept verworfen, als man praktikablere Methoden der Weltraumkonstruktion entwickelte. Das hier ... hat jedoch die Größe eines *Planeten!*«

»Dann muß sich die Besatzung dorthin zurückgezogen haben«, sagte Valak.

»Das scheint die einzige logische Erklärung zu sein«, entgegnete Picard. »Doch Ihre Kenntnisse über die Starfleet-Technologie müßten Sie zu der Schlußfolgerung führen, daß dieses Gebilde niemals von der Föderation konstruiert worden sein kann.«

Valak runzelte die Stirn. »Bis jetzt haben wir keine Fakten ermittelt, die das Gegenteil beweisen. Es gibt nur eine Möglichkeit, wie wir uns vergewissern können. Wir werden ein Außenteam zusammenstellen und es ins Innere von Hermeticus Zwei hinunterbeamen.«

»Valak, diese Entdeckung läßt die gesamte Situation in einem völlig neuen Licht erscheinen«, sagte Picard. »Wir wissen, daß diese Arche sich seit mindestens drei Jahrzehnten an dieser Position aufhält. Daraus ergeben sich zwei Möglichkeiten: Entweder ist sie verlassen, seit die Besatzung ums Leben kam oder das Schiff aufgegeben hat, so daß es lediglich von den Schwerkraftfeldern in diesem System eingefangen wurde; oder die Rasse, die die Arche erbaut und bemannt hat, ist an ihrem Ziel angelangt und lebt immer noch hier.«

»Es gibt noch eine dritte Möglichkeit«, sagte Valak. »Die Besatzung der *Independence* entdeckte diese Arche, fand sie verlassen vor, und die Föderation ergriff die Gelegenheit, sich ins gemachte Nest zu setzen, wie man bei Ihnen sagt, und richtete hier eine geheime Basis ein.«

»Wenn Sie diesen Gedanken nur einen Moment lang weiterverfolgen, werden Sie sehen, daß das unmöglich ist«, sagte Picard. »Die Einrichtung eines Stützpunktes würde eine ständige Versorgung mit Reservegütern erfordern, so daß der zunehmende Verkehr in diesem Sektor eine Entdeckung immer wahrscheinlicher gemacht hätte.«

»Ihr Argument ist, menschlich ausgedrückt, nicht wasserdicht«, sagte Valak. »Eine interstellare Arche, die für eine viele Generationen dauernde Reise ausgerüstet wurde, müßte sich hundertprozentig selbst versorgen können, so daß keine Zulieferung von außen nötig wäre.«

»Vielleicht«, mußte Picard zugeben, »aber warum

sollte man das Vorhandensein einer Geheimbasis dadurch preisgeben, indem man die *Independence* darüber im Orbit kreisen läßt? Das würde die gesamte Geheimhaltung wieder zunichte machen, nicht wahr?«

Valak nickte. »Ein überzeugendes Argument. Aber hier gibt es zu viele unbeantwortete Fragen, und ich habe die Absicht, die Antworten zu finden. Sämtliche Mitglieder des Außenteams melden sich sofort auf der Brücke zurück! Talar, bereiten Sie sich darauf vor, das Außenteam wieder an Bord zu beamen! Wir werden jetzt feststellen, was sich unter der Oberfläche von Hermeticus Zwei befindet.«

»Treten Sie ein!« sagte Lord Kazanak.

Die Tür glitt auf, und Valak kam herein. »Sie wollten mich sehen, mein Lord?«

»Ja. Ich habe die Kommunikation zwischen dem Föderationsschiff und der *Syrinx* verfolgt. Glauben Sie wirklich daran, die Föderation hätte einen Stützpunkt auf – oder sollte ich lieber sagen: *in* – Hermeticus Zwei?«

»Zum gegenwärtigen Zeitpunkt weiß ich noch nicht, was ich glauben soll«, erwiderte Valak. »Ich neige jedoch zu der Ansicht, daß Picard mir die Wahrheit sagt.«

»Sie glauben dem Wort eines *Menschen?*« fragte Lord Kazanak überrascht.

»Das hat nichts mit Glaube zu tun«, entgegnete Valak. »Picards Argumentation klingt vernünftig. Unseres Wissens hat die Föderation niemals ein Schiff wie diese Arche gebaut. Und wenn sie hier einen Geheimstützpunkt unterhalten würde, wäre es äußerst dumm, sich durch die *Independence* im Orbit zu verraten, wie Picard ausgeführt hat.«

Lord Kazanak nickte. »Dann muß es für all das eine andere Erklärung geben. Die Tiefensonde hat keine Hinweise auf Lebensformen innerhalb dieser Arche entdeckt?«

»Die Sensordaten lassen keine schlüssige Interpretation zu«, sagte Valak. »Die Kraftfelder, die von Hermeticus Zwei ausgehen, und die geladenen Partikel in der Atmosphäre verursachen starke Interferenzen. Es könnte dort auch Abschirmungen geben, die genaue Messungen verhindern.«

»Wenn wir Picard Glauben schenken können«, sagte Kazanak, »dann hält sich die *Independence* schon sehr lange hier auf. Wenn ein Außenteam ins Innere der Arche vordringt, könnte es dann auf Überlebende der Besatzung stoßen?«

»Auf Überlebende oder möglicherweise auf Nachkommen«, sagte Valak. »Ja, das halte ich für möglich.«

»Was halten Sie von Picards Behauptung, die Föderation hätte Hermeticus Zwei unter Quarantäne gestellt?«

»Ob sie der Wahrheit entspricht, wird sich noch herausstellen«, sagte Valak. »Allerdings zweifle ich nicht daran, daß Picard selbst von der Wahrheit dieser Behauptung überzeugt ist.«

»Wirklich? Sie scheinen ein ungewöhnliches Vertrauen in Captain Picard zu haben«, sagte Lord Kazanak.

»Vertrauen?« sagte Valak mit erhobenen Augenbrauen. »Ich vertraue darauf, daß er die erste sich bietende Gelegenheit ergreifen wird, um etwas gegen mich zu unternehmen. Aus diesem Grund werde ich nicht zulassen, daß sich ihm eine solche Gelegenheit bietet.«

»Trotzdem scheinen Sie ihn geradezu ... zu mögen«, sagte Lord Kazanak mit angewidertem Gesicht.

»Ich verstehe ihn«, entgegnete Valak, »und ich habe Respekt vor ihm.«

»Respekt?« wiederholte Lord Kazanak. »Vor einem *Menschen?«*

»Vor einem Feind«, sagte Valak. »Einem sehr fähigen und gefährlichen Feind.«

»Und warum konnten Sie ihn dann so mühelos besiegen?« fragte Lord Kazanak verächtlich. »Warum hat ein so fähiger Feind kapituliert?«

»Jean-Luc Picard würde niemals kapitulieren«, entgegnete Valak.

Lord Kazanak runzelte die Stirn. »Was meinen Sie damit?«

»Ich meine damit, daß ich ihn niemals zu einer offiziellen Kapitulation aufgefordert habe. Das mag ein sehr feiner Unterschied sein, aber hätte ich sie von ihm verlangt, hätte er bis zum letzten Mann gegen uns gekämpft«, sagte Valak. »Bei allem gebührenden Respekt, mein Lord, es gibt vieles, was Sie an den Menschen nicht verstehen. Vor allem, wenn es um Menschen wie Picard geht. Solange er noch daran glaubt, es bestünde eine Möglichkeit, die Situation zu seinen Gunsten zu wenden oder auf gewaltlose Weise zu einer Einigung zu kommen, wird er keine verzweifelten Aktionen unternehmen. Hätte ich versucht, seinen Widerstand zu brechen, hätte ich ihn töten müssen, aber lebend ist er für mich – und für den Hohen Rat – von weitaus höherem Wert.«

»Vielleicht«, meinte Lord Kazanak. »Trotzdem scheinen diese Menschen Sie auf eine Art zu faszinieren, die mir unbegreiflich ist. Ich freue mich lieber auf den bevorstehenden Krieg, der sie unterwerfen und ein für alle Mal in ihre Schranken weisen wird. Zu diesem Zweck habe ich dieses Schiff entworfen und gebaut. Sobald es sich bewährt hat, wird es nur das erste einer mächtigen Invasionsflotte sein. Die Kosten für die Konstruktion dieses Schiffes waren jedoch so groß, daß der Rat darauf bestand, daß es zunächst getestet wird. Es gibt einige Ratsmitglieder, die an der Qualität meines Entwurfs zweifeln und den Verdacht hegen, die Baugenehmigung wäre lediglich auf den Einfluß meines Vaters zurückzuführen. Ich habe vor, Ihnen das Gegenteil zu beweisen, Valak, ohne auch nur den Hauch eines Zweifels. Diese Mission muß ein Erfolg werden! Und wenn wir in dieser Arche irgend etwas entdecken können, das uns einen Vorteil verschafft, um so besser. Wenn wir mit einer solchen Entdeckung zurückkehren und außerdem die Vernichtung der *Enterprise* melden können, wird niemand mehr an mir zweifeln.«

»In der Tat, mein Lord«, sagte Valak. »Wenn wir dort wirklich etwas Derartiges entdecken sollten, werde ich alle Mühe auf mich nehmen, um es zu Ihnen zu bringen.«

»Tun Sie das, Valak, und dann müssen Sie sich keine Sorgen über Ihre Zukunft mehr machen«, sagte Lord Kazanak. »Doch wenn in Picards Behauptungen über die Quarantäne auch nur ein Fünkchen Wahrheit steckt...«

»Ich habe mir bereits eine Methode ausgedacht, wie sich das nachprüfen läßt«, sagte Valak.

»Kommt überhaupt nicht in Frage!« sagte Picard. »Einem solchen Vorschlag werde ich niemals zustimmen!«

»Ich habe Sie nicht um Ihre Zustimmung gebeten«, sagte Valak. »Ich lasse Ihnen keine andere Wahl.«

»Meine Leute sind Ihre Gefangenen«, sagte Picard. »Sie können sie nicht als Versuchskaninchen benutzen!«

»Captain, Ihnen scheint der Umstand entgangen zu sein, daß ich tun und lassen kann, was ich will«, entgegnete Valak. »Zwischen unseren Völkern existieren keine offiziellen Verträge oder Kriegsvereinbarungen. Wir haben uns lediglich auf einen Waffenstillstand geeinigt, mit der Neutralen Zone als Puffer zwischen den Romulanern und der Föderation. Meine Entdeckung eines Föderationsschiffs in der Neutralen Zone beweist eindeutig eine Verletzung des Waffenstillstandsabkommens. Wenn ich möchte, kann ich also den Waffenstillstand für null und nichtig erklären.«

»Das Abkommen über die Neutrale Zone war mehr als ein Jahrhundert lang wirksam«, sagte Picard. »Ich hege ernsthafte Zweifel, daß Ihre Vorgesetzten Sie autorisiert haben, den Waffenstillstand nach Ihrem Ermessen für null und nichtig zu erklären, und schon gar nicht, wenn Sie noch nicht einmal die Hintergründe der Situation aufgeklärt haben.«

»Eine unbestreitbare Tatsache ist die Anwesenheit des Föderationsschiffs«, sagte Valak. »Aber diese Diskussion ist ohnehin sinnlos. Um das Risiko für meine Besatzung zu minimieren, wird das erste Außenteam aus Besatzungsmitgliedern der *Enterprise* bestehen. Mein Sicherheitsoffizier Kalad wird sie begleiten, und zwar in einer Starfleet-Uniform, damit er als Vulkanier auftreten kann, falls das Team in der Arche auf Föderationspersonal stößt.«

»Und jetzt erwarten Sie von mir, daß ich entscheide, welche meiner Besatzungsmitglieder Sie in den Tod schicken können?« fragte Picard wütend.

»Um Sie von der Last dieser Entscheidung zu befreien, habe ich bereits bestimmt, wer hinuntergebeamt wird. Es handelt sich um Counselor Troi, Fähnrich Ro, Lieutenant Commander Data und Dr. Crusher. Wenn tatsächlich die Gefahr einer Infektion besteht, wird Ihre Bordärztin dies am besten feststellen können. Und falls es dort gefährliche Lebensformen gibt, so ist Kalad mein fähigster Krieger, während seine Anwesenheit im Außenteam gleichzeitig dafür sorgt, daß die Föderationsoffiziere keine Fluchtversuche unternehmen oder eine falsche Darstellung der Lage abgeben.«

»Wenn sie einer gefährlichen Infektion ausgesetzt sind«, sagte Picard, »könnte sich das vielleicht erst später zeigen. Sie gehen das Risiko ein, Ihr eigenes Schiff zu kontaminieren.«

»Captain, Sie wissen genausogut wie ich, daß keine Mission völlig ohne Risiko ist. Sowohl meine als auch Ihre Leute akzeptieren solche Gefahren als Selbstverständlichkeit. Ich habe meine Pflichten, und ich beabsichtige, sie zu erfüllen.«

»Wenn das Ihr letztes Wort in dieser Angelegenheit ist, dann bestehe ich darauf, zusammen mit dem Team hinuntergebeamt zu werden«, sagte Picard.

»Es steht Ihnen nicht zu, auf irgendwelchen Dingen zu bestehen, Picard. Langsam bin ich es leid, Sie immer wieder darauf hinweisen zu müssen. Sie werden hierbleiben, wo ich Sie im Auge behalten kann. Und das ist mein letztes Wort in dieser Angelegenheit.«

Trotz Picards Protesten wurde das Außenteam im Transporterraum versammelt. Valak gab allen deaktivierte Starfleet-Phaser, damit der Anschein gewahrt blieb. Nur Kalad erhielt eine geladene Waffe.

Picard wollte auch dagegen protestieren. »Sie können die Leute nicht hinunterschicken, ohne ihnen Verteidigungsmöglichkeiten zu geben!« sagte er wütend.

»Ich werde ihnen keine Waffen in die Hände geben, die für meinen Sicherheitsoffizier eine Gefahr darstellen können«, sagte Valak. »Ihre ständigen Proteste werden allmählich langweilig, Picard. An dieser Situation tragen allein Sie die Schuld. Wenn Sie nicht die Datei über Hermeticus Zwei gelöscht hätten, wären wir viel besser auf das vorbereitet, was uns dort unten erwarten wird. Da die Lösung auf ihr Eingreifen zurückzuführen ist, halte ich es nur für angemessen, daß Ihre Leute das Anfangsrisiko auf sich nehmen, um den Verlust wettzumachen.«

»Darf ich wenigstens noch einmal mit ihnen sprechen?«

Valak deutete mit einer nachlässigen Handbewegung auf die Gruppe, und Picard trat zu seinen Leuten.

»Ich habe alles Mögliche versucht, um diesen Einsatz zu verhindern«, sagte er, »aber …«

»Machen Sie sich um uns keine Sorgen, Captain«, warf Ro ein. »Sorgen Sie sich lieber um die Romulaner.«

»Beverly«, sagte Picard, »besteht die Gefahr, daß Sie sich dort unten infizieren?«

»Ich habe meinen Tricorder auf die Erfassung aller bekannten infektösen Organismen programmiert«, antwortete sie. »Außerdem werde ich ständig den Zustand des Außenteams überwachen, während wir uns dort unten aufhalten.«

»Das ist jedoch keine Garantie, daß ...«

»Es gibt niemals eine Garantie«, sagte sie. »Machen Sie sich keine Sorgen, Jean-Luc. Wir werden uns schon irgendwie durchschlagen.« Sie lächelte tapfer – trotzdem war es ein angestrengtes Lächeln.

Picard nickte. »Mr. Data, Ihre dringlichste Priorität wird darin bestehen, auf die Sicherheit des Außenteams zu achten. Geben Sie Kalad keinen Anlaß, tödliche Gewalt gegen Sie anzuwenden. Er wird nicht zögern, davon Gebrauch zu machen.«

»Verstanden, Sir.«

Dann gab es nichts mehr zu sagen – außer den Leuten viel Glück zu wünschen.

Picard trat zurück, und Valak gab den Befehl, den Transporter zu aktivieren. Das Außenteam löste sich auf, als es in das Innere von Hermeticus Zwei gebeamt wurde.

Obwohl die Transporterkoordinaten sorgfältig berechnet worden waren, barg die Aktion ein erhebliches Risiko in sich. Wegen der unsicheren Scannerdaten hatte man keine genaue Vorstellung, wohin sie eigentlich gebeamt wurden. Die Transporteraggregate verfügten über eingebaute Kompensatoren, die die Gefahr verringerten, daß ein Außenteam zu Raumkoordinaten gebeamt wurde, die bereits von einem anderen Objekt besetzt waren, sei es ein Lebewesen oder ein unbelebter Gegenstand, aber trotzdem blieb es ein riskantes Spiel.

Sie materialisierten auf einer offenen Fläche, einem Platz, der von Gebäuden umgeben war. Kalad, der romulanische Sicherheitsoffizier, zog sofort seinen Disruptor und sah sich wachsam nach Gefahrenzeichen um. Die anderen – mit Ausnahme von Data, der kein

Erstaunen empfinden konnte – hielten überrascht die Luft an.

Im künstlichen Licht, das im Innern der Arche herrschte, konnten sie erkennen, daß sie an der gekrümmten Innenseite einer hohlen, umgekehrten Welt standen, die in Wirklichkeit ein Generationenraumschiff darstellte. Es war ein technisches Wunderwerk. Es gab keinen Horizont, und als sie nach oben blickten, sahen sie keinen Himmel, sondern Gebäude, die sich immer weiter in die Ferne erstreckten. Über ihnen wölbte sich ein Panorama aus Gebäuden und großen Grünflächen, die aus Wiesen, kleinen Hügeln und dichten Wäldern bestanden. Es war, als würde man eine riesige Stadt durch ein extremes Weitwinkelobjekt betrachten, so daß sich ein 360 Grad umfassender Blick ergab. Am Äquator zog sich ein ›Meer‹ rund um das Schiff, das von hohen Klippen eingefaßt wurde, vermutlich um das Wasser daran zu hindern, die Stadt zu überfluten, wenn die Arche beschleunigt wurde. Es ergab sich die Illusion einer riesigen, langgestreckten Bucht, die von mehreren großen Brücken überspannt wurde. Die Perspektive war völlig verzerrt. Ihre erste Reaktion war atemloses Erstaunen gewesen, während sie gleichzeitig ein überwältigendes Schwindelgefühl empfanden – natürlich wieder mit Ausnahme Datas.

Troi hielt sich schwankend an Ros Arm fest. Es bestand zwar keine Gefahr, daß sie stürzten, aber da die Gebäude umgekehrt über ihren Köpfen hingen, hatten alle Föderationsoffiziere das Gefühl, sie würden das Gleichgewicht verlieren. Der Romulaner schien sich seltsamerweise überhaupt nicht davon irritieren zu lassen, auch wenn er augenscheinlich verblüfft auf die Umgebung reagierte.

»Ich glaube, mir wird schlecht«, sagte Troi.

»Beruhige dich, Deanna«, sagte Dr. Crusher. »Es ist ein rein psychologischer Effekt. Du müßtest dich bald daran gewöhnt haben. Schau einfach nicht nach oben!«

Troi lächelte schwach. »Wenn ich nur wüßte, wo oben ist!«

»Wie kann jemand in einer solchen Umgebung leben?« fragte Ro. »Oben ist unten, unten ist auch seitlich… Ich habe das Gefühl, ich würde jeden Augenblick nach ›oben‹ fallen.«

»Es ist nur eine Frage der Orientierung«, sagte Dr. Crusher. »Sie werden einige Zeit brauchen, um sich daran zu gewöhnen, aber Sie werden nicht fallen. Versuchen Sie einfach, gar nicht daran zu denken. Konzentrieren Sie sich auf die Anzeigen Ihrer Tricorder!«

»Ich brauche meine gesamte Konzentration, um nicht zu hyperventilieren«, sagte Deanna.

»Die Atmosphäre kommt dem Erdstandard sehr nahe«, sagte Ro nach einem Blick auf ihre Instrumente. »Wir müßten uns mühelos ohne diese Anzüge bewegen und atmen können.«

»Legen Sie sie vorerst noch nicht ab«, riet Dr. Crusher. »Ich möchte zunächst feststellen, ob es hier irgendwelche schädlichen Mikroorganismen gibt.«

»Höchst interessant«, sagte Data, der als einziger keinen Schutzanzug trug, da er nicht auf Lebenserhaltungssysteme angewiesen war. »Der Luftdruck, die Luftfeuchtigkeit und das Atmosphärengemisch scheinen ständig kontrolliert zu werden, genauso wie der künstliche Tag- und Nachtzyklus. Ich registriere keine Lebensformen in der Nähe, aber diese Umwelt scheint trotzdem im Gleichgewicht gehalten zu werden. Alle Funktionen dieser Arche sind offenbar vollständig automatisch. Auch wenn ich nicht weiß, welche Energiequellen benutzt werden, wurde dieses geschlossene System die ganze Zeit ohne Störungen aufrechterhalten.«

Über die Helmverbindung kam eine Mitteilung: »Valak an Außenteam! Können Sie mich empfangen?«

»Bestätigt, Commander«, antwortete Kalad. »Es scheint jedoch Interferenzen in der Verbindung zu geben, die sich als statisches Rauschen bemerkbar machen.«

»Auf unserer Seite sind sie ebenfalls zu bemerken«, sagte Valak, während die anderen über ihre Helmlautsprecher mithörten. »Berichten Sie!«

Kalad beschrieb dem romulanischen Commander die Umgebung, und die anderen setzten ihre Messungen mit den Tricordern fort. Als Kalad fertig war, bat Valak Dr. Crusher um einen Bericht.

»Meine Anzeigen deuten auf keine gefährlichen Mikroorganismen hin«, meldete sie. »Die Arche stellt ein geschlossenes ökologisches System dar. Die Luft ist atembar, und sie scheint irgendwie gefiltert zu werden, da keinerlei Verunreinigungen feststellbar sind. Es gibt keine Schadstoffe in der Luft, und die Temperatur liegt konstant bei einundzwanzig Grad. Wir haben keine Anzeigen, die auf Lebensformen hindeuten, aber die Reichweite unserer Tricorder ist nicht unbegrenzt. Außerdem werden die Daten auch hier unten verfälscht. In der Atmosphäre scheint es nichts zu geben, was uns schaden könnte.«

An Bord der *Syrinx* wandte sich Valak an Picard und sagte: »Bis jetzt gibt es keinerlei Hinweis auf einen Grund, der eine Quarantäne rechtfertigen würde.«

»Es ist noch viel zu früh für solche Schlußfolgerungen«, entgegnete Picard.

»Wir werden sehen«, sagte Valak. »Aber je mehr wir in Erfahrung bringen, desto stärker wird der Eindruck, daß die Föderation sich größte Mühe gegeben hat, etwas zu verbergen. Seien Sie versichert, Captain, daß ich herausfinden werde, worum es sich handelt.«

Nachtschicht. Riker saß allein in seinem Quartier an Bord der *Enterprise*, in das er auf Befehl von Korak gesperrt worden war, der ihn offenbar aus den Augen haben wollte, solange Valak ihn nicht zu sprechen verlangte. Riker dachte, daß er offenbar seine empfindlichste Stelle getroffen hatte, nämlich seinen Stolz. Es war schon schlimm, daß er ihn im waffenlosen Kampf zu Boden gerungen hatte, doch viel schlimmer war, das er es vor den Augen seiner Untergebenen getan hatte. Das war eine Sache, die der Romulaner niemals vergessen und schon gar nicht vergeben würde. Doch das Wichtigste war, daß er Korak aus dem Gleichgewicht gebracht hatte.

Offenbar war es das erste Mal, daß der Romulaner gegen einen Menschen gekämpft hatte, der in Kampftechniken ausgebildet war. Wahrscheinlich war es sogar das erste Mal, daß er überhaupt gegen einen Menschen gekämpft hatte. Korak schien sehr gut trainiert zu sein, und sein Kampfstil hatte es ihm erlaubt, mit Karate-Angriffen fertig zu werden, aber auf Aikido war er überhaupt nicht vorbereitet. Das paßte zusammen, dachte Riker. Die Romulaner waren ein angriffslustiges Volk von Eroberern, und dementsprechend setzte ihr Kampfstil auf Angriff und Überwältigung durch Kraft. Ein Kampfstil, der sich hauptsächlich auf Verteidigung konzentrierte, mußte für sie etwas völlig Ungewohntes sein. Sie respektierten Stärke, aber zwischen Stärke und Kraft bestand ein Unterschied. Auf die Möglichkeit, die Stärke eines Gegners als Kraft gegen ihn zu verwenden, war Korak überhaupt nicht vorbereitet gewesen.

Riker war froh, daß er soviel Zeit damit verbracht hatte, sein Geschick in alten Kampfsportarten zu trainieren. Sein letztes richtiges Training lag schon sehr lange zurück, aber mit Tasha Yar hatte er damals oft trainiert. Sie war eine Meisterin des Kampfes gewesen, von der er viel gelernt hatte. Sie hatte ihm dabei geholfen, sein eigenes Trainingsprogramm für das Holodeck zu entwickeln. Lange Zeit hatte er die Übungen nur als Freizeitbeschäftigung verfolgt, zum Teil auch, um sich in Form zu halten und seine Reflexe zu sensibilisieren. Jetzt hatte sich der Einsatz gelohnt. Ansonsten wäre er eine leichte Beute für den Romulaner gewesen. Korak hätte ihn mühelos verletzen können. Es war eine sehr lehrreiche Lektion gewesen, und Korak war nicht der einzige, der einiges dazugelernt hatte.

Zwischen Romulanern und Menschen gab es nur wenige Kontakte. Was Korak über die Menschen wußte, beruhte vermutlich nur auf Gerüchten, und demnach waren Menschen in seinen Augen schwach, dekadent und minderwertig. Valak war allem Anschein nach wesentlich besser informiert, auch wenn sein Wissen größtenteils theoretisch war. Für den Commander eines romulanischen Kriegsschiffs und erst recht eines so mächtigen Schiffes wie die *Syrinx* war Valak verhältnismäßig jung. Er konnte kaum über eigene Erfahrungen mit Menschen verfügen. Aber er besaß längst nicht so ein übersteigertes Selbstvertrauen wie Korak, und er schien wesentlich ausgeglichener zu sein, falls es so etwas wie einen ausgeglichenen Romulaner überhaupt gab.

Riker wußte, daß nicht nur er die Schwachstellen seines Gegners suchte, sondern daß Captain Picard gleichzeitig das gleiche mit Valak tat. Der romulanische Commander tat gut daran, ihnen beiden so wenig Kontakt wie möglich zu erlauben, damit sie nicht ihre Beobachtungen vergleichen und Pläne schmieden konnten. Doch mit diesem Schachzug hatte Valak sich gleichzeitig von seinem Ersten Offizier getrennt. Korak war impulsiver und stürmischer als Valak. Gemeinsam wären die beiden in der Tat beachtliche Gegner gewesen. Doch ohne Valak war Korak das schwächere Glied in der romulanischen Kette.

Das Problem war nur, daß Korak von nun an vorsichtiger sein würde. Er sonderte Riker jetzt nicht nur von Picard ab, sondern auch von der übrigen Besatzung. Man hatte ihn erst in seinem Quartier allein gelassen, nachdem es gründlich durchsucht und der Computeranschluß unterbrochen worden war. Und draußen vor der Tür waren Wachen postiert. Irgendwie mußte Riker eine Möglichkeit finden, mit seinen Leuten in Verbindung zu treten, damit sie einen Plan entwickeln konnten.

Plötzlich erlosch die Beleuchtung in seinem Quartier. Dann ging das Licht genauso unvermittelt wieder an. Er blickte auf. Es ging wieder aus und an, dann erlosch es für einen etwas längeren Zeitraum. Es dauerte einen Moment, bis Riker die Bedeutung dieses Ereignisses klar wurde, doch dann grinste er. Geordi! Es konnte nur seine Idee sein. Er benutzte die Beleuchtung in Rikers Quartier, um ihm etwas im Morsealphabet mitzuteilen.

Riker holte sich schnell einen Stift und notierte Punkte und Striche auf einem Zettel. Er stöhnte. Seine Kenntnis des Morsecodes war so eingerostet, daß er womöglich nachschlagen mußte, um die Bedeutung der Botschaft entziffern zu können. Er kritzelte hektisch. *Nicht so schnell, Geordi, verdammt noch mal!* Nach einer Weile hörte das Flackern der Beleuchtung auf, und Riker decodierte leise die Nachricht, die er notiert hatte: »Luftschacht Ihr Quartier 3:00 Uhr. Bestätigen. Unterbrechung Lichtschaltkreis hinter Wartungsklappe.«

Riker lächelte. Natürlich! Geordi mußte nur einen Energieprüfer benutzen, um festzustellen, daß der Schaltkreis für die Beleuchtung in Rikers Quartier unterbrochen war, womit ihm bestätigt wurde, daß seine Nachricht angekommen war. Er folgte sofort LaForges Anweisung und tauchte sein Quartier in Dunkelheit. Jetzt mußte er nur noch bis drei Uhr früh warten. Er runzelte die Stirn, als er an den Luftschacht dachte. Geordi war nicht gerade kräftig gebaut, aber für ihn würde es trotzdem ziemlich eng werden, wenn er sich durch die Lüftungsschächte zwängen wollte. Riker mußte noch etwa dreieinhalb Stunden warten. Genauso lange würde LaForge vermutlich auch brauchen, um durch die Tunnel bis zu Rikers Quartier zu kriechen, falls er nicht entdeckt wurde … oder steckenblieb. Riker setzte sich und faßte sich in Geduld.

Es waren die längsten dreieinhalb Stunden seines Lebens. Sie wurden sogar noch länger, als sie sich auf quälende dreidreiviertel Stunden und dann auf vier Stunden ausdehnten, doch dann hörte er – endlich! – leise Geräusche aus dem Lüftungsschacht. Riker stand auf, um die Verkleidung abzunehmen, und half Geordi beim Herausklettern.

»Verdammt!« fluchte LaForge flüsternd. »Jetzt kann ich mich wieder erinnern, wie es war, als ich geboren wurde.«

»Ich hatte mir schon Sorgen gemacht«, sagte Riker. Sie sprachen sehr leise, um nicht die romulanischen Wachen vor der Tür zu alarmieren.

»Eine Zeitlang dachte ich da drinnen, daß ich es niemals schaffen würde«, sagte LaForge. »An manchen Stellen ist es verdammt eng.«

»Hier, trinken Sie etwas!« sagte Riker und reichte ihm ein Glas.

»Danke, das kann ich jetzt gebrauchen.« Er kippte den Inhalt des Glases in einem Schluck hinunter. »Wir stecken ganz schön in der Patsche, was?« Er reichte Riker einen kleinen Kommunikator. »Hier, ich konnte ein paar von den Dingern beiseite schaffen, als gerade niemand zugesehen hat. Ich habe die Frequenz geändert, damit sie auf einem anderen Kanal und mit geringerer Leistung senden. Wir können sie zwar nicht außerhalb des Schiffes einsetzen, aber wenn wir sehr vorsichtig sind, müßten wir auf diese Weise kommunizieren können, ohne daß sie etwas davon merken.«

»Gut gemacht. Wie läuft es bei Ihnen?« fragte Riker.

»Ganz gut, würde ich sagen, nur daß dieser verdammte romulanische Techniker mir ständig auf die Pelle rückt und mich nicht aus den Augen läßt. Atalan versteht sein Fach, aber er kennt sich nicht sehr gut mit unseren Systemen aus, und er traut mir nicht weiter, als ich ihn werfen könnte.«

Riker grinste. »Zumindest haben Sie Ihren Sinn für Humor nicht verloren.«

»Das ist so ziemlich das einzige, was mir noch geblieben ist«, sagte LaForge, der sich immer noch seine verspannten Muskeln rieb. »Ich verliere allmählich die Geduld mit diesen Typen. Commander, wir müssen unbedingt etwas unternehmen!«

»Damit rennen Sie bei mir offene Türen ein«, erwiderte Riker. »Das Problem ist nur, daß sie den Captain und die Hälfte der Besatzung auf dem anderen Schiff als Geiseln halten, und ich habe seit einiger Zeit überhaupt keinen Kontakt mehr mit ihnen gehabt. Sie haben Dr. Crusher, Troi, Ro und Data auf Hermeticus Zwei hinuntergebeamt, damit sie sich dort umsehen. Vermutlich sollen Sie testen, ob die Luft dort rein ist, bevor Valak seine eigenen Leute hinunterschickt.«

»Was ist überhaupt mit diesem Planeten los?« fragte LaForge.

»Richtig, Sie sind ja schon seit einiger Zeit von allen Informationen abgeschnitten«, sagte Riker. Er brachte ihn schnell auf den neuesten Stand.

»Verdammt!« sagte LaForge. »Es sieht ganz danach aus, als hätten sie uns am Schlafittchen. Wir brauchen einen Plan – und zwar schnell.«

»Ich habe daran gearbeitet«, sagte Riker. »Valak hat uns kaum noch Handlungsspielraum gelassen. Aber wenn einige von uns einen Weg finden könnten, an Bord der *Independence* zu gelangen …«

»Wozu sollte das gut sein?« erwiderte LaForge verdrossen. »Ohne neue Antimateriekapseln und Generatorspulen können wir das Schiff niemals in Gang bringen. Wir können es nicht einen Millimeter von der Stelle bewegen!«

»Wir brauchen gar nicht das Schiff selbst«, sagte Riker, »aber wenn wir an die Waffenlager herankämen, könnten wir uns ein paar Phaser verschaffen.«

»Vielleicht«, sagte LaForge, »falls noch welche da sind ... wenn die Romulaner sie nicht beschlagnahmt haben.«

»Ich habe die Berichte des Außenteams mitgehört, das zur *Independence* gebeamt wurde«, sagte Riker. »Darin wurde nicht erwähnt, daß sie irgendwelche Waffen gefunden hätten. Und selbst wenn, wären die Phaser nach dieser langen Zeit veraltet und die Sariumkrellid-Zellen leer. Die Romulaner hätten sie vermutlich für unbrauchbar gehalten.«

»Aber Sariumkrellid-Zellen lassen sich wieder aufladen, wenn man sie ans Elektroplasmasystem des Schiffes anschließt«, sagte LaForge. »Wenn die Emissionskristalle und die Ladespulen noch einigermaßen in Ordnung sind ...«

»Wenn die Waffen die ganze Zeit lang eingelagert waren, gibt es keinen Grund, warum das nicht der Fall sein sollte«, sagte Riker. »Und wir bräuchten nur so viele Phaser, um damit unser eigenes Waffenlager zurückerobern zu können, womit das Defizit wieder auszugleichen wäre.«

»He, warten Sie mal!« rief LaForge. »Wir zäumen das Pferd vom falschen Ende auf! Vielleicht könnte ich einen Weg finden, wie wir das EPS anzapfen, um die Energiezellen wieder aufzuladen, ohne dabei erwischt zu werden, aber zuerst müßten wir Zugang zum Transporterraum bekommen, um an Bord der *Independence* gehen zu können. Selbst wenn es uns gelingt, die Wachen zu überwältigen, ohne daß die anderen alarmiert werden, würden sie es auf der Brücke sofort bemerken, wenn wir den Transporter aktivieren. Vielleicht schaffen wir es, zur *Independence* zu gelangen, aber die Romulaner hätten uns geschnappt, bevor wir irgend etwas erreichen könnten.«

»Nicht, wenn wir gar nicht den Transporter benutzen«, sagte Riker.

»Ein Shuttle würde eine hervorragende Zielscheibe abgeben«, entgegnete LaForge. »Außerdem dachte ich, man hätte sämtliche Shuttles dazu benutzt, um die Geiseln zur *Syrinx* hinüberzuschaffen.«

»Das ist völlig richtig«, sagte Riker. »Aber ich habe auch gar nicht an ein Shuttle gedacht.«

LaForge stieß einen leisen Pfiff aus. »Sie wollen im Schutzanzug aussteigen?«

Riker nickte.

»Puh, das könnte funktionieren, aber wir würden ein großes Risiko eingehen. Wir wären zwar nicht so leicht zu entdecken, aber *wenn* sie uns trotzdem entdecken sollten... Und wie sollen wir an Bord der *Independence* kommen? Dort gibt es keine Energie, mit der wir die Schleusen aktivieren könnten und...« Er ließ den Satz unvollendet, als ihm ein neuer Gedanke kam. »Warten Sie mal! Sie wollen die Notverriegelung von *außen* sprengen?«

»Genau«, sagte Riker. »Ich weiß, daß es ein gefährlicher Plan ist, aber es ist die einzige Möglichkeit, die mir eingefallen ist.«

LaForge schüttelte den Kopf. »Es könnte klappen«, sagte er. »Aber wenn wir die Bolzen von außen sprengen wollen, müßten wir die äußere Wartungsklappe entfernen und eine tragbare Energiequelle an die Schaltkreise anschließen, was bedeutet, daß wir in unmittelbarer Nähe der Sprengsätze wären, wenn sie hochgehen.«

»Ich habe nicht behauptet, es würde ein gemütlicher Spaziergang werden«, sagte Riker.

»Nein, natürlich nicht. Wie sollen wir an die Schutzanzüge herankommen?«

»Genauso wie Sie zu mir gelangt sind«, sagte Riker.

»Vergessen Sie's«, sagte LaForge. »Das wird niemals funktionieren. Ich konnte mich nur mit Mühe durch die engen Stellen im Lüftungssystem hindurchzwängen. Sie würden es niemals schaffen.«

»Man könnte den Weg abkürzen«, sagte Riker. »Wir müßten nur so weit kriechen, bis wir die erste Verbindungsstelle zu einer Jefferies-Röhre erreicht haben, und dann könnten wir viel müheloser weiterkommen. Es müßte während der Nachtschicht geschehen, wenn die Romulaner glauben, daß wir schlafen. Wir brauchen so viel Zeit wie möglich.«

LaForge atmete tief ein und wieder aus. »Na gut«, sagte er. »Gehen wir mal davon aus, daß alles geklappt hat und wir ein paar antike Phaser von der *Independence* in unseren Besitz bringen konnten. Und nehmen wir auch mal an, daß wir sicher zurückgekehrt sind und ich sie aufgeladen habe. Was dann?«

»Dann liegt alles bei Ihnen«, sagte Riker. »Korak behält mich ständig im Auge, und wenn er nicht in meiner Nähe ist, läßt er mich in mein Quartier sperren. Sie müßten sich irgendwie mit Ihren Leuten im Maschinenraum absprechen. Sie sind ohnehin am besten für die Aufgabe geeignet, die mir vorschwebt.«

»Und was wäre das?«

»Wir werden sie genau mit der Taktik bekämpfen, die sie am wenigsten von uns erwarten«, sagte Riker. »Und unsere wichtigste Waffe wird die *Enterprise* sein.«

7

»Kalad an *Syrinx!* Melden Sie sich, Commander!« Der Romulaner runzelte die Stirn, als er zum dritten Mal keine Antwort erhielt. »Kalad an *Syrinx!* Bitte bestätigen Sie den Empfang!«

Es gab keine Reaktion.

Der Romulaner wurde unsicher. »Mein Kommunikator scheint nicht zu funktionieren«, sagte er.

»Ich werde es mit meinem versuchen«, sagte Dr. Crusher. »Crusher an *Enterprise!* Bitte melden!« Sie wartete eine Weile und versuchte es dann mit der *Syrinx*. Doch auch sie erhielt keine Antwort. »Seltsam, meiner scheint auch nicht zu funktionieren«, sagte sie stirnrunzelnd.

Data ließ seinen Tricorder sinken. »Vielleicht ist mit den Kommunikatoren alles in Ordnung«, sagte er. »Meine Anzeigen deuten auf erhebliche Interferenzen hin.«

»Was für Interferenzen, Data?« fragte Troi.

»Ich kann die Quelle nicht feststellen«, erwiderte der Androide. »Mein Tricorder registriert jedoch sehr unregelmäßige Werte.«

»Meiner ebenfalls«, sagte Ro, während sie auf die Anzeigen ihres Geräts blickte. Sie klopfte leicht dagegen. »Irgend etwas beeinträchtigt die Funktion unserer Instrumente.«

»Vorher haben sich die Interferenzen nicht so stark ausgewirkt«, sagte Kalad mißtrauisch. »Wieso hat es sich jetzt geändert?«

»Ich habe keine Ahnung«, antwortete Data. »Aber an

Bord dieses Schiffs gibt es ständig zahllose energetische Fluktuationen. Die meisten der automatischen Systeme scheinen immer noch reibungslos zu arbeiten und sich nach einem unbekannten Programm ein- und auszuschalten. Es ist möglich, daß eins dieser Systeme ein Feld generiert, das die Interferenzen erzeugt.«

»Was wird Commander Valak tun, wenn er nichts mehr von uns hört?« fragte Dr. Crusher.

»Er wird uns entweder lokalisieren und zurück in die *Syrinx* beamen oder ein zweites Außenteam schicken, um nachzuforschen«, sagte Kalad.

»Vielleicht sollten wir zu dem Punkt zurückkehren, an dem wir angekommen sind«, sagte Troi.

»Nein«, erwiderte Kalad. »Wir haben den Befehl, uns hier umzusehen und Bericht zu erstatten. Ich sehe keine unmittelbare Gefahr. Ich werde später noch einmal versuchen, Kontakt mit der *Syrinx* aufzunehmen. Vorerst machen wir weiter.« Er winkte mit dem Disruptor. »Los! Ich möchte mich im Innern dieser Gebäude umsehen.«

Sie näherten sich einem bogenförmigen Eingang zu einem der Gebäude. Es gab keine Türen. Sie betraten eine Art Vorraum, von dem aus drei Korridore in verschiedene Richtungen weiterführten – nach links, rechts und geradeaus. Die Decken waren hoch und die Korridore breit, fast wie Straßen. Licht fiel durch große Fenster in den Außenwänden herein, obwohl von außen nichts davon zu sehen war. An verschiedenen Stellen innerhalb der Korridore waren Gruppen aus abstrakten Skulpturen aufgestellt.

Data hob seinen Tricorder und runzelte die Stirn. »Die Interferenzen nehmen zu«, sagte er. »Hier drinnen werden sie stärker. Ich erhalte jetzt gar keine eindeutigen Anzeigen mehr.«

»Die Architektur ist faszinierend«, sagte Dr. Crusher, als sie sich umblickte. »Aber sie verrät uns kaum etwas über die Wesen, die das Gebäude errichtet haben. Sie könnten sehr groß gewesen sein, oder sie wollten einfach nur viel Platz in dieser geschlossenen Umwelt haben. Aber sie hatten offenbar einen Sinn für Kunst.« Sie näherte sich einer Skulpturengruppe. »Sie sind wunderschön.«

Sie streckte ihre Hand aus, um sie zu berühren, doch Troi hielt sie zurück. »Warten Sie!« sagte sie.

»Was ist denn?« fragte Dr. Crusher.

»Ich ... ich weiß es nicht genau«, sagte Troi, während sie stirnrunzelnd auf die fremdartigen Formen starrte. Sie waren dunkel und besaßen unterschiedliche Oberflächenstrukturen. Einige Figuren wirkten glatt und glänzend, andere waren rauh und unregelmäßig. Manche waren so groß wie Menschen, andere um einiges höher oder niedriger, doch alle waren in Gruppen angeordnet. Nirgendwo stand eine einzelne Skulptur.

»Spüren Sie etwas?« fragte Dr. Crusher.

Troi schüttelte den Kopf. »Ich bin mir nicht sicher«, sagte sie verwirrt. Dann streckte sie vorsichtig ihre Hand nach einem der anmutigen Gebilde aus. Sie zögerte kurz, als sie nur wenige Zentimeter entfernt war, doch dann berührte sie den Gegenstand mit den Fingerspitzen. Er fühlte sich hart und kühl an. Sie schüttelte wieder den Kopf, als sie ihre Hand zurückzog. »Jetzt spüre ich gar nichts mehr«, sagte sie. »Vielleicht war es nur eine Art Restaura des Wesens, das diese Dinge geschaffen hat.«

Data trat vor und berührte ebenfalls eine der Skulpturen. »Seltsam«, sagte er. »Ich habe noch nie ein derartiges Material gesehen. Es ist weder Stein noch Metall. Es scheint synthetisch zu sein. Man hat es offenbar in geschmolzenem Zustand in diese Form gebracht.«

»Jedes Gebilde hat eine andere Form«, sagte Ro. »Einige sind glatt und fließend, andere kantig und wuchtig. Aber sie passen irgendwie zusammen.«

»Sie dienen offenbar keinem praktischen Zweck«, sagte Kalad.

»Sie dienen einem ästhetischen Zweck«, entgegnete Dr. Crusher.

Kalad warf ihr einen finsteren Blick zu. »Wir verschwenden unsere Zeit. Hier können wir nichts in Erfahrung bringen.«

Sie gingen weiter den Korridor entlang und kamen an mehreren Skulpturengruppen vorbei, doch nirgendwo sahen sie Türen. Es war, als würden sie sich durch ein gigantisches, endloses Labyrinth bewegen. Es gab Kreuzungen, von denen andere Korridore abzweigten, und sie stießen auf weitere anmutig gestaltete Bögen, die auf Innenhöfe führten, die mit Gärten und Skulpturen geschmückt waren. Als sie einen dieser kleinen Höfe betraten, sahen sie, daß es sich um eine Art Atrium handelte, das sich wie ein Schacht senkrecht durch das ganze Gebäude zog. Ringsum waren die höheren Stockwerke mit Balkonen versehen. Die Pflanzen, die im gepflegt wirkenden Garten wuchsen, waren ihnen völlig unbekannt.

»Jemand hat sich um diese Gärten gekümmert«, sagte Troi und untersuchte einen der fremdartigen, weidenähnlichen Bäume, die im Zentrum des Hofes standen. Rundherum waren duftende, zurechtgeschnittene Sträucher und kleinere Sukkulenten angeordnet, die entfernt an die Formen der Skulpturen erinnerten.

»Also lebt doch jemand an Bord dieses Schiffs«, sagte Kalad.

»Mein Tricorder liefert immer noch keine brauchbaren Daten«, sagte Data. »Es wäre allerdings möglich, daß die Gärten ebenfalls durch ein automatisches System in Ordnung gehalten werden – genauso wie der Rest des Schiffes.«

»Sie meinen Roboter?« fragte Dr. Crusher. »So etwas haben wir hier noch nicht gesehen.«

»Bis jetzt haben wir nur einen winzigen Teil des Schiffes gesehen, Doktor«, warf Data ein.

»Stimmt«, erwiderte sie. »Ich weiß nur, daß ich nicht

das Gefühl habe, als wäre dieses Schiff verlassen, obwohl ich nicht genau sagen kann, wieso.«

»Sie haben recht«, sagte Troi und blickte sich um. »Ich habe sogar das deutliche Gefühl, daß wir beobachtet werden.«

Kalad sah sich hektisch um, den Disruptor schußbereit in der Hand. »Ich sehe niemanden.«

»Ich auch nicht«, sagte Troi. »Trotzdem habe ich dieses Gefühl.«

»Warum gibt es hier keine Türen?« fragte Ro. »Es gibt nur endlose Korridore und Plätze, aber nirgendwo eine Tür. Was befindet sich hinter diesen Wänden, und wie gelangt man dorthin?«

»Vielleicht gibt es durchaus Türen, aber wir erkennen sie nicht als solche«, überlegte Dr. Crusher.

»Also, bisher haben wir nichts gesehen, was auch nur entfernt an eine Tür erinnert«, sagte Troi. »Nur gewölbte Durchgänge, die die offenen Plätze und Korridore miteinander verbinden. Die Wände wirken ziemlich glatt. Vielleicht sind die Eingänge versteckt.«

»Wir haben auch nichts entdeckt, was nach einem Lift oder einer Treppe aussieht«, sagte Ro. »Trotzdem ist dieses Gebäude mehrstöckig. Aber es muß irgendeine Möglichkeit geben, nach oben zu gelangen.«

Kalad probierte noch einmal seinen Kommunikator aus, aber wieder bekam er keine Antwort. »Vielleicht werden die Interferenzen durch etwas erzeugt, das sich hinter diesen Wänden befindet«, sagte er. »Wir werden denselben Weg zurückgehen, den wir gekommen sind, und nach draußen gehen, bis wir den Einflußbereich verlassen haben.«

Er führte die anderen zurück, doch nach einer Weile blieb Ro, die den anderen vorausging, stehen und sah sich um. »Ich glaube, wir haben irgendwo den falschen Weg genommen«, sagte sie.

»Nein, ich bin mir sicher, daß wir durch diesen Korridor gekommen sind«, sagte Dr. Crusher, die sich unsicher umblickte.

»Wo ist dann der Bogen, der nach draußen führt und durch den wir hereingekommen sind?« fragte Ro.

»Wir müssen umkehren«, sagte Troi. »Offenbar haben wir uns verlaufen.«

»Negativ, Counselor«, sagte Data. »Ich habe unsere Bewegungen genau aufgezeichnet, und wir sind denselben Weg zurückgegangen.«

»Wo ist dann der Ausgang?« fragte Kalad.

Data neigte seinen Kopf mit einer ruckhaften Bewegung zur Seite. »Er müßte eigentlich hier sein«, sagte er.

»Das ist er aber nicht«, erwiderte Kalad gereizt. »Sie haben sich geirrt.«

»Ich habe mich ganz bestimmt nicht geirrt«, widersprach Data. »An dieser Stelle haben wir das Gebäude betreten.« Er drehte sich zu einem Korridor um, der von der Kreuzung abzweigte, auf der sie standen. »Dieser Korridor lag vor uns, als wir eintraten, und dann haben wir uns nach rechts gewandt. Und dort war der Eingang.« Er zeigte auf eine leere Wand.

»Das ist absurd!« sagte der Romulaner. »Hier ist nur eine Wand.«

»Ich darf ihnen versichern, daß meinerseits kein Irrtum vorliegt«, sagte Data. »An dieser Stelle sind wir angekommen.«

»Unmöglich«, sagte der Romulaner.

Dr. Crusher entfernte sich ein Stück von den anderen und ging zu einer Skulpturengruppe. »Nein, er hat recht«, sagte sie. »Das sind genau die Skulpturen, die wir uns ganz zu Anfang genauer angesehen haben.«

»Vielleicht sehen sie nur so ähnlich aus«, sagte Ro.

»Nein, es sind dieselben«, unterstrich Troi. »Ich bin mir völlig sicher.«

»Warum gibt es hier dann keinen Ausgang?« wollte Kalad wissen.

»Der Ausgang *war* hier«, sagte Data. Er trat auf die

Wand zu und berührte sie. »Doch jetzt ist er nicht mehr da.«

»Was meinen Sie damit?« fragte Kalad.

»Ich meine, daß wir uns an der Stelle befinden, wo wir das Gebäude betreten haben«, antwortete Data. »Doch die Öffnung, die wir benutzt haben, wurde inzwischen auf eine mir unbekannte Weise versiegelt.«

»Sie meinen, wir sind hier drinnen gefangen?« fragte Ro.

»Falls wir keinen anderen Ausgang entdecken oder eine Möglichkeit finden, diesen Eingang wieder zu öffnen, sieht es ganz danach aus«, sagte Data.

»Etwas ist passiert.« Valak hatte von der *Syrinx* aus immer wieder vergeblich versucht, Kontakt mit dem Außenteam zu erhalten. Er wandte sich an Picard. »Wenn Ihre Leute dafür verantwortlich sind, werden Sie alle es bereuen müssen, das verspreche ich Ihnen.«

»Glauben Sie, daß meine Leute Ihren Sicherheitsoffizier überwältigen und einen Fluchtversuch wagen würden, wenn sie damit die Geiseln in Gefahr bringen?« fragte Picard. »Und wohin sollten sie fliehen? Da Ihre Leute die *Enterprise* kontrollieren, haben Sie das einzige Mittel in der Hand, mit dem sie von dort wegkommen könnten.«

»Das sollte man meinen«, sagte Valak. »Tatsache ist jedoch, daß sie nicht auf unsere Anrufe reagieren.«

»Vielleicht können sie nicht darauf reagieren«, sagte Picard. »Sie könnten verletzt sein ... Schicken Sie mich nach unten, Valak! Beamen Sie mich mit einem Außenteam hinunter, damit ich nachsehen kann, was mit ihnen geschehen ist.«

»Ich habe eine bessere Idee«, sagte Valak. »Ich werde selbst mit einer Angriffstruppe hinuntergehen, und dabei dürfen Sie mich begleiten.« Er sprach die Wachen an. »Bringen Sie den Captain in den Transporterraum und warten Sie dort auf mich!« Valak sah Picard in die Augen. »Wenn Sie mich angelogen haben und wir dort unten von Föderationsleuten empfangen werden, werde ich sie alle bis zum letzten Mann auslöschen.«

Nachdem Picard gegangen war, gab Valak schnell den Befehl, einen Angriffstrupp zusammenzustellen. Dann verließ er die Brücke und suchte Lord Kazanaks Privatquartier auf.

»Treten Sie ein!« forderte Lord Kazanak ihn von innen auf.

Die Tür öffnete sich, und Valak trat ein. Lord Kazanak saß an seinem Tisch. Er blickte auf, als Valak hereinkam. »Ach, Valak! Ich arbeite gerade an meinem Bericht über diese Mission. Dazu verwende ich sowohl Ihre Logbucheinträge als auch meine eigenen Beobachtungen. Haben Sie etwas Neues hinzuzufügen?«

»Wir haben die Verbindung zum Außenteam verloren, mein Lord«, sagte Valak. »Ich werde mich selbst zusammen mit einer Angriffstruppe hinunterbeamen lassen, um festzustellen, was mit den Leuten geschehen ist.«

Lord Kazanak runzelte die Stirn. »Sie vermuten Verrat?«

»Solange ich nicht genau weiß, was vorgefallen ist, sind Vermutungen irrelevant«, erwiderte Valak. »Korak behält das Kommando über die *Enterprise*. Bis zu meiner Rückkehr wird mein wissenschaftlicher Offizier Talar das Kommando über die *Syrinx* übernehmen. Er wird Sorge tragen, daß es Ihnen an nichts fehlt und daß Sie über alle neuen Entwicklungen informiert werden.«

Kazanak nickte. »Gut. Ich werde Ihre Kommunikation mit der Brücke von hier aus verfolgen. Und ich werde Ihren Ersten Offizier an Bord der *Enterprise* regelmäßig zu einem Bericht auffordern.«

»Falls wir nicht zurückkehren, mein Lord«, sagte Valak, »muß diese Mission abgebrochen und die Arche vernichtet werden. Ich lege das Schicksal der Gefangenen der Föderation in Ihre Hände.«

»Unsere Krieger werden mit jeder Gefahrensituation fertig, in die Sie dort unten geraten könnten«, entgegnete Lord Kazanak.

»Mein Lord, Picards Warnung hinsichtlich der Quarantäne könnte begründet sein«, sagte Valak. »Wenn die Gefahr einer Infektion besteht, muß die Arche vernichtet werden.«

»Ja, gut, wir können diese Entscheidung treffen, wenn es tatsächlich zu dieser Situation kommen sollte«, sagte Lord Kazanak. »Bis dahin werde ich aufmerksam Ihre Berichte verfolgen.«

Valak verbeugte sich und ging. Er nahm den Turbolift zum Transporterraum, wo Picard und seine Wachen bereits auf ihn warteten. Der Angriffstrupp war ebenfalls schon eingetroffen – dreißig romulanische Krieger, die mit Disruptoren bewaffnet waren und schwere Kampfrüstungen trugen. Sie waren ein beeindruckender Anblick. Valak bewaffnete sich und wandte sich ihnen zu. Er teilte sie schnell in drei Einheiten zu zehn Mann auf, die von je einem Offizier kommandiert wurden.

»Antor, Ihre Einheit wird zuerst hinuntergehen und das Gelände sichern«, sagte er schroff. »Dann folgen Sie, Torak, und zum Schluß werden Captain Picard und ich uns zusammen mit Siroks Einheit hinunterbeamen lassen. Wenn Sie auf Widerstand stoßen, zerschlagen Sie ihn sofort. Es geht los.«

Die Angriffsgruppen nahmen Haltung an, und die erste Einheit stellte sich auf der Transporterplattform auf. Valak gab den Befehl, und der Transporter wurde mit breiter Fächerung aktiviert. Die Krieger entmaterialisierten, und die zweite Einheit rückte vor, um ihren Platz einzunehmen. Dann war die letzte Gruppe an der Reihe. Valak stand links von Picard und Sirok rechts von ihm. Er war als einziger unbewaffnet. Valak hatte ihm nur gestattet, einen Tricorder mitzunehmen. Das Gerät verschaffte ihm zwar kein besonderes Gefühl der Sicherheit, aber im Augenblick galt seine größte Sorge ohnehin den Mitgliedern seiner Besatzung, die mit dem ersten Außenteam hinuntergegangen waren.

»Energie!« sagte Valak.

Kurz darauf standen sie auf einer freien Fläche, und zwar an denselben Koordinaten, zu denen das erste Außenteam gebeamt worden war. Die romulanischen Krieger hatten im Kreis Stellung bezogen, hielten ihre Waffen bereit und waren auf jede Bewegung gefaßt. Doch Picard achtete kaum auf ihre Anwesenheit. Seine ganze Aufmerksamkeit wurde von der Umgebung in Anspruch genommen.

»Großer Gott!« sagte er, als er sich umblickte.

Es war atemberaubend. Das erste Außenteam hatte mit seinen anfänglichen Berichten erheblich untertrieben. Intellektuell war Picard auf das vorbereitet gewesen, was die Leute beschrieben hatten, aber als er es jetzt mit eigenen Augen sah, war es trotzdem überwältigend.

Er hatte sich schon gelegentlich in einigen der älteren Raumbasen aufgehalten, die nach dem O'Neill-Prinzip konstruiert waren, aber er hatte es noch nie in dieser Größenordnung erlebt. Künstliches Licht erhellte das Innere von Hermeticus Zwei und das atemberaubende Panorama, das ihn umgab. Städte breiteten sich dort aus, wo normalerweise der Himmel hätte sein müssen. Es war tatsächlich so, als würde man einen Planeten durch ein stark verzerrendes Weitwinkelobjektiv betrachten.

Die Gebäude in ihrer Nähe wirkten kubistisch und erinnerten entfernt an die Architektur von Paolo Soleri aus dem zwanzigsten Jahrhundert. Es handelte sich weniger um individuelle Gebäude, sondern um Komplexe, die sich wie kristalline Formationen übereinandertürmten. Es sah aus, als hätte ein Riesenkind seine Bauklötze wahllos zusammengesteckt. Abgesehen von der Größe besaß die umgestülpte Welt eine surreale, ehrfurchtgebietende Schönheit.

»Von außen ist es als Planet getarnt, und innen... *das!*« sagte Picard. »Glauben Sie immer noch, die Föderation hätte ein solches Schiff konstruieren können, Valak?«

Der romulanische Commander war genauso beeindruckt. Er schüttelte den Kopf. »Nein«, sagte er, als er sich voller Erstaunen umsah. »Das hier kann auf keinen Fall von Menschen gebaut worden sein. Aber das bedeutet nicht, daß es hier keine Menschen gibt.« Er hob seinen Kommunikator. »Valak an Außenteam! Melden Sie sich!«

Es gab keine Antwort. Er versuchte es noch einmal.

»Valak an Außenteam! Melden Sie sich, Kalad!«

Er wartete einen Moment, aber es war immer noch nichts aus dem Kommunikator zu hören. Als er sein Schiff zu erreichen versuchte, warf Picard einen Blick auf seinen Tricorder.

»Valak an *Syrinx!*«

Nichts.

»Valak an *Syrinx!* Talar, melden Sie sich!«

»Ich glaube, ich weiß, warum Sie keine Nachricht vom ersten Außenteam mehr empfangen haben«, sagte Picard, der sich immer noch mit dem Tricorder beschäftigte.

»Valak an *Syrinx!* Talar, können Sie mich hören?«

»Er kann Sie nicht hören, Valak«, sagte Picard. »Die Instrumente werden durch eine Interferenz gestört. Mein Tricorder zeigt völlig unsinnige Daten.«

»Zu Anfang hat diese Interferenz die Kommunikation mit dem Außenteam nicht gestört«, sagte Valak mißtrauisch.

»Aber jetzt ist es der Fall«, sagte Picard. »Dieser Tricorder ist nicht zu gebrauchen. Vermutlich genauso wie Ihre Kommunikatoren.«

Valak zog seinen Disruptor und feuerte damit auf einen spinnenhaften Baum. Der Baum löste sich auf.

»Unsere Waffen scheinen durch die Interferenz nicht beeinträchtigt zu werden«, sagte er.

»Es könnte sich um ein räumlich begrenztes Phänomen handeln«, sagte Picard. »Oder ein zeitlich begrenztes. Ihre Tiefensonde hat hier unten ungewöhnlich starke energetische Fluktuationen gemessen. Es ist möglich, daß die Fluktuationen sich negativ auf die Kommunikation auswirken. Und da Tricorder auf einer ähnlichen Frequenz arbeiten, wäre das eine Erklärung für die Störungen.«

»Das klingt plausibel.« Valak steckte seine Waffe ein und drehte sich zu seinen Kriegern um. »Für die Suche werden sich die Einheiten voneinander trennen«, sagte er. »Torak, Sie suchen diesen Sektor ab.« Er deutete nach links. »Antor, Sie gehen mit Ihrer Einheit in die andere Richtung. Ich werde mit dem Rest die unmittelbare Umgebung absuchen. Wir treffen uns hier in einer Stunde wieder.«

»In einer Stunde wird es dunkel sein«, sagte Picard.

»Wie kann es hier dunkel werden?« fragte Valak. »Hier gibt es keine Sonne, die untergehen könnte.«

»Das nicht«, sagte Picard. »Aber die Erbauer dieser Arche haben sich offenbar Mühe gegeben, den Tag- und Nachtzyklus zu simulieren. Wenn Sie darauf achten, werden Sie feststellen, daß das Licht allmählich schwächer wird.«

Valak blickte auf und runzelte die Stirn. »Stimmt«, sagte er. »Aber ich kann keine Lichtquelle erkennen.«

»Ich auch nicht«, sagte Picard. »Vielleicht wird es durch automatische Sonnenspiegel ins Innere der Arche gelenkt. Oder es stammt aus einer künstlichen Energiequelle. Wie dem auch sei, mit ziemlicher Sicherheit wird es in diesem Schiff bald Nacht werden.«

»Dann wollen wir keine Zeit verlieren«, sagte Valak. »Teilen Sie sich auf und suchen Sie nach dem Außenteam! Kehren Sie hierher zurück, wenn es dunkel wird!«

»Jetzt irren wir schon seit Stunden durch diese verdammten Korridore!« sagte Kalad verzweifelt. »Hier muß es doch irgendwo einen Ausgang geben!«

»Wir sind im Kreis gelaufen«, sagte Ro. »An diesen Skulpturen sind wir schon einmal vorbeigekommen.«

»Und das ist das Atrium, in dem wir uns bereits umgesehen haben.« Dr. Crusher zeigte auf den Hof mit dem Garten und seufzte. »Ich werde müde.«

»Es wird dunkel«, sagte Troi, als sie in den Hof ging und nach oben blickte.

»Dunkel?« fragte Kalad. »Aber ich dachte, das Licht in diesem Schiff würde künstlich erzeugt.«

»Dann dreht gerade jemand die Beleuchtung herunter«, erwiderte Troi. »Sehen Sie selbst!«

Die anderen folgten ihr in den Garten. Es wurde tatsächlich dunkler. Dr. Crusher setzte sich auf eine Bank. »Es sieht danach aus, als müßten wir hier die Nacht verbringen.«

Kalad probierte wieder seinen Kommunikator aus. »Kalad an *Syrinx!* Kalad an *Syrinx!* Bitte melden!«

Als es wieder keine Antwort gab, knurrte der Romulaner wütend.

»Sie werden bestimmt jemanden herunterschicken, der nach uns sucht«, sagte Troi mit leichter Unsicherheit.

»Vielleicht haben sie das schon getan«, sagte Ro. »Aber wie soll man uns hier drinnen jemals finden?«

»Es ist möglich, daß wir unabsichtlich eine Art Sicherheitsvorrichtung ausgelöst haben, als wir diesen Komplex betreten haben«, sagte Data. »Vielleicht wurde dadurch ein Mechanismus aktiviert, der den Eingang verriegelt hat.«

»Entweder das, oder jemand hat uns absichtlich hier eingesperrt«, sagte Dr. Crusher.

»Das war die zweite Möglichkeit, die ich gerade ausführen wollte«, sagte Data.

»Glauben Sie wirklich, daß diese Möglichkeit besteht, Data?« fragte Ro.

»Die Möglichkeit besteht auf jeden Fall«, antwortete der Androide. »Über die Wahrscheinlichkeit können wir jedoch nur Mutmaßungen anstellen. Ohne brauchbare Tricorderdaten können wir nicht feststellen, ob sich irgendwelche Lebensformen an Bord dieses Schiffes aufhalten. Allerdings laufen die automatischen Funktionen dieser Arche reibungslos ab, und die Gärten werden gepflegt. Diese zwei Tatsachen deuten auf die Anwesenheit intelligenter Lebewesen hin.«

»Warum zeigen sie sich dann nicht?« fragte Kalad wütend.

»Ohne detailliertere Informationen ist diese Frage zum gegebenen Zeitpunkt unmöglich zu beantworten«, erwiderte Data.

»Ihre sachliche, emotionslose Art geht mir allmählich auf die Nerven«, zischte Kalad. »Wir sind hier drinnen gefangen, und Sie plappern drauflos, als wäre alles in Ordnung! Sind Sie denn zu gar keinen Empfindungen imstande?«

»Nein«, sagte Data. »Ich bin ein Androide. Ich habe keine Empfindungen und Gefühle. Und ich plappere nicht. Ich habe mich lediglich bemüht, Ihre Frage nach bestem Wissen zu beantworten.«

»Pah!« Der Romulaner wandte sich erzürnt von ihm ab. »Ich habe genug davon, nach einem Ausgang zu suchen! Ich werde mich jetzt hindurchschießen!«

»Das ist keine sehr gute Idee«, sagte Data. »Wir wissen nichts über die Zusammensetzung dieses Gebäudes, und die Energie Ihres Disruptorstrahl könnte dazu führen, daß …«

»Ruhe! Mir reicht es jetzt! Wenn Sie Angst haben, können Sie ja hier warten. Ich hole Sie nach, wenn ich einen Ausgang in die Wand geschossen habe. Und wenn Ihnen das Leben Ihrer Kameraden an Bord der *Syrinx* lieb ist, sollten Sie sich auf keinen Fall aus dem Staub machen, solange ich fort bin!«

»Wohin sollten wir schon gehen?« fragte Dr. Crusher sarkastisch.

»Menschen!« schnaufte Kalad verächtlich. Er zog seinen Disruptor, verließ das Atrium und marschierte durch den Korridor zurück.

Sie saßen eine Weile schweigend da. »Es wird dunkler«, sagte Troi und blickte den Schacht des Lichthofs hinauf. »Es wirkt so seltsam, wenn sich am Abendhimmel Landschaften abzeichnen. Aber ich schätze, irgendwann würde man sich daran gewöhnen.«

»Ich hoffe nur, daß wir uns nicht daran gewöhnen müssen«, sagte Ro. »Glauben Sie, daß wir jemals hier herauskommen?«

»Wir sind schon mit anderen verfahrenen Situationen fertig geworden«, sagte Dr. Crusher. »Der Captain hat bisher immer eine Lösung des Problems gefunden.«

Ro atmete tief durch. »Ich wünsche mir, ich könnte Ihre Zuversicht teilen.«

»Man wird ein Team herunterschicken, das nach uns sucht«, sagte Troi. »Davon bin ich überzeugt.«

»Und wenn man uns nicht findet?« fragte Ro. »Vergessen Sie nicht, daß wir für Valak entbehrlich sind.«

»Da wäre noch Kalad«, warf Dr. Crusher ein.

»Ein Krieger?« fragte Ro. »Ich bezweifle, daß Kalad für die Romulaner unentbehrlich ist. Ansonsten hätte Valak ihn niemals mit uns hinuntergeschickt. Wir sind doch die Versuchskaninchen.«

»Der Captain würde niemals zulassen, daß Valak uns hier einfach zurückläßt«, sagte Dr. Crusher.

»Solange die Romulaner die *Enterprise* unter Kontrolle haben, besitzt der Captain keinen sehr großen Einfluß auf den Gang der Dinge«, sagte Ro. Sie setzte sich neben Dr. Crusher auf die Bank. »Es sieht so aus, als säßen wir diesmal wirklich in der Patsche.«

»Nun, falls es Kalad nicht gelingt, sich den Weg aus diesem Labyrinth freizuschießen, scheinen wir die Nacht wohl hier verbringen zu müssen«, sagte Troi.

Data runzelte die Stirn. »Ich denke, daß wir längst gehört haben müßten, wie Kalad seinen Disruptor abfeuert.«

Dr. Crusher blickte auf. »Das ist richtig«, sagte sie. »Er ist schon lange genug fort.«

Sie warfen sich besorgte Blicke zu.

»Sie glauben doch nicht, daß er uns einfach hier zurücklassen würde?« sagte Troi.

»Er kann sich nicht den Weg freigeschossen haben, ohne daß wir seinen Disruptor hören würden«, sagte Data.

»Es sei denn, er hat einen anderen Weg gefunden«, sagte Ro. »Vielleicht hat sich der Eingang, durch den wir hereingekommen sind, wieder geöffnet. Wir sollten lieber nachsehen, Data. Ich traue diesem Romulaner nicht.«

»Ich werde mit Ihnen gehen«, sagte Troi. »Vielleicht sollten Sie uns auch begleiten, Beverly.«

Dr. Crusher lächelte und stand auf. »Na gut, dann gehen wir alle zusammen. Wenn er einen Ausgang gefunden hat, würde ich ihn sehr gerne benutzen. Ich bin völlig erschöpft.«

»Der Streß, unter dem wir gestanden haben, und der lange Marsch haben auch mir ganz schön zu schaffen gemacht«, sagte Ro. »Werden Sie durchhalten, Deanna?«

»Ich denke, es wird schon gehen«, sagte Troi lächelnd. »Ich wünsche mir, ich hätte Datas Durchhaltevermögen.«

»Im Grunde hat es überhaupt nichts mit Durchhaltevermögen zu tun, Counselor«, erklärte Data. »Das Durchhaltevermögen bezieht sich auf die körperliche Belastbarkeit, und in dieser Beziehung ...«

»Ich weiß, Data, ich weiß«, sagte Troi mit einem erschöpften Lächeln. »Ich habe es nur so dahingesagt.«

Sie kehrten zum Korridor zurück und blickten sich nach beiden Seiten um, aber von Kalad war nichts zu sehen. »Wohin könnte er gegangen sein?« fragte Dr. Crusher stirnrunzelnd.

»Ich weiß es nicht«, sagte Ro. Sie versuchte ihn zu rufen. »Kalad!« Es gab keine Antwort. Nur ihr Ruf hallte als Echo durch die langen Korridore. »Kalad!« Sie wartete ab, dann versuchte sie es noch einmal. »Kalad! Können Sie mich hören?«

Nichts.

»Das gefällt mir nicht«, meinte Troi voller Sorge.

»Er kann doch nicht einfach verschwunden sein!« sagte Dr. Crusher.

»Ihm muß etwas zugestoßen sein«, sagte Troi.

»Vielleicht sollten wir uns aufteilen und nach ihm suchen«, schlug Data vor.

»Auf keinen Fall«, sagte Ro. »Wir sollten unbedingt zusammenbleiben. Vergessen Sie nicht, daß wir unbewaffnet sind.«

»Das ist nicht gerade ein tröstlicher Gedanke«, erwiderte Dr. Crusher besorgt.

»Ich denke, wir sollten an die Stelle zurückkehren, wo wir das Gebäude betreten haben, und nachsehen, ob der Eingang wieder offen ist«, sagte Ro.

Sie gingen durch die Korridore zurück, aber der Eingang war immer noch verschlossen.

»Sind Sie sicher, daß es dieselbe Stelle ist?« fragte Ro.

»Ich bin mir sicher, daß wir hier hereingekommen sind«, sagte Troi. »Ich kann mich gut an diese Skulpturen erinnern.«

Ro schüttelte den Kopf. »Für mich sehen sie alle ziemlich ähnlich aus.«

»Nein, es sind wirklich dieselben«, sagte Dr. Crusher. »Auch ich bin mir ganz sicher.«

»Trotzdem gibt es keinen Eingang mehr«, sagte Ro und strich mit der Hand über die Wand. Sie fühlte sich völlig glatt an. »Es ist, als wäre hier niemals etwas anderes gewesen.«

»Wir wissen aber, daß es dort einen Durchgang gegeben hat«, sagte Data. »Das bedeutet, daß die Öffnung mit einer Methode verschlossen wurde, die eine vollkommen nahtlose Oberfläche zurückläßt.«

»Großartig!« meinte Ro dazu. »Und wie hilft uns das weiter?«

»Im Augenblick vielleicht überhaupt nicht«, erwiderte Data. »Dadurch ließe sich jedoch erklären, warum wir keine anderen Türen oder Durchgänge gefunden haben. Es könnte hier überall auf ähnliche Weise versiegelte Öffnungen geben, nur daß wir sie nicht bemerken können.«

»Das ergibt doch keinen Sinn«, sagte Ro. »Warum sollte jemand Türen bauen, die man gar nicht sehen kann? Und wie ist es möglich, eine Tür zu konstruieren, die so fest schließt, daß sich nicht einmal die feinste Ritze zeigt?«

»Ich habe nicht behauptet, ich wüßte, wie es funktioniert«, sagte Data. »Ich habe nur darauf hingewiesen, daß es ganz offensichtlich realisiert wurde. Eine logische Erklärung wäre jedoch, daß mit Molekulartechnologie gearbeitet wurde.«

»Sie meinen Nanotechnik?« fragte Dr. Crusher.

»Exakt. Gegenwärtig haben die Wissenschaftler der Föderation erst an der Oberfläche der Möglichkeiten gekratzt, die sich aus der Anwendung der Nanotechnik ergeben. Eine fortgeschrittenere Molekulartechnologie könnte sämtliche Funktionen dieses Gebäudes durch komplexe Schaltungen auf atomarer Ebene programmieren.«

»Sie meinen, die molekulare Struktur dieser Wand könnte sich von selbst so verändern, daß sie eine Tür erzeugt?« fragte Troi.

»Theoretisch wäre das möglich«, antwortete der Androide. »Die hochentwickelte Technologie deutet sogar darauf hin, daß das gesamte Schiff auf dieser Basis konstruiert wurde.«

»Und was wollen Sie damit sagen?« fragte Ro. »Daß

dieses Gebäude jede Gestalt annehmen kann, die es will?«

»Präziser ausgedrückt müßte man sagen, daß die molekularen Komponenten dieses Gebäudes vermutlich eine begrenzte Flexibilität besitzen, die von der erwünschten Funktion abhängig ist«, erklärte der Androide.

»Mit anderen Worten«, sagte Dr. Crusher, »eine feste Wand könnte ihre Molekularstruktur so umgruppieren, daß sich ein Eingang oder eine Tür bildet, nicht aber ein Stuhl oder eine Treppe, weil die Moleküle darauf nicht programmiert sind.«

Data neigte den Kopf. »Eine ungewöhnliche und vereinfachende Formulierung, Doktor«, sagte er, »aber im wesentlichen korrekt.«

»Großartig!« sagte Ro. »Und wo ist die Türklinke?«

»Türklinke?« sagte Data irritiert. »Ach, Sie meinen den Mechanismus, der die Funktion steuert.« Er schüttelte den Kopf. »Ich fürchte, ich habe keine Ahnung.«

»Sie sind uns wirklich eine große Hilfe«, meinte Ro.

»Ihrem Tonfall entnehme ich, daß diese Bemerkung sarkastisch gemeint war, Fähnrich«, sagte Data. »Allerdings sehe ich keinen Anlaß zu Sarkasmus. Ich gebe mir wirklich jede erdenkliche Mühe, in Anbetracht der wenigen Informationen, die uns zur Verfügung stehen.«

»Ro hatte nicht die Absicht, Sie zu kränken, Data«, sagte Troi. »Wir alle sind nur etwas erschöpft und frustriert.«

»Und zu allem Überfluß wird es jetzt auch noch dunkel«, sagte Ro.

»Ich würde mich um einiges sicherer fühlen, wenn Kalad nicht verschwunden wäre«, sagte Dr. Crusher. »Zumindest hatte er einen Disruptor.«

»Nun, bei dem, was ihm zugestoßen ist, schien ihm

sein Disruptor auch keine Hilfe gewesen zu sein«, meinte Ro.

»Es ist nicht erwiesen, daß ihm etwas zugestoßen ist«, warf Data ein. »Fakt ist nur, daß er fortgegangen und nicht zurückgekehrt ist.«

»Deanna hatte schon ganz zu Anfang das Gefühl, daß wir beobachtet werden«, entgegnete Ro und schüttelte dann den Kopf. »Nein, Kalad muß etwas zugestoßen sein. Er hätte uns niemals so lange allein gelassen. Wenn er uns verliert, muß er sich vor Valak dafür verantworten.«

»Was sollen wir also tun?« fragte Dr. Crusher.

»Wir können auf keinen Fall die ganze Nacht wach bleiben«, sagte Ro. »Wir wissen nicht einmal, wie lange die Nacht hier dauert. Wir müssen eine Stelle suchen, wo wir einigermaßen bequem schlafen können. Wir werden abwechselnd Wache halten.«

»Das wird nicht nötig sein«, entgegnete Data. »Da ich keinen Schlaf benötige, bin ich problemlos in der Lage, die ganze Nacht lang Wache zu halten.«

Ro warf ihm einen Blick zu und seufzte. »Natürlich. Manchmal vergesse ich, daß Sie gar kein Mensch sind, Data.«

»Danke«, sagte Data.

Ro lächelte matt. »Keine Ursache.«

»Der Garten ist vielleicht noch der beste Schlafplatz«, sagte Dr. Crusher. »Wir könnten uns auf die Bänke legen. Im Augenblick ist mir diese Aussicht genauso angenehm wie ein weiches Bett.«

»Das würde ich zwar nicht gerade behaupten«, sagte Troi, »aber ich denke, unter den gegebenen Umständen können wir nichts Besseres erwarten.«

»Wir wollen hoffen, daß die Umstände nur vorübergehend sind«, sagte Dr. Crusher, als sie sich auf den Rückweg zum Atrium machten. »Der Gedanke, für längere Zeit hier eingesperrt zu sein, gefällt mir überhaupt nicht.«

»Und mir gefällt der Gedanke nicht, daß ein bewaffneter romulanischer Krieger einfach so spurlos verschwunden ist«, sagte Ro. »Ich habe das Gefühl, daß wir hier nicht allein sind.«

Troi befeuchtete sich nervös die Lippen. »Das gleiche Gefühl habe ich auch«, sagte sie.

8

Als es in der Arche Nacht wurde, kehrte Valaks Suchtrupp zu den Ankunftskoordinaten zurück. Sie waren die ersten. Von den Gruppen, die von Torak und Antor angeführt wurden, war nichts zu sehen. Sie hatten auch keine Spur vom ersten Außenteam gefunden, worüber Picard sich große Sorgen machte. Valak schien ebenfalls besorgt, wenn auch aus anderen Gründen.

»Kalad wäre niemals aufs Geratewohl losmarschiert«, sagte er. »Sobald er festgestellt hätte, daß sein Kommunikator nicht mehr funktionierte, wäre er sofort an die Stelle zurückgekehrt, wo er angekommen ist. Ich bin besorgt, weil ich mir seine Abwesenheit nicht erklären kann.«

»Ich mache mir genauso große Sorgen um meine Leute«, sagte Picard.

»Wirklich?« fragte Valak. »Vielleicht haben sie hier Freunde gefunden.«

»Sie glauben immer noch daran, daß sich Föderationspersonal an Bord dieser Arche aufhält?« fragte Picard. »Bislang haben wir hier überhaupt keine intelligenten Lebensformen gefunden.«

»Dieses Schiff ist sehr groß«, warf Valak ein. »Es würde sehr lange dauern, es gründlich zu untersuchen.«

»Wenn es hier Föderationspersonal gäbe«, sagte Picard, »meinen Sie dann nicht, daß man längst auf Ihre Anwesenheit reagiert hätte?«

»Vielleicht wollen sie nur Zeit gewinnen.« Valak versuchte erneut, mit seinem Kommunikator jemanden zu erreichen, aber er funktionierte immer noch nicht. Er fluchte. »Wenn diese Interferenz die Kommunikation stört, könnte sie auch die Daten von der Tiefensonde auf der Oberfläche verfälschen. Vielleicht ist es Talar nicht mehr möglich, unsere Koordinaten zu lokalisieren.«

»Und wenn er blind den Transporterstrahl auf unsere Ankunftskoordinaten richtet, könnte auch das fehlschlagen, solange die Interferenzen anhalten«, sagte Picard.

»Sie sollten lieber darauf hoffen, daß dieser Fall nicht eintrifft«, sagte Valak.

Picard runzelte die Stirn. »Warum?«

»Ich habe den Befehl gegeben, die Arche zu zerstören, wenn ich nicht nach angemessener Zeit zurückkehre«, sagte Valak.

»Zerstören!« rief Picard. »Und was wird dann aus meiner Besatzung an Bord der *Syrinx* und der *Enterprise?*«

»Darüber wird Korak entscheiden, da er dann der ranghöchste Offizier ist«, erwiderte Valak. »Wenn Ihnen also etwas an Ihrem Wohl und dem Ihrer Besatzung liegt, sollten Sie hoffen, daß diese ›Interferenzen‹ bald verschwinden.«

»Sie vermuten, daß Ihre Kommunikation absichtlich gestört wird?« sagte Picard.

»Es ist immerhin eine mögliche Erklärung«, entgegnete Valak. »Ich finde es seltsam, daß wir anfangs ohne Schwierigkeiten mit dem Außenteam kommunizieren konnten, und jetzt sind auf einen Schlag unsere sämtlichen Geräte unbrauchbar. Es ist möglich, daß die Interferenz ein Resultat der energetischen Fluktuationen in diesem Schiff ist, wie Sie behauptet haben, aber es sind auch andere Erklärungen denkbar.«

Bevor Picard etwas erwidern konnte, war ein Ruf zu hören. Dann tauchte Antors Gruppe auf. »Etwas ist passiert«, sagte Valak.

Als Antor und seine Leute auf sie zugerannt kamen, runzelte Valak die Stirn, als er bemerkte, das die Gruppe nicht vollzählig war.

»Commander«, keuchte Antor atemlos, »wir haben einige unserer Krieger verloren!«

»Was soll das heißen: Sie haben sie *verloren?*« wollte Valak wissen. »Was ist passiert?«

»Wir haben die Straßen im zugewiesenen Sektor durchsucht, als Dalok eine Bewegung im Eingang eines Gebäudes bemerkte. Ich gab ihm den Befehl, zusammen mit Eivak, Istak und Jalad der Sache nachzugehen. Wir beobachteten, wie sie das Gebäude betraten, und dann, kurz darauf, verschwand der Eingang!«

Valak runzelte die Stirn. »Er *verschwand?* Wie?«

Antor schüttelte den Kopf. »Ich kann es nicht erklären, Commander«, sagte er. »Kurz vorher war da noch eine bogenförmige Öffnung, die ins Gebäude führte. Und im nächsten Augenblick war sie nicht mehr da! Die Wand … hat sich bewegt.«

»Drücken Sie sich etwas genauer aus!« sagte Valak gereizt. »Was meinen Sie damit? Wollen Sie sagen, daß sich eine Tür geschlossen hat, um den Eingang zu verschließen?«

»Nein, Commander, ich meine, daß die Wand selbst sich bewegt hat! Sie schien zu fließen, ihre Form zu verändern, bis der Durchgang verschwunden war. Die Öffnung hat sich vor unseren Augen von selbst verschlossen! Zuerst dachte ich, meine Augen hätten mir einen Streich gespielt. Doch bevor wir reagieren konnten, war der Eingang nicht mehr da. An derselben Stelle war nur noch eine feste Wand, als hätte es dort niemals einen Eingang gegeben. Und unsere Krieger waren im Innern des Gebäudes gefangen.«

»Sie haben sie einfach dort zurückgelassen?«

»Wir haben mit den Disruptoren auf die Wand geschossen, Commander, aber das hat nichts bewirkt.«

»Unmöglich!« sagte Valak.

»Commander, ich schwöre bei den Göttern, daß es so war!« sagte Antor verzweifelt. »Wir alle haben mit den Waffen darauf gefeuert, aber die Wand zeigte überhaupt keine sichtbare Veränderung!«

»Wie kann sich eine feste Wand bewegen und dann Disruptorschüssen standhalten?« fragte Valak.

»Vielleicht besteht die Wand aus einem Material mit hoher Dichte und molekularem Gedächtnis«, schlug Picard vor.

»Molekulares Gedächtnis?« fragte Valak. »Was ist das?«

»Das Prinzip wurde schon vor vielen Jahren auf der Erde entwickelt«, erklärte Picard. »Die frühesten Anwendungen waren Metallegierungen, die nach dem Erhitzen wieder eine vorher bestimmte Form annehmen konnten. In einem fortgeschritteneren Stadium könnten mit Hilfe der Molekulartechnologie Materialien erzeugt werden, die auf spezifische Funktionen programmiert sind. Doch das Verfahren befindet sich noch in der Entwicklungsphase.«

»Erklären Sie mir das genauer!« verlangte Valak.

»Das Verfahren wird auch als Nanotechnik bezeichnet«, sagte Picard. »Im wesentlich geht es darum, winzige Maschinen auf molekularer Basis zu produzieren, die viel kleiner als lebende Zellen sind. Die Anwendungsmöglichkeiten dieser Technik sind nahezu unbegrenzt. Für die Medizin ließen sich zum Beispiel Nanomaschinen bauen, die in den Blutkreislauf injiziert werden und an bestimmten Stellen Verletzungen beheben oder krankes Gewebe heilen. Auf die Materialtechnik angewandt, könnten damit Baustoffe hergestellt werden, die sich auf molekularer Ebene umgruppieren lassen.«

»Ich habe noch nie davon gehört«, sagte Valak.

»Zugegeben, das meiste ist noch Theorie«, sagte Picard, »aber es wäre eine Erklärung. Wir haben in den Gebäuden noch keine sichtbaren Eingänge gefunden, außer dem einen, den Ihre Krieger untersucht haben. Und sie haben mit eigenen Augen gesehen, wie sich dieser Eingang von selbst geschlossen hat, oder zumindest behaupten sie es. Sie haben gefragt, wie eine feste Wand ihre Form verändern kann. Ich habe Ihnen die einzig denkbare Erklärung geliefert. Oder haben Sie eine andere?«

»Ich kann im Augenblick nur daran denken, daß vier meiner Krieger in einem Gebäude gefangen sind, aus dem sie offenbar nicht mehr befreit werden können«, sagte Valak nervös. »Und jetzt ist auch noch Torak überfällig.«

»Commander, sehen Sie dort!« sagte Antor.

Rings um sie herum gab es Inseln aus abstrakten Skulpturen, die von kleinen Bäumen und Sträuchern gesäumt wurden. Einige Skulpturen waren hoch, zylindrisch und zierlich, fast wie die fragilen Stengel einer Unterwasserpflanze, andere waren klobig und kantig. Ihre Höhe schwankte zwischen etwas mehr als einem und bis zu drei Metern. Die meisten waren in Gruppen angeordnet. Zuerst hatte es ausgesehen, als würden sie aus Stein oder Metall bestehen, doch jetzt begannen einige der Skulpturen sanft zu glühen, während andere dunkel blieben, wodurch sich kunstvolle Licht- und Schatteneffekte in den Skulpturengärten ergaben.

»Die Straßenbeleuchtung«, meinte Picard.

»Also sind die Formen nicht nur dekorativ, sondern auch funktional«, sagte Valak in einem Tonfall, der anzeigte, wie wenig Bedeutung er dieser Sache zumaß. »Im Augenblick habe ich allerdings dringlichere Sorgen.«

»Es könnte durchaus etwas mit Ihren Sorgen zu tun haben«, erwiderte Picard. »Sehen Sie, daß die Lichter sich auf unsere unmittelbare Nähe beschränken?«

Valak mußte anerkennen, daß er recht hatte. Überall in den Straßen, die sie von dieser Kreuzung aus einsehen konnten, befanden sich in regelmäßigen Abständen ähnliche Skulpturengärten. Die anderen jedoch blieben dunkel. Die ›Straßenbeleuchtung‹, wie Picard das Phänomen genannt hatte, war nur in ihrer direkten Umgebung zu beobachten.

»Es könnte Sensoren geben, die auf unsere Anwesenheit reagieren und die Beleuchtung nur an den Stellen aktivieren, wo sie gebraucht wird«, sagte Picard. »Wir könnten das sehr leicht überprüfen, indem wir uns in einen unbeleuchteten Bereich begeben und abwarten, ob sich auch dort die Lichter einschalten.«

»Und was soll uns diese Erkenntnis nützen?« fragte Valak.

»Wenn die Lichter von Sensoren kontrolliert werden, die auf Bewegung reagieren«, sagte Picard, »dann tut sich auch dort drüben etwas.«

Valaks Blick folgte der Richtung, in die Picard zeigte. Fast genau über ihren Köpfen konnten sie in einem anderen Sektor der Arche ähnliche Lichter beobachten.

»Das verschollene Außenteam?« fragte Valak.

»Das halte ich für unwahrscheinlich«, sagte Picard. »Wir befinden uns etwa an derselben Stelle, zu der es hinuntergebeamt wurde. Dieses Licht dort befindet sich fast auf der gegenüberliegenden Seite des Schiffes. Das Außenteam ist erst seit ein paar Stunden hier. Es kann in dieser Zeit auf keinen Fall zu Fuß einen so weiten Weg zurückgelegt haben.«

»In einem Schiff dieser Größe muß es noch andere Transportmöglichkeiten geben«, sagte Valak. »Vielleicht haben sie eine Art Shuttle gefunden, mit dem sich größere Entfernungen innerhalb der Arche überwinden lassen.«

»Vielleicht«, sagte Picard. »Wie Sie allerdings schon angesprochen haben, stellt sich dann die Frage, warum sie sich so weit vom Ankunftspunkt entfernt haben, nachdem sie feststellten, daß ihre Kommunikatoren nicht mehr funktionieren.«

»Also hält sich doch noch jemand an Bord dieses Schiffes auf«, sagte Valak.

»Ich habe diese Möglichkeit niemals abgestritten«, erwiderte Picard. »Ich habe lediglich die Feststellung getroffen, daß es hier keinen geheimen Föderationsstützpunkt gibt. Und obwohl Sie es nur zögernd zugeben, müssen Sie inzwischen zu der Schlußfolgerung gelangt sein, daß ich Ihnen die Wahrheit gesagt habe.«

»Commander, es wird jemand heruntergebeamt!« sagte Antor.

Alle drehten sich um und beobachteten, wie die flimmernden Gestalten zu einem weiteren Landungstrupp von der *Syrinx* materialisierten, der vom romulanischen wissenschaftlichen Offizier geleitet wurde.

»Talar!« sagte Valak.

»Wir konnten Sie nicht mehr lokalisieren, Commander«, sagte Talar, als er sich mit seiner Gruppe näherte. »Wir haben uns Sorgen gemacht, daß Ihnen etwas zugestoßen sein könnte.«

»Eine Interferenz ist daran schuld, daß unsere Kommunikatoren nicht mehr arbeiten«, erklärte Valak. »Aber warum sind Sie mit einem Landungsteam gekommen? Ich habe Ihnen das Kommando über die *Syrinx* übertragen!«

»Lord Kazanak hat während Ihrer Abwesenheit das Kommando übernommen«, berichtete Talar. »Er gab mir den Befehl, mit diesem Außenteam aufzubrechen.«

»Lord Kazanak hat das Kommando übernommen?« Valak war sichtlich überrascht.

»Wer ist Lord Kazanak?« fragte Picard nach.

»Der Sohn eines Mitglieds des Hohen Rats«, antwortete Valak, »und der Konstrukteur der *Syrinx*.«

»Tatsächlich?« sagte Picard. »Ich bin noch nie einem Mitglied des romulanischen Adels begegnet. Schade, daß Sie uns nicht vorgestellt haben.«

»Lord Kazanak hat persönlich entschieden, auf dieses Vergnügen zu verzichten«, sagte Valak. »Er hält nicht viel von Menschen.«

»Ich verstehe«, sagte Picard. »Und jetzt hat er das Kommando über Ihr Schiff, in dem sich Mitglieder meiner Besatzung befinden. Gehe ich recht in der Annahme, daß er die Befugnis besitzt, das Kommando zu übernehmen?«

»Er ist der offizielle Repräsentant des Hohen Rats auf dieser Mission«, erklärte Valak ohne Begeisterung. »Das gibt ihm die Befugnis.«

»Und das gefällt Ihnen nicht«, sagte Picard.

»Was mir gefällt oder nicht gefällt, geht Sie überhaupt nichts an!«

Picard lächelte. »Es besteht kein Zweifel daran, daß es Ihnen nicht gefällt.«

»Lord Kazanaks Entscheidung war unklug«, sagte Valak verdrossen. »Jetzt sind drei Außenteams in diesem Schiff, die keinen Kontakt mit der *Syrinx* aufnehmen können.«

»Ich habe diese Möglichkeit vorhergesehen und Lord Kazanak einen Vorschlag gemacht, wie sich das Problem lösen ließe«, sagte Talar. »In genau einer Stunde wird der Transporter wieder aktiviert, und zwar in breiter Fächerung auf denselben Koordinaten. Auch wenn wir keine Kommunikationsverbindung mit der Syrinx aufnehmen können, so daß man sich nicht an unserem Signal orientieren kann, müßten wir dennoch vom Transporter erfaßt werden, wenn wir zur richtigen Zeit an der richtigen Stelle stehen.«

»Eine Stunde reicht vielleicht nicht aus«, sagte Valak. »Einige unserer Krieger sind verschwunden, und wir haben bislang noch keine Spur des ersten Außenteams gefunden.«

»Lord Kazanak hält die Menschen für entbehrlich«, sagte Talar.

»So, tut er das?« sagte Picard gereizt. »Und was ist

mit Ihrem Sicherheitsoffizier? Ich schätze, er ist auch entbehrlich?«

»Ich habe nicht die Absicht, einen meiner Offiziere hier zurückzulassen, solange es noch eine Möglichkeit zur Rettung gibt«, sagte Valak. »Und wenn wir Kalad finden, finden wir wahrscheinlich auch Ihre Leute. Vielleicht wurden sie genauso wie meine vier Krieger in einem dieser Gebäude gefangen.«

»Gefangen?« fragte Talar.

Valak erzählte ihm schnell, was Antor berichtet hatte. »Und Torak ist mit seiner Einheit noch nicht zurückgekehrt«, fügte er hinzu. »Wir müssen nach ihnen suchen und dann eine Möglichkeit finden, wie wir Dalok und die anderen befreien können.«

»Ich könnte einen Trupp losschicken, der nach Torak sucht«, sagte Talar, »aber wenn die Disruptoren nichts ausrichten können, wie sollen wir dann die vier anderen befreien?«

»Wenn sich eine Tür schließen läßt, gibt es auch einen Weg, sie wieder zu öffnen«, sagte Valak. »Sie sind der wissenschaftliche Offizier, Talar, also ist das Ihre Aufgabe. Captain Picard meint, diese ›fließende Wand‹ könnte auf dem Prinzip der Nanotechnik beruhen, wie er sich ausgedrückt hat.«

»Molekulartechnologie?« sagte Talar.

»Sie haben davon gehört?« Valak schien überrascht.

»Unsere eigenen Wissenschaftler haben bereits in dieser Richtung geforscht. Uns ist bekannt, daß auch die Menschen an dieser Technik arbeiten«, erwiderte Talar. »Wir hatten noch keinen großen Erfolg damit, aber die Menschen ebenfalls nicht.«

»Die Erbauer dieser Arche scheinen jedoch Erfolg gehabt zu haben«, entgegnete Valak trocken. »Gehen Sie mit Antor und versuchen Sie, die Tür zu öffnen. Die anderen kommen mit mir. Wir werden nach Torak suchen.«

»Ist Ihnen schon die Idee gekommen, daß jemand absichtlich die Tür hinter Ihren Kriegern verschlossen haben könnte?« fragte Picard. »Antor sagte, er hätte eine Bewegung im Eingang des betreffenden Gebäudes gesehen. Vielleicht sollten sie damit hineingelockt werden. Etwas Ähnliches könnte mit Toraks Gruppe geschehen sein.«

»Auf diese Idee bin ich tatsächlich schon gekommen«, sagte Valak. »Und wenn das der Fall ist, werden diejenigen, die dafür verantwortlich sind, es schwer bereuen – ob sie nun zur Föderation gehören oder nicht.«

Die Tür zu Rikers Quartier öffnete sich, und Korak trat ohne Ankündigung ein, als wäre er hier zu Hause. »Romulaner halten wohl nichts vom Anklopfen, wie?« fragte Riker ihn.

»Anklopfen?« sagte der Erste Offizier verwirrt. »Was soll das sein?«

»Also nicht«, sagte Riker. »Schon gut. Es ist nicht wichtig. Was wollen Sie, Korak? Möchten Sie eine Revanche?«

Korak schnaufte verächtlich. »Wenn wir uns das nächste Mal zum Kampf stellen – und Sie können sicher sein, daß es ein nächstes Mal geben wird –, dann werde ich auf Ihre Tricks vorbereitet sein!«

»Dann werde ich mir wohl ein paar neue ausdenken müssen.«

»Machen Sie sich nur lustig!« sagte Korak. »Aber Ihnen wird der Spaß vergehen, wenn unser nächster Kampf beginnt.«

»Mir schlottern die Knie«, sagte Riker. »Sind Sie aus einem bestimmten Grund hier, oder wollen Sie mich nur einschüchtern?«

»Ich dachte mir, es würde Sie vielleicht interessieren, daß immer noch keine Nachricht vom ersten Außenteam eingetroffen ist. Und seit Commander Valak sich mit Ihrem Captain Picard und einem zweiten Außenteam hat hinunterbeamen lassen, haben wir auch von ihnen nichts mehr gehört. Ich wurde gerade informiert, daß von der *Syrinx* ein drittes Außenteam auf den Weg geschickt wurde, und auch mit ihnen gibt es keinen Kontakt mehr.«

»Der Zusammenhalt Ihrer Truppe scheint ja nicht sehr stark ausgeprägt zu sein«, sagte Riker. Innerlich machte er sich Sorgen, aber das würde er dem Romulaner auf keinen Fall zeigen.

»In Commander Valaks Abwesenheit hat Lord Kazanak das Kommando über die *Syrinx* übernommen«, sprach Korak weiter, ohne auf Rikers Seitenhieb einzugehen.

»Lord Kazanak?«

»Er ist der Konstrukteur der *Syrinx*«, erklärte Korak. »Aber vor allem ist er der Sohn eines Mitglieds des Hohen Rats von Romulus. Er hat mir mitgeteilt, daß ich den Befehl über die *Syrinx* und die menschlichen Gefangenen erhalten werde, wenn Commander Valak nicht zurückkehrt. In diesem Fall werde ich die *Enterprise* als Kriegsbeute beanspruchen.«

»Ich wußte gar nicht, daß wir offiziell im Krieg mit dem Romulanischen Reich stehen«, sagte Riker trocken.

»Das wird bald geschehen, wenn wir erst eine ganze Flotte von Kriegsschiffen wie die *Syrinx* haben«, sagte Korak. »Dann werden Ihre Raumschiffe keine Chance mehr gegen uns haben. Die Föderation wird restlos vernichtet werden.«

»Ich glaube, so etwas Ähnliches habe ich schon einmal gehört«, sagte Riker. »Und wie Sie sehen, gibt es uns immer noch.«

»Ja, aber ich sehe auch die schwierige Situation, in der Sie gegenwärtig stecken«, entgegnete Korak. »Commander Valak wollte mit der Besatzung der *Enterprise* als Kriegsgefangene nach Romulus zurückkehren, aber Lord Kazanak liegt nicht sehr viel an Ihrem Schicksal, ganz gleich, wie die Sache ausgeht.«

»Ich verstehe«, sagte Riker. »Wenn Valak also etwas

zustößt, werden *Sie* entscheiden, was mit uns geschieht.«

»Genau«, erwiderte Korak mit einem boshaften Lächeln. »Ich werde es Ihrer Phantasie überlassen, was ich mit Ihnen tun werde. Sie können hier in Ruhe über das mögliche Schicksal Ihrer Besatzung nachdenken. Aber eins kann ich Ihnen versprechen, William Riker. Wir werden einen zweiten Kampf haben. Ich beabsichtige, Sie zumindest dazu lange genug am Leben zu lassen.«

Rikers Blick bohrte sich wie ein Laserstrahl in Koraks Rücken, als der Romulaner sich umdrehte und sein Quartier verließ. Seine Kiefermuskeln arbeiteten, als er mit den Zähnen knirschte. Die Tür schloß sich mit einem leisen Zischen, und Riker bemerkte, daß er die Kante seines Arbeitstisches so fest umklammerte, daß seine Fingerknöchel weiß hervortraten. Er zwang sich dazu, seinen Griff zu lockern, und holte dann den modifizierten Kommunikator hervor, den er noch in letzter Sekunde einstecken konnte, als Korak den Raum betreten hatte.

»Geordi?«

»Ich bin noch da«, antwortete der Chefingenieur. »Was ist passiert?«

»Unser Freund Korak hat mich gerade mit einem Überraschungsbesuch beehrt«, sagte Riker und atmete schwer aus. »Das war knapp. Er hätte mich fast dabei erwischt, wie ich mit Ihnen rede.«

»Was wollte er?«

Riker faßte für ihn schnell das Gespräch zusammen. »Es sieht fast so aus, als könnten wir unseren Plan vergessen«, sagte er, als er fertig war.

»Zumindest bleibt uns nicht mehr viel Zeit«, entgegnete LaForge.

»Das Problem ist nur, daß ich nichts machen kann, solange ich hier eingesperrt bin und bewacht werde«, sagte Riker. »Ich habe Korak vor seinen Männern erniedrigt, und jetzt sperrt er mich in mein Quartier, damit ich ihn oder seine Leute nicht an die peinliche Situation erinnere. Der Kerl will, daß ich hier hocke und mir den Kopf darüber zerbreche, was er wohl mit uns anstellen wird, wenn er die Chance dazu erhält. Haben Sie schon irgendwelche Fortschritte gemacht?«

»Ich konnte inzwischen mit vier Leuten aus meiner technischen Abteilung sprechen«, sagte LaForge, »aber es ist gar nicht so einfach, wenn die Romulaner mich praktisch auf Schritt und Tritt verfolgen.« Seinem Tonfall war anzuhören, wie frustriert er war.

»Nun, zusammen mit uns beiden wären das schon sechs«, sagte Riker. »Wenn wir etwa ein Dutzend zusammengetrommelt haben, könnten wir es versuchen. Unsere Chancen stehen nicht sehr gut, aber es ist immerhin eine Chance.«

»Unter den gegebenen Umständen versuche ich mein Bestes zu geben«, sagte LaForge. »Dieser Atalan nimmt uns ganz schön an die Kandare.«

»Ich weiß, daß Sie Ihr Bestes geben, Geordi«, erwiderte Riker. »Aber wir haben nicht mehr viel Zeit. Wenn wir unseren Plan umsetzen wollen, sollten wir es bald tun. Korak verfolgt seine eigenen Pläne, die bestimmt nicht besonders erfreulich für uns aussehen.«

»Das scheint im Augenblick unsere geringste Sorge zu sein«, sagte Geordi. »Wir müssen einen Raumspaziergang zur *Independence* unternehmen, ohne daß uns jemand dabei bemerkt, dann ein paar Phaser besorgen, zurückkehren, sie irgendwie aufladen und dann die *Enterprise* zurückerobern, während die Romulaner einen Teil unserer Besatzung an Bord ihres Schiffs als Geiseln festhalten. Und dann müssen wir uns überlegen, wie wir den Captain und die anderen zurückholen können. Erzählen Sie mir nichts von unseren Chancen! Es gibt etwa eine Million Möglichkeiten, wie die ganze Sache schiefgehen könnte.«

»Sie ist bereits schiefgegangen, als wir uns von den

Romulanern überrumpeln ließen«, sagte Riker. »Viel schlimmer kann es kaum noch kommen. Jetzt müssen wir die Sache wieder geradebiegen, und wir haben nur sehr eingeschränkte Möglichkeiten.«

»Schon gut, ich will mich ja gar nicht beklagen«, sagte LaForge in resigniertem Tonfall. »Können Sie mir noch einen Tag geben?«

»Ich weiß nicht, ob wir noch einen Tag *haben*«, antwortete Riker.

»Dann werde ich wohl wieder durch die Luftschächte und Jefferies-Röhren kriechen müssen«, sagte LaForge erschöpft. »Das ist der einzige Weg, wie ich noch heute nacht mit den anderen Kontakt aufnehmen kann.«

»Tun Sie, was Sie können, Geordi!« sagte Riker.

»Ja, Sir.«

»Und noch etwas, Geordi: Lassen Sie sich nicht erwischen ... Riker Ende.«

Data hielt im Garten Wache, während die anderen schliefen. Sie hatten ihre Schutzanzüge abgelegt, da es offenbar ungefährlich war, die Luft in der Arche zu atmen. Und nach drei Stunden waren die Sauerstofftanks ohnehin erschöpft gewesen. Troi und Dr. Crusher hatten sich auf den Bänken ausgestreckt, und Ro schlief auf dem Boden. Es war nicht völlig dunkel. Einige der seltsam geformten Skulpturen im Zentrum des Hofes gaben ein schwaches Leuchten von sich. Andere warfen lange, fast unheimliche Schatten im ätherischen Licht.

Es hatte einen Augenblick der Bestürzung gegeben, als die Skulpturen zu leuchten begonnen hatten, doch bald war klargeworden, daß sie nicht nur ästhetischen Zwecken, sondern auch zur Beleuchtung dienten. Data hatte vermutet, daß sie durch irgendwelche Bewegungssensoren kontrolliert wurden, die sich wahrscheinlich sogar in den Skulpturen befanden. Das

Atrium war zwar nicht hell erleuchtet, aber es wurde ein angenehmes, sanftes Licht verbreitet. ›Nachtlicht‹ hatte es Dr. Crusher genannt.

Data verbrachte die Zeit damit, alles zu analysieren, was sie bislang gesehen und erlebt hatten, um nach einem Weg zu suchen, wie sie das Gebäude wieder verlassen konnten, in dem sie gefangen waren. Wenn sie hineingekommen waren, erschien es logisch, daß sie irgendwie auch wieder herauskommen mußten. Sie hatten weder Türen noch Zugangsmöglichkeiten zu den oberen Stockwerken gefunden. Doch es mußte Durchgänge und Treppen oder Lifts geben, auch wenn sie auf irgendeine Weise verborgen waren. Data hatte keine Ahnung, welcher Sinn dem zugrunde lag. Die Arche war offenbar als Generationenraumschiff konstruiert worden, dessen Hauptzweck darin bestand, ihrer Besatzung – oder vielmehr ihren Bewohnern – einen Lebensraum zu bieten und sie zu ihrem Ziel zu befördern. Die Erbauer der Arche hatten sich alle Mühe gegeben, eine komfortable und ästhetisch ansprechende Umwelt zu erschaffen. Warum hatten sie also Türen konstruiert, die nicht ohne weiteres zu finden waren?

Die offensichtliche Antwort lautete, daß die Durchgänge für die Bewohner dieser Arche *nicht* schwierig zu entdecken und zu benutzen waren, genauso wie es für die Besatzung der *Enterprise* kein Problem war, die Türen an Bord ihres Schiffes zu finden und zu benutzen.

Zuerst hatte Data genauso wie die anderen geglaubt, daß der Eingang, durch den sie eingetreten waren, sich automatisch verschlossen hatte, entweder durch einen zeitlich bestimmten Programmablauf, dessen Sinn nicht auf den ersten Blick zu erkennen war, oder weil die Gruppe beim Durchschreiten irgendeinen Sensor ausgelöst hatte. Nach dem unerklärlichen Verschwinden von Kalad jedoch hatte sich eine weitere Möglichkeit aufgedrängt: daß nämlich etwas oder jemand sie absichtlich eingesperrt hatte.

Solange die Tricorder keine brauchbaren Daten lieferten, konnten sie nicht ausschließen, daß sie an Bord der Arche nicht allein waren. Außerdem hatte Troi gespürt, daß sie beobachtet wurden. Data besaß zwar keine intuitiven Empfindungen, aber er wußte, daß Counselor Troi in dieser Hinsicht ein gutes und normalerweise verläßliches Gespür hatte. Er versuchte die Möglichkeiten einzuschätzen. Kalad hatte entweder einen Weg gefunden, das Gebäude zu verlassen, oder er hatte einen Ausgang benutzt, der sich hinter ihm verschlossen hatte. Er könnte einen automatischen Verteidigungsmechanismus ausgelöst haben, aber dann hätte das gleiche eigentlich schon geschehen müssen, als sie alle gemeinsam durch das Gebäude geirrt waren. Wenn sich jemand in der Arche aufhielt, dann war der Romulaner vielleicht gefangen oder sogar getötet worden. Ohne weitere Informationen war es schwierig zu sagen, welche dieser Möglichkeiten plausibler war.

Außerdem gab es noch andere Probleme. Sie konnten ihre Kommunikatoren nicht benutzen. Und sie waren unbewaffnet, weil Valak ihnen keine brauchbaren Phaser in die Hände geben wollte. Data hielt Wache, während die anderen schliefen, aber er war sich nicht sicher, ob er sie im Zweifelsfall tatsächlich beschützen konnte. Kalad war mit einem Disruptor ausgerüstet, aber das schien ihm nichts genützt zu haben. In einer solchen Situation, dachte Data, würde ein Mensch große Sorge, vielleicht sogar Angst verspüren. Er war zu solchen Gefühlen nicht fähig, obwohl er sie mehr oder weniger verstand. Die anderen machten nicht den Eindruck, als hätten sie Angst, aber Data wußte, daß Menschen ihre Angst nicht immer offen zeigten. Allerdings wirkten sie sehr besorgt. Trotz ihrer Müdigkeit hatte es lange gedauert, bis sie eingeschlafen waren. Sie hatten sich noch eine Weile unterhalten, bis sie schließlich ruhig geworden waren. Data war jetzt für ihre Sicherheit verantwortlich. Wie konnte er diese Aufgabe am besten erfüllen?

Er ging langsam und leise im Hof auf und ab, um die anderen nicht zu wecken. Er hatte Captain Picard oft dabei beobachtet, wie er auf und ab ging, während er nachdachte. Es schien ihm dabei zu helfen. Da Data wußte, daß die anderen schliefen und ihn nicht beobachten konnten, machte er es Captain Picard nach und ging mit gemessenen Schritten auf und ab, den Kopf gesenkt und die Hände hinter dem Rücken verschränkt. Es mochte sein, daß dieser Bewegungsablauf Captain Picard beim Nachdenken half, aber für ihn machte es eigentlich gar keinen Unterschied. Trotzdem setzte er seinen Weg fort, wobei seine Schritte auf dem glatten Boden des Atriums leise Geräusche verursachten. Dann hörte er hinter sich andere Schritte. Er blieb plötzlich stehen und drehte sich um.

Alles war still. Er starrte angestrengt in das Zwielicht, konnte jedoch nichts erkennen. Er hörte nur, wie Dr. Crusher im Schlaf gleichmäßig atmete. Er machte vorsichtig einen Schritt. Dann noch einen. Und noch einen. Und dann hob er seinen Fuß und verharrte in dieser Stellung.

Trotzdem war unverkennbar das Geräusch eines Schrittes zu hören.

»Ist da jemand?« fragte er.

Es gab keine Antwort. Allerdings bestand kein Grund, warum die Bewohner der Arche Englisch verstehen sollten. Ro regte sich, und Data näherte sich den anderen. Dabei hörte er mehrere Schrittgeräusche.

»Ro!« sagte er.

»Was?« fragte sie, während sie wach wurde. »Was ist los?«

»Ich glaube, wir bekommen Besuch.«

Sie war sofort auf den Beinen und griff instinktiv nach ihrem Phaser. Als ihr wieder einfiel, daß Valak ihnen nur nutzlose Waffen gegeben hatte, fluchte sie leise. »Deanna! Beverly! Wachen Sie auf!«

Die beiden Frauen erwachten sofort, da sie sich im jahrelangen Dienst bei Starfleet daran gewöhnt hatten, ohne Verzögerung auf alle möglichen Notfälle zu reagieren.

»Was gibt es?« fragte Dr. Crusher.

»Data sagt, daß jemand kommt.«

Noch während sie diese Worte aussprach, trat aus den Schatten am entgegengesetzten Ende des Hofes eine Gestalt, die in ein schwarzes Gewand gehüllt war. Leise Geräusche waren zu hören, und dann wurden neben der ersten weitere Gestalten sichtbar.

»Ich denke, es wäre klug, ihnen zu zeigen, daß wir keine feindseligen Absichten hegen«, sagte Data.

Er hob langsam seine Hände. Die anderen taten dasselbe.

Die Gestalten, deren Gesichter unter Kapuzen verborgen waren, kamen näher. Und dann sagte eine von ihnen auf englisch: »Wer sind Sie?«

»Wir kommen vom Föderationsschiff *Enterprise*«, sagte Dr. Crusher. »Wir sind in friedlicher Absicht hier.«

Troi riß die Augen auf. »Es sind Menschen!« sagte sie, nachdem sie diese Tatsache mit ihrer betazoidischen Empfindungsfähigkeit festgestellt hatte.

Der Mann, der gesprochen hatte, zog seine Kapuze zurück. »Ja, wir sind Menschen. Wir gehören zur Besatzung des Föderationsraumschiffs *Independence*.«

Der Mann kam näher, gefolgt von den anderen, die nun ebenfalls ihre Gesichter unter den Kapuzen enthüllten. Einige schienen um die fünfzig oder sechzig Jahre alt zu sein, ein paar andere jedoch wesentlich älter, darunter der Mann, der gesprochen hatte. Und einige waren kaum älter als zwanzig.

»Die *Independence* wurde offiziell vor mehr als dreißig Jahren zerstört«, sagte Ro. »Wir haben das

Schiff hier im Orbit entdeckt. Es ist unzerstört, aber völlig lahmgelegt.«

»Das ist richtig«, sagte der alte Mann. »Und wir haben seitdem hier gelebt.«

»Dazu wären Sie alt genug«, sagte Troi, »aber einige von Ihnen scheinen kaum älter als zwanzig Jahre zu sein.«

»Unsere Kinder – und Enkelkinder«, sagte der alte Mann. »Sie sind hier aufgewachsen und haben niemals ein anderes Leben kennengelernt. Ich bin Commander Morgan Llewellyn, der Erste Offizier der *Independence* und der Anführer dieser Kolonie.«

Die fassungslosen Besatzungsmitglieder der *Enterprise* stellten sich vor, dann zeigte Llewellyn auf den Mann zu seiner Rechten, der ebenfalls sehr alt war. »Das ist Lieutenant Commander Giorgi Vishinski, unser Bordarzt. Lieutenant Charmayne Jamal, unser taktischer Offizier und Erster Sicherheitsoffizier.« Er zeigte auf eine afroamerikanische Frau. »Lieutenant Commander Sven Nordqvist, unser Chefingenieur.« Ein weißhaariger Mann nickte lächelnd. »Und Lieutenant Kiri Nakamura, unser wissenschaftlicher Offizier.« Eine zierliche asiatische Frau verbeugte sich leicht.

»Das sind alle, die noch von unserer Brückenbesatzung übrig sind«, sagte Llewellyn. »Captain Wiley und Lieutenant Commander Glener versuchten mit einem Shuttle zu fliehen, zusammen mit zwei weiteren Leuten, Chief Connors und Fähnrich Morris. Wir haben keine Ahnung, was aus ihnen wurde.«

»Offenbar wurde das Shuttle im All treibend entdeckt. Die gesamte Besatzung war tot«, sagte Troi. »Aber das war vor mehr als drei Jahrzehnten, und es gibt keine offizielle Dokumentation über diesen Zwischenfall. Die Aufzeichnungen sind entweder verloren oder werden genauso wie alle anderen Informationen über Hermeticus Zwei unter Verschluß gehalten.«

»Hermeticus Zwei?« fragte Llewellyn mit einem irritierten Stirnrunzeln.

»So lautet die offizielle Bezeichnung für diesen Planeten«, erklärte Data. »Das heißt, man ging davon aus, daß es sich um einen Planeten handelt, was ganz offensichtlich nicht der Fall ist. Wir haben Ihnen sehr viele Fragen zu stellen, Commander.«

Llewellyn blickte ihn an. »Sind Sie ein Roboter?«

»Die korrekte Bezeichnung lautet ›Androide‹, Sir«, entgegnete Data.

»Faszinierend«, sagte Llewellyn. »Die Föderation scheint in der langen Zeit große Fortschritte gemacht zu haben.«

»Sie sollten wissen, daß sich neben unserem Schiff auch ein romulanisches Kriegsschiff im Orbit befindet«, sagte Troi. »Die Situation ist sehr kompliziert und gefährlich. Die Romulaner haben die Kontrolle über beide Schiffe.«

»Das wissen wir«, sagte Llewellyn nur. »Befindet sich die Föderation gegenwärtig im Krieg mit dem Romulanischen Reich?«

»Strenggenommen nein, Sir«, antwortete Data. »Die Romulaner sind jedoch der Ansicht, daß der ohnehin unsichere Waffenstillstand durch die Anwesenheit Ihres Schiffes in der Neutralen Zone verletzt wurde.«

»Die Romulaner haben die *Enterprise* besetzt«, sagte Dr. Crusher, »und sie halten Mitglieder unserer Besatzung als Geiseln an Bord ihres Schiffs. Ihre Mission sah die Erkundung von Hermeticus Zwei vor. Sie scheinen der Überzeugung zu sein, daß sich hier ein geheimer Föderationsstützpunkt befindet.«

Llewellyn nickte. »Ich verstehe. Es scheint, daß sich zumindest in bezug auf die Romulaner nicht viel geändert hat. Ich glaube, wir haben noch vieles zu bereden. Allerdings würde ich vorschlagen, dazu eine etwas komfortablere Umgebung aufzusuchen.«

»Commander«, sagte Data, »bei uns war ein romulanischer Offizier, der anscheinend verschw …«

»Ja, ich weiß«, wurde er von Llewellyn unterbrochen. »Machen Sie sich keine Sorgen um ihn. Alle Ihre Fragen werden beantwortet, das versichere ich Ihnen. Wenn Sie mir jetzt bitte folgen würden …«

Er führte sie zur Rückwand des Lichthofs. Während er sich näherte, begann die Wand zu zerfließen, als wäre sie flüssig geworden, und kurz darauf entstand ein Eingang, wo zuvor eine feste Wand gewesen war.

»Das ist unglaublich«, sagte Dr. Crusher. »Wie haben Sie das gemacht?«

Llewellyn lächelte. »Ich erinnere mich, wie erstaunt ich war, als ich es zum ersten Mal entdeckte«, sagte er. »Das ist schon sehr lange her. Jetzt ist es für mich selbstverständlich geworden. Sie werden hier viele erstaunliche Dinge finden, Dr. Crusher. Diese Technologie ist viel höher als unsere entwickelt.«

»Aber … wie haben Sie die Wand geöffnet?« fragte Troi.

»Ich wollte, daß sie sich öffnet, Counselor«, antwortete Llewellyn.

»Sie meinen … durch Gedankenkontrolle?«

»In gewisser Weise«, erwiderte Llewellyn, während sie durch den Eingang traten und in einen neuen Korridor gelangten. »Ich will nicht behaupten, ich wüßte genau, wie es funktioniert. Die meisten Menschen können beispielsweise lernen, mit Computern umzugehen. Aber einen Computer zu benutzen oder ein kompliziertes Programm schreiben zu können, sind zwei ganz verschiedene Dinge. Die Erbauer dieses unglaublichen Schiffes haben einen technologischen Standard erreicht, der weit über unser Verständnis hinausgeht. Um noch einmal die Analogie zum Computer zu bemühen, könnte man sagen, daß sie gelernt haben, wie man Programme auf molekularer Ebene schreibt.«

»Nanotechnik«, sagte Data.

»Genau«, entgegnete Llewellyn. »Sie haben eine Methode entwickelt, mit der sie Materie so strukturieren können, daß sie sich auf molekularer Ebene umgruppieren kann. Zu unserer Zeit war die Nanotechnik reine Theorie. Sind wir inzwischen über diesen Stand hinausgekommen?«

»Die Wissenschaft hat große Fortschritte in den Bereichen der Proteinsynthese und der Mikroelektronik gemacht«, sagte Data, »aber die eigentliche Nanotechnik beschränkt sich immer noch auf die Theorie.«

»Nun, die Erbauer dieses Schiffs haben die reine Theorie weit hinter sich gelassen, wie Sie gerade gesehen haben«, sagte Llewellyn. »So ähnlich wie Sie, Mr. Data, zu meiner Zeit noch reine Theorie waren, obwohl ich jetzt völlig selbstverständlich mit einem Androiden rede. Sie sehen, daß ich in all den Jahren, die ich hier verbracht habe, einiges lernen konnte, oder vielleicht sollte ich sagen, daß ich mich wieder daran erinnert habe. Während der Kindheit haben wir alle daran geglaubt, daß alles möglich ist, auch wenn die Wahrscheinlichkeit eine ganz andere Sache ist. Dieser Eingang, den wir gerade durchschritten haben, ist Nanotechnik, die durch Gedanken kontrolliert wird, allerdings eine besondere Art von Gedanken. Es reicht nicht aus, einfach nur zu wollen, daß sich die Tür öffnet. Man muß es auf eine bestimmte Weise denken.«

»Sie meinen sozusagen einen spezifischen Befehl?« fragte Dr. Crusher.

»Zum Teil«, antwortete Llewellyn, »aber es kommt auch darauf an, wie man seine mentale Energie ausrichtet. Jetzt kommen wir allmählich in den Bereich der Parapsychologie. Sind Sie mit dem Konzept der Telekinese vertraut?«

»Die Bewegung von Objekten durch gedankliche Energie«, sagte Troi.

»Genau. Wir haben festgestellt, daß die Technik dieses Schiffes mit einem sehr ähnlichen Prinzip arbeitet.

Ich habe die Tür nicht mit Hilfe meiner gedanklichen Energie geöffnet – sie war gewissermaßen nur der Auslöser. Dazu gibt es telepathische Sensoren, wie ich sie nenne. Der Trick besteht darin, seinen Geist zu trainieren, eine bestimmte Form von mentaler Energie zu erzeugen – ich vermute, daß Medien, Hellseher und sonstige Menschen mit paranormalen Gaben unbewußt ähnliche Fähigkeiten entwickelt haben.«

»Wie haben Sie diese Fähigkeit erlernt?« fragte Troi.

»Alles zu seiner Zeit, Counselor Troi. Alles zu seiner Zeit. Ich kann unmöglich die Erfahrung von dreißig Jahren in einer simplen Erklärung zusammenfassen.«

»Sie scheinen in ausgezeichneter gesundheitlicher Verfassung zu sein – obwohl einige von Ihnen weit über hundert Jahre alt sein müssen«, sagte Ro. »Ihre Kolonie scheint zu gedeihen, und Ihre Nachkommen haben sich völlig normal entwickelt. Wie konnten Sie hier überleben? Und warum haben Sie die *Independence* aufgegeben?«

»Ausgezeichnete Fragen«, sagte Llewellyn. »Und Sie werden Antworten darauf bekommen, das verspreche ich Ihnen. Wir sind jedoch genauso gespannt auf die Antworten, die Sie auf unsere Fragen geben werden. Wie ich bereits andeutete, wird das allerdings einige Zeit erfordern. Doch im Augenblick sollten wir uns dringlicheren Problemen zuwenden. Hier entlang ...«

Er wandte sich einem anderen Durchgang zu, durch den sie einen labyrinthisch verwinkelten Korridor erkannten, der sich in der Ferne verlor. Und als er hindurchschritt, verschwand er völlig.

Die Besatzungsmitglieder der *Enterprise* – mit Ausnahme Datas – staunten mit offenem Mund. Es hatte kein Flimmern wie beim Transporter gegeben, keine Spur irgendeiner energetischen Aktivität. Es war wie die alte Geschichte, in der man einfach durch einen Spiegel schritt, nur daß es hier weder Glas noch eine spiegelnde Oberfläche gab, sondern nur einen offenen

Eingang, der sich kaum von den anderen unterschied, die sie während der Wanderung durch das Gebäude gesehen hatten.

»Es besteht kein Grund zur Besorgnis«, sagte Dr. Vishinski. »Das ist nur eine Art Transporter. Er ist wesentlich weiter entwickelt als die Geräte, mit denen Sie vertraut sind, obwohl er im Prinzip genauso funktioniert. Bitte treten Sie hindurch!«

Data war der erste, der durch den Bogen schritt und genauso wie Llewellyn spurlos verschwand. Troi und Dr. Crusher tauschten einen Blick aus, dann traten auch sie hindurch. Ro zögerte noch.

»Bitte!« sagte Vishinski. »Es ist völlig ungefährlich, das versichere ich Ihnen.«

Sie überlegte. Woher sollte sie wissen, ob sie seiner Beteuerung Glauben schenken konnte? Woher sollte sie wissen, daß er wirklich der war, der er zu sein behauptete? Allerdings waren die anderen bereits hindurchgegangen, so daß ihr kaum noch eine andere Wahl blieb, als ihnen zu folgen. Sie traute diesen Leuten noch nicht recht über den Weg, obwohl die anderen ihre Geschichte blind geglaubt hatten. Aber jetzt war nicht die Zeit, ihr Mißtrauen offen zu zeigen. Sie und ihre Kollegen waren unbewaffnet und in der Minderzahl, und sie befanden sich in einer völlig fremdartigen Umgebung, die ihnen immer noch ein Geheimnis war. Die Antworten, wie auch immer sie lauten mochten, lagen auf der anderen Seite dieses Durchgangs.

Ro atmete tief ein und trat hindurch.

9

»Es macht mich ganz krank, hier herumsitzen zu müssen und nichts tun zu können«, sagte Chief Miles O'Brien mit leiser Stimme. »Wollen wir uns einfach so kampflos ergeben?«

»Ich empfinde genauso wie Sie«, erwiderte Worf, »aber wir haben seit einiger Zeit nichts mehr vom Captain gehört. Außerdem müssen wir an die Kinder denken. Wenn wir einen Ausbruchsversuch machen, könnten wir sie in Gefahr bringen.«

»Sie sind bereits in Gefahr«, ergriff Keiko O'Brien die Partei ihres Mannes. Sie alle lagen nebeneinander in den Betten, die die Romulaner ihnen im großen Shuttle-Hangar zur Verfügung gestellt hatten, und flüsterten leise. »Welche Chance haben sie, wenn sie auf die Gnade der Romulaner angewiesen sind?«

»Sie hat recht, Sir«, flüsterte Fähnrich Tyler, der ökologische Offizier des Schiffes. »Die Romulaner können uns niemals freilassen. Sie müssen uns alle töten.«

»Oder wir enden auf ihren Sklavenmärkten«, fügte Lieutenant Arthur hinzu, Worfs zweiter Sicherheitsoffizier.

»Es wäre mir lieber, mein Kind würde sterben, als daß die Romulaner es versklaven«, sagte Keiko leidenschaftlich.

»Reden Sie leise!« warnte Worf sie mit einem Blick auf die Wächter, die an den Türen zum Shuttle-Hangar postiert waren. Sie hatten die Beleuchtung gedämpft, damit ihre Gefangenen schlafen konnten, aber es war immer noch hell genug, so daß sie die Leute im Auge behalten konnten. »Ich bin ein klingonischer Krieger«, sagte Worf. »Glauben Sie, mir würde diese Situation besser gefallen als Ihnen? Mein Blut kocht, wenn ich gefangengehalten werde, aber was soll ich Ihrer Meinung nach tun? Der Captain hat gesagt, wir sollen abwarten. Ich habe nicht die Autorität, um irgendwelche Unternehmungen zu befehlen.«

»Sie sind der dienstälteste anwesende Offizier«, sagte O'Brien. »Und es ist gut möglich, daß der Captain und Commander Riker längst tot sind.«

»Und wenn nicht, sind ihnen unsretwegen die Hände gebunden«, sagte Arthur.

»Unsere Hände sind ebenfalls gebunden«, sagte Worf. »Wir haben keine Waffen. Wenn wir einen Angriff auf die Wachen wagen, werden sie uns niederschießen, bevor wir sie erreicht haben. Oder sie werden sich einfach zurückziehen und uns in unserem Gefängnis allein lassen. Wenn wir auszubrechen versuchen, müßten sie nur die Außenschotten öffnen und das Kraftfeld ausschalten, um uns alle zu töten. Oder sie deaktivieren einfach das Lebenserhaltungssystem für den Shuttle-Hangar, um uns ersticken zu lassen.«

»Aber wir können hier nicht einfach herumsitzen. Wir müssen irgend etwas tun!« sagte Chief O'Brien verzweifelt.

»Sir, ich habe nachgedacht«, sagte Tyler. »Wenn ich mich bis zu dem Shuttle dort drüben durchschlagen könnte, würden die Wachen mich nicht mehr sehen. Ich habe bemerkt, daß sich dahinter eine große Zugangsklappe in der Wand befindet. Wenn ich mich nicht irre, handelt es sich um einen Wartungszugang für die Außenschotten. Wenn ich einsteige, könnte ich vielleicht vorübergehend die Kontrollen außer Funktion setzen, so daß die Romulaner die Schotten nicht von der Brücke aus öffnen könnten.«

»Damit wäre immer noch nicht die Bedrohung durch die Wachen aus der Welt geschafft«, sagte Worf.

»Außerdem könnten Sie die Klappe niemals erreichen, ohne daß man Sie bemerkt.«

»Er hätte vielleicht eine Chance, wenn die Wachen abgelenkt sind«, sagte O'Brien hoffnungsvoll.

»Selbst dann würde es einige Zeit dauern, die Klappe zu öffnen und die Schaltkreise zu identifizieren«, sagte Worf. »Der geringste Laut würde sie aufmerksam machen, und wenn sich die Wachen nur ein kleines Stück von ihrer gegenwärtigen Position entfernen, könnten sie sehen, was Tyler tut.«

»Nicht während der Nachtwache«, sagte Tyler. »Dort drüben liegt jetzt alles im Dunkeln. Und es wäre nicht schwierig, die Geräusche, die ich verursache, zu übertönen. Ein lauter Streit, ein Kampf unter den Geiseln, das würde schon genügen, um die Wachen abzulenken.«

»Vielleicht«, sagte Worf nachdenklich. »Und dann?«

»Wenn ich die Kontrollen für die Außenschotten des Hangars außer Betrieb setzen könnte, hätten wir einige Zeit gewonnen«, sagte Tyler. »Dann könnte ich mich in das Shuttle schleichen und die Triebwerke anlaufen lassen. Die Wachen würden darauf aufmerksam, und Sie hätten eine Chance, sie anzugreifen. Schließlich könnte ich das Shuttle dazu benutzen, um die Eingänge zu blockieren, so daß sie keine Verstärkung holen könnten.«

»Selbst wenn es uns gelingt, die Wachen zu überwältigen«, sagte Worf zu diesem Plan, über den er bereits selbst nachgedacht hatte, »würde das nicht ohne Verluste abgehen. Ich selbst fürchte den Tod nicht, wenn ich wie ein Krieger sterben kann, aber wenn wir das Leben der Kinder in Gefahr bringen …«

Er warf einen Blick zu seinem schlafenden Sohn Alexander hinüber. Worf kam es geradezu widersinnig vor, daß ausgerechnet er zur Vorsicht mahnte, statt den Geboten seines klingonischen Kampfgeistes zu folgen und die anderen zum Kampf zu drängen. Doch als dienstältester Offizier trug er große Verantwortung – und vor allem trug er Verantwortung für seinen Sohn.

Jetzt verstand er, wie Captain Picard sich in den Krisensituationen der Vergangenheit gefühlt haben mußte. Der Captain eines Schiffes war eine Vaterfigur, nicht nur eine Person mit Respekt und Autorität, sondern auch ein Hüter seiner ›Kinder‹, der Besatzung. Über seine Pflichten bestand kein Zweifel, aber die Entscheidungen, die diese Pflichten erforderten, waren oft schmerzhaft. Und sie gingen oft gegen seine Natur.

Worfs Natur war der Kampf, der Sieg über den Feind oder die ehrenhafte Niederlage, denn ein Krieger ergab sich niemals kampflos. Doch Captain Picard wußte genau, daß sich eine scheinbare Niederlage oft durch Kühnheit oder eine intelligente Strategie in einen Sieg verwandeln ließ. Tylers Idee hatte etwas für sich, aber Tyler war noch jung, und die Begeisterung und die Kühnheit der Jungen mußte durch die Weisheit und Erfahrung der Älteren gedämpft werden. Widerstand war immer besser als Unterwerfung, aber jetzt war nicht die Zeit für das, was im Französischen als *beau geste* bezeichnet wurde, als ehrenhafte Geste der Selbstaufopferung. Auch wenn es ehrenhaft wäre, im Kampf gegen die Romulaner zu sterben, wäre es trotzdem sinnlos, wenn dadurch nichts erreicht wurde, und tragisch, wenn deswegen Kinder sterben mußten.

Worf erinnerte sich, wie beklommen er sich zu Anfang in Alexanders Gegenwart gefühlt hatte. Er war nicht darauf vorbereitet gewesen, plötzlich mit einem Sohn konfrontiert zu werden, ganz zu schweigen von der Verantwortung, die er als Vater zu übernehmen hatte. Er hatte nicht gewußt, wie er mit dem Kind umgehen sollte, und als Deanna Troi ihm mit wertvollen Ratschlägen geholfen hatte, sich in seine neue Rolle zu finden, war es ihm sehr unangenehm gewesen, auf ihren Rat angewiesen zu sein. Die Situation schien ihm seine Selbständigkeit zu rauben. Es hatte eine Weile gedauert, bis er erkannte, daß niemand völlig selbständig war und daß jene, die es zu sein glaubten, sich lediglich in eine Schwäche flüchteten – unfähig, um Hilfe und Rat zu bitten und auf diese Weise eine viel größere Stärke im Vertrauen zu guten Freunden und Kameraden zu finden.

Das war Picards Stärke, erkannte er. Gefühlsmäßig war der Captain der stärkste Mensch, den Worf jemals kennengelernt hatte. Dennoch vertraute Picard genausosehr auf die Stärke und den Rat seiner unmittelbaren Untergebenen. Worf dachte, daß er in dieser Situation das gleiche tun mußte, wenn er die Dinge in die Hand nehmen wollte.

All diese Gedanken schossen ihm durch den Kopf, als er die schlafende Gestalt seines jungen Sohnes betrachtete. Er blickte sich zu den anderen Kindern um, zu den älteren, die eine Gruppe gebildet hatten, und zu den kleineren, die sich an ihre Eltern klammerten. Einige schliefen, doch die meisten lagen wach und sahen ihn an. Sie wußten, daß sich irgend etwas tat, aber sie konnten die leise geflüsterten Worte nicht verstehen. Sie sahen Worf einfach nur an und warteten ab. Worf bemerkte, daß einige ihm zunickten, während sein Blick sie streifte. Es war, als wollten sie ihn ermutigen. Sie alle verließen sich darauf, daß er die richtigen Entscheidungen traf. Er durfte sie nicht enttäuschen.

»Es spricht einiges für Ihre Idee«, sagte er vorsichtig zu Tyler. »Wir wollen jedoch nichts überstürzen. Wenn wir die Wachen überwältigen, könnten wir unsere Position stärken, indem wir die Eingänge blockieren. Wir könnten die Romulaner zurückhalten, aber nicht sehr lange.« Er blickte Tyler in die Augen. »Sie könnten immer noch die Luftversorgung des Hangars abschalten und uns ersticken. Unsere einzige Chance bestünde darin, daß wir die Außenschotten öffnen und in den Shuttles zu fliehen versuchen. Es ist möglich, daß wir die *Enterprise* erreichen, aber solange die Romulaner unser Schiff unter Kontrolle haben, würden wir sofort wieder in Gefangenschaft geraten, sobald wir mit den Shuttles an Bord gehen. Damit hätte sich unsere Lage um keinen Deut verbessert.«

»Zumindest wären wir wieder auf unserem eigenen Schiff«, sagte O'Brien. »Und ich habe nicht die Absicht, mich ohne Kampf erneut gefangennehmen zu lassen.«

»Wenn wir von den Wachen einige Waffen erbeuten könnten, stünden unsere Chancen schon wesentlich besser«, sagte Arthur.

»Und unsere Leute in der *Enterprise* könnten die Aufregung nutzen, um selbst zur Tat zu schreiten«, sagte Tyler.

»Sie haben eins vergessen«, sagte Worf. »Wenn wir mit den Shuttles fliehen wollen, muß jemand zunächst die Außenschotten öffnen. Wenn die Kontrollen sich nicht mehr von der Brücke aus bedienen lassen, muß es von hier aus geschehen, hinter der Wartungsklappe.«

»Ja, das könnte ich per Hand tun, indem ich die Mechanik kurzschließe und die Brückenkontrolle umgehe«, sagte Tyler.

»Dadurch würde gleichzeitig das Kraftfeld blockiert, das die atmosphärische Integrität bewahrt, während die Außenschotten geöffnet sind«, sagte Worf. »Das würde zweifellos als Fehlfunktion auf der Brücke und im Maschinenraum registriert werden. Dann wüßten die Romulaner, was wir vorhaben, so daß sie vom Maschinenraum aus die Kraftfeldgeneratoren ausschalten könnten. Wenn sie das tun sollten – und das wäre die offenkundige Gegenmaßnahme –, wäre jeder Versuch, die Außenschotten zu öffnen, ein Selbstmordkommando.«

In den Gesichtern der anderen stand die Enttäuschung, als sie erkannten, daß Worf recht hatte. Es war offensichtlich, daß er bereits genauer über diese Möglichkeit nachgedacht hatte.

»Nicht unbedingt«, sagte Tyler. »Wenn vorher alle in

die Shuttles gehen würden und wir ein Shuttle in die unmittelbare Nähe der Wartungsklappe bringen könnten, wäre es mir möglich, die Schaltkreise kurzzuschließen, um die Außenschotten von innen zu öffnen, und rechtzeitig an Bord des Shuttles zu gelangen, bevor die Atmosphäre sich im Vakuum verflüchtigt hätte.«

»Vielleicht«, sagte Worf, nachdem er kurz über den Plan nachgedacht hatte. »Es könnte funktionieren. Aber es ist trotzdem gefährlich. Sie hätten nur wenige Sekunden, um an Bord des Shuttles gehen zu können. Und dann müßten wir immer noch zur *Enterprise* gelangen. Die Romulaner, die unser Schiff besetzt haben, könnten die Shuttle-Hangars einfach geschlossen lassen. Wir kämen niemals in die *Enterprise*, und die Lebenserhaltungssysteme der Shuttles haben nur begrenzte Energie. Wir alle würden in Sichtweite unseres Schiffes sterben.«

»Aber nicht, solange die Lebenserhaltung noch funktioniert«, sagte O'Brien. »Und sobald unsere Leute auf der *Enterprise* erfahren, daß wir von der *Syrinx* geflohen sind, könnten sie einen Aufstand gegen die Romulaner wagen.«

»Das romulanische Schiff würde niemals das Feuer auf die *Enterprise* eröffnen«, warf Arthur ein, »solange sich ihre eigenen Leute noch an Bord befinden. Wir hätten zumindest eine faire Chance.«

»Sir«, sagte O'Brien zu Worf, »ich habe verstanden, daß Sie in dieser Diskussion die Rolle des Advocatus Diaboli übernommen haben. Sie legen den Finger auf alle Schwachstellen unseres Plans, damit wir die potentiellen Risiken erkennen. Wir alle wissen, daß kaum jemand von uns so begierig darauf ist wie Sie, es den Romulanern endlich heimzuzahlen. Sie wollen nur dafür sorgen, daß die Aktion gründlich durchdacht wird. Nun, vielleicht haben wir eine Chance, aber solange wir nichts tun, haben wir überhaupt keine Chance. Solange wir hier als Geiseln gehalten werden, können unsere Kollegen auf der *Enterprise* nicht viel ausrichten. Selbst wenn wir sterben, haben wir den Leuten damit die Freiheit zum Handeln verschafft. Und dann wären wir wenigstens im Kampf gestorben.«

Worf blickte O'Brien eine Weile an, dann wandte er sich den anderen zu. »Sehen Sie es genauso?« fragte er.

Tyler nickte und Arthur ebenfalls. Keiko O'Brien sagte: »Wir alle waren uns der Risiken bewußt, als wir den Dienst bei Starfleet antraten. Wir kannten die Risiken, als wir Familien gründeten. Und die Menschen hier kennen und respektieren Sie, Worf. Sie werden Ihnen folgen, ganz gleich, wie Sie entscheiden.«

Worf blickte sie alle eine Zeitlang schweigend an, bis er schließlich nickte. Er war stolz auf sie. Er sah sich zu den anderen um, die in ihren Betten lagen. Ein paar Frauen wiegten ihre kleinen Kinder. Worf fragte sich, wie der Captain in einer solchen Situation entschieden hätte. Die anderen erwiderten zuversichtlich seinen Blick und nickten, als wollten sie ihm sagen, daß sie zu ihm halten würden, ganz gleich, wie er sich entschied. Und dann wußte er die Antwort.

Als sie hörten, wie das Geräusch eines abgefeuerten Disruptors durch die Straßen hallte, waren Valak und seine Krieger wie elektrisiert. Sie rannten sofort los, wobei einige Picard flankierten und ihn unter Bewachung hielten. Die Straßenbeleuchtung der seltsamen Skulpturen folgte ihnen. Das Glühen setzte ein, wenn sie sich näherten, und verlosch wieder, wenn sie weitergelaufen waren. Als sie die Stelle erreichten, an der ihrer Einschätzung nach der Disruptor abgefeuert worden war, sahen sie nichts. Die Krieger verteilten sich mit gezogenen Waffen und blickten sich wachsam um, aber von den anderen Romulanern gab es keine Spur.

Picard trat neben Valak, als der romulanische Commander seine Befehle ausgab. »Verteilen Sie sich! Sichern Sie das Gelände, aber bleiben Sie in Sichtkontakt mit den anderen!« Er blickte sich besorgt um. »Torak!« rief er. »Torak!« Es gab keine Antwort. »Talar? Antor, können Sie mich hören? Antworten Sie!«

»Ihnen scheinen Ihre Krieger einer nach dem anderen abhanden zu kommen, Valak«, sagte Picard. »Wie viele sind bis jetzt spurlos verschwunden? Achtzehn, wenn ich richtig mitgezählt habe!«

Valak warf ihm einen finsteren Blick zu. »Wenn ich Sie vielleicht daran erinnern darf, daß Ihre eigenen Leute ebenfalls verschwunden sind ...«

»Ich kann Ihnen versichern, daß dieser Umstand im Augenblick meine allergrößte Sorge darstellt«, entgegnete Picard. »Genauso wie die Tatsache, daß diese Arche aufgrund Ihrer unklugen Befehle jederzeit zerstört werden könnte, wenn wir keine Möglichkeit finden, wieder in Verbindung mit Ihrem Schiff zu treten.«

Valaks Verzweiflung war nicht zu übersehen. Seine Kiefermuskeln arbeiteten, während er um seine Beherrschung kämpfte. »Verdammt, Picard, wenn ich hier sterbe, werden Sie mit mir sterben!«

»Darauf bin ich vorbereitet«, erwiderte Picard gelassen. »Aber wie Sie selbst sagten – dieses Spiel ist noch lange nicht vorbei.«

»Commander!« rief einer der Krieger. Er kam herbeigerannt. »Das hier habe ich gefunden«, sagte er und zeigte Valak einen romulanischen Disruptor. »Er lag dort drüben auf dem Boden.«

»Keiner meiner Krieger würde seine Waffe fallenlassen, solange er noch lebt«, sagte Valak.

»Es waren keine Leichen zu finden, Commander.«

»Dann wurden sie fortgeschafft«, sagte Valak. »Wenn man eine desintegrierende Waffe eingesetzt hätte, wäre auch dieser Disruptor vernichtet worden. Und wenn unsere Gegner keine solche Waffe besitzen, verstehe ich nicht, warum sie den Disruptor zurückgelassen habe. Rufen Sie alle Leute zurück!«

»Was werden Sie jetzt tun?« fragte Picard.

Valak drehte sich zu ihm um. »Wir gehen dorthin«, sagte er und zeigte auf die Lichter auf der gegenüberliegenden Seite der Arche. »Dort werde ich gegen die kämpfen, die sich an Bord dieses verfluchten Schiffes befinden. Und wenn sie uns aufhalten wollen, müssen sie sich zeigen, weil wir ihnen gemeinsam gegenübertreten werden!«

»Es dürfte mehrere Tage dauern, um dorthin zu gelangen«, sagte Picard. »Vielleicht haben Sie nicht mehr so viel Zeit.«

»Dann werde ich eben sterben!« sagte Valak. »Aber ich werde nicht untätig hier herumstehen und zusehen, wie sie uns einzeln aus dem Hinterhalt erledigen. Wenn sie den Krieg wollen, dann sollen sie ihn bekommen, bei den Göttern!«

»Bislang haben Sie sie noch nicht einmal gesehen, wer auch immer sie sein mögen«, warf Picard ein. »Vielleicht hat es mit der *Independence* genauso angefangen. Zuerst wurde ein Landungstrupp hinuntergebeamt, dann legten Interferenzen die Kommunikation lahm, dann folgte ein zweites Außenteam, das plötzlich spurlos verschwand ...«

»Glauben Sie, Lord Kazanak wäre dumm genug, ein weiteres Außenteam hinunterzuschicken, nachdem man bereits den Kontakt zu den ersten drei Gruppen verloren hat?« fragte Valak.

»Sie haben auch nicht damit gerechnet, daß er Talar und sein Team losschicken würde«, gab Picard zu bedenken. »Der Captain der *Independence* war kein Dummkopf, trotzdem ist seine gesamte Besatzung spurlos verschwunden. Es gab nur vier Überlebende, die Selbstmord begingen, als sie in einem Shuttle zu fliehen versuchten. Die *Independence* befindet sich seit dreißig Jahren hier, Valak. Dreißig Jahre! Was hat das Schiff so lange im Orbit gehalten? Wenn etwas von hier aus Einfluß auf die *Independence* nehmen kann, warum glauben Sie dann, Ihr eigenes Schiff wäre unverwundbar?«

»Commander, es wird gerade eine neue Gruppe herabgebeamt«, sagte einer der Krieger.

»Was?« Valak wirbelte herum und sah, wie in geringer Entfernung ein weiteres romulanisches Außenteam materialisierte.

»Was hatten Sie gerade gesagt, Valak?« fragte Picard süffisant.

Valak und die anderen eilten zu den Neuankömmlingen.

»Zorak!« tobte der romulanische Commander. »Was machen Sie hier?«

Zorak blickte seinen Commander mit verwirrtem Gesichtsausdruck an. »Aber, Commander… Sie selbst haben doch den Befehl gegeben, daß wir uns hinunterbeamen lassen sollten!«

»Ich?« rief Valak. »Sind Sie verrückt geworden? Wie hätte ich das tun sollen? Wir hatten keinerlei Kontakt mit der *Syrinx*, seit wir hier eingetroffen sind!«

Zorak wirkte völlig durcheinander. »Aber … das verstehe ich nicht, Commander. Lord Kazanak hat eine Nachricht von Ihnen empfangen, in der Sie mitteilten, daß die Kommunikation nicht mehr gestört ist und daß Sie weiteres Personal benötigen, um …«

»Unmöglich! Ich habe keine Nachricht geschickt!«

»Damit fängt es an«, sagte Picard leise.

Valak fuhr wütend zu ihm herum. »Ich habe jetzt genug von Ihnen gehört, Picard!«

»Gehört haben Sie vielleicht genug«, sagte Picard, »aber es wäre besser gewesen, wenn Sie mir auch *zugehört* hätten. Ich habe Sie davor gewarnt, daß es hier eine Gefahr gibt, aber Sie wollten mir nicht glauben. Wenn Lord Kazanak eine Nachricht von hier empfangen hat, können wir daraus nur eine mögliche Schlußfolgerung ziehen: Die Interferenz ist kein Zufall, sondern die Sendefrequenz Ihrer Kommunikatoren wird gezielt gestört, wie Sie bereits vermutet haben. Irgend jemand hat es trotzdem geschafft, eine Nachricht an Ihr

Schiff zu schicken und Lord Kazanak und Ihre Brückenbesatzung davon zu überzeugen, Sie hätten es getan. Wer sich auch immer an Bord dieser Arche aufhält, Valak, er hat keine Angst vor Ihnen. Man will sogar, daß noch mehr von Ihren Leuten heruntergebeamt werden. Und wenn erst einmal alle hier sind, wird man sie nicht wieder fortlassen.«

»Das werden wir ja sehen!« erwiderte Valak, obwohl er jetzt nicht mehr so überzeugt klang. »Vergessen Sie nicht, daß Sie mit uns in einem Boot sitzen, Picard!«

»Offensichtlich«, sagte Picard trocken, »da ich Ihr Gefangener bin. Nur scheint es jetzt so, daß Sie ebenfalls Gefangene sind.«

Valak hob die Hand, als wollte er ihn schlagen, doch in diesem Augenblick schrie einer seiner Krieger auf und feuerte seinen Disruptor ab. Sofort begannen auch die anderen zu schießen. Valak drehte sich schnell um und zog seine eigene Waffe, dann rief er, daß sie aufhören sollten, als er sah, daß nirgendwo das Feuer der Romulaner erwidert wurde.

»*Feuer einstellen! Feuer einstellen!* – Worauf haben Sie geschossen?« rief er.

»Da drüben, Commander«, sagte ein Krieger und zeigte auf den Schatten zwischen zwei Gebäuden auf der anderen Straßenseite. »Ich habe jemanden vorbeilaufen gesehen.«

»Wen?«

»Ich weiß es nicht, Commander. Eine Gestalt… Sie trug anscheinend einen schwarzen Umhang mit Kapuze.«

»Also haben sie sich endlich doch gezeigt«, sagte Valak. »Zorak, Sie sehen sich dort mit Ihrem Team um. Die anderen kommen mit mir.«

Die Gruppe teilte sich auf. Zoraks Team ging zu der Stelle hinüber, wo man die dunkle Gestalt gesehen hatte, und Valak führte den Rest der Krieger auf die andere Straßenseite, um den Männern Deckung zu geben, falls es sich als Hinterhalt herausstellte. Nachdem sie in Stellung gegangen waren, versuchte Valak erneut, mit seinem Kommunikator Verbindung zu bekommen.

»Valak an *Syrinx!* Melden Sie sich!« Die einzige Antwort war statisches Rauschen. Er klopfte auf den Kommunikator und versuchte es noch einmal, wieder ohne Ergebnis. Er fluchte.

Valaks Selbstbeherrschung begann zu versagen, stellte Picard fest. Bislang hatte der junge romulanische Commander keinen Zweifel an seiner Überlegenheit gehabt, während er darauf vertrauen konnte, daß er in seiner Planung jede Eventualität vorhergesehen hatte. Doch nachdem Valak jetzt von seinem Schiff getrennt war und keine Verbindung zu seiner Besatzung mehr hatte, stand er vor dem Unbekannten. Ohne die romulanische Kriegsmaschinerie im Rücken befand er sich in einer Situation, in der er keine Pläne machen und keine Strategie entwerfen konnte. Er mußte spontan entscheiden und war ganz auf seine Fähigkeiten angewiesen. Doch dabei standen ihm seine Jugend und sein Temperament im Wege.

Picard jedoch hatte viel Erfahrung mit Situationen, in denen er improvisieren mußte. Die gegenwärtige Lage war zweifellos schlecht, dachte er, aber solange man einen klaren Kopf behielt, ließen sich immer noch Auswege finden. Er hatte schon des öfteren in ziemlich hoffnungslosen Zwangslagen gesteckt, doch für Valak war dies eine ganz neue Erfahrung, und er verlor allmählich den Überblick.

Plötzlich drang eine Stimme aus dem Kommunikator. »Zorak an Commander Valak. Können Sie mich hören?« Die Verbindung war mit starkem Rauschen unterlegt, aber die Nachricht war deutlich zu verstehen.

»Zorak!« Valak erhöhte die Leistung seines Kommunikators. »Zorak, wie ist die Verbindung?«

»Schlecht, Commander«, kam die Antwort. »Es gibt immer noch Interferenzen, aber ich kann Sie verstehen.

Offenbar funktionieren die Kommunikatoren noch auf geringe Distanz.«

»Das ist wenigstens etwas«, sagte Valak. »Berichten Sie!«

Das statische Rauchen wurde lauter, so daß nur ein paar Wortfetzen zu verstehen waren.

»Wiederholen Sie, Zorak!« sagte Valak. »Ich habe sie nicht deutlich empfangen.«

Wieder war statisches Rauschen zu hören, dann: »... Anzeichen von ... hier, Commander ... ist wieder verschwunden. Moment! Weiter drüben bewegt sich ... Wir sehen sie!« Die Nachricht endete in statischem Knistern.

Valak klopfte verzweifelt auf seinen Kommunikator. »Zorak! Melden Sie sich! Zorak!«

»Offenbar ist er jetzt außer Reichweite«, sagte Picard. »Oder man hat ihn fortgelockt, damit er außer Reichweite gerät.«

»Ich habe ihm nicht den Befehl gegeben, sich von der Stelle zu bewegen, verdammt nochmal!« sagte Valak wütend. Er winkte die anderen herbei. »Kommen Sie!«

Sie überquerten die Straßen und liefen auf die Stelle zu, wo Zorak sich mit seinem Team aufgehalten hatte. Dann kamen sie an die Ecke eines Gebäudes, hinter dem die anderen verschwunden waren. In der schmalen Straße gab es keine Beleuchtung, so daß sie nur wenige Meter weit sehen konnten.

Valak probierte wieder seinen Kommunikator aus. »Zorak! Melden Sie sich!« Keine Antwort. *»Zorak!«*

Aus dem Lautsprecher kam nur statisches Rauschen.

Valak fluchte und führte seinen Trupp in die Gasse. Picard spürte, wie er von hinten angestoßen wurde, und dann rannte er zusammen mit den anderen los. Die dunkle Gasse zog sich einige hundert Meter hin, bevor sie sich auf eine weitere Straße öffnete, die parallel zu der verlief, von der sie gekommen waren. Von Zoraks Team gab es keine Spur.

»*Zorak!*« brüllte Valak. Seine Stimme hallte von den Gebäudewänden zurück. »*Zorak!*«

Es gab keine Antwort. Das sanfte Leuchten der Skulpturen erhellte die unmittelbare Umgebung, doch links und rechts von ihnen, wohin Zorak weitergegangen sein könnte, war die Straße dunkel. Die Männer waren spurlos verschwunden, genauso wie alle anderen.

»Damit beläuft sich der Verlust auf dreißig Mann, wenn ich mich nicht irre«, sagte Picard.

Valak wirbelte herum und packte ihn am Kragen seiner Uniform. Er stieß ihn zurück gegen eine Wand. »Verdammt, Picard ...«

Picard hob schnell seine Hände und befreite sich aus dem Griff des Romulaners. Dann versetzte er ihm einen heftigen Stoß. »Fassen Sie mich nicht an!«

Valak strauchelte und stürzte zu Boden, und die anderen richteten sofort ihre Waffen auf Picard. Er erstarrte und wartete darauf, daß sie schossen.

»Nein!« schrie Valak. Er sprang auf die Beine und blickte mit zornig verengten Augenschlitzen um sich. »Wenn jemand ihn tötet, dann werde *ich* es sein!«

»Und ich dachte, Sie wollten mich nach Romulus bringen, um dort mit mir prahlen zu können«, sagte Picard sarkastisch, doch innerlich seufzte er vor Erleichterung.

»Überschätzen Sie nicht den Wert, den Sie für mich besitzen, Picard«, sagte Valak gereizt. »Ich bin nicht auf Sie angewiesen. Sie haben meine Geduld auf eine schwere Probe gestellt, und allmählich gehen Sie mir auf die Nerven.«

»Nur weil Sie zulassen, daß Ihr Urteilsvermögen von Ihren Gefühlen getrübt wird«, sagte Picard. »Sie denken überhaupt nicht, Valak, Sie reagieren nur. Ich hatte Sie für einen fähigeren Offizier gehalten.«

»Ich habe Sie nicht nach Ihrer Meinung gefragt!«

»Ob es uns gefällt oder nicht, wir sitzen im selben

Boot«, sagte Picard. »Meine Leute sind ebenfalls verschwunden. Und wenn es uns nicht gelingt, unsere Differenzen beizulegen, werden wir alle das gleiche Schicksal erleiden.«

Valak starrte ihn eine Zeitlang an. Schließlich atmete er tief durch und nickte. »Also gut. Ich werde Ihnen zuhören. Sprechen Sie!«

»Durch rohe Gewalt werden wir überhaupt nichts erreichen«, sagte Picard. »Alle Ihre Krieger sind mit Disruptoren bewaffnet, aber sie sind trotzdem verschwunden. Was Zorak gesehen hat, war offenbar nur ein Köder, der ihn in eine Art Falle locken sollte. Das gleiche ist mit allen anderen geschehen.«

»Teile und herrsche«, sagte Valak.

»Genau«, sagte Picard. »Wir sind die ganze Zeit beobachtet worden, und man hätte uns schon die ganze Zeit angreifen können.«

»Aber das ist nicht geschehen, was bedeutet, daß die Gegner nicht die nötige Stärke besitzen«, sagte Valak.

»Vielleicht«, meinte Picard. »Diese Arche wurde offensichtlich so angelegt, daß sie eine Besatzung beherbergen kann, deren Zahl in die Zehntausende geht. Trotzdem wirkt sie beinahe verlassen. Wenn wir es mit den ursprünglichen Bewohnern dieses Schiffs zu tun haben, scheint ihre Anzahl stark geschrumpft zu sein.«

»*Wenn* wir es mit den ursprünglichen Bewohnern dieses Schiffs zu tun haben«, sagte Valak. »Es könnte sich genauso um die Überlebenden von der *Independence* handeln.«

»Dreißig Jahre sind vergangen, seit die *Independence* als verschollen gemeldet wurde«, sagte Picard. »Selbst wenn es noch Überlebende gäbe, was ich mir kaum vorstellen kann, wären sie jetzt alle um die sechzig oder siebzig Jahre alt.«

»Ich habe gehört, daß auch Menschen zur Fortpflanzung fähig sein sollen«, sagte Valak ironisch.

»Wenn sie hier eine Möglichkeit zum Überleben gefunden haben, ist das durchaus denkbar«, sagte Picard, »obwohl ich nicht daran glaube. Wenn es Menschen sind, hätte ich zweifellos weniger von ihnen zu befürchten als Sie. Trotzdem bleibt die Frage, warum sich die Besatzung der *Independence* dazu entschlossen haben sollte, ihr eigenes Schiff lahmzulegen und hierzubleiben. Ihnen dürfte inzwischen klargeworden sein, daß es hier auf keinen Fall einen geheimen Föderationsstützpunkt geben kann. In diesem Fall wäre es Unsinn, die *Independence* im Orbit zu belassen, um jeden darauf aufmerksam zu machen. Vielleicht wurde sie als Warnung zurückgelassen.«

»Als Warnung? Wovor?«

»Vor dem, das die Föderation dazu veranlaßte, Hermeticus Zwei unter Quarantäne zu stellen«, sagte Picard. »Die logische Schlußfolgerung lautet, daß es hier eine Lebensform gibt, die zu gefährlich ist, als daß wir es riskieren dürfen, mit ihr Kontakt aufzunehmen, oder eine Krankheit, für die es keine Heilung gibt. Beide Möglichkeiten wären eine Erklärung für das, was mit der ursprünglichen Besatzung der Arche geschehen sein könnte.«

»Trotzdem lebt hier noch irgend jemand«, sagte Valak.

»Richtig«, sagte Picard. »Wenn die Besatzung von einer tödlichen Krankheit befallen wurde, haben vielleicht einige überlebt, weil sie eine Immunität entwickeln konnten. Doch in diesem Fall tragen sie die Krankheit vermutlich immer noch in ihren Körpern. Und wenn die Arche während ihrer Reise in diesen Raumsektor Kontakt mit einer Lebensform hatte, die sämtliche Bewohner tötete, könnte diese Lebensform immer noch hier sein.«

»Das sind nur müßige Spekulationen«, sagte Valak, »die uns bei unserem Problem nicht weiterhelfen.«

»Bevor ein Problem gelöst werden kann, muß man zunächst genau wissen, worin es besteht«, sagte Picard. »Wir wissen immer noch sehr wenig über das, was hier eigentlich vorgeht. Wir wissen nur, daß das, was sich noch an Bord dieser Arche aufhält, genügend Intelligenz besitzt, um die Technologie einsetzen zu können, die die *Independence* in stabilem Orbit hält und unsere Kommunikation stört. Es besitzt außerdem genügend Intelligenz, um mit Ihrem Schiff zu kommunizieren und Ihrer Besatzung vorzuspiegeln, daß die Nachricht von Ihnen kam. Als Zorak und sein Außenteam heruntergebeamt wurden, glaubten sie, auf Ihren Befehl hin zu handeln. Wie sollen wir verhindern, daß eine weitere Nachricht geschickt wird, so daß noch mehr von Ihren Leuten heruntergeschickt werden?«

Valaks Gesichtsausdruck war verbittert. Endlich hatte er sich dazu durchgerungen, Picard zuzuhören. »Lord Kazanak ist begierig darauf, hier etwas zu entdecken, das dem Romulanischen Reich einen Vorteil im Konflikt mit der Föderation verschafft. Wenn er glaubt, ich hätte hier etwas Bedeutendes entdeckt, wird er sofort bereit sein, weitere Außenteams zu Nachforschungen hinunterzubeamen. Aber ich sehe nicht, wie diese Taktik gegen uns arbeiten könnte. Sie würde nur dazu dienen, unsere Kräfte zu verstärken. Außerdem liegt es nicht im Wesen der Romulaner, einem Feind aus dem Weg zu gehen, sondern sich ihm zu stellen.«

»Wie dem auch sei«, erwiderte Picard, »Ihre Leute haben keine Ahnung, in was sie hineingeraten. Wir können sie spätestens bei ihrer Ankunft warnen.«

»Dann werde ich ein paar Krieger an den Ankunftskoordinaten postieren, um jedes weitere eintreffende Team zu informieren«, sagte Valak.

»Doch was garantiert Ihnen, daß sie nicht auch verschwinden oder daß sie nicht an ganz anderen Koordinaten eintreffen?« fragte Picard. »Wer Ihren Leuten diese Nachricht geschickt hat, könnte ihnen problemlos in Ihrem Namen neue Koordinaten geben. Man könnte die Außenteams an jeden Punkt in der Arche schicken lassen und damit ihre Kräfte wirksam zersplittern.«

Valak atmete schwer aus und nickte. »Ich muß zugeben, daß Ihre Überlegungen sinnvoll klingen«, entgegnete er. »Was sollen wir also tun?«

Die anderen Romulaner blickten ihren Commander erstaunt an, als sie hörten, wie er einen Starfleet-Offizier um Rat fragte. Das war noch nie dagewesen. Sie hatten keine Ahnung, was sie davon halten sollten. Doch gleichzeitig waren sie zutiefst verwirrt. Seit ihrer Ankunft waren etwa dreißig ihrer Kameraden spurlos verschwunden, und Valak hatte nichts dagegen unternehmen können. Jeder wußte, daß er selbst der nächste sein konnte, und der Mann, dem sie vertraut und gehorcht hatten, schien sich seiner selbst nicht mehr sicher zu sein, während Picard völlig ruhig und beherrscht wirkte. In Verbindung mit seinem häufigen Gebrauch des Wortes »wir«, um die gesamte Gruppe anzusprechen, begann seine subtile Taktik zu wirken. Schließlich saßen sie wirklich alle im selben Boot, wie Picard sich ausgedrückt hatte, und obwohl er ein Mensch war, klang das, was er sagte, vernünftig.

»Wir müssen die Situation ruhig und nüchtern einschätzen«, sagte Picard. »Einige Ihrer Krieger sind verschwunden. Doch abgesehen davon wurden wir bislang nicht direkt angegriffen oder beschossen. Was schließen Sie daraus?«

»Entweder besitzen sie Waffen, die lautlos arbeiten, oder es werden gar keine Energiewaffen gegen uns eingesetzt«, antwortete Valak.

Picard nickte. »Wenn sie solche Waffen besäßen, hätten sie sie schon längst gegen uns einsetzen können. Also benutzen sie entweder völlig andersartige Waffen oder gar nichts, was unserem Verständnis von Waffen entspricht. Außerdem haben wir keine Toten gefunden. Wenn Ihre Krieger getötet wurden, hat man alle Leichen fortgeschafft. Aber wozu hätte man einen solchen Aufwand betreiben sollen? Es sieht vielmehr danach aus, daß Ihre Krieger noch am Leben sind.«

»Kein romulanischer Krieger würde sich jemals gefangennehmen lassen!« sagte Valak.

»Ersparen Sie mir diese bombastischen Reden!« sagte Picard. »Unter bestimmten Voraussetzungen kann jeder gefangengenommen werden, wie Sie selbst demonstriert haben, als Sie mein Schiff besetzten.«

»Na gut, lassen wir diesen Punkt auf sich beruhen«, sagte Valak. »Aber warum sollte man uns lebend gefangennehmen?«

»Vielleicht handelt es sich um eine nichtaggressive Spezies«, sagte Picard. »Diese Möglichkeit scheinen Sie bislang noch gar nicht bedacht zu haben. Vergessen Sie nicht, daß *wir* es sind, die für *sie* eine Bedrohung darstellen. Wir sind in ihr Schiff eingedrungen, und wir sind mit tödlichen Waffen gekommen. Vielleicht wollen sie sich nur gegen uns verteidigen.«

»Ach! Und wenn wir alle unsere Waffen niederlegen und uns ergeben, werden sie aus ihren Löchern kommen und uns mit offenen Armen empfangen, wie?« erwiderte Valak höhnisch. »Wollen Sie mir dazu raten? Von Ihnen hätte ich mehr erwartet.«

»Ich habe nicht gesagt, daß wir uns ergeben sollen«, sagte Picard, »aber vielleicht ist es noch nicht zu spät für Verhandlungen.«

»Ich bin nicht hergekommen, um mit irgend jemandem zu verhandeln«, sagte Valak. »Ganz gleich, mit wem wir es zu tun haben – ob mit den Überlebenden der *Independence* oder der ursprünglichen Besatzung dieses Schiffes – ich will sie finden. Und wenn ich sie gefunden habe, werde ich das Problem ein für alle Mal lösen.«

»Es sieht so aus, als müßten Sie nicht mehr lange auf diesen Augenblick warten«, sagte Picard. »Sehen Sie!«

Er zeigte zu den Lichtern auf der gegenüberliegenden Seite der Arche. Sie breiteten sich strahlenförmig aus. Und sie kamen immer näher.

10

Als Ro durch den Bogen trat, spürte sie ein kurzes Kribbeln, und dann war sie in einem anderen Teil der Arche. Troi, Data und Crusher standen zusammen mit Llewellyn vor ihr, und Sekunden später materialisierten Vishinski, Jamal, Nordqvist und Nakamura hinter ihr im Durchgang.

»Sehen Sie?« sagte Vishinski lächelnd. »Es bestand überhaupt kein Grund zur Besorgnis.«

Ro stellte fest, daß nur die Älteren, die Mitglieder der Brückenbesatzung der *Independence*, mitgekommen waren. Die anderen, die Jungen, waren offenbar zurückgeblieben. Dann betrachtete sie ihre Umgebung. Sie standen in einem breiten, hell erleuchteten Korridor, der dem ähnelte, den sie gerade verlassen hatten. Ein kurzes Stück entfernt befand sich ein bogenförmiger Durchgang, der nach draußen führte.

»Bitte hier entlang!« sagte Llewellyn und ging auf den Ausgang zu.

Sie folgten ihm, und als sie sich dem Durchgang näherten, konnten sie erkennen, daß sie sich in einem der höheren Stockwerke des Gebäudes befanden. Es gab keinen Balkon, sondern sie blickten lediglich durch eine Öffnung in der Wand des Gebäudes. Aufgrund der draußen herrschenden Dunkelheit ließ sich nicht allzuviel wahrnehmen, aber in der Ferne konnten sie Lichter auf der anderen Seite der Arche sehen.

»Wir befinden uns jetzt auf der gegenüberliegenden Seite des Schiffs«, erklärte Llewellyn. Er zeigte auf die fernen Lichter, die sich zu bewegen schienen. »Das sind Ihre romulanischen Freunde«, sagte er.

Data neigte den Kopf zur Seite. »Ich bitte um Verzeihung, Commander, aber die Romulaner sind nicht unsere Freunde!«

Llewellyn lächelte. »Meine Bemerkung war ironisch gemeint, Mr. Data.«

»Oh!« sagte der Androide. »Ich verstehe. Die Verwendung von Worten in ihrer gegensätzlichen Bedeutung zu humoristischen oder rhetorischen Zwecken.«

»Völlig richtig«, sagte Llewellyn.

»Was haben die Lichter dort drüben zu bedeuten?« fragte Troi und zeigte auf die Lichtspuren, die sich unter ihnen fortbewegten und dabei auffächerten. Durch die gekrümmte innere Oberfläche der Arche schien es, als würden sie wie Glühwürmchen in den Himmel aufsteigen.

»Nur eine Ablenkung, nichts weiter«, entgegnete Llewellyn rätselhaft. »Bald wird es dämmern – zumindest bezeichnen wir es als Dämmerung, obwohl es niemals einen Sonnenaufgang gibt. Hier entlang …«

Er drehte sich um und führte sie durch den Korridor zurück. Ro blickte im Gehen über die Schulter zurück. »Sehen Sie!« sagte sie und stubste Troi an. Hinter ihnen schien die Wand zu zerfließen, und kurz darauf verschloß sich die gewölbte Öffnung, so daß nur noch feste Wand zurückblieb.

»Wir haben Unterkünfte für Sie vorbereitet«, sagte Llewellyn und blieb vor einer völlig leeren Wand stehen. »Ich hoffe, sie sagen Ihnen zu.« Kurz darauf wurde die Wand flüssig und bildete eine Öffnung, die gerade breit genug für eine Person war. Mit einer Handbewegung forderte er sie zum Eintreten auf, und als sie zögerten, lächelte er erneut und sagte: »Also gut. Dann werde ich vorausgehen.« Er ging als erster hinein, und sie folgten ihm. Die anderen Alten gingen zuletzt.

Es war ein großes Zimmer, mindestens viermal so groß wie ihr Privatquartier an Bord der *Enterprise* und so luxuriös wie in einem Fünf-Sterne-Hotel. Der Fußboden war völlig eben und glatt, und mitten im Zimmer stand ein großes, hufeisenförmiges Sofa, das mit schwarzem Leder bezogen war und einen schweren, geschnitzten Couchtisch aus Mahagoni einrahmte. Weiter gab es zum Sofa passende Polstersessel mit Beistelltischen, auf denen Tischlampen mit Keramikfuß standen, eine elegante Eßgruppe und sogar eine kleine Bar. Das große bogenförmige Fenster in der Wand ähnelte dem, das sie vor kurzem im Korridor gesehen hatten. Troi und Crusher durchquerten das Zimmer und blickten hindurch.

»Das Fenster hat kein Glas«, sagte Vishinski, der hinter sie getreten war, »aber sie werden feststellen, daß es völlig überflüssig wäre. Die Temperatur in der Arche wird auf konstant einundzwanzig Grad gehalten. Es gibt keinen Wind oder Niederschlag und auch keine lästigen Insekten.«

»Sie finden einen Nahrungsreplikator in der Wand hinter der Bar«, fügte Llewellyn hinzu. »Er funktioniert genauso wie die Geräte auf den Föderationsschiffen – das heißt, so wie vor dreißig Jahren. Ich bin überzeugt, daß Sie vom Küchenchef begeistert sein werden. An diesem Korridor liegen getrennte Schlafzimmer – deren Türen auf die gewohnte Weise funktionieren, wie Sie sicherlich mit Erleichterung zur Kenntnis nehmen werden.«

»Da Sie gerade von Türen sprechen, Commander«, sagte Data. »Ich habe bemerkt, daß die Wände überall in diesem Gebäude gleichmäßig glatt und strukturlos sind. Es gibt kein äußeres Anzeichen, das auf das Vorhandensein einer Tür hinweist. Wenn Sie nun durch die Anwendung der Nanotechnik eine Tür oder eine Öffnung in einer Wand schaffen, wie lokalisieren Sie die richtige Stelle?«

»Das war auch für uns etwas verwirrend – zumindest zu Anfang«, sagte Llewellyn. »Es funktioniert in etwa genauso, wie sich ein Blinder in seiner eigenen Wohnung zurechtfindet. Anfangs ist es eine Sache des Auswendiglernens. Man prägt sich ein, wie viele Schritte man in der einen Richtung gehen muß, bis man sich nach links oder rechts zu wenden hat, um wieder eine bestimmte Anzahl von Schritten zu gehen und so weiter. Nach einer Weile tut man es völlig automatisch, ohne darüber nachzudenken oder seine Schritte zu zählen.«

»Das würde darauf hindeuten, daß die Erbauer dieser Arche ein untrügliches Orientierungsvermögen besessen haben«, sagte Data.

»Ich denke, man könnte es mit dem einer Brieftaube vergleichen«, sagte Nordqvist. »Es spielt keine Rolle, wo man sie freiläßt, sie findet immer den Weg zurück zu ihrem Taubenschlag. Es versteht sich von selbst, daß wir zu Anfang nicht ein solches Orientierungsvermögen besaßen, doch nachdem wir gelernt hatten, wie man die Gedankensensoren dazu veranlaßt, einen Eingang zu öffnen, konnten wir die Türen auf dieselbe Weise wahrnehmen. Wir haben sogar ausprobiert, individuelle Muster auf den Wänden zu erzeugen, wo sich Eingänge befinden.«

»Wir haben uns die Zeit damit vertrieben, immer neue Muster zu schaffen«, sagte Nakamura lächelnd. »Wir waren nicht in der Lage, die Farbe der Wände zu verändern, aber wir konnten Reliefs entstehen lassen. Wir haben unsere Namen geschrieben oder Bilder gestaltet, und in dieser Hinsicht waren unserer Phantasie keine Grenzen gesetzt. Wir haben unsere Wohnungen in diesem Gebäude auf diese Weise verziert, obwohl wir die Muster nicht mehr zur Identifikation brauchen. Mein Quartier, das sich ein Stockwerk tiefer befindet, ist mit einem Drachenrelief ausgestattet.«

»Wenn Sie sich ausruhen möchten«, sagte Llewellyn,

»können wir jetzt gehen und später noch einmal wiederkommen, nachdem Sie ein wenig geschlafen haben.«

»Schlafen?« fragte Dr. Crusher fassungslos. »Ich glaube, ich könnte nicht eine Sekunde lang schlafen! Ich habe etwa tausend Fragen an Sie, und ich weiß kaum, wo ich anfangen soll!«

Llewellyn lächelte. »Das verstehe ich vollkommen«, sagte er. »Bitte setzen Sie sich! Ski, würdest du unseren Gästen wohl ein paar Erfrischungen holen?«

»Mit dem größten Vergnügen«, sagte Vishinski und trat zum Replikator hinter der Bar. »Was darf es sein?«

»Ich bin viel zu aufgedreht, um jetzt etwas essen zu können«, sagte Dr. Crusher, »aber gegen einen Kaffee hätte ich nichts einzuwenden.«

»Schwarz? Mit Milch? Oder möchten Sie lieber Capuccino? Ich könnte Ihnen auch Espresso, Irish Coffee, Mokka ...«

»Danke, schwarz bitte!«

»Kommt sofort ... Counselor?«

»Ich hätte gern einen Tee«, sagte Troi.

»Ceylon, Darjeeling, Orange Pekoe, Jasmin, Kräutertee ... alles, was Sie sich vorstellen können.«

»Etwas Jasmintee wäre sehr nett, danke.«

»Mr. Data?«

»Ich benötige keine feste oder flüssige Nahrung, vielen Dank«, sagte der Androide.

»Natürlich. Was möchten Sie, Fähnrich?«

»Ich könnte etwas Kräftiges vertragen«, sagte Ro, die sich ein wenig überrumpelt fühlte.

»Wie wäre es mit einem bajoranischen Brandy?«

Sie warf ihm einen überraschten Blick zu. »Das wäre phantastisch.«

»Kommt sofort.«

Sie setzten sich auf das Sofa. Llewellyn und Nordqvist nahmen in zwei Polstersesseln Platz. Vishinski brachte die Getränke, die allesamt hervorragend waren. Ro nippte vorsichtig an ihrem Brandy und stellte fest, daß sie noch nie von einem besseren Jahrgang gekostet hatte.

»Ich schlage vor, wir fangen einfach mit dem Anfang an«, sagte Llewellyn. »Vor etwa dreißig Jahren befanden wir uns auf einem Patrouillenflug, als unsere Fernbereichssensoren ungewöhnliche Energiesignale in diesem Sektor registrierten. Wir stellten fest, daß sie mitten aus der Neutralen Zone kamen, und beschlossen, der Sache auf den Grund zu gehen. Es war ein gewisses Risiko, aber wir glaubten, daß die Romulaner irgend etwas ausheckten. Auf jeden Fall hätte sich an dieser Stelle eigentlich nichts tun dürfen. Wir flogen unter Berücksichtigung aller Vorsichtsmaßnahmen in die Zone ein und entdeckten etwas, das wir zunächst für einen kleinen Planeten hielten, der in keiner Sternenkarte verzeichnet war. Wir konnten keine Schiffe in der weiteren Umgebung entdecken, also näherten wir uns und gingen in den Orbit. Zu diesem Zeitpunkt bemerkten wir, daß etwas unsere Scanner störte. Da wir keine sinnvollen Daten empfangen konnten, schickten wir mehrere Sonden zur Oberfläche und entdeckten zu unserer großen Überraschung, daß der Planet hohl war.

Die energetischen Fluktuationen, die wir anmessen konnten, deuteten darauf hin, daß es sich hierbei um eine künstliche Welt handelte – keineswegs um einen Planeten, sondern um eine interstellare Arche, die für generationenlange Reisen konstruiert war. Es versteht sich von selbst, daß das für uns eine sehr aufregende Entdeckung war. Wir versuchten Funkkontakt mit den möglichen Bewohnern aufzunehmen, doch trotz mehrfacher Versuche erhielten wir keine Antwort. Unsere Sonden hatten festgestellt, daß im Innern der Arche eine atembare Atmosphäre herrschte, aber wir konnten keine Lebensformen registrieren. Also bestand unser nächster Schritt darin, ein Außenteam hinunterzuschicken.«

»Entschuldigen Sie bitte, Commander«, sagte Ro.

»Ich möchte nicht unhöflich sein, aber das alles deckt sich fast vollständig mit unseren Vermutungen. Sie scheinen der gegenwärtigen Bedrohung durch die Romulaner nur wenig Beachtung zu schenken. Wenn inzwischen weitere Landungstrupps der Romulaner eingetroffen sein sollten, dann …«

»Es besteht kein Anlaß zur Sorge, Fähnrich, glauben Sie mir!« sagte Llewellyn. »Wir haben die Situation völlig unter Kontrolle.«

»Commander«, entgegnete Ro, »ich bin mir nicht sicher, ob Sie die Ernsthaftigkeit der Lage verstehen. Im Orbit befindet sich ein völlig neuartiges Kriegsschiff der Romulaner, das viel größer und leistungsfähiger als alle bisherigen Typen ist. Außerdem haben sie die *Enterprise* besetzt, ein Föderationsschiff, das eine wesentliche Weiterentwicklung gegenüber der *Independence* darstellt. Damit steht den Romulanern genügend Feuerkraft zur Verfügung, um diese Arche völlig zu vernichten.«

»Ich weiß Ihre Besorgnis zu schätzen, Fähnrich«, sagte Llewellyn, »aber ich darf Ihnen erneut versichern, daß die Romulaner keine wirkliche Gefahr darstellen. Eine gewisse Anzahl wurde bereits gefangengenommen und befindet sich gegenwärtig in sicherem Gewahrsam. Um das Schiff der Romulaner und Ihr eigenes Schiff kümmert man sich bereits.«

»Wie meinen Sie das?« fragte Troi stirnrunzelnd.

»Alles zu seiner Zeit, Counselor«, erwiderte Llewellyn. »Bevor ich Ihnen diesen Punkt erkläre, gibt es noch ein paar andere Dinge, die Sie zunächst verstehen müssen. Wenn ich jetzt fortfahren darf …«

Sie nickten, obwohl Ro und Troi mit seiner Antwort nicht zufrieden wirkten. Dr. Crusher hörte Llewellyn schweigend zu und beobachtete ihn aufmerksam.

Dann nahm Llewellyn seine Erzählung wieder auf. »Ich habe das erste Außenteam geführt. Bei mir waren unser wissenschaftlicher Offizier Lieutenant Nakamura, unser taktischer Offizier Lieutenant Jamal, Dr. Vishinski und zwei weitere Besatzungsmitglieder, die bedauerlicherweise nicht mehr am Leben sind. Wir wurden an eine Stelle gebeamt, die gar nicht allzuweit von hier entfernt ist, und machten im wesentlichen die gleichen Erfahrungen wie Sie. Wir fanden keine Spur von Leben. Die Arche schien verlassen zu sein, obwohl alle Systeme immer noch zu funktionieren schienen. Unsere Instrumente versagten genauso wie die Ihren, und wir konnten keine vernünftigen Daten sammeln, auch wenn wir zu Anfang noch mit unserem Schiff kommunizieren konnten. Daraufhin begannen wir die Arche zu erkunden.

Während unserer Ankunft herrschte Tageslicht, so daß wir den größten Teil des ersten Tages damit verbrachten, uns einfach umzusehen und durch die Straßen zu wandern. Wir versuchten nicht, in die Gebäude zu gelangen, weil wir keinen Eingang finden konnten. Wir hatten den Eindruck, es wären solide Blöcke, die wie Kristallformationen zusammengesetzt worden waren. Wir dachten, es könnten Wohngebäude mit verborgenen Eingängen sein oder vielleicht versiegelte Kraftwerke, die die Arche mit Energie versorgten. An diesem Punkt konnten wir nur spekulieren.«

»Es war offensichtlich, daß diese Arche von einer hochentwickelten Zivilisation konstruiert worden war«, fügte Nakamura hinzu. »Es dauerte nicht lange, bis wir feststellten, daß der technologische Standard weit über unseren hinausging.«

»Als wir ziemlich sicher waren, daß wir uns ganz allein an Bord der Arche befanden, ließen wir weiteres Personal herunterkommen«, erzählte Llewellyn weiter. »Wir beschlossen, das riesige Schiff genauestens zu untersuchen und soviel wie möglich in Erfahrung zu bringen. Der Captain, der davon ausging, daß es sich um ein Langzeitprojekt handeln würde, bereitete einen Bericht für die Starfleet-Zentrale vor, in dem unsere Entdeckungen beschrieben wurden. Unseres Wissens erreichte diese Nachricht jedoch niemals ihr Ziel. Nachdem bereits ein großer Teil der Besatzung hinuntergebeamt worden war, stießen wir auf die ersten Probleme.«

»Einige unserer Leute begannen zu verschwinden«, sagte Lieutenant Jamal. »Sie schienen sich in Luft aufgelöst zu haben. Etwa zur selben Zeit brachen die Kommunikationsverbindungen mit unserem Schiff ab.«

»Das gleiche, was auch uns passiert ist«, sagte Dr. Crusher.

»Ich weiß«, sagte Llewellyn. »Anfänglich glaubten wir, daß die energetischen Fluktuationen in der Arche eine Art Interferenz erzeugten, doch uns wurde bald klar, daß die Signale gezielt gestört wurden. Wir vermuteten, ein automatisches Abwehrprogramm könnte dafür verantwortlich sein, aber wir fanden nirgendwo etwas, das wie eine zentrale Kontrollstation für die Arche aussah. Dann glaubten wir, sie könnte sich in einem der Gebäude befinden, aber sie sahen alle mehr oder weniger identisch aus, und wir hatten keine Ahnung, um welches es sich handeln könnte, ganz zu schweigen davon, wie wir hineinkommen sollten.«

»Wir hatten des öfteren von Leuten gehört, die bogenförmige Zugänge zu den Gebäuden gefunden hatten und hineingegangen waren, um Nachforschungen anzustellen«, fügte Nakamura hinzu. »Doch anschließend verloren wir jeden Kontakt zu ihnen. Und wir konnten die Eingänge auch nicht wiederfinden. Erst als wir selbst beobachteten, wie sich einer dieser Eingänge von allein verschloß, verstanden wir, was mit ihnen geschehen war.«

»Wir versuchten unsere Phaser einzusetzen, um uns gewaltsam Zugang zu den Gebäuden zu verschaffen«, sagte Jamal, »aber unsere Waffen erzielten keinerlei Wirkung. Das erschien uns anfangs unmöglich, doch dann erkannten wir, daß das Material sich selbsttätig reparierte, während es von den Phasern beschädigt wurde. Es geschah nur so schnell, daß wir es nicht sehen konnten.«

»Sie sprachen davon, die Interferenz wäre Ihrer damaligen Ansicht nach auf ein automatisches Abwehrsystem zurückzuführen, das die Kommunikation gezielt unterband«, wandte Data ein. »Trotzdem haben Sie nicht erwähnt, daß Sie schon zu Anfang irgendwelche Probleme hatten, mit Ihrem Schiff in Verbindung zu treten. Unsere Erfahrungen waren die gleichen. Es ist denkbar, daß das automatische System einige Zeit brauchte, um Ihre Anwesenheit auf dem Schiff zu entdecken, bis es dann Ihre Kommunikationsfrequenz stören konnte. Ihr Tonfall deutet jedoch darauf hin, daß das offenbar nicht der Fall war.«

»Sehr gut, Mr. Data«, sagte Llewellyn. »Sie haben völlig recht. Das war nicht der Fall.«

»Was war also für die Störung der Kommunikation verantwortlich?« fragte Data.

»Ganz einfach, Mr. Data«, sagte Llewellyn. »Wir waren nicht allein an Bord der Arche. Die ursprüngliche Besatzung – beziehungsweise deren Nachkommen – waren und sind immer noch anwesend.«

Dr. Crusher beugte sich vor. »Sie meinen, sie sind hier?«

»Das ist richtig«, antwortete Llewellyn.

»Aber ... wo?« fragte Troi.

»Wo?« wiederholte Llewellyn. »Nun, überall. Ich bin mir nicht sicher, wie viele es genau sind, aber ich würde die gegenwärtige Population der Arche auf etwa dreißigtausend schätzen – uns ausgenommen.«

»Dreißigtausend?« wiederholte Ro fassungslos.

»Das ist nur eine grobe Schätzung«, erwiderte Llewellyn, als Troi und Crusher ihn ungläubig ansahen. »Ohne sie hätten wir niemals überlebt. Sie haben sich all die ganzen Jahre um uns gekümmert, und unserer

Kolonie geht es recht gut. Das ist unser Glück, denn wir können nie wieder von hier fort.«

Riker knurrte, als er sich hinter LaForge durch den engen Schacht zwängte. Zum Glück besaßen sie beide keine stämmige Statur, aber Geordi war kleiner, und selbst für ihn war es an manchen Stellen sehr eng geworden. Für Riker war es eine einzige Qual, durch die Gänge zu kriechen.

»Nur noch ein kleines Stück, Commander«, sagte LaForge, der unmittelbar vor ihm war.

»Ich muß dringend ... eine Diät machen«, sagte Riker und zuckte vor Schmerz zusammen, als er wieder ein Bein nachzog. Er mußte einatmen und dann seine Lungen völlig entleeren, bevor er sich wieder ein Stück vorschieben konnte. Diese Abfolge hatte er schon unzählige Male wiederholt, mit quälender Langsamkeit, und er fragte sich, ob er jemals die Stelle erreichen würde, wo der Schacht sich in eine Jefferies-Röhre öffnete.

»Kommen Sie, Commander, wir sind fast da«, sagte LaForge.

»Ich weiß nicht ... ob ich es jemals ... schaffen werde«, sagte Riker, während er immer wieder nach Luft schnappte. Seine Klaustrophobie wurde immer stärker. Der schmale Schacht war nicht darauf angelegt, einen menschlichen Körper zu beherbergen, und er konnte sich kaum bewegen. Er hob seinen Kopf ein winziges Stück, so daß er etwa einen halben Meter weit sehen konnte, dann streckte er seine Arme aus und zog sich weiter, indem er seine Ellbogen nach unten stemmte und sich mit den Knien vorschob. Was ihm am meisten Sorge machte war nicht die Angst vor einer Entdeckung durch die Romulaner, sondern daß er steckenbleiben könnte.

»Nur noch wenige Meter«, sagte LaForge drängend.

Riker brummte und schob sich wieder ein Stückchen

weiter, wobei er sich die Schultern aufschürfte und der Uniformstoff zerriß. »Verdammt!« sagte er und biß die Zähne zusammen, als er den Schmerz spürte. Sie versuchten sich leise zu bewegen, doch innerhalb des Schachts hörte es sich an, als würden sie genügend Lärm verursachen, um das gesamte Schiff aufzuwecken. Es schien eine Ewigkeit vergangen zu sein, als Geordi ihm endlich half, den Lüftungsschacht zu verlassen, und sie in eine der Wartungsröhren des Schiffes stiegen.

Riker holte tief Luft und füllte dankbar seine Lungen. Dann schloß er die Augen und atmete schwer aus. »Puh! Jetzt kann der Rest unserer Aktion ja nur noch einfacher werden.«

»Das würde ich nicht unbedingt behaupten«, sagte LaForge. »Wissen Sie, wie lange es schon her ist, seit wir das letzte Mal einen Weltraumspaziergang unternommen haben?«

»Auf keinen Fall wesentlich länger, als es gedauert hat, durch diesen verdammten Schacht zu robben«, sagte Riker. Er blickte sich in der Jefferies-Röhre um, dem Teil eines zusammenhängenden Netzwerks aus Wartungstunneln, die das ganze Schiff durchzogen. Auch hier war es nicht gerade geräumig, und er konnte keineswegs aufrecht stehen, aber zumindest war es nicht so unbequem wie im Luftschacht. »Früher habe ich es immer gehaßt, in die verdammten Röhren zu steigen«, sagte Riker. »Man kann nicht gerade stehen und an manchen Stellen kommt man nur auf Händen und Knien weiter. Ich habe mich hier furchtbar eingeengt gefühlt. Junge, das ist jetzt vorbei! Nach dem, was ich gerade durchgemacht habe, kommt mir diese Röhre geräumig wie eine Bergschlucht vor.«

LaForge grinste. »Herzlichen Glückwunsch zum Beginn eines neuen Lebens«, sagte er. »Wenigstens müssen wir jetzt durch keine Schächte mehr kriechen. Wir können den Röhren bis Deck 13 folgen, dort in die Anzüge steigen und dann durch die Notschleuse im Shuttle-Hangar Zwei nach draußen gehen.«

»Wie kommt der Rest Ihres Teams zum Shuttle-Hangar?« fragte Riker.

»Genauso wie wir«, sagte LaForge. »Durch die Schächte bis zur nächsten Verbindung mit den Röhren und dann weiter bis zum Shuttle-Hangar.«

»Nun, ich hoffe, sie haben ein paar schlanke Leute ausgesucht«, sagte Riker und verzog das Gesicht.

»Im Gegensatz zu euch Faulpelzen auf der Brücke haben wir im Maschinenraum kaum Gelegenheit dazu, Fett anzusetzen, weil wir ständig arbeiten müssen.«

»Klar, wir sitzen nur gelangweilt rum und spielen Computerspiele auf dem Hauptbildschirm«, sagte Riker und erwiderte LaForges Grinsen. »Gut, dann wollen wir die Sache mal in Angriff nehmen.«

»Nach rechts«, sagte LaForge und übernahm die Führung. »Wissen Sie, Commander, ich frage mich nur – vorausgesetzt, wir schaffen es überhaupt bis zur *Independence:* Was ist, wenn wir dort gar keine Phaser finden?«

»Denken Sie lieber nicht daran!« sagte Riker. »In diesem Fall müßten wir nämlich alles zusammenraffen, was sich irgendwie als Waffe benutzen läßt. Dann können Sie mir zeigen, wie gut Sie als Bastler sind.«

»Ja, ich hatte befürchtet, daß Sie das sagen.«

Sie suchten sich ihren Weg durch das Labyrinth aus Wartungsröhren und stiegen dann durch eine kleine Luke über eine Metalleiter zu einem tieferen Deck hinab. »Es ist schon so lange her, seit ich das letzte Mal in den Eingeweiden dieses Schiffes war, daß ich nicht weiß, ob ich mich hier noch allein zurechtfinden würde«, sagte Riker.

»Nun, wenn Sie irgendwo ein weißes Kaninchen mit einer Taschenuhr sehen, wissen Sie, daß wir uns verlaufen haben«, sagte LaForge grinsend.

»Warten Sie!« sagte Riker und erstarrte mitten in der Bewegung auf der Leiter. »Ich höre etwas.«

LaForge verharrte ebenfalls. Sie lauschten eine Weile, dann war ein leises Klappern zu hören.

»Was ist das für ein Geräusch?« fragte Riker leise.

»Mäuse?«

»Wäre es nicht doch möglich, daß die Romulaner uns gehört haben, als wir durch die Schächte gekrochen sind?«

»Ich glaube nicht«, sagte LaForge. »Aber möglich wäre es schon.«

»Valak weiß von den Jefferies-Röhren«, sagte Riker. »Wenn er einen Suchtrupp losgeschickt hat, sind wir erledigt.«

Die Geräusche kamen immer näher.

»Jetzt sind sie genau unter uns«, sagte LaForge.

»Wir haben hier kaum Bewegungsspielraum«, sagte Riker. »Und keinerlei Waffen.«

»Ja, es könnte recht spannend werden.«

Kurz darauf steckte jemand seinen Kopf durch eine Zugangsklappe in die Röhre. »Commander Riker?«

Sowohl LaForge als auch Riker atmeten hörbar auf. Es war einer von Geordis Technikern. »Lewis!« sagte LaForge kopfschüttelnd. »Sie haben uns einen ganz schönen Schrecken eingejagt.«

»Tut mir leid, Sir«, sagte der bärtige Mann. »Ich habe hier drüben Geräusche gehört und mir gedacht, daß nur Sie es sein können.«

»Hatten Sie unterwegs irgendwelche Schwierigkeiten?« fragte Riker.

»Im Schacht war es ziemlich eng, Sir, aber außer etwas Haut, die mir dort verlorenging, hatte ich keine Probleme. Ich bin mir ziemlich sicher, daß die Wachen mich nicht gehört haben. Vor der nächsten Wachablösung werden sie nichts bemerken.«

»Trotzdem sollten wir uns beeilen«, sagte Riker.

Sie stiegen weiter die Leiter bis zum Deck 13 hinunter. Als sie dort eintrafen, waren bereits mehrere von Geordis Leuten zu ihnen gestoßen. Sie gingen weiter, bis sie die Luke erreichten, die in den Shuttle-Hangar führte. LaForge hielt sein Ohr an das Schott und lauschte eine Zeitlang angestrengt. Dann öffnete er die Luke vorsichtig und langsam. »Die Luft ist rein«, sagte er. »Kommen Sie!«

Nachdem sie in den Shuttle-Hangar hinausgetreten waren, zählte LaForge schnell die Leute durch. Ihn selbst und Riker nicht eingerechnet waren es sechs. »Zwei fehlen noch«, sagte er. »Rogers und Chan.«

»Sie treffen wahrscheinlich in wenigen Minuten ein«, sagte Lewis. »Es ist nicht leicht, sich durch die Schächte zu bewegen.«

»Wir können nicht länger warten«, sagte Riker. »Wir steigen jetzt in die Anzüge. Wenn Rogers und Chan nicht in den nächsten Minuten nachkommen, müssen wir ohne sie aufbrechen.«

Sie durchquerten den dunklen Hangar, um zu den Fächern mit den Schutzanzügen zu gelangen, die sich auf der anderen Seite befanden. Als sie sich bereitmachten, trafen auch die übrigen zwei ein, zuerst Rogers und etwa zwei Minuten später Chan.

»Entschuldigen Sie die Verspätung«, sagte Chan, als sie auf die Gruppe zulief. »Ich hatte Probleme, das Lüftungsgitter in meinem Quartier abzumontieren. Jemand hat eine Schraube beschädigt.«

LaForge reichte ihr einen Anzug. »Schon gut«, sagte er. »Sie haben es geschafft, das allein zählt. Wir müssen uns beeilen.«

Schnell stieg sie in ihren Schutzanzug. Dann halfen sie sich gegenseitig, die Versorgungstornister anzulegen. LaForge, Rogers und Lewis schnallten sich außerdem Gürtel mit Werkzeugen um.

»Okay«, sagte Riker, kurz bevor er seinen Helm aufsetzte. »Jetzt hören Sie mir zu. Ich will da draußen kein Geplauder. Wir halten absolute Funkstille. Wir sind verloren, wenn die Romulaner auf der Brücke unsere Kommunikation empfangen. Wir benutzen ausschließlich Handzeichen, verstanden?«

Alle nickten.

»Gut. Bleiben Sie in Sichtweite. Bilden Sie Zweiergruppen. Hat noch jemand eine Frage?«

»Sir?«

»Was gibt es, Chan?«

»Was mache ich, wenn ich keine Lust mehr habe?«

Die anderen kicherten, und Riker grinste. Er war froh, daß sie ihren Sinn für Humor noch nicht verloren hatten. Das half ihnen allen bei der Überwindung ihrer Nervosität. Riker wußte es genau, weil es ihm genauso ging. »Okay«, sagte er. »Wir steigen aus. Geordi, vergessen Sie nicht, die Warnleuchte abzuklemmen. Wir wollen nicht, daß man uns auf der Brücke bemerkt.«

»Wird gemacht«, sagte LaForge.

Sie setzten ihre Helme auf und überprüften gegenseitig ihre Dichtungen und die Rückentornister mit den Lebenserhaltungssystemen, bis alle mit hochgestrecktem Daumen angezeigt hatten, daß alles in Ordnung war. Dann stapften sie hinüber zur Notschleuse. LaForge legte den Schaltkreis lahm, der auf der Brücke eine offene Schleuse melden würde, worauf er und Lewis die Tür öffneten. Dann versammelten sie sich in der kleinen Kammer auf der anderen Seite. LaForge verriegelte das Schott wieder und öffnete dann das Außenschott. Riker holte tief Luft. Jetzt ging es los, dachte er und trat hinaus in den Weltraum.

Als er vom Schiff abzutreiben begann, benutzte er die kleinen Düsen an seinem Tornister, um den richtigen Kurs einzuschlagen. LaForge schwebte dicht neben ihm. Er zeigte ihm seinen hochgestreckten Daumen. Die anderen folgten paarweise über den Abgrund, der zwischen der *Enterprise* und der *Independence* gähnte. Beide Schiffe befanden sich relativ nahe beieinander im Orbit, so daß sich mühelos eine Transporterverbindung herstellen ließ, doch ›zu Fuß‹ war es eine ziemlich weite Strecke, dachte Riker.

Er konnte sich überhaupt nicht mehr erinnern, wann er sich zum letzten Mal außerhalb eines Schiffes im Weltraum aufgehalten hatte. Verdammt, dachte er, wie lange war es her? Vermutlich hatte er es nicht mehr getan, seit er noch ein junger Fähnrich gewesen war. In der täglichen Schiffsroutine bestand so gut wie nie die Notwendigkeit, sich im Weltraum aufzuhalten. Heutzutage war es für kaum jemanden mehr nötig, außer für die Schiffsbauer in den Konstruktionsdocks und die Wartungsteams der Raumbasen. Man sollte es viel öfter üben, dachte Riker. In gewisser Weise war es wie Fahrradfahren – man verlernte es nicht mehr, wenn man es einmal konnte –, aber das hieß nicht, daß man kein mulmiges Gefühl bekam, wenn man zum ersten Mal seit langer Zeit wieder einen Weltraumspaziergang unternahm. Wenn er es genau überlegte, war er auch schon seit Jahren nicht mehr Fahrrad gefahren. Es gab viele Dinge, die er seit langem nicht mehr getan hatte. Dinge, die einem niemals als besonders wichtig erschienen, bis plötzlich die konkrete Möglichkeit bestand, daß man sie vielleicht nie wieder tun konnte.

Zum Glück stand die *Enterprise* zwischen ihnen und dem romulanischen Schiff, so daß man sie von der *Syrinx* aus vermutlich nicht sehen konnte. Und die Brücke der *Enterprise* war von ihnen abgewandt, während sie auf die *Independence* zuschwebten. Es bestand aber trotzdem die Möglichkeit, daß sie entdeckt wurden, und in dieser Phase des Unternehmens war dies das größte Risiko. Das einzige, was sie tun konnten, war, die Daumen zu drücken und zu hoffen, daß keiner der Romulaner auf die Idee kam, durch eins der Backbordfenster zu blicken. Die meisten Romulaner an Bord der *Enterprise* würden jedoch vermutlich schlafen oder in den Bereichen des Schiffes Wache halten, in denen die Besatzung isoliert wurde.

Mit etwas Glück konnten sie es schaffen, dachte Riker. Er konnte nur hoffen, daß die Waffenlager der *Independence* nicht vollständig leergeräumt worden waren. Allerdings kannte er keinen Versorgungsoffizier, der nicht ein paar überzählige Waffenkisten irgendwo in den Lagern verstaut hatte, genauso wie er nie einen Chefingenieur kennengelernt hatte, der nicht dafür sorgte, daß er mindestens doppelt so viele Ersatzteile auf Vorrat hatte, wie er eigentlich brauchte. Er blickte zu LaForge und dann über die Schulter zurück. Die anderen folgten ihnen in Zweiergruppen, die sich etwa in gleicher Höhe hielten, damit sie Sichtkontakt mit ihren Partnern behielten. Riker hätte sich gewünscht, mit ihnen reden zu können, aber er wagte es nicht, die Funkstille zu brechen. Damit wären die Romulaner sofort auf sie aufmerksam geworden.

Sie hatten jetzt etwa die Hälfte der Strecke bis zur *Independence* zurückgelegt. So weit, so gut, dachte Riker. Jetzt kam es nur noch darauf an, ohne Probleme in das Schiff zu gelangen. Selbst wenn bis dahin alles wie am Schnürchen lief, konnten sie immer noch in Schwierigkeiten geraten, wenn sie zur *Enterprise* zurückkehrten. Ein halbes Dutzend Leute mit Phasern hatte keine große Chance gegen eine komplette Schiffsbesatzung Romulaner. Zum Glück befanden sich noch etliche Romulaner in der *Syrinx*, und einige andere waren auf die Arche gebeamt worden, womit die Überlegenheit ein wenig verringert, wenn auch bei weitem nicht ausgeglichen wurde. Es waren immer noch genügend Romulaner in der *Enterprise*, um den Aufstand niederzuschlagen, wenn das Starfleet-Team nicht sehr schnell vorging und das Überraschungsmoment ausnützen konnte.

Sie mußten auf jeden Fall zur *Enterprise* zurückkehren, bevor die Wachablösung stattfand, dachte Riker. Wenn die Romulaner feststellten, daß einige Menschen verschwunden waren, würden sie Alarm schlagen, womit der Rettungsplan gescheitert wäre. Sie hatten nur dann eine Chance, ihre Kameraden zu befreien und zu bewaffnen, wenn sie die Wachen überwältigen konnten, bevor die Romulaner erkannten, was geschehen war. Die ganze Aktion war eine äußerst riskante Sache. Und dann war da noch das Problem der *Syrinx* und der Besatzungsmitglieder, die dort als Geiseln gehalten wurden – und der Leute, die sich immer noch in der Arche aufhielten, der Captain, Deanna, Ro, Beverly und Data.

Er schob diese Gedanken beiseite. Er konnte es sich jetzt nicht erlauben, darüber nachzudenken. Er mußte sich darauf konzentrieren, eins nach dem anderen zu tun. Es gab so viele Möglichkeiten, die ihren Plan scheitern lassen konnten, daß sie sich nicht den geringsten Fehler leisten durften. Ein Umstand jedoch wirkte sich zu ihren Gunsten aus. Während Valak in der Arche feststeckte, hatte Korak das Kommando, obwohl er dem romulanischen Lord zu unterstehen schien, diesem Kazanak oder wie er hieß. Es schien sich bei ihm um einen hochrangigen Bürokraten zu handeln. Riker war überzeugt, daß er nicht dem romulanischen Militär angehörte. Romulanische Lords kommandierten gewöhnlich keine Raumschiffe, sondern wurden als Gouverneure auf Kolonialplaneten oder im Hohen Rat von Romulus eingesetzt. Das bedeutete, daß Korak zur Zeit der ranghöchste befehlshabende Offizier war. Und Korak taugte bei weitem nicht soviel als Offizier wie Valak. Riker hatte das unter Schmerzen erfahren.

Sein Körper litt immer noch unter den Nachwirkungen der Prügel, die er von Korak bezogen hatte. Und durch die Kratzer und Abschürfungen, die er sich im Luftschacht zugezogen hatte, war es auch nicht besser geworden. Dieser romulanische Hund konnte wie ein Vorschlaghammer zuschlagen. Riker hatte noch eine Rechnung mit Korak zu begleichen, und der Romulaner sah es genauso. Es bestand kein Zweifel daran, daß es zu einem Revanchekampf kommen würde. Die

Frage war nur, würde er zu Rikers oder zu Koraks Bedingungen stattfinden?

Riker brachte sich mit einem Schub der Steuerdüsen längsseits der *Independence*. LaForge gesellte sich kurz darauf zu ihm, und dann schwebten auch die anderen heran. Sie befanden sich direkt unter der Maschinensektion und konnten jetzt nicht mehr entdeckt werden. Wenn die Romulaner sie unterwegs beobachtet hatten, würden sie es vermutlich schon sehr bald erfahren – ein oder zwei gezielte Photonentorpedos würden dieses Problem wirksam lösen.

Langsam bewegten sie sich am Rumpf entlang in Richtung des Shuttle-Hangars. Die Notschleusen ließen sich zwar von außen öffnen, wenn Wartungsarbeiten durchgeführt wurden, aber nicht, wenn sie von innen verriegelt waren. Im Normalbetrieb mußten die Schleusen ständig geschlossen sein, aber LaForge war darauf vorbereitet, sich den Weg freizusprengen.

Mit Handzeichen bedeutete Riker dem Chefingenieur, daß er mit der Arbeit anfangen sollte. Lewis und Rogers halfen ihm dabei. Mit Energieschraubenziehern öffneten sie die Wartungsklappe, dann verband LaForge eine tragbare Energiequelle mit der Schaltung, die die Sprengbolzen zünden würde. Er drehte sich zu Riker um und nickte, um anzuzeigen, daß er fertig war. Riker atmete tief durch, erwiderte das Nicken und signalisierte dann den anderen, sich zurückzuziehen. LaForge mußte neben der Schleuse bleiben, um den Schalter auslösen zu können. Es wäre besser gewesen, eine Zeitschaltung einzusetzen, aber LaForge war auf das angewiesen, was er unbemerkt hatte beiseite schaffen können, ohne den Verdacht der Romulaner zu erregen. Unter den gegebenen Umständen konnten sie kaum wählerisch sein, aber diese Lösung bedeutete, daß er in Gefahr geraten konnte, wenn die Bolzen explodierten – falls sie überhaupt explodierten. Riker zog sich gemeinsam mit den anderen zurück und winkte dann LaForge zu. Er sah, wie der Chefingenieur sich in seinem Anzug anspannte, und er konnte gut nachvollziehen, wie Geordi sich fühlte. Dann löste dieser den Schalter aus.

Natürlich war nichts zu hören, als die Bolzen explodierten, aber Riker sah, wie sie mit großer Geschwindigkeit aus ihren Verankerungen schossen. Im nächsten Augenblick war es bereits vorbei, und das äußere Schleusenschott löste sich aus der Wandung. Die anderen kehrten zurück, und als Riker LaForge erreicht hatte, sah er, wie er seine rechte Hand hob und Daumen und Zeigefinger im Abstand von etwa fünf Zentimetern hochhielt. Damit wollte er andeuten, wie knapp die Bolzen ihn verfehlt hatten. Riker atmete erleichtert aus. Wenn Geordi von einem Bolzen getroffen worden wäre, hätte er seinen Anzug durchschlagen, und selbst wenn dabei kein lebenswichtiges Organ verletzt worden wäre, hätte er es trotzdem nicht überlebt.

Kurz darauf stiegen sie durch das innere Schleusentor in das Schiff. Sie waren nach wie vor auf ihre Anzüge angewiesen und mußten Funkstille halten, denn die Lebenserhaltungssysteme der *Independence* waren außer Betrieb, und Geordi hatte nicht die Gelegenheit gehabt, die Frequenz ihrer Helmkommunikatoren zu ändern. Die Zeit war ein kritischer Faktor.

Jetzt mußten sie nur noch die Lager des Schiffs durchsuchen und hoffen, daß irgendwo ein paar überzählige Phaser zurückgelassen worden waren. Dann konnten sie zur *Enterprise* zurückkehren, mußten unbemerkt wieder an Bord gelangen und ein paar ihrer Kollegen befreien, damit sie wieder die Kontrolle über ihr Schiff gewinnen konnten, bevor die Romulaner Zeit hatten, ihre Freunde an Bord der *Syrinx* zu alarmieren.

Klar doch, dachte Riker, ein Kinderspiel!

11

Die Romulaner warteten gespannt und hielten ihre Waffen im Anschlag, als sie neben den Gebäuden und hinter den niedrigen Mauern um die leuchtenden Skulpturengärten in Deckung gingen. Valak hatte sie in Gruppen aufgeteilt, die miteinander in Sichtkontakt bleiben und jeden Angreifer aus jeder Richtung unter Feuer nehmen konnten. Picard wartete zusammen mit ein paar weiteren Kriegern hinter ihm, während sie alle beobachteten, wie die Lichter auf sie zukamen.

Was zunächst wie mehrere Lichtspuren ausgesehen hatte, die sich von der beleuchteten Stelle auf der gegenüberliegenden Seite der Arche ausbreiteten, näherte sich ihrem Standpunkt jetzt aus allen Richtungen. Es sah aus wie Dutzende von weit entfernten Fackelzügen. Doch sie kamen immer näher.

»Sie scheinen buchstäblich zu Hunderten zu kommen!« sagte Picard.

»Wir werden sie gebührend empfangen«, erwiderte Valak entschlossen, obwohl er leicht nervös klang.

»Seien Sie kein Narr«, sagte Picard. »Sie sind hoffnungslos in der Minderzahl.«

»Ein romulanischer Krieger fürchtet sich vor keiner Übermacht!« entgegnete Valak. »Haben Sie Angst, Picard?«

»Ich habe von Anfang an Angst um meine Besatzung und mein Schiff gehabt«, sagte Picard. »Ihre Überheblichkeit, Ihre Unflexibilität und Ihre verdammte romulanische Kampflust wird uns alle Kopf und Kragen kosten.«

»Ich habe keine Angst vor dem Tod.«

»Ich auch nicht, wenn es für eine gute Sache ist«, sagte Picard. »Aber um welche Sache geht es hier eigentlich? Die Bewohner dieses Schiffes verteidigen sich doch nur gegen einen Eindringling, und dieser Eindringling sind Sie, Valak. Ich kann nicht behaupten, daß ich es den hiesigen Lebensformen übelnehme, wenn sie sich verteidigen wollen.«

Valak beobachtete, wie die Lichter sich von allen Seiten näherten. Obwohl er sich Mühe gab, konnte er seine Besorgnis nicht ganz verbergen. Er war noch jung, dachte Picard, und zweifellos ein brillanter Offizier, aber er hatte sich noch nie einer ernsthaften Bewährungsprobe unterziehen müssen. Die Durchschlagskraft der romulanischen Kriegsmaschinerie und sein geschickter Umgang damit hatten ihm seine früheren Triumphe leichtgemacht. Aber jetzt stand Valak vielleicht zum ersten Mal in seinem Leben wirklich unter Druck, da er in eine Krise hineingeraten war, über die er keine Kontrolle mehr hatte.

Mehr als die Hälfte der Romulaner, die heruntergebeamt worden waren, hatten sich in Luft aufgelöst, und die übrigen hatten das Vertrauen in Valak verloren. Sie warfen ihm immer wieder nervöse und hoffnungsvolle Blicke zu, doch Valak hatte keine Ahnung, was er tun sollte. Angesichts einer offenbar überwältigenden Übermacht hatte er sich wie ein in die Enge getriebenes Tier verkrochen und bereitete sich auf das letzte Gefecht vor. Andere Möglichkeiten konnte oder wollte er nicht in Betracht ziehen.

»Ob wir hier etwas erreichen oder nicht, macht ohnehin keinen Unterschied mehr«, sagte Valak schicksalsergeben. »Wenn keins der Außenteams zur *Syrinx* zurückkehrt, wird Lord Kazanak davon ausgehen, daß meine Mission gescheitert ist, und die Arche vernichten. Also werden wir vermutlich auf jeden Fall hier sterben.«

»Warum versuchen Sie dann nicht zu verhandeln?« fragte Picard. »Was haben Sie noch zu verlieren?«

Valak blickte ihn verwundert an. »Wissen Sie, Picard, ich habe immer geglaubt, ich würde die Menschen verstehen, vor allem die führenden Kommandanten von Starfleet, weil ich sie für die besten Menschen hielt, von denen ich etwas lernen könnte. Jetzt erkenne ich, daß ich mich geirrt habe. Von Ihnen kann ich überhaupt nichts lernen, und ich glaube auch nicht, daß ich Sie jemals richtig verstehen werde. Ich habe damit gerechnet, daß Sie mir bis zum letzten Atemzug Widerstand leisten würden, daß Sie noch mit dem letzten Rest Ihrer Energie gegen mich kämpfen würden. Ich dachte, Sie würden ein schwieriger und herausfordernder Gegner sein. Doch Sie waren in jeder Hinsicht eine Enttäuschung für mich. Ich hätte nicht gedacht, daß sich Ihr Mut so leicht brechen ließe.«

»Zumindest in einer Hinsicht haben Sie recht«, erwiderte Picard. »Trotz Ihres umfangreichen Gelehrtenwissens haben Sie uns immer noch nicht verstanden. Menschen werden kämpfen, wenn man sie bis zum Äußersten treibt, und dann werden sie sich als nicht zu unterschätzende Gegner erweisen. Aber wir haben gelernt, daß Gewalt und Kampf nur die letzte Möglichkeit sind, und wir greifen nur zu diesen Mitteln, wenn uns keine andere Wahl mehr bleibt. Als Sie mein Schiff besetzten, haben Sie so viele Möglichkeiten zum Widerstand unterbunden wie möglich, aber Sie haben uns niemals bis an den Punkt getrieben, wo uns nur noch die Wahl zwischen Kampf und Tod bleibt.«

»Ich hatte lediglich die Absicht, Sie nach Möglichkeit lebend gefangenzunehmen«, sagte Valak.

»Und solange die Möglichkeit besteht – sei sie auch noch so gering –, daß wir den Konflikt durch Verhandlungen beilegen können, ohne daß wir uns gegenseitig vernichten müssen, bin ich fest entschlossen, diesen Weg zu gehen«, sagte Picard.

»Verhandlungen sind etwas für Feiglinge«, erwiderte Valak verächtlich.

»Nein«, widersprach Picard. »Verhandlungsbereitschaft kennzeichnet eine aufgeklärte Spezies, Valak. Trotz Ihrer hohen Entwicklung verlegen sich die Romulaner immer noch lieber auf Unterwerfung und Eroberung, statt den Weg der Kooperation und des friedlichen Zusammenlebens mit anderen zu wählen. Die Föderation will keinen Krieg mit dem Romulanischen Reich, und wir haben noch lange nicht alle Möglichkeiten für eine friedliche Einigung ausgeschöpft. Und die Romulaner zögern noch, in den totalen Krieg mit der Föderation einzutreten, weil Sie trotz Ihrer Verachtung für uns und unsere angebliche Schwäche Respekt vor unserer Stärke haben. Vielleicht werden wir diesen Ort nicht mehr lebend verlassen, aber solange wir leben, besteht auch die Chance, daß wir das Problem ohne Gewaltanwendung lösen. Auch wenn die Chance noch so gering ist, lohnt es sich trotzdem, sie zu nutzen. Aggression ist so einfach, Valak. Sie sagen, daß Sie den Reiz der Herausforderung suchen. Wenn das so ist, sollten Sie die anspruchsvollere Herausforderung wählen.«

»Bedauerlicherweise glaube ich nicht daran, daß es in unserer Situation eine Alternative gibt«, sagte Valak.

»Dann lassen Sie mich danach suchen«, sagte Picard. »Lassen Sie mich hinausgehen und versuchen, ob ich mit ihnen kommunizieren kann.«

»Damit Sie die Gelegenheit haben, sich davonzumachen, meinen Sie?« erwiderte Valak mißtrauisch. »Nein, Picard, Sie sind mein Gefangener, und daran wird sich nichts ändern. Wenn ich nichts anderes erreicht habe, bleibt mir zumindest die Befriedigung, Sie geschlagen zu haben.«

Einer von Valaks Männern schrie auf und feuerte seinen Disruptor ab. Sofort begannen auch die anderen zu schießen. Etwas bewegte sich, aber sie konnten gar nicht genau erkennen, worauf sie eigentlich schossen. Die Nervosität der Romulaner entlud sich, als sie wahllos in die Dunkelheit feuerten. Es war unmöglich festzustellen, ob sie irgend etwas trafen, doch dann hörte Picard Rufe, und zwar auf romulanisch, ihm wurde schlagartig klar, daß sie von den Gestalten in der Dunkelheit kamen.

»Feuer einstellen! Feuer einstellen!« rief Valak. »Ihr Narren, Ihr schießt auf unsere eigenen Leute!«

Die Schüsse hörten auf, und Valaks verwirrte Krieger starrten hinaus in die langsam schwindende Dunkelheit. Picard blickte nach oben und sah, daß in der Arche wieder die Tagphase begann.

»Commander Valak?« rief eine Stimme herüber.

»Talar?« Als Valak seine Waffe sinken ließ, stürzte sich Picard plötzlich auf ihn. Er packte den Disruptor des Romulaners kurz hinter der Mündung und entwand die Waffe seinem Griff. Er hatte sich so schnell bewegt, daß Valak überhaupt nicht reagieren konnte, bevor Picard hinter ihm war und ihm den Arm auf den Rücken gedreht hatte.

Valak schrie vor Überraschung und Schmerz auf. Die anderen Krieger drehten sich zu ihm um und rissen schockiert die Augen auf, als sie sahen, daß Picard ihren Commander in seiner Gewalt hatte.

»Sagen Sie ihnen, daß sie die Waffen fallen lassen sollen«, befahl Picard. Er hielt Valaks Arm auf dessen Rücken fest und drückte gleichzeitig die Mündung des Disruptors unter sein Kinn.

»Niemals!« erwiderte Valak. »Schießt!« rief er seinen Kriegern zu.

»Wenn Sie schießen, wird Ihr Commander mit mir sterben!« rief Picard zurück.

Sie zögerten.

»Schießt!« brüllte Valak, als Picard sich mit ihm zurückzuziehen begann. »Schießt, ich befehle es! Erschießt uns beide!«

Valak wehrte sich in Picards Umklammerung, aber Picard drehte seinen Arm noch weiter auf dem Rücken herum, was dem Romulaner furchtbare Schmerzen bereiten mußte.

»Noch nicht feuern!« rief Talar.

Valak wehrte sich immer noch, worauf Picard gezwungen war, den Druck weiter zu erhöhen. Es gab ein lautes Knacken, und der Romulaner keuchte vor Schmerz auf, als sein Arm brach. Er stellte vorübergehend seinen Widerstand ein, was Picard die Gelegenheit gab, seinen Griff neu anzusetzen und Valaks Kehle mit dem Arm zu umklammern, während er den Disruptor auf die anderen Krieger richtete.

»Ich habe keine Zeit für Ihre Heldentaten«, sagte Picard, als er seinen Unterarm fester gegen Valaks Hals preßte und ihn würgte. »Bleiben Sie, wo Sie sind!« rief er, als die Krieger näher kommen wollten.

Picard setzte seinen Rückzug fort, während Valaks Widerstand allmählich erlahmte. Dann sackte der Körper des Romulaners in sich zusammen, als er das Bewußtsein verlor. Picard wartete noch einen Augenblick ab, um sicherzugehen, daß Valak ihm nichts vorspielte. Dann ging er schnell in die Hocke und legte sich den Romulaner über die Schulter. Schließlich ging er weiter, während er die anderen mit Valaks Waffe in Schach hielt.

Die Romulaner rückten weiter vor und schwärmten aus, da sie wußten, daß er nicht alle gleichzeitig mit der Waffe bedrohen konnte. Dann gingen sie plötzlich einer nach dem anderen in die Knie, ließen die Waffe fallen und hielten sich den Kopf, bevor sie umkippten und reglos am Boden liegenblieben. Nur Talar hielt sich noch auf den Beinen und hatte den Blick starr auf Picard fixiert, während hinter ihm die vermißten Romulaner hervortraten.

Picard spürte zunehmend das Körpergewicht Valaks und erkannte, daß er nicht fliehen konnte, solange er den schweren Romulaner auf der Schulter trug. Er würde es niemals schaffen, ihnen zu entkommen. Er fühlte sich hilflos und wußte nicht mehr, was er noch tun konnte.

Und plötzlich wurde ihm klar, daß in diesem Augenblick sein Alptraum Wirklichkeit geworden war.

Die schwere Last auf seinen Schultern, die Trennung von seiner Besatzung und die Unmöglichkeit, seinen Leuten helfen zu können, der Kampf gegen den instinktiven Fluchtdrang ... all das hatte er in seinem Traum erlebt. Er spürte, wie sich seine Bauchmuskeln verkrampften, und beschloß, die Sache auf seine Weise zu lösen, ganz gleich, was als nächstes geschah. Er wollte sich an das halten, was er gelernt und woran er schon immer geglaubt hatte. Er warf den Disruptor zu Boden, ließ Valak von seiner Schulter gleiten und richtete sich auf.

»Ich komme in Frieden«, sagte er und breitete seine Arme aus, um zu zeigen, daß seine Hände leer waren.

Und dann sah er, wie Talar und die anderen Romulaner sich veränderten.

»Ihr ewiges Gejammer und Ihre ständigen Beschwerden widern mich an!« rief Worf wütend.

»Und Sie gehen mir auf die Nerven!« rief Arthur zurück. »Seit man uns hier eingesperrt hat, haben Sie nichts getan, außer Befehle zu geben! Sie sind nicht der Captain! Was bilden Sie sich überhaupt ein, wer Sie sind?«

»Ich bin der ranghöchste Offizier!« erwiderte Worf. »Es ist meine Pflicht, das Kommando zu übernehmen, wenn Captain Picard und Commander Riker nicht verfügbar sind!«

»Aber ich kann mich nicht erinnern, daß irgend jemand Ihnen das Kommando übergeben hätte!« entgegnete Arthur zornig.

»Ihre Aufsässigkeit lasse ich mir nicht länger bieten!«

»Und Ihr blödsinniger Fluchtplan wird uns allen das Leben kosten!«

»Seien Sie still, Sie Narr!«

Inzwischen hatten sie die Aufmerksamkeit der Wachen erregt, die sich langsam mit gezogenen Waffen näherten. Im Hintergrund der Menge, die sich um Worf und Arthur versammelt hatte, wartete Tyler ab und beobachtete, was die romulanischen Wachen taten. Die Menschen mischten sich in den Streit ein und reihten sich so auf, daß die Wachen Tyler nicht mehr sehen konnten. Er bewegte sich vorsichtig zur anderen Wand des Shuttle-Hangars.

»Ich werde *nicht* still sein!« brüllte Arthur. »Ich will nicht sterben, weil Sie sich wieder mal als Held aufspielen wollen! Wenn Sie den sinnlosen Tod eines Kriegers im Kampf sterben wollen, nur um Ihren dummen Klingonenstolz zu befriedigen, dann ist das Ihre Sache, aber hier gibt es Kinder, und ich werde nicht zulassen, daß Sie ihr Leben in Gefahr bringen!«

»*Sie* wollen es nicht zulassen?«

»Genau! Ich habe Ihre verdammte klingonische Arroganz satt!«

»Halten Sie den Mund, sonst werde ich dafür sorgen, daß Sie ihn halten!«

»Versuchen Sie es doch, Sie klingonischer Holzkopf! Ich werde mir von Ihnen nichts mehr gefallen lassen!«

Worf knurrte und holte zum Schlag aus. Er traf Arthur am Kinn, der zu Boden ging, aber sofort wieder auf die Beine sprang und Hals über Kopf auf den Klingonen losstürmte. Er rammte ihn wie ein Footballspieler und riß ihn zu Boden. Die anderen drängten sich um die beiden und feuerten sie lauthals an.

»Zeigen Sie's ihm, Worf!«

»Packen Sie ihn, Arthur! Schlagen Sie zu!«

»Töten Sie das Schwein!«

»Lassen Sie sich nicht kleinkriegen!«

Die Wachen liefen zu den Gefangenen und prügelten mit den Kolben ihrer Waffen auf sie ein, um sich einen Weg durch die Menge zu den Streithähnen zu bahnen. Tyler rannte los, auf die Wand und die Shuttles zu. Er wagte es nicht, sich umzublicken und sich zu vergewissern, daß die Wachen ihn nicht bemerkt hatten. Er rechnete damit, daß sie Warnschüsse abgaben oder sogar in die Menge feuerten – ein Risiko, das sie alle bewußt eingingen –, doch statt dessen schoben sich die selbstbewußten Romulaner einfach zwischen den Gefangenen hindurch. Dieses unerwartete Verhaltens veränderte alles. Die Wartungsklappe mit den Kontrollen für die Außenschotten mußte vorerst warten. Zwei der Wachen waren am Eingang zum Shuttle-Hangar zurückgeblieben, doch ihre Aufmerksamkeit richtete sich vorläufig noch auf den Streit. Falls einer von ihnen zufällig in seine Richtung blicken sollte, würde Tyler sofort bemerkt werden, und alles wäre vorüber. Im Augenblick kam es allein auf Schnelligkeit an.

Er hatte seine Stiefel und Socken ausgezogen und lief barfuß, um keinen Lärm zu machen, obwohl seine Schritte ohnehin vom Aufruhr übertönt worden wären. Er sprintete los und erreichte die Shuttles, die auf der anderen Seite des Hangars standen, ohne gesehen zu werden. Dann warf er sich durch die offene Luke des nächsten Fahrzeugs und sprang auf den Pilotensitz. Jetzt konnte er nur hoffen, daß es beim Starten der Maschinen keine Probleme gab. Er drückte auf den Knopf, der das Fahrzeug zum Leben erweckte, und als die Maschinen heulend hochfuhren, riskierte er einen Blick durch die Frontscheibe.

Die zwei Romulaner, die in der Nähe der Türen zurückgeblieben waren, sahen verblüfft zu ihm hinüber. Dann riefen sie den anderen etwas zu, doch diese steckten bereits mitten in einem dichten Handgemenge. Sie wurden plötzlich von den Gefangenen überwältigt, die durch ihre Überzahl im Vorteil waren.

»Komm schon, komm schon!« drängte Tyler, während er die Zähne zusammenbiß.

Das Shuttle hob vom Boden ab, als die zwei Wachen ihre Waffen hoben, dann schob Tyler den Steuerknüppel nach vorn durch. Die Romulaner schossen. Der erste hatte zu hastig gefeuert, so daß sein Schuß danebenging, doch der zweite Mann traf das Shuttle. Tyler spürte einen Ruck, während sich das Fahrzeug weiter vorwärts bewegte und immer schneller auf die zwei Wachen zuschoß. Sie zogen sich zu den Eingängen zurück, doch bevor sie erneut schießen konnten, riß Tyler das Shuttle plötzlich herum und klemmte die beiden zwischen der Fahrzeughülle und der Hangarwand ein. Er spürte den Stoß, als er die Wand rammte und die zwei Romulaner dagegen drückte. Dann schob er den Steuerknüppel wieder ein Stück nach vorn und brachte das Shuttle direkt vor die Eingänge, wo er es aufsetzte.

Dann sprang er heraus und lief zu den zwei Wachen zurück, die durch den Stoß des Shuttles zu Boden gegangen und außer Gefecht gesetzt worden waren. Er schnappte sich ihre Disruptoren und lief zu den anderen zurück. Da die Menge sich dicht um sie scharte, hatten die Romulaner keine Gelegenheit, ihre Waffen einzusetzen. Sie konnte sie nur als Schlagwaffen benutzen. Einige der Geiseln waren blutend zu Boden gestürzt, aber auch einige der Wachen waren bereits überwältigt worden.

Drei Wachmänner schafften es, sich aus der Menge zu befreien, und hoben ihre Waffen. Tyler feuerte beide Disruptoren ab, einen in jeder Hand, und schaltete die Romulaner damit aus.

Worf hatte bereits drei Wachen mit bloßen Händen getötet, und als er Arthur von einem weiteren befreien wollte, erhielt er einen kräftigen Schlag ins Genick, der ihn in die Knie sinken ließ. Als der Romulaner hinter ihm seinen Disruptor hob, um ihn zu erledigen, schnitt ein wilder, heller Schrei durch den Lärm, und dann landete Alexander auf dem Rücken des Romulaners. Der Wächter versuchte ihn abzuschütteln, doch inzwischen war Worf wieder aufgestanden und versetzte dem Mann einen Faustschlag in den Brustkorb, der ihm die Rippen brach. Der Romulaner ging zu Boden. Worf blickte seinen Sohn an und nickte stolz, dann nahm er dem Wachmann die Waffe ab und stürzte sich wieder in das Getümmel.

Schon kurz darauf waren alle Wachen tot und der Kampf vorbei. Sie hatten sich von den Gefangenen in Sicherheit wiegen lassen, die sich bislang völlig friedlich verhalten hatten. Niemals hätten sie damit gerechnet, daß sich alle – sogar die Frauen und Kinder – gegen sie wenden würden. Es war so, wie Picard zu Valak gesagt hatte: Wenn Menschen bis zum Äußersten gereizt wurden, würden sie kämpfen, und dann waren sie nicht zu unterschätzende Gegner.

Worf brachte die Situation schnell unter seine Kontrolle und befahl einigen Besatzungsmitgliedern, sich um die Verwundeten zu kümmern, während Tyler und Arthur die Brückenkontrollen für die Außenschotten außer Funktion setzten. Dann wies Worf alle anderen an, die Shuttles zu besteigen und bestimmte einige Männer, die die Verwundeten tragen sollten. Tyler hatte gesagt, daß die Wachen an der Tür keine Zeit gehabt hatten, Alarm zu geben, aber er wußte, daß die Romulaner jeden Augenblick auf ihren Fluchtversuch aufmerksam werden konnten. Sie würden es auf jeden Fall dann entdecken, wenn der Computer eine Fehlfunktion der Kontrollen für die Außenschotten registrierte.

»Schnell, schnell!« drängte er die anderen. »Gehen Sie an Bord der Shuttles! Wir dürfen keine Zeit verlieren!«

»Sir«, sagte ein Mann aus dem medizinischen Team, »wir haben mindestens drei Tote und sechs Schwerverletzte.«

»Wir müssen sie alle mitnehmen«, sagte Worf. »Beeilen Sie sich! Bringen Sie sie in die Shuttles!«

»Wir sind zu viele, Sir«, meinte ein anderer. »Ohne das Shuttle, das die Eingangstüren blockiert, haben wir nur noch drei Fahrzeuge übrig. Sie werden überfüllt sein!«

»Wir haben keine andere Wahl«, sagte Worf. »Wir können die Verwundeten und Toten nicht zurücklassen. Ihr Opfer war nicht umsonst. Sie werden dieses Schiff auf jeden Fall verlassen!«

»Verstanden, Sir!«

Während die Geiseln an Bord gingen, arbeiteten Tyler und Arthur hektisch am Wartungszugang. »Machen Sie schon, Tyler, um Gottes willen!« sagte Arthur. »Können Sie sich nicht etwas beeilen? Wenn die Romulaner die Außenschotten öffnen, bevor wir fertig sind, sind wir erledigt.«

»Ich tue mein Bestes«, sagte Tyler. »Aber das hier ist nicht die *Enterprise*. Ich muß zuerst verstehen, wie diese verdammten Schaltkreise zusammenhängen, und ich kann keinen Testlauf machen. Jetzt halten Sie endlich die Klappe und lassen Sie mich nachdenken!«

Worf kam zu ihnen, um zu sehen, wie sie vorankamen. »Die Shuttles sind fast vollständig bemannt«, sagte er. »Wir haben nicht mehr viel Zeit. Vielleicht sollten Sie sich einfach darauf konzentrieren, die Außenschotten zu öffnen.«

»Nein«, erwiderte Tyler. »Zunächst müssen die Brückenkontrollen außer Betrieb gesetzt werden, andernfalls könnten sie alles, was ich hier tue, von der Brücke aus wieder rückgängig machen. Dann kommen wir nie mit den Shuttles hinaus.«

Worf nickte. »Also gut. Tun Sie Ihr Bestes.«

»Da! Das dürfte es gewesen sein«, sagte Tyler. »Zumindest hoffe ich es.«

»Wir werden es früh genug erfahren«, sagte Arthur nervös.

»Okay, sind alle an Bord?« fragte Tyler.

»Es kann losgehen«, sagte Arthur zu Worf.

»Viel Glück!« sagte Worf und lief zu einem der Shuttles zurück.

»Gehen Sie mit ihm«, sagte Tyler zu Arthur.

»Aber was ist, wenn ...«

»Gehen Sie, verdammt noch mal! Und bringen Sie ganz schnell ein Shuttle her, damit ich in Nullkommanichts an Bord gehen kann, wenn ich die Außenschotten öffne.«

»In Ordnung«, sagte Arthur. »Ich hoffe nur, Sie wissen, was Sie tun.«

»Ich auch. Los jetzt!«

Tyler wartete, bis alle in die Shuttles gestiegen waren und die Triebwerke aktiviert hatten. Zwei der Shuttles hatten die Luken geschlossen und waren abflugbereit. Die Luke des dritten stand noch offen, und Worf wartete im Eingang. Als alle Shuttles abhoben, war deutlich zu erkennen, daß sie überladen waren. Sie schwankten leicht, während sie etwa einen Meter über dem Boden schwebten. Das Shuttle mit der offenen Luke bewegte sich in Tylers Richtung. »Jetzt, Tyler!« rief Worf.

»Gut ... dann mal los!« sagte Tyler, als er die Verbindung herstellte. Es war zu hören, wie schwere Maschinen anliefen, und dann begannen sich die Außenschotten zu öffnen.

Fast im selben Augenblick geschahen zwei Dinge. Die Alarmsirenen gellten durch das Schiff, als die Brückenkontrollen die Fehlfunktion registrierten, und die Luft im Shuttle-Hangar wurde in das Vakuum des Weltalls hinausgesogen. Tyler sprang sofort auf das Shuttle zu, als er die Maschinengeräusche hörte, doch dann wurde er vom Luftsog gepackt. Er schwebte einen Augenblick mitten im Shuttle-Hangar, als seine Vorwärtsbewegung durch den Sog aufgehoben wurde. Doch Worf griff zu und bekam sein Handgelenk zu fassen, bevor er nach draußen gerissen werden konnte. Worf hielt Tyler mit einer Hand fest, während er sich mit der anderen an das Shuttle klammerte und sich gegen den Sog der aus dem Shuttle-Hangar strömenden Luft stemmte.

»Sie müssen die Luke schließen!« schrie Tyler. »Lassen Sie mich los!«

Worf verzerrte das Gesicht, während er sich anstrengte, Tyler in das Shuttle zu ziehen. »Wir... gehen... alle... zusammen!« übertönte er den Lärm des Sturmes. Dann war Arthur hinter Worf, der von einer Kette weiterer Leute gehalten wurde, als er sich hinauslehnte und Tyler am Arm packte. Gemeinsam schafften sie es, ihn ins Innere des Fahrzeugs zu ziehen.

»Die Luke!« sagte Worf. »Schnell!«

Sie schloß sich bereits, und die anderen Shuttles bewegten sich durch die Lücke zwischen den Schotten, sobald sie groß genug geworden war. Kurz darauf hatten alle drei Shuttles das Schiff verlassen und bewegten sich auf die *Enterprise* zu. Tyler und Worf lagen atemlos auf dem Fußboden des Shuttles, im Kreis ihrer Kollegen, während die Lebenserhaltungssysteme Atemluft in das Innere des Fahrzeugs pumpten. Tyler blickte zu Worf auf und seufzte vor Erleichterung. »Danke«, sagte er. »Ich bin Ihnen etwas schuldig.«

»Sie können mir einen ausgeben, wenn wir wieder an Bord der *Enterprise* sind«, sagte Worf.

Tyler lächelte. »Versprochen!« sagte er.

Riker und Geordi mußten die Waffenschränke in der Lagersektion der *Independence* aufbrechen, doch ihre Mühe wurde mit einem unerwarteten Glücksfund belohnt. Sie fanden zwei ungeöffnete Kisten mit alten Phasern vom Typ I und eine weitere Kiste mit sorgsam verstauten und versiegelten Sariumkrellid-Zellen. LaForge mußte sich zusammenreißen, um nicht vor Freude laut aufzuschreien, als er diese Kiste öffnete und feststellte, daß sämtliche Siegel noch unversehrt waren. Wenn sie ordnungsgemäß versiegelt und gelagert wurden, behielten Sariumkrellid-Batterien fast unbegrenzte Zeit ihre Ladung, und sogar nach mehr als dreißig Jahren bedeuteten die intakten Siegel, daß die Zellen noch in Ordnung waren.

Damit standen ihre Chancen schon wesentlich besser, dachte Riker und zeigte LaForge seinen hochgestreckten Daumen. Während die anderen die Siegel aufbrachen und die Zellen in die Phaser einsetzten, schickte Riker ein stummes Dankgebet an den Versorgungsoffizier der *Independence*. Und er beschloß, nie wieder einem Versorgungsoffizier wegen überzähliger Ersatzteile Schwierigkeiten zu machen. Dieser hier hatte ihnen vermutlich das Leben gerettet.

Riker half den anderen, die Phaser auszupacken, die Siegel von den Energiezellen abzulösen, welche in Paketen zu einem halben Dutzend verstaut waren, die Phaser damit zu bestücken und dann die aufgeladenen Phaser in die Kisten zurückzulegen. Sie nahmen sich jeder einen eigenen Phaser und verstauten diesen sicher in den Außentaschen ihrer Schutzanzüge. Dann hoben sie die Kisten mit den Phasern an und machten sich auf den Rückweg zur *Enterprise*.

Riker wußte, daß sie noch einen langen Weg bis zu ihrem Ziel hatten. Sie mußten zur *Enterprise* zurückkehren, ohne entdeckt zu werden, die Waffen an die übrigen Besatzungsmitglieder verteilen und dann ihr Schiff unter Kontrolle bekommen, bevor Korak die *Syrinx* alarmieren konnte und damit die Geiseln in Gefahr brachte. Und als ob das noch nicht genug war, wußte Riker immer noch nicht, was mit dem Captain, Deanna, Ro, Beverly und Data geschehen war. Er hatte keine Ahnung, ob sie überhaupt noch am Leben waren.

Als sie die *Independence* verließen und zusammen mit ihrer wertvollen Waffenfracht durch den Weltraum zurück zur *Enterprise* schwebten, fragte sich

Riker, ob die anderen genauso angespannt waren wie er. Als nächstes mußten sie wieder an Bord ihres Schiffes gelangen. Wieviel Zeit war seit ihrem Aufbruch verstrichen? Es schienen Stunden zu sein. Konnte die Aktion tatsächlich so lange gedauert haben? Was war, wenn man ihre Abwesenheit bereits bemerkt hatte? Was würden die Romulaner tun? Vermutlich würden sie zuerst das Schiff durchsuchen. Dann würden sie erkennen, wie sie ihre Quartiere verlassen hatten, und in den Jefferies-Röhren nach ihnen suchen. Das würde die Romulaner einige Zeit kosten – falls Korak nicht vorher darauf kam, daß sie das Schiff verlassen hatten.

Als sie durch den Weltraum zwischen den zwei Schiffen trieben, versuchte Riker ihre Chancen einzuschätzen. Bislang war das Glück auf ihrer Seite gewesen, aber der schwierigste Teil stand ihnen noch bevor. Er machte sich Sorgen wegen des Captains und des vermißten Außenteams, aber auch wegen der Geiseln. Valak war daran interessiert, daß sie am Leben blieben, um sie als Trumpfkarte einsetzen zu können, aber nachdem Korak in Valaks Abwesenheit das Kommando übernommen hatte, ließ sich nicht vorhersehen, was geschehen würde. Korak hatte es auf Riker abgesehen. Vielleicht würde er sogar die Geiseln exekutieren, wenn er Riker damit treffen konnte.

Der Captain sprach immer von Möglichkeiten. Nun, in diesem Fall schien es einfach keine zu geben, Korak von solch einer Tat abzuhalten. Riker versuchte sich innerlich darauf vorzubereiten, daß die Geiseln getötet werden konnten. Seine Bauchmuskeln verkrampften sich, als er an all seine Freunde und die vielen Kinder dachte. Aber sie mußten den Plan zur Zurückeroberung ihres Schiffes trotzdem ausführen. Ganz gleich, was geschah, sie mußten die Sache bis zum Ende durchstehen.

Als sie sich der *Enterprise* näherten, spürte Riker eine

zunehmende Nervosität. Nur noch hundert Meter. Sie näherten sich dem Schiff von unten, um die Chancen einer Entdeckung zu verringern. Riker konnte jetzt den gewaltigen Umriß der *Syrinx* kurz hinter der *Enterprise* erkennen. Und dann hielt er den Atem an, als er die Shuttles sah. Es waren drei, die sich von der *Syrinx* aus näherten! LaForge hatte sie ebenfalls bemerkt. Er drehte sich zu Riker um und zeigte mit dem Finger darauf.

Sie waren erledigt, dachte Riker niedergeschlagen. Irgendwie mußte man sie von der *Syrinx* aus entdeckt haben, aber er verstand nicht, wie man sie aus diesem Blickwinkel gesehen haben konnte. Und dann erkannte er, daß die Shuttles von ihrem eigenen Schiff stammten. Noch während sie sich näherten, sah er, wie die *Syrinx* sich langsam herumdrehte, um ihre Waffen in Stellung zu bringen.

Die Geiseln! Es konnten nur die Geiseln von der *Syrinx* sein! Irgendwie mußte ihnen die Flucht gelungen sein. Doch die Shuttles waren mit Sicherheit überfüllt. Die Leute drängelten sich darin wie in Sardinenbüchsen. Riker erkannte, daß sein Team die *Enterprise* früher als die Shuttles erreichen würde. Sie mußten zu den Hangars gelangen und um die Außenschotten für sie öffnen. Hatte man sie von den Shuttles aus gesehen? Es war sinnlos geworden, weiterhin Funkstille zu bewahren. Als er gemeinsam mit LaForge die Notschleuse erreichte, drehte er sich um und winkte den anderen, ihm auf die Seite des Schiffes zu folgen.

»Riker an Shuttles, Riker an Shuttles!« sagte er über den Kommunikator seines Anzugs. »Melden Sie sich!«

»Wir haben Sie gesehen, Commander«, antwortete Worfs Stimme, worauf Rikers Herz einen Satz machte.

»Kommen Sie zum Shuttle-Hangar Zwei«, sagte Riker. »Wir werden die Tore für sie öffnen. Beeilen Sie sich! Die *Syrinx* hat reagiert.«

»Verstanden«, sagte Worf.

»Geordi, Sie und die anderen entfernen sich von der

Luke. Ich werde jetzt das Innenschott der Notschleuse öffnen.«

»Aber wenn das Außenschott nicht geschlossen ist, führt das zum Druckverlust im Hangar!« wandte LaForge ein.

»Genau«, sagte Riker.

»Richtig!« rief LaForge, der sofort verstanden hatte.

Im normalen Hangarbetrieb sorgte das Kraftfeld für die Wahrung der atmosphärischen Integrität, so daß Shuttles durch die geöffneten Außenschotten ein- und ausfliegen konnten, ohne daß Luft aus dem Hangar entwich. Wenn sie sich durch das Kraftfeld bewegten, kam es zwar zu einem leichten Druckverlust, der jedoch kaum zu bemerken war. Ein solches Kraftfeld gab es jedoch nicht in der Notschleuse, weshalb sie mit einer inneren und einer äußeren Tür versehen war, zwischen denen sich eine Dekompressionskammer befand. Wenn Riker die innere Luke öffnete, ohne daß zuvor die äußere geschlossen war, würde die Luft aus dem Innern des Shuttle-Hangars ins Vakuum hinausgerissen werden. Das bedeutete, daß die Romulaner den Hangar nicht eher betreten konnten, bis dort wieder der normale Luftdruck aufgebaut worden war. Und in dieser Zeit konnten die Shuttles ungestört einfliegen.

Riker packte das Rad und entriegelte die innere Schleusentür. Dann verhakte er seinen Arm im Rad und riß den Hebel zurück, der den Riegel kontrollierte. Die Luke flog auf, und Riker konnte sich gerade noch rechtzeitig mit den Füßen abfangen, bevor er gegen die Wand geschmettert wurde, da jetzt die Atmosphäre mit der Gewalt eines Orkans nach draußen schoß. Er mußte sich mit aller Kraft festhalten, um nicht ebenfalls hinausgerissen zu werden. Die anderen hatten sich aus der Gefahrenzone gebracht. Kurz darauf ließ der Druck nach, und Riker konnte zusammen mit den anderen den Shuttle-Hangar betreten, wobei sie nach wie vor auf ihre Schutzanzüge angewiesen waren.

Die *Syrinx* würde jetzt auf keinen Fall das Feuer eröffnen, während sich die Shuttles in unmittelbarer Nähe des Schiffes befanden, dachte Riker. Sie würden nicht ihre eigenen Leute an Bord der *Enterprise* opfern. Oder? Nein, dachte Riker, als er zu den Kontrollen für die Außenschotten des Hangars eilte. Man ging bestimmt davon aus, daß sie sofort wieder gefangengenommen wurden, nachdem sie an Bord gegangen waren. Allerdings hatten sie den Romulanern dann einige Überraschungen zu bieten.

Während die anderen durch die Notschleuse einstiegen und sie dann hinter sich verschlossen, legte er den Schalter um, der die Außenschotten des Hangars öffnete. Die Maschinen nahmen die Arbeit auf, und die Schotten begannen sich zu öffnen. Dann blieben sie stehen und schlossen sich langsam wieder. Riker fluchte.

»Die Brückenkontrollen! Geordi ...«

»Daran habe ich auch schon gedacht, Commander«, erwiderte LaForge, als er die Wartungsklappe aufriß. Die Schotten bewegten sich immer noch aufeinander zu, nachdem Rikers Schaltung von der Brücke aus rückgängig gemacht worden war. Doch dann legte Geordi das System lahm, worauf die Schotten in der Bewegung innehielten. Durch den schmalen Spalt konnte Riker erkennen, wie sich die Shuttles näherten.

»Riker an Worf! Wir haben die Brückenkontrollen lahmgelegt und werden die Schotten gleich von hier aus öffnen. Aber der Shuttle-Hangar ist ohne Luftdruck. Ich wiederhole: Es ist keine Atemluft im Hangar. Verlassen Sie nicht die Shuttles, bevor ich das Signal dazu gebe.«

»Verstanden, Commander«, antwortete Worf.

Es spielte jetzt keine Rolle mehr, ob die Romulaner ihre Kommunikation mithörten. Dadurch war sogar gesichert, daß sie sich vom Hangar fernhielten. Bevor der Luftdruck nicht wieder aufgebaut war, konnten sie den Raum nur mit Schutzanzügen betreten. Bis es dazu kam, dachte Riker, waren sie mit etwas Glück auf sie vorbereitet.

Die äußeren Schotten begannen sich wieder zu öffnen, und Worf steuerte das erste Shuttle hinein, bevor sie ganz geöffnet waren. Riker stand an den Kontrollen des Flugdeckoffiziers und kontrollierte die Traktorstrahlen, die für eine sichere Landung der Shuttles sorgten. Worf und die anderen Piloten konnten mit den überladenen Shuttles jede Hilfe gebrauchen, die sie bekommen konnten.

Worfs Shuttle setzte auf dem Boden des Hangars auf, und dann folgten die restlichen zwei. Riker schaltete die Traktorstrahlen um und half jetzt den anderen Piloten beim Einflug. Die anderen packten unterdessen schnell die Phaser aus, so daß sie sie sofort aushändigen konnten, wenn die Passagiere in der Lage waren, die Shuttles zu verlassen. Als das dritte Shuttle aufsetzte, begannen sich die Außenschotten wieder zu schließen, während Riker aufmerksam die Anzeigen auf der Konsole verfolgte und angespannt darauf wartete, daß die atmosphärische Integrität im Shuttle-Hangar wieder hergestellt wurde. Die Sekunden kamen ihm während des Wartens wie Minuten vor, und die Minuten wie Stunden. Und dann dröhnte Koraks Stimme über den Lautsprecher.

»Ein bewundernswerter Versuch, Riker!« sagte er. »Aber Sie haben damit lediglich bewirkt, erneut in Gefangenschaft zu geraten. Niemand von Ihnen wird den Shuttle-Hangar lebend verlassen.«

12

Als Valak wieder zu sich kam, öffnete er blinzelnd die Augen und sah, daß Picard über ihm stand. Der Disruptor, den Picard in der Hand hielt, war auf seinen Brustkorb gerichtet. Valak versuchte sich aufzusetzen, zuckte dann jedoch schmerzhaft zusammen. »Sie verdammter Hund, Picard!« sagte er. »Mein Arm ist gebrochen.«

»Sie haben mir kaum eine andere Wahl gelassen«, erwiderte Picard.

Valak blickte sich um. In der Arche war es wieder Tag geworden, und sie befanden sich in einer neuen Umgebung, auf einem bewaldeten Hügel mitten in einem Park. Von hier aus blickte man auf einen Garten mit einem Springbrunnen herab, von dem gepflasterte Wege ausgingen, die sich durch einen blaugrünen Teppich aus niedrigem, moosähnlichem Bodenbewuchs wanden, der vereinzelt von Gruppen aus Sträuchern und spinnenhaften Bäumen unterbrochen wurde. Außerdem befanden sich weitere Skulpturengruppen – die Straßenbeleuchtung, wie Picard sie genannt hatte – im Park verstreut, und das einzige, was fehlte, um die Idylle komplett zu machen, war das Zwitschern von Vögeln in den Bäumen. Doch außer dem Menschen und dem Romulaner gab es nirgendwo Anzeichen von Leben.

»Also haben Sie es irgendwie geschafft, sich abzusetzen«, sagte Valak mit verzerrtem Gesicht. »Aber das wird Ihnen nichts nützen. Im Augenblick haben Sie mich vielleicht noch in Ihrer Gewalt, aber meine Krieger werden Ihnen folgen.«

»Das glaube ich nicht«, erwiderte Picard. »Als ich Sie auf meinen Schultern durch die Gegend schleppte, hätten sie mich mühelos einholen können. Trotzdem sind sie mir nicht gefolgt. Offenbar waren sie zu einer Verfolgungsjagd nicht imstande.«

Valak brummte, als er sich halb aufrichtete und gegen einen Baumstamm lehnte. »Was meinen Sie damit?«

Picard antwortete ihm mit einer Frage. »Ist Ihnen nicht aufgefallen, was für ein Zufall es war, daß Talar und die anderen ausgerechnet in diesem Augenblick aufgetaucht sind?«

Valak runzelte die Stirn. »Worauf wollen Sie hinaus, Picard?«

»Nachdem es dunkel in der Arche geworden war, sind die Lichter stets in unserer direkten Umgebung aufgeflammt. Talar und seine Krieger kamen jedoch aus der Dunkelheit! Ihr Erscheinen hat die Straßenbeleuchtung nicht aktiviert. Warum? Die offensichtliche Erklärung lautet, daß die Lichter doch nicht von Sensoren kontrolliert werden. Wir standen seit unserer Ankunft unter genauer Überwachung. Es war lediglich ein Nebeneffekt, daß man uns den Weg erhellt hat.«

»Dann waren diese Lichter, die wir gesehen haben ...«, sagte Valak. »Natürlich! Sie waren eine Täuschung, durch die wir die Nerven verlieren sollten. Wir sollten mit einem Angriff rechnen und auf Talar und die anderen schießen, als sie sich aus der Dunkelheit näherten. Es war alles nur ein Trick.«

»Das ist eine mögliche Erklärung«, sagte Picard, »aber dadurch wird immer noch nicht klar, wie Ihre Leute verschwunden sind und warum Talar und die anderen urplötzlich wieder aufgetaucht sind. Außerdem bleibt noch die Frage, wie eine Nachricht an Ihr Schiff geschickt werden konnte, in der man Ihre Stimme so gut nachahmte, daß sich Ihre Brückenbesatzung davon täuschen ließ und ein weiteres Außenteam hinunterbeamte – vielleicht sogar mehrere. Wenn sie dazu in der Lage sind, können sie auch eine weitere Nachricht mit Ihrer Stimme gesendet haben, mit dem Befehl, ein Team *hinaufzubeamen*.«

»Dann hätten meine Männer sie in dem Augenblick gefaßt, wo sie im Transporterraum materialisiert wären«, sagte Valak.

»Wirklich? Was ist, wenn die Bewohner dieser Arche in der Lage sind, mehr als nur eine Stimme nachzuahmen? Denken Sie an die *Independence*, Valak! Was ist mit ihrer Besatzung geschehen? Die Archenbewohner könnten durch ähnliche Täuschungsmanöver dafür gesorgt haben, daß mehrere Landungstrupps hinuntergebeamt wurden, aber bestimmt nicht die ganze Besatzung. Irgendwann hätte man an Bord des Schiffes bemerkt, daß etwas nicht stimmte.«

»Was wäre, wenn die Besatzung bereits zu einem großen Teil infiltriert war, als man endlich erkannte, was vor sich ging?« sagte ein *zweiter* Picard, der hinter einem Baum hervortrat. Valak riß die Augen auf, und seine Kinnlade klappte herunter, als sein Blick von einem Picard zum anderen wanderte. Die beiden waren völlig identisch.

»Faszinierend, nicht wahr?« sagte der erste Picard. »Wer von uns ist der echte Jean-Luc Picard?«

»Vielleicht ist keiner von uns beiden der echte Jean-Luc Picard«, sagte der zweite.

Schnelle Schritte waren zu hören, und dann kamen Talar und die anderen mit gezogenen Waffen den Hügel heraufgerannt. Sie hielten an, als sie die zwei Picards sahen.

»Schießen Sie, Talar!« brüllte Valak. »Erschießen Sie beide!«

Talar ließ seine Waffe sinken. »Ich fürchte, Sie verwechseln mich mit jemandem, Commander«, sagte er.

Valak starrte ihn fassungslos und mit offenem Mund an. Dann sprach der wissenschaftliche Offizier in seinen Kommunikator, doch die Stimme, die dabei zu hören war, war nicht die von Talar, sondern die von Valak. »Valak an *Syrinx!*« sagte er.

»Sprechen Sie, Commander«, kam die Antwort.

Valak versuchte einen Warnruf auszustoßen, doch dann schoß plötzlich ein brennender Schmerz durch sein Gehirn, worauf er keuchend zusammenbrach. Funken tanzten vor seinen Augen, und er versuchte zu schreien, aber er konnte keinen Laut hervorbringen.

»Wir sind bereit zum Hochbeamen.«

Riker beobachtete die Anzeigen der Konsole, und als die atmosphärische Integrität innerhalb des Shuttle-Hangars wiederhergestellt war, öffnete er seinen Helm und gab Worf und den anderen Geiseln das Signal, daß sie nun die Shuttles verlassen konnten. Als sie ausstiegen, begannen Geordi und die übrigen Leute, die Phaser auszuteilen.

»Ich weiß nicht, wie Sie es geschafft haben zu fliehen«, sagte Riker, »aber ich freue mich sehr, Sie zu sehen. Ihr Timing hätte nicht besser sein können.«

»Gern geschehen, Commander«, erwiderte Worf.

Riker grinste. »Wir haben nicht viel Zeit. Sobald die Romulaner merken, daß der Druck im Shuttle-Hangar wiederhergestellt ist, werden sie hereinkommen.«

»Dann werden wir Ihnen einen herzlichen Empfang bereiten«, sagte Worf.

»Wir benutzen die Shuttles als Deckung«, sagte Riker. »Versuchen Sie sie schon am Eingang zu erwischen. Keiko?«

»Ja, Sir?«

»Nehmen Sie sich einige Leute und bringen Sie die Kinder in die Jefferies-Röhren. Bleiben Sie dort, bis Sie wieder von mir hören.«

»Verstanden«, sagte Keiko. Dann führten sie und die anderen Mütter die Kinder zum schmalen Eingang der Wartungsröhre.

»Geordi«, sagte Riker. »Sie nehmen Ihre Leute und arbeiten sich durch die Röhren bis zum Gesellschaftsraum vor. Und packen Sie genügend Phaser ein. Viel Glück. Los jetzt!«

»Bin schon unterwegs«, sagte LaForge.

Riker vergewisserte sich, daß alle Kinder in den Wartungsröhren in Sicherheit waren, dann ging er zu Worf und den anderen hinüber, die mit den Phasern hinter den Shuttles Stellung bezogen hatten. »Sie wissen bereits, daß wir die Brückenkontrollen für die Außenschotten außer Funktion gesetzt haben«, sagte er. »Als nächstes werden sie vermutlich versuchen, uns das Lebenserhaltungssystem abzudrehen, aber Geordi hat auch diese Schaltungen lahmgelegt. Sie können das System jetzt nicht mehr abschalten, ohne daß es im gesamten Schiff deaktiviert wird. Wenn sie das erkannt haben, werden sie höchstwahrscheinlich zum Angriff übergehen.«

»Es sei denn, sie versuchen durch die Röhren zu kommen«, sagte Worf.

Riker schüttelte den Kopf. »Sie können die Röhren nur einer nach dem anderen benutzen, so daß wir sie einfach ausschalten könnten, sobald sie zum Vorschein kommen. Nein, das paßt nicht zu Korak. Er wird seine Kräfte in einem massiven Frontalangriff in die Schlacht werfen. Er hat noch eine Rechnung mit mir zu begleichen, und er wird nicht zulassen, daß jemand anderer ihm die Gelegenheit zu einer Revanche nimmt.«

Worf blickte Riker fragend an. »Eine Rechnung?«

»Wir hatten einen kleinen Zweikampf, den wir leider nicht zu Ende bringen konnten«, sagte Riker. »Er will die Sache jetzt persönlich erledigen, und ich habe nicht vor, ihm diese Gelegenheit zu verweigern.«

Die Türen, die zum Shuttle-Hangar führten, glitten auf.

»Sie kommen!« sagte Tyler und hielt seinen Phaser bereit.

Ein Trupp Romulaner stürmte in den Hangar und eröffnete mit den Disruptoren das Feuer. Eine Garbe aus Phaserstrahlen schlug ihnen entgegen. Einige wurden getroffen, und der Rest zog sich zurück, doch ein Shuttle wurde genau an der Energieversorgung getroffen, so daß es zu einer Explosion im Aggregat kam. Laute Schreie waren zu hören, als mehrere Besatzungsmitglieder der *Enterprise* zurückgeworfen wurden, während andere sich hastig in Deckung brachten. Als die Romulaner den Rückzug antraten, wurde das automatische Feuerlöschsystem im Hangar ausgelöst, und von der Decke schossen Dampfstrahlen herab, die den Raum mit chemischem Nebel erfüllten.

»Korak!« rief Riker. »Können Sie mich hören, Korak? Wollten Sie nicht eine Revanche? Kommen Sie heraus! Wir wollen die Sache zu Ende bringen! Nur Sie und ich!«

»Wollen Sie mich zum Narren halten, Riker?« war Koraks Stimme durch den Lärm des Löschsystems zu hören. »Erwarten Sie, daß ich allein hereinkomme, damit Sie mich erschießen können?«

»Ich werde meinen Phaser ablegen und mich in der Mitte des Hangars mit Ihnen treffen!« rief Riker zurück. »Auf diese Weise können meine Leute nicht schießen, ohne vielleicht mich zu treffen, und für Ihre Leute gilt das gleiche! Zuerst werden wir unsere offene Rechnung begleichen. Oder haben Sie Angst, Ihre Krieger könnten zusehen, wie Sie verlieren?«

»Kommen Sie heraus, so daß ich Sie sehen kann!« antwortete Korak. »Sie haben mein Wort als romulanischer Krieger, daß niemand auf Sie schießen wird!«

Riker wollte aufstehen, doch Worf hielt ihn am Arm fest. »Sie wollen sich auf das Wort eines Romulaners verlassen?« fragte er.

»Ich hätte niemals für möglich gehalten, daß ich irgendwann einmal so etwas sagen würde«, erwiderte Riker. »Aber in diesem Fall tue ich es.«

Worf schüttelte den Kopf. »Das ist nicht klug.«

»Damit gewinnen Geordi und die anderen Zeit, die Leute im Gesellschaftsraum zu erreichen«, sagte Riker. »Außerdem ist die Sache unsere Privatangelegenheit.«

Worf runzelte die Stirn, nickte dann jedoch und ließ Rikers Arm los. Riker kam hinter dem Shuttle hervor und schritt bis zur Mitte des Hangars. Durch den Nebel der Löschstrahlen konnte er eine Gestalt erkennen, die auf ihn zukam – Korak.

Sie blieben etwa fünf Meter voneinander entfernt stehen. Ohne Korak aus den Augen zu lassen, hob Riker langsam seinen Phaser hoch, legte ihn dann auf den Boden und entfernte sich davon. Korak tat das gleiche mit seinem Disruptor.

»Auf diesen Augenblick habe ich gewartet«, sagte Korak. »Diesmal werden Sie sterben, Riker.«

»Diesmal wird es keine Störungen geben, durch die Sie ungeschoren davonkommen«, sagte Riker.

Mit einem Knurren ging Korak zum Angriff über.

Der Transporterchef an Bord der *Syrinx* wurde völlig vom Anblick zweier Jean-Luc Picards überrascht, die mit Valak zwischen sich auf der Plattform materialisierten und vom romulanischen Außenteam umringt wurden. Durch den ersten Augenblick des Schocks verlor er jede Chance, auf irgendeine Weise zu reagieren. Als er endlich nach seiner Waffe greifen wollte, explodierte ein brennender Schmerz in seinem Gehirn. Er hielt sich den Kopf, schnappte qualvoll nach Luft und ging in die Knie. Kurz darauf lag er bewußtlos am Boden.

»Schnell!« sagte Picard. »Wir dürfen keine Zeit verlieren.«

»Ich habe den anderen bereits mitgeteilt, daß wir kommen«, erwiderte sein Doppelgänger mit völlig identischer Stimme. »Ich verstehe Ihre Sorge um die Sicherheit Ihres Schiffs. Aber ich kann Sie beruhigen, daß der *Enterprise* keine Gefahr durch die *Syrinx* droht.«

Valak war bei Bewußtsein, aber er konnte sich nicht rühren. Der romulanische Commander war blaß und zitterte leicht. Sein Mund bewegte sich, aber er brachte keinen Laut hervor. Er wehrte sich gegen die Lähmung, konnte sie aber nicht überwinden.

Picards Double näherte sich den Transporterkontrollen. Zwei der romulanischen Doppelgänger traten von der Plattform, während die anderen und Valak blieben, wo sie waren. Picard warf seinem Double einen fragenden Blick zu, als es damit begann, Befehle in die Konsole einzugeben.

In seinem Geist hörte er eine Stimme, die auf seine Fragen antwortete, bevor er sie aussprechen konnte: *»Ich habe dem Geist des Transporteroffiziers das nötige Wissen entnommen, um die anderen von hier aus zur Enterprise beamen zu können. Wir werden ihnen folgen, sobald dieses Schiff gesichert ist.«*

Picard nickte nur, während er zusah, wie sein Double den Transporter aktivierte. Der Gedanke war mit solchem Selbstvertrauen übermittelt worden, daß er überhaupt keine Zweifel hatte, sie könnten nicht dazu fähig sein. Dieses Gefühl machte ihm angst.

»Es gibt keinen Grund, Angst zu haben«, sagte die Stimme in seinem Geist. *»Wir haben keine bösen Absichten.«*

»Das glaube ich«, erwiderte Picard. Er holte tief Luft. »Der Gedanke, daß Sie das Schiff so mühelos manipulieren können, ist jedoch ziemlich beunruhigend.«

»Ich verstehe. Die Menschen von der Independence *haben zu Anfang genauso empfunden. Doch sie haben gelernt, uns zu akzeptieren, genauso wie wir sie akzeptieren.«*

»Dann sind sie noch am Leben?« fragte Picard erstaunt nach.

»Bedauerlicherweise haben nicht alle überlebt.«

»Ich verstehe. Das ist nach dreißig Jahren auch nicht unbedingt zu erwarten«, sagte Picard.

»Ich will damit sagen, daß keine natürliche Ursachen für ihren Tod verantwortlich waren.«

»Was ist passiert?« fragte Picard.

»Wir haben sie getötet.«

Als sein Double von den Transporterkontrollen zurücktrat, schienen seine Gesichtszüge plötzlich zu zerfließen, und kurz darauf hatte Picard ein Ebenbild von Commander Valak vor sich, das dem Original in jedem Detail glich. Es war schon das zweite Mal, daß er eine solche Transformation beobachtet hatte – beim ersten Mal hatte er erlebt, wie sich jemand in einen Doppelgänger seiner selbst verwandelt hatte –, aber der Vorgang schockierte ihn immer noch.

»Kommen Sie.«

Sie traten auf den Korridor hinaus und machten sich auf den Weg zum Turbolift. Dabei stießen sie auf mehrere Besatzungsmitglieder der *Syrinx*, die reglos am Boden lagen.

»Sind sie tot?« fragte Picard beunruhigt.

»Nein. Nur inaktiv.«

Der Turbolift brachte sie zur Brücke des Kriegsschiffs. Als sich die Türen öffneten und sie hinaustraten, drehte sich Lord Kazanak zu ihnen um. In seinen Augen stand Panik. »Valak! Den Göttern sei Dank, daß Sie zurückgekehrt sind! Die menschlichen Geiseln sind entflohen, und irgend etwas stimmt nicht auf diesem Schiff! Keine Sektion gibt mehr Antwort, und ich bin nicht in der Lage, unsere Leute in der *Enterprise* zu erreichen!« Dann sah er Picard, und seine Gesichtszüge verzerrten sich. »*Sie!* Sie sind für all das verantwortlich!«

»Diese Ehre würde ich gerne für mich in Anspruch nehmen«, sagte Picard, »aber ich fürchte, daß ich das nicht kann. Ich vermute, ich habe die Ehre, mit Lord Kazanak zu sprechen, dem Konstrukteur diesem Schiffes?« Picard stand lächelnd vor dem Romulaner, dann setzte er sich in den Kommandothron. »Erlauben Sie mir, Ihnen mein Kompliment zu machen. Dieses Schiff ist wahrlich eine brillante Konstruktion.«

Kazanak starrte Picard entgeistert an und wandte sich dann wieder Valaks Double zu. »Was hat das zu bedeuten, Valak? Ich verlange eine Erklärung!«

»Commander Valak hält sich zur Zeit als unser Gefangener an Bord der *Enterprise* auf«, kam die Antwort auf romulanisch. »Die *Syrinx* untersteht nicht länger Ihrem Kommando.«

»Haben Sie den Verstand verloren, Valak? Was reden Sie da?«

»Sie sprechen nicht mit Commander Valak, Lord Kazanak«, sagte Picard. »Der äußere Schein kann trügen, wie ich auf schmerzhafte Weise erfahren mußte, als ich Ihr Schiff das erste Mal betrat. Blicken Sie sich um! Sehen Sie irgendwelche vertrauten Gesichter?«

Kazanak blickte von ›Valak‹ zu Picard und wieder zurück. Dann drehte sich der Navigationsoffizier in seinem Stuhl herum, und Kazanak blickte plötzlich in sein eigenes Gesicht. Er riß die Augen auf und keuchte, als er sah, daß der Waffenoffizier, der an seiner Konsole stand, sich ebenfalls in seinen Doppelgänger verwandelt hatte. Als er sich hektisch auf der Brücke umblickte, sah er überall nur in Ebenbilder seines eigenen Gesichts.

»Nein!« sagte er. »Nein, das kann nicht sein! Das ist unmöglich! Das ist irgendein Trick. Wie ...« Er brach vor einer Konsole zusammen, als sein Verstand angesichts einer unbegreiflichen Realität rebellierte.

»Ihre Mission ist beendet, Lord Kazanak«, sagte Picard. »Sie haben gefunden, wonach Sie gesucht hatten. Sie haben das Geheimnis von Hermeticus Zwei entdeckt.«

LaForge blieb stehen und hielt seine Hand hoch. Die anderen hinter ihm verharrten ebenfalls und drängten sich so dicht zusammen, wie es in der Enge der Wartungsröhre möglich war. Sie hatten die Luke erreicht, die auf den Korridor hinausführte, durch den man den Gesellschaftsraum im zehnten Vorderdeck erreichte, wo die Romulaner weitere ihrer Kollegen gefangenhielten.

»Also gut«, sagte LaForge leise. »Im Korridor dürften Wachen postiert sein, und vermutlich auch innerhalb des Gesellschaftsraums. Wir werden uns zunächst die Wachen an den Türen vornehmen, aber wir müssen schnell sein, damit sie ihre Kollegen drinnen nicht warnen können. Sobald wir aus der Luke treten, werden sie uns sofort sehen, also müssen wir verdammt schnell herauskommen und gleichzeitig schießen. Verstanden?«

Die anderen nickten.

LaForge holte tief Luft. »Okay. Phaser bereit? Es geht los!«

Er stieß die Luke auf und stürmte auf den Korridor hinaus. Er rollte sich ab und kam mit dem Phaser in der Hand wieder hoch, doch als er gerade schießen wollte, erstarrte er. »Was zum Teufel ...?«

Lewis und die anderen waren ihm schnell durch die Luke gefolgt, aber auch von ihnen hatte niemand geschossen. Denn es gab nichts, worauf sich zu schießen lohnte. Die romulanischen Wachen lagen reglos am Boden. Geordi stand langsam auf und warf den anderen einen verwirrten Blick zu. Sie folgten ihm, als er sich vorsichtig den reglosen Wachen näherte.

»Geben Sie mir Deckung«, sagte er leise, als er sich hinkniete, um die Männer zu untersuchen.

»Sind sie tot?« fragte Lewis.

LaForge schüttelte den Kopf. »Nein, nur bewußtlos.«

»Was zum Teufel ist hier passiert?«

»Ich weiß es nicht.« LaForge biß sich nervös auf die Unterlippe. »Na gut. Wir gehen rein. Passen Sie gut auf!«

Die Tür zum Gesellschaftsraum glitt auf, und LaForge und die anderen traten schnell hindurch. Sie hielten die Phaser bereit, doch auch hier lagen die romulanischen Wachen bewußtlos am Boden, und den Besatzungsmitgliedern schien nichts zugestoßen zu sein.

»Was zum Kuckuck hat das zu ...?« begann LaForge.

»Es besteht kein Grund zur Sorge, Geordi«, sagte eine vertraute Stimme. »Alles ist unter Kontrolle.«

»Deanna?« sagte er. Er starrte Troi verständnislos an, als sie lächelnd auf ihn zukam. Ro und Data waren ebenfalls bei ihr – und zwei Fremde, die in lange, schwarze Gewänder gekleidet waren. Er runzelte die Stirn, während er unsicher immer noch die Waffe bereithielt. »Wer sind diese Leute?«

Deanna drehte sich um und winkte ihnen, näher zu kommen. »Geordi, ich möchte Ihnen Commander Morgan Llewellyn und Dr. Giorgi Vishinski vorstellen. Sie gehören zur Besatzung der *Independence*.«

Die Flammen, die aus dem brennenden Shuttle schlugen, waren erstickt worden, doch der vom Löschsystem erzeugte Nebel schwebte immer noch über dem Boden des Shuttle-Hangars, wo er sich mit dem Rauch vermischte. Riker stand leicht vorgebeugt da, er atmete schwer, seine gebrochene Nase blutete, und ein Auge war fast zugeschwollen. Sein ganzer Oberkörper war von Koraks kräftigen Schlägen zerschunden, so daß ihm jeder Atemzug Schmerzen bereitete.

Der Romulaner war jedoch keineswegs in besserer Verfassung. Er humpelte, als er Riker vorsichtig umkreiste, und sein linkes Handgelenk stand in einem unnatürlichen Winkel ab, seit Riker es ihm gebrochen hatte. Blut lief ihm aus dem Mund, während er heftig atmete, aber Korak wollte nicht aufgeben. Er würde niemals zugeben, diesem Menschen unterlegen zu sein, solange seine eigenen Leute zusahen. In seinen Augen stand ein mörderischer Zorn, als er sich unsicher bewegte und auf eine Eröffnung wartete.

Die zwei Kämpfer waren fast gleich stark. Korak

hatte den Vorteil größerer Kraft, und obwohl Riker schneller war, hatte der Romulaner fast alle seine Schläge mühelos abfangen können. Wenn Korak einen Hieb anbringen konnte, hatte er damit größeren Schaden angerichtet, doch Riker konnte sich durch bloße Willenskraft zum Weitermachen zwingen.

Was Riker gerettet hatte, war sein Geschick im Aikido, wodurch er Koraks große Kraft gegen den Mann einsetzen konnte. Der Romulaner schien völlig verblüfft über diese ungewohnte Kampftechnik zu sein, und obwohl er einige empfindliche Schläge hatte anbringen können, hatte Riker ihn mit scheinbar einfachen und mühelosen Bewegungen herumgeworfen. Gleichzeitig verhöhnte er ihn und stachelte ihn an, weil er wußte, daß Koraks größte Schwäche darin bestand, leicht die Beherrschung zu verlieren. Der Romulaner wollte einfach nicht akzeptieren, daß ein Mensch für ihn ein ebenbürtiger Gegner sein konnte, und seine Wut über seine Unfähigkeit, Riker erledigen zu können, wurde immer größer, bis er beinahe blind vor Zorn war.

Auf beiden Seiten verfolgten die Zuschauer schweigend und angespannt den Kampf. Niemand versuchte, die Kämpfer anzufeuern. Alle wußten, daß es in diesem Kampf um Leben und Tod ging, und sie sahen mit atemloser Faszination zu, wie keiner der zwei Gegner die Oberhand gewinnen konnte. Sogar mit gebrochenem Handgelenk stürmte Korak immer wieder auf Riker los, schlug mit seinem unverletzten Arm zu und setzte seinen linken Ellbogen und Unterarm ein. Es schien fast, als hätte er überhaupt kein Schmerzempfinden, aber er bewegte sich bereits langsamer und konnte nur noch humpeln. Riker hatte mit dem Fuß gegen sein Bein getreten, was einem Menschen die Kniescheibe zerschmettert hätte, doch überraschenderweise war der Romulaner immer noch auf den Beinen.

»Was ist los, Korak?« fragte Riker. Er atmete schwer

und schluckte mühsam, während er gegen die Erschöpfung ankämpfte. »Werden Sie müde?«

Mit einem zornigen Knurren stürmte Korak erneut auf ihn los, doch Riker packte sein rechtes Handgelenk, trat zur Seite und benutzte Koraks Schwung, um ihn mit einer engen Drehung umzuwerfen. Als Korak zu Boden ging, ließ er nicht los, bis er das Knacken hörte, mit dem Koraks rechtes Handgelenk brach. Der Romulaner schrie auf und polterte zu Boden. Er versuchte aufzustehen und brach wieder zusammen, weil er sich mit keiner Hand mehr abstützen konnte. Er blieb auf den Knien hocken und hielt sich die Arme vor dem Brustkorb, als er nicht mehr weitermachen konnte. Er brüllte vor Wut über seine Hilflosigkeit auf.

»Schießt!« schrie er seinen Kriegern zu, ohne einen Gedanken daran zu verschwenden, daß er dadurch selbst in Gefahr geriet. »Tötet ihn!«

Worf und die anderen hoben schnell ihre Waffen, doch die Romulaner reagierten gar nicht auf den Befehl. Die Besatzung der *Enterprise* konnte durch den Nebel und Rauch nicht sehr viel erkennen.

»Schießt, ihr verdammten Mistkerle!« wiederholte Korak brüllend. *»Tötet ihn!«*

»Es wird niemand mehr getötet werden, Korak«, sagte Picard, der zwischen den Reihen der Romulaner aus dem wirbelnden Nebel hervortrat.

»Captain!« rief Riker und starrte ihn erstaunt an, während Worf und die anderen näher kamen, die über sein plötzliches Erscheinen genauso erstaunt waren.

»Mir geht es gut, Nummer Eins«, sagte Picard. »Und allen anderen auch. Die *Syrinx* wurde neutralisiert, und die *Enterprise* untersteht wieder unserer Kontrolle.«

»Aber ... wie ...?«

»Das zu erklären, Nummer Eins, dürfte einige Zeit in Anspruch nehmen. Aber ich kenne selbst noch nicht alle Antworten. Als erstes jedoch müssen wir Sie in die Krankenstation bringen, damit Dr. Crusher einen Blick auf Sie werfen kann.« Er sah auf Korak herab, der immer noch auf den Knien hockte und verständnislos zu ihm aufstarrte. »Und ihn ebenfalls. Mr. Worf, begleiten Sie Subcommander Korak in die Krankenstation.«

»Mit Vergnügen, Sir.« Worf blickte Riker an und nickte. »Ein guter Kampf, Commander.«

»Danke«, sagte Riker schwach.

»Kommen Sie mit mir!« Worf bückte sich, um Korak aufzuhelfen.

»Fassen Sie mich nicht mit Ihren dreckigen Klingonenhänden an! Lassen Sie mich in Ruhe und töten Sie mich endlich! Ich habe es nicht verdient weiterzuleben!«

»Ich werde mich nicht mit Ihnen streiten«, sagte Worf. »Werden Sie jetzt freiwillig aufstehen, oder muß ich Sie tragen?«

Zögernd ließ Korak sich von Worf auf die Beine helfen und ging dann mit ihm davon – den Kopf schamvoll gesenkt.

Als Picard Riker und die anderen aus dem Shuttle-Hangar führte, sahen sie, daß die übrigen Romulaner bewußtlos am Boden lagen.

»Sind sie tot?« fragte Riker.

»Nein«, antwortete Picard. »Nur inaktiv.«

Riker runzelte die Stirn. »Inaktiv?«

Picard lächelte. »Ein entlehnter Ausdruck, Nummer Eins.«

»Von wem entlehnt?« fragte Riker, der jetzt völlig verwirrt war.

»Von einem Freund, Mr. Riker. Von einem Freund.«

Sie versammelten sich um den Konferenztisch im Besprechungsraum der *Enterprise*. Riker, der einige angebrochene Rippen hatte und ziemlich mitgenommen aussah, hatte sich vorsichtig in seinen Stuhl neben Deanna Troi gesetzt, neben der Ro Laren saß. Zu Larens Rechter waren Data und Geordi LaForge, und ihnen gegenüber saßen Dr. Beverly Crusher, Worf und Picard. Auch Llewellyn und Vishinski, die zwei Männer von der *Independence*, hatten am Tisch Platz genommen.

»Unsere Freunde von der Arche haben uns aufgefordert, ohne sie weiterzumachen«, sagte Llewellyn. »Sie haben von einigen Ihrer Leute Vorbehalte gespürt, weil sie Telepathen sind, und sind der Meinung, daß Sie Ihre Fragen freier stellen können, wenn sie nicht anwesend sind.«

Die Besatzungsmitglieder der *Enterprise* warfen sich gegenseitig Blicke zu.

»Wir haben nichts zu verbergen«, sagte Picard. »Außerdem hatte ich auf ihr Beisein gehofft. Ich denke nämlich, daß wir eine Menge zu bereden haben.«

Llewellyn lächelte. »Verzeihen Sie mir, Captain, ich wollte damit nicht implizieren, daß irgend jemand unter Ihnen etwas zu verbergen hätte. Es ist nur so, daß Sie durch das Zusammenleben mit uns gelernt haben, daß einige nichttelepathische Völker ein ganz natürliches Unbehagen empfinden, wenn andere Zugang zu allen ihren Gedanken haben. Wir selbst haben Jahre gebraucht, um uns daran zu gewöhnen. Counselor Troi, Sie als Empathin werden das vielleicht verstehen. In vielen Ihrer Leute nahmen Sie eine durchaus verständliche Besorgnis wahr und meinten, daß es Ihnen – zumindest zu Anfang – angenehmer sei, wenn Sie mit uns sprechen.«

»Wer sind *sie* überhaupt?« fragte Riker.

»Wir nennen sie die Ambimorphen«, sagte Vishinski. »Der Name, mit dem sie sich selbst bezeichnen, ist für uns unaussprechbar. Obwohl wir viele Jahre lang mit ihnen zusammenlebten, hat noch keiner von uns ihre Sprache erlernt. Allerdings handelt es sich auch gar nicht um eine gesprochene Sprache. Sie besitzen eine sehr komplexe und symbolische Schriftsprache, aber ihre direkte Kommunikation läuft nonverbal ab.«

»Gestaltwandler«, sagte LaForge. »Und Telepathen dazu.«

»Wenn Sie glauben, daß sie deswegen mächtige Gegner sind«, sagte Llewellyn, »haben Sie vollkommen recht. Das wären sie. Wenn wir gegen sie kämpfen wollten, hätten wir überhaupt keine Chance.«

»Nach dem, was ich gesehen habe, würde ich diesem Punkt ohne Einschränkung beipflichten«, sagte Picard.

LaForge warf Llewellyn einen Blick zu. »Ich … äh … verstehe jetzt, was Sie mit dem Unbehagen meinen.« Er zögerte. »Haben Sie meine Gedanken gelesen?«

Llewellyn lächelte. »Nein, Mr. LaForge. Ich bin kein Telepath, obwohl die lange Zeit, die wir mit den Ambimorphen zusammengelebt haben, unsere intuitive Wahrnehmung erheblich verfeinert hat. Und wenn ich Ihrer nächsten Frage zuvorkommen darf, die Ihnen jetzt mit Sicherheit auf der Zunge liegt: Nein, ich bin keiner von ihnen, der die Gestalt eines Menschen angenommen hat, obwohl das für sie keine Schwierigkeit gewesen wäre. Sie müssen mit meinem Wort vorlieb nehmen, daß ich der bin, der ich zu sein behaupte. Die Verwandlungsfähigkeiten der Ambimorphen sind so umfassend, daß selbst die feinsten medizinischen Scanner keinen Unterschied bemerken würden.«

»Woher kommen sie?« fragte Worf.

»Wir wissen nur, daß ihre Heimat in einem fernen Sternensystem liegt«, antwortete Vishinski. »Wie Sie gesehen haben, waren sie mit einem Generationenschiff unterwegs, und Ihre Lebenserwartung ist weitaus höher als unsere.«

»Die Arche hält sich jetzt seit über dreißig Jahren hier auf, Commander«, sagte Picard. »Was genau wollen sie hier?«

»Einige von Ihnen kennen bereits einen Teil der Geschichte«, sagte Llewellyn und blickte auf Ro, Troi, Data und Crusher. »Ihre Mission ist im Prinzip die gleiche wie Ihre.« Er lächelte. »Vielleicht sollte ich sagen: wie *unsere*. Nach all dieser Zeit fällt es mir schwer, mich daran zu erinnern, daß ich immer noch ein Starfleet-Offizier bin.«

»Also waren sie auf der Suche nach anderen intelligenten Lebensformen«, sagte Picard.

»Ja«, antwortete Llewellyn, »und sie stießen auf mehrere Spezies, die gegeneinander Krieg führten. Als sie in diesem Sektor eintrafen, befand sich die Föderation noch im Krieg mit dem Klingonischen Imperium, und die Romulaner stellten die Trumpfkarte in diesem Konflikt dar. Jetzt haben sich die Föderation und die Klingonen verbündet, aber die Romulaner sind noch genauso kriegerisch und unberechenbar wie damals. Zu der Zeit war die Situation äußerst instabil, und in vielerlei Hinsicht ist sie das noch immer. Die Ambimorphen hatten einfach keine Ahnung, wie sie sich verhalten sollten.«

»Sie haben den Aggressionstrieb schon auf einer viel früheren Entwicklungsstufe hinter sich gelassen«, fügte Vishinski hinzu, »und sie haben gar nicht richtig verstanden, was hier eigentlich vor sich ging. Statt Kontakt mit den kriegführenden Parteien aufzunehmen, beschlossen sie abzuwarten, bis sie mehr in Erfahrung gebracht hatten, in erster Linie durch die Verfolgung der Kommunikation, um einen genaueren Eindruck von der Situation und den Beteiligten zu gewinnen.«

»Doch dann haben Sie als erste Kontakt aufgenommen«, sagte Riker.

Llewellyn nickte. »Wir hatten einen kleinen Planeten entdeckt, der auf keiner Karte verzeichnet war, und als wir genauer nachforschten, machten wir fast dieselben Erfahrungen wie Sie. Wir stellten fest, daß es keineswegs ein Planet war, sondern eine interstellare Arche, und wir schickten Außenteams hinunter. Dadurch erhielten die Ambimorphen die erste Gelegenheit, Menschen aus der Nähe zu beobachten. Sie begannen vorsichtig mit ihren Prüfungen. Sie störten unsere Kommunikation, lockten mehrere Landungsteams nach unten und beobachteten, wie wir uns durchschlugen, um herauszufinden, was eigentlich vor sich ging. Die ganze Zeit befanden sie sich in unserer Nähe und warteten ab, was wir tun würden, wie wir auf die Situation reagierten. Vor allem wollten sie wissen, ob wir gewalttätig reagieren würden.«

»Die Skulpturen«, sagte Deanna. »Ich habe etwas gespürt, als ich eine berührte, aber es war nur ein flüchtiger Eindruck, der gleich darauf wieder verflogen war.«

»Man sollte eher sagen, daß er telepathisch blockiert wurde«, sagte Picard. »Das, was wir für kunstvolle Arrangements von Lichtskulpturen hielten, waren also in Wirklichkeit die Ambimorphen, die sich als Straßenbeleuchtung getarnt hatten.«

»Die Skulpturen wurden tatsächlich in Gruppen arrangiert, um eine ästhetisch ansprechende Gestaltung von Licht und Schatten zu erzielen«, sagte Vishinski. »Für die Ambimorphen war es allerdings eine Leichtigkeit, einfach hier oder dort eine Skulptur ›hinzuzufügen‹, damit sie Sie aus der Nähe beobachten konnten.«

»Irgendwann begannen sie, sich uns zu zeigen«, sagte Llewellyn. »Und zwar in humanoider Gestalt und aus der Ferne, wieder um zu sehen, wie wir reagieren würden. Dann kamen einige von ihnen an Bord unseres Schiffes, nachdem sie die Gestalten der Mitglieder eines Außenteams angenommen hatten und sich hinaufbeamen ließen. Als Telepathen konnten sie den Betrug sehr einfach durchführen. Sie mußten dazu nur ein Team aus der Nähe beobachten und telepathisch sondieren. Sie hatten jedoch niemals die Absicht, unser Schiff zu übernehmen. Man könnte sagen, daß sie auf Nummer Sicher gehen wollten, um uns möglichst schnell neutralisieren zu können, falls wir uns plötzlich als feindselig erweisen sollten. Außerdem konnten sie auf diese Weise verhindern, daß wir eine Nachricht an Starfleet schickten.«

»Was hat die gesamte Besatzung dazu veranlaßt, sich

hinunterzubeamen, und warum haben vier Ihrer Leute versucht, mit einem Shuttle zu fliehen?« fragte Picard.

»Uns blieb überhaupt keine andere Wahl, als die gesamte Besatzung hinunterzubeamen«, erwiderte Llewellyn. »Nachdem die Ambimorphen sich davon überzeugt hatten, daß wir keine aggressive Spezies sind, und sie schließlich Kontakt mit uns aufnahmen, waren sie sehr freundlich zu uns. Unglücklicherweise waren wir zu diesem Zeitpunkt bereits infiziert.«

»Verstehen Sie«, sagte Vishinski, »mit ihrer Fähigkeit, ihre eigene Molekularstruktur jederzeit zu verändern, konnten ihre Körper jegliche Art von Keimen, die wir möglicherweise einschleppten, automatisch neutralisieren. Sie besitzen allem Anschein nach das vollkommenste Immunsystem des Universums. Sie kamen niemals auf den Gedanken, daß wir kein solches Glück haben könnten.«

»Die Besatzung der *Independence* hat sich bei den Ambimorphen mit einem Virus infiziert«, sagte Dr. Crusher. »Er stammt vermutlich von ihrer Heimatwelt. Sie selbst sind natürlich immun dagegen, aber trotzdem haben sie es weitergetragen.«

»Das Virus breitete sich mit unglaublicher Geschwindigkeit aus«, sagte Vishinski. »Unsere medizinische Technologie konnte dem einfach nichts entgegensetzen. Wir verloren fast die Hälfte unserer Leute, bevor die Ambimorphen die Krankheit aufhalten konnten.«

»Das hat der Ambimorphe also gemeint, als er sagte, sie hätten die Menschen getötet«, bemerkte Picard.

Llewellyn nickte. »Sie waren schockiert und völlig niedergeschlagen«, sagte er. »Sie leiden immer noch unter dieser Schuld. Es bereitet ihnen großen Schmerz, auch wenn die Tragödie von ihrer Seite aus nicht beabsichtigt war.«

»Damit wäre also die Quarantäne erklärt.« Picard

runzelte die Stirn. »Wurden wir jetzt ebenfalls infiziert?«

»Nein, darüber müssen Sie sich keine Sorgen machen«, erwiderte Vishinski. »Nachdem die Ambimorphen erkannt hatten, was geschah, konnten sie das Virus mit meiner Hilfe isolieren und bekämpfen.«

»Leider konnten sie nichts mehr für jene tun, die bereits infiziert waren«, fügte Llewellyn hinzu, »und das betraf den größten Teil der Besatzung. Viele waren schon gestorben, und manche waren hoffnungslos krank, aber für die anderen konnten sie eine Behandlung entwickeln, als sie mit ihrem Metabolismus Antikörper erzeugten, die uns helfen sollten.«

»Es dauerte allerdings einige Zeit«, sagte Vishinski. »Ich wagte mich auf medizinisches Neuland vor, und sie hatten es mit einer völlig fremdartigen Morphologie zu tun. Die ersten Zellbehandlungen töteten zwar das Virus, aber sie töteten auch die Menschen, die sich freiwillig als Versuchspersonen zur Verfügung gestellt hatten. Schließlich konnten die Ambimorphen Antikörper herstellen, die für unseren Organismus verträglich waren. Die Behandlung stellt jedoch keine vollständige Heilung dar, sondern versetzt das Virus lediglich in eine Stasis. Außerdem benötigen wir in gewissen Zeitabständen Auffrischungen der Behandlung.«

»Das ist also der Grund, warum niemand von Ihnen jemals die Arche verlassen darf«, sagte Dr. Crusher. »Vielleicht benötigen Sie die Ambimorphen gar nicht mehr für die Erneuerung der Zellbehandlung. In den vergangenen dreißig Jahren haben wir beträchtliche Fortschritte in der Proteinsynthese erzielt. Es besteht die Chance, daß wir die Behandlung reproduzieren können.«

»Vielleicht, aber das ist nicht der einzige Grund, warum wir hierbleiben werden«, sagte Llewellyn. »Alle unsere Kinder sind in der Arche aufgewachsen, und viele wurden hier geboren. Inzwischen habe ich sogar schon Enkel, die unter den Ambimorphen aufgewachsen sind. Unsere Kinder haben niemals die menschliche Gesellschaft erlebt. Das Leben an Bord der Arche ist das einzige, das sie kennen, und es ist ein gutes Leben. Die Arche ist ihre Heimat, und sie würden sie niemals verlassen wollen. Selbst wenn sie es täten, würden sie sich niemals in die menschliche Gesellschaft einfügen können. Und abgesehen davon ist die ganze Situation für uns eine einmalige Gelegenheit. Genauso wie die Ambimorphen uns studiert haben, haben auch wir sie studiert. Sie sind eine einzigartige Spezies, sehr weit fortgeschritten und die anpassungsfähigste Lebensform, der wir jemals begegnet sind.«

»Ihre Fähigkeit, sich selbst zu verändern, indem sie willentlich ihre Molekularstruktur beeinflussen, macht sie zu perfekten Überlebenskünstlern«, sagte Vishinski. »Wir haben großes Glück, daß sie nicht aggressiv sind, sonst wären sie bald die dominante Spezies im Universum. Sie haben zahllose Welten besiedelt, waren jedoch immer darauf bedacht, das ökologische Gleichgewicht zu erhalten. Sie suchen nach einer ökologischen Nische und passen sich so an, daß sie sie ausfüllen können.«

»Faszinierend«, sagte Picard. »Eine Frage ist jedoch immer noch unbeantwortet. Was hat es mit dem Shuttle von der *Independence* auf sich, das mit vier Toten an Bord im All treibend aufgefunden wurde?«

»Genau«, sagte Troi. »Sie erzählten uns, es wäre Ihr Captain mit drei Mitgliedern der Besatzung.«

Llewellyn nickte. »Nun ja, ich muß gestehen, daß ich in diesem Punkt nicht ganz ehrlich zu Ihnen war, Counselor. Es gab ziemlich viel, was Sie verkraften mußten, und ich wollte zuerst sehen, wie Sie auf den Rest der Geschichte reagieren, bevor ich Ihnen diesen Teil erzähle. Es ist nämlich so, daß Captain Wiley, Lieutenant Commander Glener, Fähnrich Morris und Chief Connors zu den ersten gehörten, die dem Virus zum Opfer fielen. Die vier sogenannten Überlebenden, die an Bord des Shuttles gefunden wurden, waren weder tot noch menschlich. Es waren Ambimorphe, die sich in Wiley, Glener, Morris und Connors verwandelt hatten – Männer, die hauptsächlich deswegen ausgesucht wurden, weil sie keine Familien hatten.«

Picard runzelte die Stirn. »Ausgesucht? Zu welchem Zweck?«

»Ich denke, Sie wissen die Antwort auf diese Frage bereits, Captain«, erwiderte Llewellyn. »Die Ambimorphen beabsichtigten, zur Erde zu gelangen und Starfleet zu infiltrieren.«

»Einen Augenblick! Haben Sie nicht gesagt, die Ambimorphen wären nicht aggressiv?« sagte Riker mißtrauisch.

Llewellyn hob seine Hand. »Hören Sie mich bis zu Ende an!« sagte er. »Ihre Absichten sind in der Tat nicht aggressiv. Doch selbst nach all den Jahren, die sie mit uns verbracht haben, gibt es noch sehr viel, das sie über uns, unsere Gesellschaft und unsere Kultur nicht wissen. Sie sind noch nicht bereit, offiziellen Kontakt zur Föderation aufzunehmen, und sie glauben auch nicht, daß die Föderation bereit ist, den Kontakt mit ihnen aufzunehmen. Zumindest jetzt noch nicht. Im Vergleich zu ihnen sind wir primitive Lebensformen. Von uns haben sie erfahren, daß Planeten unter Quarantäne gestellt und daß alle Daten über solche Planeten als geheim eingestuft werden können. Dadurch wollten sie sicherstellen, daß keine weiteren Föderationsschiffe in die Nähe der Arche kommen.«

»Dann waren die Ambimorphen, die in dem Shuttle gefunden wurden, dafür verantwortlich, daß der Arche die Hermeticus-Klassifikation zugewiesen wurde«, sagte Picard. »Aber das ist schon vor Jahrzehnten passiert. Was ist seitdem mit den vier Infiltratoren geschehen?«

»Ich kann nur vermuten, daß sie Deckidentitäten angenommen haben«, sagte Llewellyn. »Wie ich bereits erwähnte, ist ihre Lebenserwartung viel höher als unsere. Doch inzwischen könnten sie sonstwo sein. Und sie könnten buchstäblich sonstwer sein.«

»Und Sie haben in dieser Sache kooperiert?« sagte Riker, entsetzt über die Implikationen.

»Ja, aber sie hätten das Ganze problemlos ohne unsere Kooperation durchführen können«, sagte Llewellyn. »Sie wollen nur dazulernen. Und uns im Auge behalten. Wir sind vielleicht nicht mehr die barbarische Spezies, die wir einmal waren, aber wir haben unsere Neigung zu Gewalttätigkeiten immer noch nicht ganz überwunden.« Er warf Riker einen Blick zu, der sich unbehaglich auf seinem Stuhl bewegte. »Die Tatsache, daß ich Ihnen davon erzählt habe, wird allerdings keinerlei Unterschied machen. Sie können gerne einen vollständigen Bericht abliefern, denn Sie werden sie ohnehin niemals finden, nicht in einer Million Jahren. Nicht bevor sie bereit sind, sich zu offenbaren.«

»Sie scheinen eins zu vergessen«, sagte Picard. »In der Starfleet-Zentrale gibt es eine geheime Datei, die die Koordinaten der Arche enthält. Wenn wir einen vollständigen Bericht abliefern, könnten andere Föderationsschiffe uns folgen. Auf eine solche Entscheidung hätten wir keinen Einfluß.«

»Es wird keinen Unterschied machen, Captain Picard«, sagte eine Stimme, die sie alle geistig wahrnahmen. *»Die Arche wird dann nicht mehr hier sein.«*

Sie blickten auf, als zwei Ambimorphe den Besprechungsraum betraten. Die Gestaltwandler hatten eine ungefähre humanoide Form angenommen, aber ihre Substanz bestand aus Protoplasma. Sie sahen aus wie riesige Amöben, die annähernd menschliche Gestalt angenommen hatten. Sie waren durchsichtig, und ihr Innenleben schien in ständiger fließender Bewegung zu sein.

»Das gegenwärtige Stadium unserer hiesigen Mission ist abgeschlossen. Wir werden bald heimkehren. Wir werden das

Ende der Reise nicht mehr miterleben, aber wir haben unsere Aufgaben zu erledigen, und unsere Nachkommen werden sie weiterführen und die Ergebnisse zu unserer Heimatwelt bringen.«

»Und was wird aus den Romulanern?« fragte Picard.

»*Wir werden sie mitnehmen*«, antwortete der erste Ambimorphe telepathisch. »*Wir wollen sie studieren und so viel wie möglich über ihre Spezies lernen, wie wir es mit Commander Llewellyn und seinen Leuten getan haben. Was wir durch sie über Ihre Rasse gelernt haben, gibt uns Anlaß zur Hoffnung. Wir wollen Sie nicht beleidigen, aber wir sind der Ansicht, daß sich die Menschen noch nicht weit genug entwickelt haben. Wir glauben jedoch, daß irgendwann – nach Ihren Begriffen vermutlich nach einem sehr langen Zeitraum – die Voraussetzungen für eine Kontaktaufnahme zwischen unseren Rassen wesentlich günstiger stehen. Diejenigen, die bereits unter Ihnen leben, haben die Aufgabe, alles für diesen Fall vorzubereiten. Ihre Mission ist friedlicher Natur. Sie werden nicht in Ihre Entwicklung eingreifen, sondern nur unser Wissen über Sie vergrößern und vorsichtigen Kontakt mit Schlüsselpersonen Ihres Volkes aufnehmen, damit irgendwann ein offizieller Kontakt zwischen unseren beiden Rassen aufgenommen werden kann, ohne daß Ihre Kultur oder innere Stabilität in Gefahr gerät. Doch solange der Konflikt mit den Romulanern anhält, werden wir uns nicht einmischen. Wir halten Gewalt für barbarisch und verachtenswert. Es gibt intelligentere Wege, um einen Konflikt zu lösen. Wenn Sie und die Romulaner solche Methoden entdeckt haben, können wir vielleicht wieder miteinander sprechen.«*

Der zweite Ambimorphe bewegte sich auf die Tür zu, und als sie sich öffnete, trat Valak ein, der von zwei Besatzungsmitgliedern der *Enterprise* flankiert wurde. Beim Anblick des natürlichen Erscheinungsbilds der Ambimorphen schrak er zurück. Dann wanderte sein Blick über die Leute von der *Enterprise,* bis er sich auf Picard fixierte.

»Was sind das für Wesen?« fragte er.

»Sie werden noch viel Gelegenheit haben, mehr über sie herauszufinden«, erwiderte Picard. »Es sieht danach aus, daß Sie bei ihnen bleiben werden.«

Valak riß die Augen auf. »Nein! Das ist Ihr Schiff, Picard! Das können Sie nicht zulassen!«

»Ich habe keinerlei Einfluß auf diese Entscheidung, Valak«, sagte Picard. »Ich habe Sie gewarnt. Sie hätten auf mich hören sollen!«

»Was werden sie mit uns tun?« fragte Valak besorgt.

»Die Besatzung Ihres Schiffes wird in diesem Augenblick in die Arche transferiert«, sagte der erste Ambimorphe, der sich immer noch auf telepathische Weise verständlich machte. *»Nachdem die* Syrinx *evakuiert ist, wird sie in einen Sektor in der Nähe der romulanischen Grenze zur Neutralen Zone, wie Sie diesen Bereich bezeichnen, gebracht werden. Dort wird sie zusammen mit der* Independence *zerstört werden. Die Trümmer werden auf einen Kampf zwischen den zwei Schiffen hinweisen. Dann wird man eine kleine Gruppe romulanischer Überlebender in einem treibenden Shuttle finden. Sie werden von einem Gefecht berichten, bei dem ein Föderationsschiff und ihr eigenes Schiff zerstört wurden. Außerdem werden sie berichten, daß die* Syrinx *sich aufgrund verschiedener Konstruktionsmängel kaum gegen den Angriff verteidigen konnte. Lord Kazanak, der Konstrukteur des Schiffs, wird sich unter den Überlebenden befinden. Er wird erklären, daß seine Arbeit ein Fehlschlag war, und sich aus dem Schiffsbau zurückziehen, worauf er eine führende Position in der romulanischen Gesellschaft einnehmen wird.«*

»Sie müssen wahnsinnig sein«, sagte Valak. »Damit werden Sie niemals durchkommen!«

Der Ambimorphe drehte sich zu ihm um. Valak keuchte auf, als er plötzlich seinem Doppelgänger ins Gesicht sah, bei dem sogar die Details seines Abzeichens als Commander eines Kriegsschiffs der D'Kazanak-Klasse stimmten.

»Ich denke schon«, erwiderte der Ambimorphe mit Valaks Stimme. »Ihre Spezies ist äußerst aggressiv und sehr gewalttätig und benötigt dringend eine Führung. Vielleicht schaffen wir es, behutsam Einfluß zu nehmen, ohne Ihre Gesellschaft zu zerstören. Vielleicht auch nicht. Auf jeden Fall werden wir so viel wie möglich über Ihre Rasse lernen, wenn wir in Ihrer Mitte leben, und während die übrigen von uns die lange Heimreise antreten, werden Sie und Ihre Besatzung uns dabei helfen, Sie besser zu verstehen.«

»Nein!« Valak versuchte sich von den zwei Besatzungsmitgliedern loszureißen, die ihn festhielten, bis er zu seiner Verblüffung erkannte, daß es Talar und Korak waren. Schockiert hielt er inne und wandte sich wieder an Picard. »Sie dürfen nicht zulassen, daß sie so etwas tun, Picard! Sie müssen etwas unternehmen!«

»Muß ich das? Sie wollten mein Schiff als Kriegsbeute mit nach Romulus nehmen«, erwiderte Picard. »Sie hätten uns auf den Sklavenmärkten verkauft oder getötet – sogar die Kinder. Trotzdem bitten Sie mich, Ihnen zu helfen?«

Valak schluckte und richtete sich auf, während er seine Gefühle unter Kontrolle zu bringen versuchte. »Noch ist es nicht vorbei«, sagte er mit mühsam beherrschter Stimme. »Wir werden kämpfen und entweder unsere Freiheit zurückgewinnen oder dabei wie Krieger sterben.«

»Jeder Widerstand ist völlig sinnlos, Commander«, sagte Vishinski. »Die Ambimorphen sind Telepathen, und sie werden sofort von Ihren Plänen erfahren. Außerdem können sie Sie mit einem einzigen Gedankenbefehl völlig außer Gefecht setzen.«

»Trotz allem, was Sie getan haben«, sagte Picard, »würde ich Ihnen dennoch zu helfen versuchen, wenn ich wüßte, daß Ihnen und Ihrer Besatzung etwas Schlimmes zustößt. Doch erstens könnte ich Ihnen gar nicht helfen, und zweitens bin ich überzeugt, daß die

Ambimorphen Ihnen keinen Schaden zufügen wollen. Andernfalls hätten sie es schon längst getan. Sie sind ein Krieger, Valak, aber Sie sind auch ein Gelehrter, und zumindest dieser Punkt spricht für Sie. Als Gelehrter werden sie die unschätzbare Gelegenheit erhalten, Forschungen durchzuführen, die eines Tages von großem Nutzen für Ihr Volk sein könnten. An Ihrer Stelle würde ich diese Gelegenheit ergreifen. Ich denke, Sie werden davon viel mehr profitieren als von Eroberungsfeldzügen.«

Valak starrte ihn eine Weile an, dann nickte er. »Dann ist das Spiel also vorbei«, sagte er niedergeschlagen. »Und Sie haben gewonnen.«

»Ich würde den Ausgang eher als unentschieden bezeichnen«, erwiderte Picard, »weil die Ambimorphen interveniert haben.«

Valak schüttelte den Kopf. »Nein, Picard, Sie hätten auf jeden Fall gewonnen. Die Geiseln sind aus eigener Kraft von der *Syrinx* entkommen, und Riker hat Korak besiegt. Er entdeckte Waffen an Bord der *Independence*, die wir hätten finden und beschlagnahmen müssen, und nachdem LaForge und seine Leute die anderen befreit hatten, hätten sie zweifellos die Systeme unseres Schiffs sabotiert. Es hätte viele Opfer gegeben, bevor der Kampf vorüber gewesen wäre, aber um eine Metapher aus Ihrem Schachspiel zu zitieren: Nachdem Ihre Leute die Kontrolle über das Spielfeld zurückeroberten, bestand am Ausgang des Spiels kein Zweifel mehr. Mein Kompliment, Commander«, sagte er mit einem Nicken in Rikers Richtung. »Ich habe Korak davor gewarnt, Sie nicht zu unterschätzen. Ich hatte das überlegene Schiff, ich hatte schon frühzeitig einen großen Vorteil gewonnen, und ich glaubte, daß ich die fähigere Besatzung besaß. Im letzten Punkt habe ich mich geirrt«, gab er mit einem Lächeln zu. »Vielleicht ist es sogar besser, daß ich in der Arche bleiben muß. Nach dem Fehlschlag meiner Mission hätte ich auf

Romulus ohnehin keine große Karriere mehr zu erwarten.«

»Ihre Karriere als Krieger ist vorbei«, erwiderte sein Ambimorphen-Doppelgänger, »aber Ihr Leben als Gelehrter fängt gerade erst an. Ich werde mich bemühen, es für Sie auf Romulus fortzusetzen, und ich hoffe, daß Sie das gleiche hier mit meinen Leuten tun werden. Sie werden es als ... sehr anregend empfinden.«

Valak lächelte ironisch. »Nun ja, vielleicht werde ich das. Leben Sie wohl, Picard. Das Zusammentreffen mit Ihnen war für mich auf jeden Fall sehr anregend.« Er drehte sich zu den Ambimorphen um. »Ich bin bereit.«

Sie führten ihn nach draußen.

»Er scheint anders als die übrigen Romulaner zu sein«, sagte Llewellyn nachdenklich. »Wenn es mehr von seiner Sorte gäbe ... wer weiß? Vielleicht gibt es doch noch Hoffnung für die Romulaner.«

»Es gibt immer Hoffnung, Commander«, sagte Picard. »Vielleicht jetzt sogar mehr als je zuvor.«

EPILOG

Picard kehrte zur Brücke zurück, nachdem er Llewellyn und Vishinski im Transporterraum verabschiedet hatte. Es war ein gutes Gefühl, wieder an Bord seines Schiffes zu sein und alles unter Kontrolle zu haben. Der Alptraum war vorbei. Das Schiff und seine Besatzung waren wieder in Sicherheit. Die Situation hätte beinahe in einer Katastrophe geendet, doch seine Besatzung hatte die Prüfung gemeistert, und mit Hilfe der Ambimorphen hatten sie es geschafft. Picard zweifelte jedoch nicht daran, daß sie es auch aus eigener Kraft geschafft hätten. In dieser Hinsicht hatte Valak recht gehabt. Vielleicht hatte er gar nicht den Captain unterschätzt, dachte Picard, sondern die Besatzung der *Enterprise*.

»Sind Llewellyn und Vishinski fort?« fragte Riker.

Picard nickte. »Ja, sie sind in die Arche zurückgekehrt, Nummer Eins. Und sie haben mir alle Aufzeichnungen über ihr Leben bei den Ambimorphen überreicht. Das Material dürfte sich als faszinierender Lesestoff erweisen.«

Riker schüttelte den Kopf. »Dreißig Jahre lang hatten sie keinen Kontakt mit der Welt, in der sie aufgewachsen sind, und sie werden nie wieder nach Hause zurückkehren können.«

»Ganz im Gegenteil, Will«, sagte Picard lächelnd. »Sie sind gerade nach Hause zurückgekehrt!«

»Sir«, sagte Data. »Ich empfange eine Nachricht von der Arche. Sie sind bereit zum Aufbruch.«

»Hauptbildschirm aktivieren, Mr. Data.«

Der Bildschirm erhellte sich, und dann sahen alle zu, wie sich die riesige Arche majestätisch und langsam in Bewegung setzte. Sie trieb von ihnen fort und zog die *Independence* und die *Syrinx* hinter sich her, die sie offenbar mit einem Kraftfeld im Schlepptau hielt. Dann wurde sie immer schneller, bis sie schließlich auf Warpgeschwindigkeit ging und verschwand.

»Ich kann mir in etwa vorstellen, wie Valak sich fühlen muß«, sagte Picard. »Er dachte, er hätte die *Enterprise* bereits besiegt. Statt dessen hat er nun sein eigenes Schiff verloren, und die Ambimorphen haben es als Beute mitgenommen. Trotzdem dürfte es für ihn eine wertvolle Erfahrung sein. Vielleicht sogar eine lohnende.«

»Ich kann es kaum fassen, daß sich Ambimorphe als Starfleet-Angehörige ausgeben«, sagte Riker. »Dieser Gedanke hat sogar etwas Erschreckendes. Glauben Sie, daß wir jemals herausfinden, wer sie sind?«

»Sie konnten sich im Laufe vieler Jahre in unserer Gesellschaft etablieren«, erwiderte Picard. »Ich schätze, jeder könnte es sein.« Er hob die Augenbrauen. »Sogar Sie, Nummer Eins.«

»Meine Rippen sind ein deutlicher Gegenbeweis«, sagte Riker mit einem schmerzhaften Lächeln. »Leider kann ich nicht durch Willenskraft die Heilung beschleunigen. Und ich denke, ein Ambimorpher wäre niemals so unvernünftig, sich auf eine Prügelei mit einem Romulaner einzulassen.«

»Auch ich hätte von Ihnen erwartet, daß Sie über mehr Verstand verfügen«, sagte Picard.

Riker nickte. »Nun ja… zu Anfang hielt ich es für eine gute Idee.«

»Im Augenblick denke ich, daß es eine gute Idee wäre, in das Territorium der Föderation zurückzukehren«, sagte Picard mit einem Lächeln. »Setzen Sie Kurs auf Starbase 39, Mr. Data, und machen Sie alles für den Abflug bereit.«

»Kurs steht auf null acht neun, Komma neun fünf, Sir.«

»Warpfaktor drei, Mr. Data.«

»Warpfaktor drei, Sir.«

Picard lehnte sich in seinem Sessel zurück und schloß einen Augenblick lang die Augen. Er war müde, aber es war gut, wieder zu Hause zu sein.

STAR TREK™

in der Reihe
HEYNE SCIENCE FICTION & FANTASY

STAR TREK: CLASSIC SERIE

Vonda N. McIntyre, Star Trek II: Der Zorn des Khan · 06/3971
Vonda N. McIntyre, Der Entropie-Effekt · 06/3988
Robert E. Vardeman, Das Klingonen-Gambit · 06/4035
Lee Correy, Hort des Lebens · 06/4083
Vonda N. McIntyre, Star Trek III: Auf der Suche nach Mr. Spock · 06/4181
S. M. Murdock, Das Netz der Romulaner · 06/4209
Sonni Cooper, Schwarzes Feuer · 06/4270
Robert E. Vardeman, Meuterei auf der Enterprise · 06/4285
Howard Weinstein, Die Macht der Krone · 06/4342
Sondra Marshak & Myrna Culbreath, Das Prometheus-Projekt · 06/4379
Sondra Marshak & Myrna Culbreath, Tödliches Dreieck · 06/4411
A. C. Crispin, Sohn der Vergangenheit · 06/4431
Diane Duane, Der verwundete Himmel · 06/4458
David Dvorkin, Die Trellisane-Konfrontation · 06/4474
Vonda N. McIntyre, Star Trek IV: Zurück in die Gegenwart · 06/4486
Greg Bear, Corona · 06/4499
John M. Ford, Der letzte Schachzug · 06/4528
Diane Duane, Der Feind – mein Verbündeter · 06/4535
Melinda Snodgrass, Die Tränen der Sänger · 06/4551
Jean Lorrah, Mord an der Vulkan Akademie · 06/4568
Janet Kagan, Uhuras Lied · 06/4605
Laurence Yep, Herr der Schatten · 06/4627
Barbara Hambly, Ishmael · 06/4662
J. M. Dillard, Star Trek V: Am Rande des Universums · 06/4682
Della van Hise, Zeit zu töten · 06/4698
Margaret Wander Bonanno, Geiseln für den Frieden · 06/4724
Majliss Larson, Das Faustpfand der Klingonen · 06/4741
J. M. Dillard, Bewußtseinsschatten · 06/4762
Brad Ferguson, Krise auf Centaurus · 06/4776
Diane Carey, Das Schlachtschiff · 06/4804
J. M. Dillard, Dämonen · 06/4819
Diane Duane, Spocks Welt · 06/4830
Diane Carey, Der Verräter · 06/4848
Gene DeWeese, Zwischen den Fronten · 06/4862
J. M. Dillard, Die verlorenen Jahre · 06/4869

STAR TREK™

Howard Weinstein, Akkalla · 06/4879
Carmen Carter, McCoys Träume · 06/4898
Diane Duane & Peter Norwood, Die Romulaner · 06/4907
John M. Ford, Was kostet dieser Planet? · 06/4922
J. M. Dillard, Blutdurst · 06/4929
Gene Roddenberry, Star Trek (I): Der Film · 06/4942
J. M. Dillard, Star Trek VI: Das unentdeckte Land · 06/4943
David Dvorkin, Die Zeitfalle · 06/4996
Barbara Paul, Das Drei-Minuten-Universum · 06/5005
Judith & Garfield Reeves-Stevens, Das Zentralgehirn · 06/5015
Gene DeWeese, Nexus · 06/5019
D. C. Fontana, Vulkans Ruhm · 06/5043
Judith & Garfield Reeves-Stevens, Die erste Direktive · 06/5051
Michael Jan Friedman, Das Doppelgänger-Komplott · 06/5067
Judy Klass, Der Boacozwischenfall · 06/5086
Julia Ecklar, Kobayashi Maru · 06/5103
Peter Norwood, Angriff auf Dekkanar · 06/5147
Carolyn Clowes, Das Pandora-Prinzip · 06/5167
Diana Duane, Die Befehle des Doktors · 06/5247
V. E. Mitchell, Der unsichtbare Gegner · 06/5248
Dana Kramer-Rolls, Der Prüfstein ihrer Vergangenheit · 06/5273
Michael Jan Friedman, Schatten auf der Sonne · 06/5179
Barbara Hambly, Der Kampf ums nackte Überleben · 06/5334
Brad Ferguson, Eine Flagge voller Sterne · 06/5349
Gene DeWeese, Die Kolonie der Abtrünnigen · 06/5375
Michael Jan Friedman, Späte Rache · 06/5412
Peter David, Der Riß im Kontinuum · 06/5464
Michael Jan Friedman, Gesichter aus Feuer · 06/5465
Peter David/Michael Jan Friedman/Robert Greenberger, Die Enterbten · 06/5466
L. A. Graf, Die Eisfalle · 06/5467

STAR TREK: THE NEXT GENERATION
David Gerrold, Mission Farpoint · 06/4589
Gene DeWeese, Die Friedenswächter · 06/4646
Carmen Carter, Die Kinder von Hamlin · 06/4685
Jean Lorrah, Überlebende · 06/4705
Peter David, Planet der Waffen · 06/4733
Diane Carey, Gespensterschiff · 06/4757
Howard Weinstein, Macht Hunger · 06/4771

STAR TREK™

John Vornholt, Masken · 06/4787
David & Daniel Dvorkin, Die Ehre des Captain · 06/4793
Michael Jan Friedman, Ein Ruf in die Dunkelheit · 06/4814
Peter David, Eine Hölle namens Paradies · 06/4837
Jean Lorrah, Metamorphose · 06/4856
Keith Sharee, Gullivers Flüchtlinge · 06/4889
Carmen Carter u. a., Planet des Untergangs · 06/4899
A. C. Crispin, Die Augen der Betrachter · 06/4914
Howard Weinstein, Im Exil · 06/4937
Michael Jan Friedman, Das verschwundene Juwel · 06/4958
John Vornholt, Kontamination · 06/4986
Mel Gilden, Baldwins Entdeckungen · 06/5024
Peter David, Vendetta · 06/5057
Peter David, Eine Lektion in Liebe · 06/5077
Howard Weinstein, Die Macht der Former · 06/5096
Michael Jan Friedman, Wieder vereint · 06/5142
T. L. Mancour, Spartacus · 06/5158
Bill McCay/Eloise Flood, Ketten der Gewalt · 06/5242
V. E. Mitchell, Die Jarada · 06/5279
John Vornholt, Kriegstrommeln · 06/5312
Laurell K. Hamilton, Nacht über Oriana · 06/5342
David Bischoff, Die Epidemie · 06/5356
Diane Carey, Abstieg · 06/5416
Michael Jan Friedman, Relikte · 06/5419
Michael Jan Friedman, Die Verurteilung · 06/5444
Simon Hawke, Die Beute der Romulaner · 06/5413
Rebecca Neason, Der Kronprinz · 06/5414 (in Vorb.)

STAR TREK: DIE ANFÄNGE
Vonda N. McIntyre, Die erste Mission · 06/4619
Margaret Wander Bonanno, Fremde vom Himmel · 06/4669
Diane Carey, Die letzte Grenze · 06/4714

STAR TREK: DEEP SPACE NINE
J. M. Dillard, Botschafter · 06/5115
Peter David, Die Belagerung · 06/5129
K. W. Jeter, Die Station der Cardassianer · 06/5130
Sandy Schofield, Das große Spiel · 06/5187
Lois Tilton, Verrat · 06/5323
Diane Carey, Die Suche · 06/5432

STAR TREK™

Esther Friesner, Kriegskind · 06/5430
Melissa Scott, Der Pirat · 06/5434 (in Vorb.)
Nathan Archer, Walhalla · 06/5512 (in Vorb.)

STAR TREK: STARFLEET KADETTEN
John Vornholt, Generationen · 06/6501
Peter David, Worfs erstes Abenteuer · 06/6502
Peter David, Mission auf Dantar · 06/6503
Peter David, Überleben · 06/6504
Brad Strickland, Das Sternengespenst · 06/6505
Brad Strickland, In den Wüsten von Bajor · 06/6506
John Peel, Freiheitskämpfer · 06/6507
Mel Gilden & Ted Pedersen, Das Schoßtierchen · 06/6508
John Vornholt, Erobert die Flagge! · 06/6509
V. E. Mitchell, Die Atlantis Station · 06/6510
Michael Jan Friedman, Die verschwundene Besatzung · 06/6511
Michael Jan Friedman, Das Echsenvolk · 06/6512

STAR TREK: VOYAGER
L. A. Graf, Der Beschützer · 06/5401
Peter David, Die Flucht · 06/5402
Nathan Archer, Ragnarök · 06/5403
Susan Wright, Verletzungen · 06/5404 (in Vorb.)
John Betancourt, Der Arbuk-Zwischenfall · 06/5405 (in Vorb.)

DAS STAR TREK-UNIVERSUM, 2 Bde.,
überarbeitete und aktualisierte Neuausgabe!
von *Ralph Sander* · 06/5150

DAS STAR TREK-UNIVERSUM, Ergänzungsband
von *Ralph Sander* · 06/5151

William Shatner/Chris Kreski, Star Trek Erinnerungen · 06/5188
William Shatner/Chris Kreski, Star Trek Erinnerungen: Die Filme · 06/5450

Phil Farrand, Cap'n Beckmessers Führer durch
STAR TREK – DIE NÄCHSTE GENERATION · 06/5199
Phil Farrand, Cap'n Beckmessers Führer durch
STAR TREK – DIE CLASSIC SERIE · 06/5451

Diese Liste ist eine Bibliographie erschienener Titel
KEIN VERZEICHNIS LIEFERBARER BÜCHER!

HEYNE BÜCHER

Das Star Trek Universum

Seit dreißig Jahren ist Star Trek weltweit auf dem Gebiet der Science Fiction ein Erfolg ohnegleichen, im Kino, im Fernsehen, im Rollenspiel und in den Printmedien.

Das Star Trek Universum von Ralph Sanders bietet als erstes deutsches Handbuch einen umfassenden und detaillierten Überblick zur erfolgreichsten Multimedia-SF-Serie der Welt.

06/5150 · (2 Bände, 1338 Seiten)

Wilhelm Heyne Verlag
München

HEYNE BÜCHER

Star Trek

Deep Space Nine

Eine weitere Serie im Star Trek-Universum: eine geheimnisvolle Raumstation weit draußen in der Galaxis, von vielen intelligenten Spezies besucht und am Rande eines Wurmlochs gelegen, durch das die Routen zu den entferntesten Bereichen der Milchstraße führen - und weit darüber hinaus.

06/5115

Außerdem erschienen:

Peter David
Die Belagerung
06/5129

K.W. Jeter
Die Station der Cardassianer
06/5130

Sandy Schofield
Das große Spiel
06/5187

Wilhelm Heyne Verlag
München